빌린 책 산 책 버린 책

2

장정일의 독서일기

빌린 책
산 책
버린 책

2

마티

국립중앙도서관 출판시도서목록(CIP)

빌린 책 산 책 버린 책 : 장정일의 독서일기. 2 /
장정일 [지음]. -- 서울 : 마티, 2011

352p. ; 148×210mm

참고문헌과 색인수록

ISBN 978-89-92053-47-1 04810 : \15000
ISBN 978-89-92053-48-8 (세트) 04810

독서[讀書]

029.85-KDC5
028.5-DDC21
CIP2011003033

독서는 몰각과 자각,

이 양켠 모두에서 쾌락을 느낄 수 있습니다.

차례

인권의 역사는 시민권의 역사와 동일하다

뇌관이 제거된 사회주의를 어떻게 구할 것인가?

시대가 달라도 인간문제에서는 늘 보편주의를 찾는다

지성인이라면 거의 본능적으로 소설을 피한다

근대는 오는가, 왔는가, 도로 갔는가

책을 파고들수록 현실로 돌아온다

작가의 말

이번에 출간하는 『빌린 책 산 책 버린 책 2』는 1994년부터 내기 시작한 『독서일기』의 아홉 번째 책이다. 새로 책을 낼 때마다 서문이랍시고 써왔으니, 서문을 쓰는 일 또한 아홉 번째다.

서문은 그 책의 요약이자 지은이의 집필 목표 내지 동기를 적고, 아울러 자기 작업의 한계와 차후의 계획을 밝히는 글이다. 여러 장르의 책을 내면서 그런 일에 숙달됐다면 숙달됐을 텐데, 이 연작물은 특별히 매 권의 서문을 달리 할 게 없는 책이다. 그런데도 편집자는 항상 길고 멋있게 써주길 바란다. 그렇게 어렵게 쓴 게 『독서일기』에 쓴 서문들이다.

세상사는 고진감래던가? 언젠가 모처로부터 독서에 대한 강의를 해달라는 청을 받고, 16년 동안 쓴 여덟 권의 『독서일기』에 쓴 서문만으로 두 시간의 강의를 메운 적이 있다. 그게 가능했던 것은 그 서문들이 나의 독서관을 잘 요약하고 있으면서, 시간에 따라 바뀌어 왔기 때문이다.

내 생애를 지배한 최초이자 가장 강력한 독서론은 '독서는 극히 개인적인 쾌락'이라는 것이었다. 그러다가 마흔두 살에 이르러 '시민은 책을 읽는 사람이고, 책을 읽지 않는 사람은 단순히 무지한 게 아니라, 아예 나쁜 시민이다'라는 다소 과격한 독서론에 당도하게 됐다. 그 차이를 매개한 것은 개인적이고 문학적으로 겪게 된 적지 않은 변화였고, 의식하지 않을 수 없었던 사회적 영향 탓도 컸다.

지난번에 나온 『빌린 책, 산 책, 버린 책』의 서문은 "무릇 책을 읽는 일은 도가 아니다. 이번 책에 실린 많은 독후감이 그렇듯이 독서를 파고들면 들수록 도통하는 게 아니라, 현실로 되돌아오게 되어 있다. 흔히 책 속에 길이 있다고들 하지만, 그 길은 책 속으로 난 길이 아니라, 책의 가장자리와 현실의 가장자리로 난 길이다"라는 말로, 변화된 내 독서론을 다시 확인하고 있다.

그러나 16년 동안 쓴 여덟 권의 『독서일기』에 쓴 서문만으로 두 시간의 독서론을 펼친 자리에서, 나는 이런 변화가 과연 바람직한 것인지를 자문하며 독자 인민들의 조언을 구했다. 작가의 독서론으로써는 마치 초등학교 학생들의 초보적 윤리나 같은 '독서는 현실로 돌아오기 위해서다'보다, '독서 쾌락론'이 훨씬 낫지 않은가? 장고 끝에 악수도 있고, 죽 쒀서 개준다는 말도 있다. 수십 년이나 책을 읽고 나서, 고작 상식과 계몽에 낙착하고 보편주의에 투신한다? 어디로 더 나갈 데가 없을까?

이번 서문으로 원래 하고픈 말은, '인문학 붐'이나 '고전 읽기' 대신, '사회적 독서'를 제안하는 것이었다. 또렷이 의식하지는 못했지만, '시민은 책을 읽는 사람이고, 책을 읽지 않는 사람은 단순히 무지한 게 아니라, 아예 나쁜 시민이다'라고 쓴 2004년부터, 나는 사회적 독서를 해 온 셈이다. 또 실제로 이번 책은 거기에 부합하는 책과 주제로 채워져 있다. 하지만 새로운 독서론으로 더 나아가기 전에, 앞서 살짝 비췄던 내 마음 속의 번민과 좀 더 부대끼고 싶다.

인권의 역사는 시민권의 역사와 동일하다

모두 알고 있는 것으로 다른 것을 만드는 방법

『작가가 작가에게』

제임스 스콧 벨, 정은문고, 2011

밥을 먹지 못한 지 며칠 째인가? 사람들은 말한다. 아무 일이나 해야 하는 게 아니냐고. 아르바이트라도 해야지 않느냐고. 단식광대가 먹을 게 없어서 굶은 건 아니다. 그에게는 먹고 싶은 음식이 없었다.

나, 서른두 살의 무명작가. 아직 책을 한 권도 내지 않았으니, 더 정확하게 말하면 작가 지망생. 하지만 그게 무슨 상관이랴. 글을 쓰는 것 말고는 아무 것도 하고 싶은 일이 없다. 나의 일은 그저 쓰고, 쓰고, 또 쓰는 일일 뿐.

춥다. 가스와 전기가 끊겨 온기라곤 없는 방에서 내가 기다리는 것은, 두 달 전에 공모한 신인문학상의 당선 통지서다. 내 책상 위에 놓여 있는 달력에 붉은 사인펜으로 쳐놓은 동그라미는 오늘이 발표일이라는 것을 가르쳐준다. 전화나 인터넷이 불통이면, 우체부가 전보를 가지고 오겠지. 다섯 번째로 완성한 이번 장편소설은 꼭 당선되어야 한다. 상금이 자그마치 5,000만 원이다. 자꾸 주문을 건다. 이번으로 무명작가 노릇은 끝이야, 무명작가와는 결별이야, 5,000만 원은 내 것이 될 거야. 우체부는 내 방 문을 두드리는 순간, 무명작가와는 전혀 다른 것을 만나게 될 거야.

내가 써 보낸 소설을 복기하듯 검토해 본다. 언 손가락을 하나씩 꼽으면서. 우선, 나는 무엇을 썼던가? 단순하거나 그저 잊어버려도 되는 평범한 것을 쓰지나 않았는가? 그 점에 대해서는 안심해도 좋다. 어쩌면 너무 지나친 게 아니었을까 싶을 만큼! 나는 『모비딕』 같은 소설을 쓰고자 했다. 독자들을 내가 만든 막막하고 캄캄한 바다에 데려다 놓고, 그들로 하여금 도저히 만날 수 없는 고래를 찾아 헤매도록 했다. 그러니까, 이 문제는 패스. 아니, 잠깐. 스티븐 킹이 가장 좋아했던 소설 가운데 하나인 『모비딕』은, 멜빌의 생전에 고작 12부밖에 못 팔지 않았는가.

잊어버리자. 기억이 정확하다면, 이번 신인문학상의 예심과 본심 심사위원은 모두 12명이다. 그러니 좋은 징조라고 생각하자. 내 운명을 결정할 12사도들에게 잠시 기도(저 좀 살려 주세요). 내가 평범한 것을 쓰지 않고, '쇼킹' 한 것을 썼다는 것을 믿자. 작가가 자기 이름을 처음 알릴 때는, 누구나 깜짝 놀랄 만한 것을 들고 세상에 나가야 한다. 그 문제는 만족되었으니, 소설의 서두가 어땠는지를 다시 생각해보자. 중국의 병법가인 손자가 말했다지. 적들이 미처 준비를 마치지 못한 때를 노리고, 예상할 수 없는 길로 진군하라고. 사람들은 다 자신의 인생이 너무 짧다고 생각한다. 때문에 첫 줄, 첫 문단에서부터 독자의 마음을 사로잡지 않으면 내 책은 죽은 거나 같다.

나는 날씨나 꿈 이야기로 소설을 시작하지 않아야 한다는 것을 알고 있다. 행복한 나라에 사는 행복한 사람들의 평범한 이야기를 진부하게 묘사하지도 않았다. 이를테면 시시한 일상을 주저리주저리 늘어놓은 다음 '나 임신했어'라고 말하는 게 아니라, 여주인공에게 담배 한 개비도 채 태우지 못할 정도의 틈만 주고 난 다음, 곧바로 '나 임신했어'라고 말하는 게 독자의 눈을 잡아채는 요령이라는 것을 나는 안다. 요컨대 이번에 낸 소설에서도 내 작품의 서두는 독자들과 등장인물이 단 한 문단 만에 정서적 연결고리로 묶일 수 있도록 배려했다. 첫 줄이 시작되자마자, 주인공을 곤란스러운 처지에 빠트린 것이다. 내 주인공은 정체를 알 수 없는 사람들에게 납치당하자마자 관 속에 밀봉되고 트럭의 짐칸에 던져진 채, 자갈이 튀어 오르는 시골길을 몇 시간째 달린다. 독자란 고난 받는 주인공에게 쉽게 동화되지 않는가.

내가 쓴 소설의 모든 것을 검토하면 할수록, 나는 희망찬 앞날을 확신할 수 있다. 이를테면 내 주인공은 사랑하고 있는 상황을 보여주었지, 결코 '사랑합니다' 같은 뻔한 대사를 읊지 않았다. 그리고 독자들이 질문을 품을 만한 의문 사항과 힌트를 곳곳에 숨겨 놓았다. 뿐만 아니라 초고를 쓸 때부터, 주인공의 외부와 내부를 비교하는 표를 만든 다음, 균형 있고 신뢰할 만한 주인공을 만들려고 했다. 외부가 '행위/동작/목표/성취'와 같이 가시적인 것이라면, 주인공의 내부는 '반응/감정/성장/~되다'와 같은 자아를 드러낸다. 주인공이 외부/내부로 이루어져 있다는 것은 인간의 양면성이면서, 행동(플롯)과 인물(성격)이라는 이야기의 두 가지 층위를 나타내기도 한다. 나는 어느 한 쪽에 치우친 이야기를 쓰고 싶지 않았기 때문에, 주인공의 외부/내부를 철저하게 '크로스 체크' 했다. 그게 안 되는 것은, 나 자신 뿐.

이번 글은 진짜 빠르게 썼다. 1,200매나 되는 원고를 딱 두 달 만에 썼으니 신들린 듯 쓴 거다. 물론 헤밍웨이나 윌리엄 포크너만큼은 빠르지는 못했다. 그 사람들은 『태양은 다시 떠오른다』와 『내가 죽어 누워 있을 때』 같은 장편 소설을 단 6주 만에 썼다. 천재가 아니고 괴물들이다. 그래. 작가들은 집중해서 글을 쓸 때, 천재가 아니라 다 괴물이 된다. 괴물이 되지 않으면 안 된다. 빠른 속도로, 집중적으로 몰두할 때만 뭔가 이루어지는 영역이 있다면, 그게 바로 글쓰기다. 하나에서 백까지 모든 게 준비되지 않으면 한 줄도 쓰지 못하는 내게, 어떤 선생이 가르쳐주었다. 첫 문장이 떠오르지 않으면, 그 칸을 비워두고 나중에 써넣으라고. 그러면서 700여 권이 넘는 소설을 썼던 아이작 아시모프의 예를 들려주었다 만약 6개월밖에 살 수 없다면 어떻게 하겠느냐는 질문을 받았을 때, 아시모프는 "더 빨리 써야죠"라고 답했단다.

두 달 만에 소설을 다 쓰고 나서, 초고를 쓴 기간보다 더 긴 시간을 들여 원고를 다듬었다. 빠른 초고 쓰기와 그보다 더 긴 세밀한 수정. 나는 폭발물 제거반이라도 된 듯 초고의 약점을 찾아내고, 애초의 대전제와 인물 성격을 검토하기 시작했다. 소설이 다 뭐겠어? 소설은 장면이라는 개개의 벽돌로 구성되는 또 한 채의 집이다. 그러니 초고를 쓸 때에 그랬던 것처럼 퇴고를 할 때도 '이 장면이 있어야 하는 이유가 뭐지?'라는 질문을 놓쳐서는 안 되지. 그러면서 초고에서는 불완전했던 등장인물 하나하나에 부족했던 감정을 불어 넣었다. 그러자 눈부시게 살아나는 나의 분신들! 나는 창조를 하고 있었다. 자꾸만 들여다보고 고칠수록 문장은 반듯해지고, 묘사는 정확해졌으며, 등장인물들의 대화는 간략하면서도 핵심만을 드러냈다.

가스도 전기도 끊긴 방에서, 밥을 먹지 못한 지가 며칠 째인가. 나는 두 달 전에 공모한 신인문학상의 당선 통지서를 기다리고 있다. 상금 5,000만 원만 생기면, 밀린 세금을 내고 쌀과 김치를 사야지. 그런데 우체부는 오지 않는다. 오른손가락 다섯 개를 하나씩 꼽았다가 펴면서 내 소설을 검토하는 중간에, 두 가지 생각이 한꺼번에 머릿속을 채웠다.

하나. 나는 이야기를 창작하는 데 필요한 모든 것을 배웠다. 그래. 나는 서점에서 구할 수 있는 온갖 소설 작법 책들을 샅샅이 찾아 읽었다. 나는 그 책들을 이해했을 뿐 아니라, 중요한 것은 외우기까지 했으니. 지금 당장이라도 나더러 대학교의 문예창작학과에 와서 소설을 가르치라면 당연히 가르치고도 남지. 둘. 차고 넘치게 배우고도 이렇게 불안한 것은 왜일까? 원인을 찾는 건 그렇게 어렵지 않다. 나의 불안은 다름 아닌, 내가 서점에서 구할 수 있는 온갖 소설 작법 책을 다 읽어 치웠다는 것. 그리고 나처럼 언 방에 웅크리고 있을 다른 무명작가들도 내가 읽은 소설 작법을 다 읽었으며, 내가 알고 있는 것을 다 깨우치고 있다는 것. 그래서 말하지 않던가. 아무리 똑같은 방법으로 글을 써서 누군가처럼 대박을 터뜨리려고 해도, 그 방법은 이미 유효기간이 지났다고!

그렇다면 모두 알고 있는 것으로, 다른 것을 만드는 방법은 무엇일까? 모두 알고 있는 것에 부족한 2퍼센트를 더하는 것이 소위 말하는 창조일까? 영감일까? 혹은 운일까? 아니면 작가가 되기 위해서는 '파우스트의 거래'처럼 악마에게 내 혼을 팔기까지 해야만 되는 걸까? 그도 아니라면 그저 쓰고, 쓰고, 또 쓰는 일이 나를 작가로 완성시켜 주는 걸까? 그리하여 다시, 나의 양식은 두려움과 불안이며, 그것을 극복하기 위해 글쓰기를 목표로 잡고 우리는 또 냅킨 위에라도 끼적거려야 하는 것일까?

누가 방문을 두드린다. 301호 아주머니일까? 나는 어제 저녁 301호 문에 메모지를 붙여 놓았다. 하지만 301호의 문이 열리는 소리는 들리지 않은데다가, 그녀는 항상 내 이름부터 먼저 불렀다. 그러면 우체부일까? 오토바이 소리는 들리지 않았다. 내 방 문 앞에 와 계신이, 누구신가?

사족이다. 이 글은, 제임스 스콧 벨의 『작가가 작가에게』에 붙인 발문이다. 이 발문은 소설 작법 서적에 붙인 발문이면서, '이런 책을 읽어봤자, 작가가 되는 데 아무 도움이 되지 않는다'고 말하고 있다. 글을 줄 때도 그랬지만 지금 다시 생각해도, 편집자 입장에서는 싣기에 난처한 글이었다고 생각한다.

발문의 임무는 출간의 전후사정을 밝히고, 내용을 요약하는 것이다. 그런 뜻에서 지은이가 강조했던 사항들이 상당부분 요약되어 있는 이 발문은, 두 번째 임무에 충실했다. 하지만 내가 이 글에서 역설적으로 밝혀 보이려고 했던 것은, 소설 작법 서적들의 천편일률적인 내용이다. 하므로 이런 책은, 아무거나 한 권만 보면 족하다. 바로 이것이 작가 지망생들에게 『작가가 작가에게』를 권하는 가장 큰 이유다.

마지막 문단에 갑작스럽게 튀어나오는 '301호 아주머니'는 나의 시 「요리사와 단식가」와 상관되고, 첫 문단의 '단식광대'는 당연히 카프카의 「단식광대」를 가리킨다.

인간답게 산다는 것을 고민하다

『인문 고전 강의』

강유원, 라티오, 2010

기현상이라고 해야 할 만큼, 인문학과 고전 읽기가 유행이다. 이런 현상이 대학에서 벌어지고 있다면, 그냥 그러려니 할지도 모른다. '자유 학예'를 바탕으로 만들어진 대학이란 원래 인문학을 배우고, 고전을 확정하는 곳이니까. 그런데 몇 년 전부터 벌어지고 있는 인문학과 고전 읽기 붐은 대학 밖에서 이루어지고 있다. 플라톤이 노숙자들과 교도소를 파고들고, 구청의 평생교육원과 구립 도서관에서 운위되고 있다.

이 징후를 다 해석할 능력은 없지만, 인문학과 고전이 대학의 울타리를 박차고 나왔다는 것에는 두 가지 뜻이 있다. 하나는 대학이 죽었다는 것. 대학이 죽어 자신의 골분骨粉을 노상에 흩뿌린다는 게, 오늘의 인문학 열풍으로 이어졌다고 말하면 너무 냉소적인가? 대학이 제대로 된 인문학을 제공해 주지 않기 때문에, 장외에서 벌어진 야시장이 바로 교문 밖의 인문학 강좌라는 설명은 결코 과장이 아니다. 대학이 인문학에 대한 갈증을 채워주지 않기 때문에 교문 밖의 대중강의를 찾게 되었다는 학생을 나는 심심치 않게 봤다.

첫 번째 이유가 냉소적이라면, 두 번째 이유는 같은 현상을 다르게 설명한다. 한국인들은 초·중·고등학교에서는 물론이고 대학교에서 마저 '인간이 자라는' 교육을 받아 보지 못했다. 즉 시험지옥 속에서 점수 벌레로 사육되면서, 인간답게 산다는 것은 무엇이고 나는 누구인가에 대한 질문이 삭제된 교육을 받았던 것이다. 거기에 대한 갈급함이 상당하다는 것은, 대중 강의실을 가득 매운 수강생들이 대부분 중장년층이라는 사실에서 입증된다. 이들은 학창시절에 한 번도 인문학이나 고전을 통해 그런 질문을 새겨 본 적이 없다가 사회에서 또 한번 호된 경쟁과 환멸을 경험하면서, 거울 앞에 다시 돌아와 선 사람들이다. 글을 읽고 쓰는 먹물의 '희망적 사고'에 불과하다고 조소할 사람도 있겠지만, 이런 회귀에는 일말의 서광이 있다. 그렇지 않다면, 졸업장도 자격증도 없는 대중강의에 뭐 하러 그토록 많은 도반이 모였겠는가?

인문학 붐에 앞장선 최고의 강사이면서, 최고의 공로자를 꼽으라면 단연 강유원이다. 수유너머나 철학아카데미 같은 조직적이고 공동체화 된 인문학 공부 모임도 없지 않지만, 강유원은 '단독비행'으로 인문학 열기를 일구었다. 그는 2009년 한 해 동안, 동대문정보화도서관에서 매주 2시간씩 40주 동안 12권의 고전을 강독했다. 『인문 고전 강의: 오래된 지식, 새로운 지혜』는, 그때의 열강을 정리한 강의록이다.

당대의 시대정신은 '바로 그 시대의 참고서가 무엇이었느냐'로 측정할 수 있다는 말은 지은이가 강의 중에 번번이 강조했던 말이다. 그와 똑같은 말이 이 책에서는 "한 사회의 준거틀로 작용하는 텍스트가 무엇이냐에 따라서 그 사회가 지금 어느 단계에 와 있는지 알 수 있다"는 말로 변주되고 있다. 단테의 『신곡』이 필독서이던 시대와 마키아벨리의 『군주론』이 필독서인 시절은, 훌륭한 삶의 기준은 물론이고 현실 정치에서부터 내세에 이르는 가치관이 완전히 달라진다. 말하자면 공맹이 한국인들의 필독서였던 조선시대와 『회계학 원론』을 필독서로 강권하거나 자기 학교의 역사—고대학高大學이라던가—를 학문으로 규정한 우리 시대는, 서로 다른 인간을 만든다.

재테크와 자기계발이라는 시대정신이 몰각시켜버린 '인간답게 산다는 것은 무엇이고, 나는 누구인가?'라는 질문을 불러내 그 거울 앞에 서기 위해, 강유원이 선정한 고전은 다음과 같은 것들이다.

호메로스의 『일리아스』, 소포클레스의 『안티고네』, 아리스토텔레스의 『니코마스 윤리학』, 단테의 『신곡』, 마키아벨리의 『군주론』, 데카르트의

『방법서설』, 로크의 『통치론』, 몽테스키외의 『법의 정신』, 베버의 『직업으로서의 정치』, 벤담의 『파놉티콘』, 폴라니의 『거대한 전환』, 공자의 『논어』. 선정된 교재가 서양 고전 일색인 까닭은 지은이의 전공이 서양 철학이었던 때문으로, 이것은 동서양 간의 회통이 그만큼 어렵다는 것을 증명해 줄 뿐 큰 흠결은 되지 않는다.

솔직히 말하면, 나는 이 책의 밑바탕이 된 강의를 도서관에서 보내주는 녹음파일로 매주 들었다. 강유원의 강의는 도올 김용옥 이후로 내가 접했던, 가장 개성 있고 풍성한 강의였다(아쉽게도 책을 만들면서 현장감과 현실 비판이 많이 정제되었다). 이 독후감을 쓰는 내 자신이 여기 나오는 책들을 다 읽지도 못한데다가, 읽은 것마저도 지은이만큼 정통하지 못하기 때문에, 『인문 고전 강의』의 내용에 대해서는 더 언급할 것이 없다. 대신 정선된 고전을 해설하고 있는 이 책의 또 다른 장점 하나는 독자들에게 제시할 수 있다.

이 책은 해당된 고전 해설을 넘어, '어떻게 책을 읽을 것인가?'에 대한 귀중한 방법들을 곳곳에 개진하고 있다. 예컨대, 고전을 가장 잘 읽는 방법은 '그 책이나 지은이가 이상적으로 생각한 세계'가 어떤 것이었나를 파악하고, 다른 책이나 지은이들의 이상 세계와 비교하는 것이다. 왜냐하면 고전을 비롯한 진짜 좋은 책에는 '인간이 살았으면 싶은 이상 세계'에 대한 설계도가 내장되어 있기 때문이다(강유원이 『인문 고전 강의』에 초대한 책들이 대부분 정치 철학서인 것은, 바로 이런 생각과 무관하지 않다). 좋은 책에 대한 아무런 기준이나 독법을 갖지 못했던 독자들에게 이런 방법론은 귀중하기 짝이 없으며, 이만한 고전을 이만한 수준으로 풀어낸 이 책의 '고전적' 위치를 더욱 굳건하게 해 줄 것이다.

사족이다. 언론을 보면, CEO들도 인문학과 고전 읽기 삼매경에 빠져 있다는 기사가 마치 '미담'처럼 소개된다. 그런데 그분들은 뭐하러 인문학을 배우고 고전을 읽으실까? 소비자와 피고용인을 더 효과적으로 쥐어짜기 위해? 노조와 공생하고, 비정규직 비율을 차츰 줄이고, 하청 업체를 동반자로 대접하고, 입사와 진급에 있어 남녀와 지역을 차등하지 말고, 기부 문화에 앞장서며, 환경 기준 엄수를 지속가능경영의 원리로 삼고…. 뭐 이런 게 그대들의 인문학이고 고전 읽기일 텐데.

친절은 상대방을 베는 칼

『감정노동』
앨리 러셀 혹실드, 이매진, 2009
『상경』
호설암, 스유엔 풀이, 더난출판사, 2002

『감정노동』은 우리 시대를 설명하는 중요한 개념을 제공한다. 감정노동은 "다른 사람의 기분을 좋게 하려고 자신의 감정을 고무시키거나 억제" 하는 것을 말하는데, 이 책이 제기하는 세부를 간과한 채 감정노동을 파악하고자 하면 고작 고객에 대한 과한 친절 봉사를 뜻하거나, 비즈니스 세계에 줄곧 있어 왔던 성공 수칙이 좀 더 극성스러워진 정도로만 치부하게 된다. 일례로 1823년 휘주에서 태어나 생전부터 '살아 있는 재신財神'이라는 명성을 얻었던 청나라 상인 호설암胡雪巖은 자신의 약국 체인점 호경여당을 일으키면서 '고객이 양명養命의 근원'이라는 점규를 내세웠다.

호설암의 성공 비결을 정리하고 풀이한 스유엔의 『상경』에는 재신이 직접 남겨 놓았다는 이런 말이 있다. "'웃는 얼굴로 손님을 맞으면 따스함이 가득하지만, 차가운 말투로 사람의 마음을 상하게 하면 춘삼월보다 추워진다'는 말이 있듯이 고객을 무시하거나 심지어 괄시한다면 상품이 아무리 훌륭하다 해도 손님을 끌기 어렵다. 고객은 양명의 근원으로 우리가 먹고 입는 것이 모두 고객에게서 나온다. 따라서 고객을 생명의 원천으로 여기고 부모를 공경하듯 정성껏 모셔야 한다."(236쪽)

그러면서 지은이는 탁월한 서비스 정신이야말로 성공의 중요한 밑거름이라는 것을 확신했던 호설암이 신입 점원들에게 했던 '친절 교육'의 일단을 소개한다. "호경여당에서는 고객이 점당 안으로 들어오면 점원은 얼른 자리에서 일어나 고객을 안내해야 했고 절대로 고객과 등을 맞대고 설 수 없었다. 고객이 안으로 들어설 때 고개를 다른 곳으로 돌려도 안 되고, 고객이 약을 받아 돌아갈 때도 만족한 얼굴을 할 수 있도록 맡은 일에 최선을 다해야 했다."(241쪽)

스유엔은 오늘날의 시장이 판매자 중심의 시장에서 소비자 중심의 시장으로 바뀌면서, 소비자들이 시장을 통제하기 때문에 모든 기업과 상인들이 고객을 이윤의 원천으로 간주하여 고객지상, 고객제일 등의 구호를 제창하고 있다고 말한다. 이어 고객을 만족시켜야 한다는 호설암의 경영관은 상품 경제가 크게 발달하지 못했던 고대 중국에 이미 존재했다면서, 고대 중국 철학자이자 법가의 대표인물인 한비韓非가 『한비자』에 전하는 이야기를 인용한다.

> 전국시대 송나라에 넉넉한 인심으로 맛 좋은 술을 판다는 그럴듯한 간판을 내건 주점이 하나 있었는데, 찾아오는 손님이 별로 없어 술이 오래 묵다 보니 맛이 시큼하게 변질되고 말았다. 이를 이상하게 여긴 주점 주인은 동네의 장로인 양천을 찾아가 그 이유를 물어보았다. 그러자 양천은 술집의 개가 너무 사납기 때문에 사람들이 어린 아이에게 술을 받아오라고 시켜도 아이들이 사나운 개를 보고 두려워하여 감히 이 술집을 찾지 못하는 것이라고 말해 주었다.(242쪽)

우수한 품질뿐만 아니라 훌륭한 서비스도 경쟁력이 된다는 것은, 오래전부터 상업 세계가 터득한 공식이다. 그래서 감정노동이란 말이 나오기 훨씬 전부터, 서비스직에 종사하는 사람들에게는 다음과 같은 훈련이 부과됐다(이런 수칙은 각종 비즈니스 서적에 허다하다. 나는 이것을 헌책방에 앉아 베꼈다).

> 미소: 고객을 편안하고 기분 좋게 해주는 미소는 고객을 대할 때 서

비스 제공자의 기본업무며, 기업 이미지를 형성하는 가장 중요한 요소다. 환한 얼굴, 단정한 용모, 명랑한 음성, 정중한 태도를 통해 고객에게 따뜻한 마음을 전달해야 한다.

신속: 적절한 신속성을 유지하면서 정확성을 겸비하는 게 요점으로, 고객을 기다리게 하거나 고객이 먼저 찾게 해서는 안 된다. 신속한 일처리는 업무의 표준화와 동시에 완수된다.

성의: 진정한 마음으로 고객에게 서비스를 제공하는 것이 서비스 제공자의 기본자세. 서비스 제공시 고객을 가족이나 친척으로 생각한다면 훌륭한 서비스를 할 수 있다.

무척 흥미롭게도 방금 인용한 성공하는 서비스업을 위한 '3S 원칙'이나 호설암이 남겼다는 '양명의 법칙'은, 똑같이 고객을 부모나 가족 대하듯 하라고 당부한다. 정확한 연대는 헤아릴 수 없지만, 언제부터인가 우리나라에서는 서비스 업종에 있는 사람들이 나이 든 고객에게 '어머니, 아버지'라는 호칭을 스스럼없이 사용하기 시작했다. 그 요상한 풍조가 막 시작되었을 때 언론이나 각종 칼럼은 그런 얄팍한 상술을 패륜으로 비난하기도 했건만, 요즘은 통 말이 없다. 추측컨대, 저 몰상식한 호칭이 나오기 시작한 어름부터 한국 사회는 단순한 친절 봉사에서 감정노동으로 넘어가지 않았을까?

지금까지 인류에겐 두 가지 노동만 있었다. 육체노동과 정신노동으로 비교적 잘 구분되던 산업화 시대엔 자신의 노동력을 파는 중에 감정까지 고용주에게 저당 잡히는 일은 잘 없었다. 전통적인 노동자는 정해진 시간 동안 자신의 육체와 재능을 고용자에게 바쳤을 뿐이다. 마르크스의 용어로 하면, 그 시간 동안만 노동자는 자신으로부터 소외됐다. 즉 일하는 시간 동안만 자신은 자신의 것이 아니었지만, 그 시간에도 감정만은 자신의 것이었다. 그런데 육체도 정신도 아닌 감정을 사용하는 또 다른 노동이 생겨남으로 육체와 두뇌라는 이분법은 폐기되거나, 기왕의 이분법에 더 복잡한 분석이 필요한 계기를 맞았다. 일례로 항공승무원은 육체노동(예를 들어, 기내 복도 사이로 기내식 카트를 끄는 일)과 정신노동(예를 들어, 비상착륙이나 탈출에 대비하는 일)은 물론이고, 그보다 더 비중 있게 감정노동을 행해야 하는 새로운 노동자 유형이다.

현대 사회에서 1차 산업과 3차 산업 종사자의 비율이 역삼각형을 이룬 지 오래고, 제조업 종사자는 앞으로도 계속 줄어들 전망이다. 이처럼 고객에게 직접 또는 간접적으로 서비스를 전달하는 노동이 비대해 질수록 노동 환경은 점점 친절이라는 일망 감시에 포박당하게 되고, 그 업종의 노동자는 자신의 육체와 재능뿐 아니라 감정까지 바쳐야 한다. 미소 짓고 싶지 않은데도 미소 지어야 하고, 처음 본 고객에게 '사랑합니다, 고객님'이란 입에 발린 말을 해야 하는 것이다. 앨리 러셀 혹실드의 『감정노동』은 서비스업이 생산력의 주종을 차지하는 현대의 일터가 새로운 노동 통제 기술을 발전시키고, 노동자가 감정노동에 혹사된 결과 이전에는 보지 못했던 이질적인 감정을 지닌 인간이 만들어질 수 있다고 경고한다.

앞서 예를 든 것처럼, 이 책은 감정노동의 본질을 파고들기 위해 가장 가혹한 감정노동의 현장인 항공승무원의 사례를 중점적으로 다루고 있다. 항공승무원들이야말로 "승객이 항상 옳은 건 아니겠지만, 승객은 절대 틀리지 않습니다"라는 정신분열증적 강령에 따라 근무하는 고강도 감정노동자들이다. 지은이는 이 책에서 항공승무원들의 예를 비중 있게 들고 있지만, "감정노동에서는 직업 유형에서 흔히 사용되는 구분 방식"이 무용하다는 것도 동시에 강조한다. 실제로 우리 주변에는 항공승무원보다 더 많은 노동자들이 본래 업무 이외의 감정노동을 강요받는다. 많은 노동자들은 자신의 고유 업무와 함께 고객에 대한 친절 임무를 수행해야 하며, 그 결과는 본부와 고객 사이에 이루어진 사후 통화를 통해 즉각 상부에 기록된다. 이처럼 고객과 접촉하는 거의 대부분의 노동자들은 여러 단계의 감시와 조회를 거쳐 포상과 재교육이라는 절차를 밟게 된다.

지은이에 따르면 서비스산업의 비중이 커지면서 시작된 사업자 간의 출혈 경쟁은 피고용인들에게 강도 높은 감정노동을 강요했고, 피고용인들은 실제의 감정과 드러난 표현 사이에서 감정 부조화를 겪게 된다. 그런데 감정은 매우 양가적이고 계산적이기도 해서 '감정노동으로 무엇을 잃느냐'와 '그 대가로 무엇을 얻느냐'를 저울질한다. 그런 끝에 감정노동자들은 직장의 요구에 순응하기 위해 보통 자신의 감정을 변화시킨다. 개인전용이던 감정을 상업용으로 변형하는 일이 처음부터 쉬운 것은 아니지만, '감정교육'이 성공한 상황에서는 오히려 자신의 "감정을 도구로 쓰는 것에 자부심"을 느끼게 된다. 그들은 자기계발에 성공한 사람들이거나, 메소드 연기를 탁마한 훌륭한 연기자들이다.

감정의 착취는 상류층에서 하류층으로, 고용인에서 피고용인으로, 남성에서 여성으로, 성인에서 아동으로, 위에서 아래로 이루어진다고 우리는 믿고 싶어 한다. 물론 그 역이 일반적이지는 않지만, 진실은 그게 전부가 아니다. "상층 계급의 가정과 직장에서는 하층 계급에 견줘 더 많은 감정 관리"가 일어난다는 분석도 있는 것처럼, 감정노동은 상하 위계보다 계급 상승에 대한 열망이 높은 사람들에게서 먼저 일어난다. 그런 사람일수록 '감정노동으로 무엇을 잃느냐보다, 그 대가로 무엇을 얻느냐'가 중요하다. 반대로 계급 상승의 열망에서 제외된 사다리의 가장 밑에 있는 사람들은 "감정 법칙에서 거의 완벽한 자유를 누린다. 소외된 자의 자유를 즐기는 것이다."

하층민이라야 비로소 자기감정을 간수할 수 있다는 말은 라면 박스 속에서 한겨울을 나야 하는 노숙자들의 고통을 모르고 하는 소리임에 분명하지만, 저처럼 내면이 바닥까지 탈취되고 감정이 속속들이 식민지화 된 다음에도 우리는 인간일 수 있을까? 앞서 말한 것처럼 자신의 감정을 '황무지로 개간'하는 꾸준한 자기계발 끝에 "감정이 성공적으로 상업화된 상황에서는 노동자가 거짓이라는 느낌이나 소외되었다는 느낌을 받지 않는다. 노동자는 자신이 제공하는 서비스가 실제로 얼마나 인간적인지에 만족감"을 느끼게 된다고 한다. 그렇다면 새로운 인류에게도 진실된 감정이 있을까? 릴케의 「두이노의 비가」를 읽거나 바흐의 음악을 듣고, 슬퍼하거나 기뻐할 수 있을까?

어쩌다 라디오를 듣다보면, 왕왕 '어느 가게에서 이런 친절한 대접을 받았다'는 청취자의 투고를 듣게 된다. 아아, 많이 '묵었다 아이가', 이제 그만 하자! 못난 놈들끼리 친절로 서로 벌점을 주는 사회, 친절이라는 일망 감시 속에서 서로 감시꾼 노릇을 하는 사회, 친절이 스펙이 되고 경쟁력이 된 사회는 우리가 진실로 친절해질 수 없는 사회, 곧 만인 대 만인의 결투장일 뿐이다. 우리가 자본주의가 만들어 놓은 결투장에 참여하지 않는다고 해서, 이 사회가 불친절의 지옥으로 굴러 떨어질까? 너와 나는 연대가 필요하지, 서로에게 친절 '노동'을 요구할 게 아니다. 내가 당신에게 친절을 강요하면, 그 사람은 또 다른 사람에게 자기가 짜낸 친절을 보상받으려 할 게 뻔하다. 그런 사회에서 친절은 상대방을 베는 칼이다. 하므로 우리는 감정노동자들의 친절에 대해 '쿨'해질 필요가 있는 것이다. 그건 감정노동자들을 위한 배려 차원에서나 역설적인 사회 안정 차원에서도 그렇지만, 오로지 나를 위한 이유도 있다. 『상경』을 한 번 더 들춰보자.

> 중국의 전통 비단 상점인 서부상은 고객을 매우 중시하여 남들과 다른 독특한 영업 방식을 갖추고 있었다. 고객의 신분과 구매하고자 하는 물건에 따라 각기 다른 예우방식을 쓰는 것이다. (…) 료고(了高, 점원)들은 항상 얼굴에 웃음을 잃지 않고 지나칠 정도로 친절하게 손님들을 대했다. 특히 2층으로 모시는 특별 손님들에겐 차와 담배를 제공하는 등 최고의 서비스를 아끼지 않았다. 진열대 앞에는 긴 의자와 차 주전자 등을 마련해 두었고, 여름에는 차가운 음료수도 준비하여 고객에게 편안하고 쾌적한 구매 환경을 제공했다. 이처럼 치밀하고 친절한 서비스 덕분에 서부상의 각 점포에는 연일 손님들의

발길이 끊이질 않았다.(243~244쪽)

기업이 인위적으로 제공하는 친절은 감정노동을 해야만 하는 감정노동자의 뼈골만 아니라, 결국은 당신의 뼈골마저 뽑아낸다. 기업이 제공한 친절에 중독되었던 만큼 당신은 기업에 휘둘리기 쉬운 '봉'이 된다. 이를테면 기업은 당신을 분발시키기 위해 일부러 당신에게 모욕을 줄 수도 있다. 당신은 사소하지만 더 많은 친절을 제공받는 특별고객과 다르게 취급받는 것을 알고 이를 악문다. 감정노동자가 자신의 감정노동을 매달 고용주에게 평가받듯이, 당신 또한 '얼마만큼 친절(서비스)을 받을 수 있는지' 등급이 매겨진다. 마치 은행에서 정해주는 신용카드의 한도액처럼 말이다. 이런 것을 감정노동 사회의 관리된 쌍방향 소통이라고 명명하면 어떨까?

"감정노동은 사람들과 개인적인 접촉을 해야 하고, 다른 사람들의 마음 상태를 만들어내야 하고, 감독자를 통해 감정노동을 감시당해야 하는 직업"에서만 생겨난다. 그런데 그 숫자는 워낙 커서 미국의 경우 미국 전체 노동자의 3분의 1이 감정노동을 포함하는 직업에 속한다고 한다. 미국과 똑같이 제조업이 급속하게 고사해 가는 한국에서도 감정노동의 증가는 불을 보듯 뻔하다. 게다가 아무나 붙잡고 천연덕스레 '어머니, 아버지'라고 부르는 걸로 보아 우리나라의 감정노동 시장(이 말은 고용자들이 쓰는 말이라고 한다)의 강도는 결코 어느 나라에 뒤지지 않을 것이다.

『한비자』에 나오는 춘추전국시대의 일화와 백 년 전 호설암의 경영원칙을 보면, 세계는 오래 전부터 감정노동을 준비해 온 듯하다. 그럼에도 불구하고 현재의 감정노동이 예전의 감정노동과 다른 것은, 감정이 무한 착취당한 끝에 내가 누구의 감정을 대신 느끼는지 모르게 된 것이다.

이렇게 교묘하게 '진정'에 '거짓'이 들어가고, 자연스러운 것에 인위적인 것이 들어가는 현실은 사실 이미 널리 퍼져 있는 문제다. 그 중요한 원인 중 하나는, 사람들이 감정을 사용하는 데 따르는 인센티브에 관해 점점 더 잘 알게 된다는 것이다. 이것은 감정에도 마찬가지로 적용된다. 서비스를 제공하는 과정에서 감정노동을 수행하는 사람들은 사물을 만드는 과정에서 육체노동을 수행하는 사람들과 같다. 둘 다 대량 생산의 법칙에 영향을 받는다. 그렇지만 조작되고, 대량으로 생산되고, 능률 향상과 태업의 대상이 되는 그 생산물이 미소, 분위기, 감정 또는 관계인 경우, 이것은 더욱더 자신보다는 회사에 속하게 된다. 그래서 사람들이 대부분 공공연하게 개인을 찬양하는 나라에서, 더 많은 사람들은 그 질문의 가장 근본적인 사회적 뿌리를 찾지 못한 채 개인적인 궁금증을 갖는다. 나는 정말 어떤 감정을 느끼는가?(248~249쪽)

아주 옛날 노예주는 노예들에게 곡괭이를 주며 자신의 밭을 갈고 광산을 파게 했다. 하지만 오늘의 고용주는 우리들에게 곡괭이를 쥐어 주며 이렇게 말한다. '자, 너의 내면을 갈고 너의 감정을 파라!' 이제 감가상각은 고용주의 설비에서 발생하는 것이 아니라, 우리들 자신에게서 발생한다.

천부인권은 없다

『인권은 정치적이다』

앤드류 클래펌, 한겨레출판, 2010

『인권』

최현, 책세상, 2008

출판 편집자들과 간혹 어울리는 편이지만, '인권'이 인기 있는 주제라거나, 그 분야는 독자층이 두터워 본전 걱정을 하지 않아도 된다는 말은 들어 보지 못했다. 그런데도 요 몇 년 동안 이 주제에 관한 책이 줄기차게 나왔고, 작년에도 그랬다. 앤드류 클래펌의 『인권은 정치적이다』를 번역했던 박용현도 '옮긴이의 말'에 "최근 들어 인권을 다룬 책이 많이 출간되고 있는 건 기쁜 일이다"라고 썼으니, 혼자만의 착각은 아니다.

실제로 인터넷 서점을 검색하면, 2009~10년 사이에 이 주제의 책이 집중적으로 출간된 것을 알 수 있다. 그동안 현병철 국가인권위원장의 인권 정책은 갈지자 퇴보를 거듭했는데, 이 무슨 역설인가? 작년 10월에 있었던 국정감사장에서 한 여성 의원은 "위원장님, 안드로메다에서 오셨어요?"라고 그를 조롱했고, 다음 달엔 전문·자문위원 61명이 동반 사퇴했다. 굴욕은 이후에도 끊이지 않았다.

독자들께 겁을 주려는 건 아니지만, 인권 서적 중엔 두꺼운 것도 꽤 있다. 당연히 값도 비싸다. 그런 책을 권하자니 민폐요, 그것도 인권 침해(?)다. 그래서 최현의 『인권』을 먼저 추천한다. 이 책은 얇고 기본 개념에 충실하지만, 그렇다고 해서 모범생처럼 개념이나 용어 풀이만 하고 있지 않다. 입문서인데도 그 역할에 머무르지 않고, 자기 논점이 또렷하다.

우리는 보통 인권하면 '모든 사람들이 가지고 있다고 추정되는 권리',

또는 '하늘이 부여한 권리' 따위로 추상적으로 생각한다. 저 개념들이 추상적인 것은, 마땅히 그렇게 하거나 되어야 하는 당위적 가치로 인권을 정의하기 때문이다. 하지만 지은이는 처음부터 그런 일반적인 믿음에 쐐기를 박는다. 인권은 그런 당위적 가치만이 아니라, 현실에 바탕을 둔 시민권을 통해 현실 속에 이루어져야 하는 가치다. 즉 천부인권이니 자연권설이니 하고 계몽사상가들이 떠들어 댔지만, 실제로는 자연, 하늘, 신과 같은 초월적인 질서가 인간의 권리를 보장하지는 못했다. "현실적으로 인간의 권리를 보장하기 시작한 것은 미국의 독립 전쟁과 프랑스혁명으로 근대 국가가 탄생하면서부터였다." 정리하면 '국가=시민권=인권'이라는 것이다.

인권에 대한 우리들의 고정관념 가운데, 절대 양보할 수 없는 게 있다. 인권과 국가는 서로 견제할 뿐 아니라, 물과 기름처럼 섞일 수 없다는 것이다. 박정희와 전두환 독재시절, 숱하게 있었던 국가기관의 고문과 그것을 폭로하려는 민주(인권)운동가들의 고문 규명 실랑이는 인권과 국가의 반목을 증명하고도 남는다. 그 때문에 이명박 대통령이 독립기관인 국가인권위원회를 대통령 직속으로 만들려고 했을 때, 우리나라뿐 아니라 외국의 인권단체도 펄쩍 뛰었다. 그런데 『인권』의 지은이는 천부인권이라는 추상적인 인권 개념이 현실 역사에서 실현되기 시작한 것은 민족국가의 탄생에 힘입어서이며, "시민권의 역사가 인권의 역사와 동일하다"고 주장한다.

중세 신학과 왕권신수설로부터 동시에 벗어나 근대 민족국가가 만들어지면서, 살아 있는 '천국의 백성'들은 비로소 시민이 되었다. 자유롭고 평등한 시민이라는 동질성이 없으면 국가도 자본주의도 유지될 수 없었기에 국가는 탄생 때부터 내부의 다양한 문화·지역·종족을 통합하는 시민권 제도와 법을 만들었다. 프랑스의 경우 자유·평등·우애라는 시민적 덕성이 강조되었으며, 삼권분립 정치 체제와 선거권이 확충되고, 시민들에게 평등권·자유권·재산권(소유권)·안전권·저항권을 중심으로 하는 시민권을 보장했다.

프랑스혁명 이후 "근대 세계에서 인간으로 인정받으려면 우선 특정한 국민국가의 시민"이 되어야 했고, 세계는 연이어 민족주의 열망에 휩싸였다. 특정 국민국가의 시민이 되어야만 인간으로서 권리를 가질 수 있다는 민족주의 발상은 1·2차 세계대전을 거치면서 무수한 독립국가를 만들었으니, 그것이 오늘의 세계다. 그런데 이주와 이동이 흔해지고 과학 기술의 발달로 전쟁이나 범죄조차 세계화되는 21세기에 민족국가를 기초로 만들어진 시민권 제도는 오히려 새로운 세기의 장애물이 됐다. 그래서 다원화와 다문화 문제를 고민하는 세계는 지금, 인권의 재정립을 중요한 정치적 의제로 삼는다.

우리나라 역시 다문화 시대의 문턱을 넘는 중이지만, 몇 년 사이에 '인권 서적, 뭐 하러 자꾸 나오나?' 할 정도로, 이 분야의 책이 쏟아지고 있는 까닭은 딱히 그 때문만이 아니다. 앞서 프랑스혁명이 쟁취한 시민권 얘기를 했지만, 프랑스혁명은 사회적 강자인 부르주아들이 혁명을 주도하면서 그들 계급의 재산권이나 정치적 권리만 챙겼고, 노동자나 여성, 사회적 약자를 위한 사회권은 배제되었다. 인권이라면 자동적으로 사상과 표현의 자유나 집회·결사의 자유만 떠올리게 된 것은, 정작 중요한 시민권 가운데 하나인 사회권이 망각되었기 때문이다.

사회권은 분배의 정의를 핵심으로 하면서 그것의 이행을 요구할 권리, 일할 수 있는 권리, 실업을 보호받을 권리, 일정 기간의 유급 휴가 등 휴식과 여유를 가질 권리, 건강 및 행복에 필요한 생활수준을 누릴 권리, 학비 걱정 없이 교육을 받을 권리, 노령 보호 등을 포함한다. 하므로 이명박 정권 들어 인권 서적이 자꾸 나오는 것은, 분배의 양극화와 복지 정책에 대한 홀대가 시민의 권리인 사회권에 대한 관심을 부추기기 때문이고, 거기에 전선을 만들어야 할 필요가 있기 때문이다. 바로 이 지점에서 우리는 "인권은 본래 정치적이다"는 앤드류 클래펌의 명제와 만난다.

최현은 인권을 국가 혹은 사회 통합의 시각에서 바라본다. 이때 인권은 시민들의 권리 쟁취가 아니라, 위에서 아래로 베푸는 시혜다. 인권과 국가의 대치에 익숙한 우리에겐 낯선 도립倒立이지만, 제발, 이 정권이 그런 시늉이라도 했으면 좋겠다.

북한의 인권은 왜 선택적이어야 할까

『코리아 인권』

서보혁, 책세상, 2011

『인권의 정치사상』

김석근 외, 이학사, 2010

우리나라에서 진보와 보수, 좌파와 우파를 가르는 변수 가운데 하나는 북한에 대한 태도이다. 즉 통일 방법론, 북핵에 대한 규정과 해결, 경제 협력이나 인도적 지원 여부에 대한 입장 여하에 따라 한국인들은 진보나 보수로 분류된다. 사정이 이렇다보니, 북한 인권 문제 역시 진영 논리로부터 자유롭지 못하다. 진보 진영은 인권을 거론했다가 남북 협력을 파탄낼까봐서 주저하는 반면, 보수 진영은 인권의 절대성을 앞세워 북한 체제의 전복까지 넘겨다 본다.

이런 상황에서 출간된 서보혁의 『코리아 인권: 북한 인권과 한반도 평화』는 무척 반가운 책이다. 솔직히 말해, 북한 인권 문제가 한반도의 평화나 통일 문제와 밀접한 주제임에도 식상한 화제로 치부되는 데에는 이유가 없지 않다. 이제껏 북한 인권 문제는 탈북자나 국내외 북한 인권 관련 시민단체가 독점한 가운데, 지난 10여 년 동안 여야 정쟁의 대상으로만 취급되었다. 하지만 지은이의 문제의식에 따르면, 북한 인권 문제는 남북한이 평화체제로 가는 길목의 교두보가 될 수도 있고, 복병이 될 수도 있다.

북한 인권이 한국 사회의 난제로 불거지기 시작한 것은 1990년대 중반부터 생기기 시작한 탈북자들의 증언과, 북한을 '악의 축'으로 규정하면서 북한의 열악한 인권을 부각시켜 '북한 정권교체'의 정당성을 찾고자 했던 조지 부시 정권의 전략이 한몫 했다. 2004년 10월 미 상하 양원에서 북한인권 법안이 통과되자, 남한에서도 한나라당을 주축으로 한 보수 성향의 인사들이 북한 인권 개선 관련 법률안을 공세적으로 추진했다. 이때 참여정부는 인도적 지원과 '조용한 외교' 등을 통한 북한 주민의 생존권 개선, 탈북자 보호 및 입국 사업을 실질적 대안으로 삼았다. 하지만 2008년에 들어선 이명박 정권은 2010년 2월 유사 법안들이 취합된 북한인권법을 통과시켰는데, 거기에는 1991년 남북한 총리가 서명한 남북기본합의서의 제1조(상대 체제를 인정하고 존중한다)와 제2조(내부 문제에 간섭하지 않는다)에 배치되는 조항이 들어 있다.

이처럼 북한 인권 문제는 북한 정부를 창피주고 인권을 내세워 국제적인 차원에서 대북제재를 끌어내려는 미국의 전략과, 한나라당과 보수 세력이 김대중·노무현 대통령 시대를 김정일 정권에 나약한 '친북좌파'로 색칠하기 위한 호재로 내세운 배경이 있다. 그렇기는 하지만 지은이도 번번이 강조하듯이, 북한의 인권 문제가 전반적으로 열악한 것은 사실이다. 종종 탈북자의 증언이 미심쩍고 국내외 북한 인권 보고서의 배후가 수상쩍다 하더라도, 오해의 원인 역시 상당 부분 북한에 있다. 북한은 네 가지 인권 규약에 가입해 있으면서도, 가입국의 의무인 보고서 제출과 감사에 충실히 응하지 않았다.

지은이는 "북한의 인권 개선에 가장 핵심적인 역할을 할 수 있고 해야 하는 주체는 남한"인데도, 지난 10년간 북한 인권 정책이나 논쟁은 그렇지 못했다고 말한다. 북한 인권에 접근하고 개선을 끌어내기 위해서는 먼저 사회주의 체제의 인권관을 이해해야 하는데, 남한의 정책 결정자들이나 운동가들은 자유주의 체제의 잣대로만 북한 체제의 인권을 재단해 왔다는 것이다. 지은이가 보기에 그런 맹점은 북한의 인권을 개선하기는커녕, 남한의 인권마저 왜곡되게 만들었다.

1948년 유엔 총회는 세계인권선언문을 채택했지만 국제법적인 효력이 없는 그야말로 선언이었다. 이후 국제법적 의무 이행을 수반하는 국제인권규약을 작성하게 되는데, 자유권을 강조하는 서방 자유주의 진영과 사회권을 강조하는 옛 소련 중심의 공산주의 진영이 대립한 끝에, 시민적·정치적 권리에 관한 국제협약(ICCPR, 일명 자유권규약)과 경제적·사회적·문화적 권리에 관한 국제협약(ICESCR, 일명 사회권규약)이 나뉘어 제정되었다. 전자가 권력으로부터 자유로울 수 있는 권리와 함께 시민의 경제 활동과 정치 활동을 보호한다면, 후자는 노동할 권리와 노조를 결성할 권리에서부터 교육받고 치료받을 권리 등의 실질적인 삶을 돌본다. 1966년에 채택된 두 규약 가운데 아직도 사회권규약을 비준하지 않은 나라인 미국은 자유권을 중심으로 인권을 파악하는 대표적인 나라다. 그리고 "그 영향을 가장 많이 받고 있는 나라 중 하나인 한국에서도 자유권 중심의 인권관이 팽배"해 있다.

바로 이런 차이가, 기독교 근본주의 성격을 띤 미국의 부시 정권이나 자유주의를 신봉하는 한국의 대북 인권 단체들이 북한의 인권을 턱없이 낮춰 보는 이유다. 그러나 서로 견해를 좁힐 수 없을 것 같았던 동서 진영의 인권관은 1989년 베를린장벽의 붕괴와 잇따른 구소련의 패망으로 새로운 전기를 맞이하게 된다. 16명의 정치학자가 글을 보탠 『인권의 정치사상』에 한 편의 논문을 쓴 오영달은 현실 사회주의가 몰락하면서 자유권이 홀로 득세한 게 아니라 "시민적·정치적 권리들이 우선인가, 아니면 경제적·사회적 권리가 우선인가의 논쟁도 크게 약화"되었다고 하니, 이런 것을 역사의 아이러니라고 해야 할까?

세계사의 전개는 이처럼 자유권과 사회권을 아우르는 방향으로 가고 있는데 한국의 북한 인권 정책은 반대로 가고 있다. 예를 들어 현 정권의 북한인권 법안은 "정부는 북한 인권 개선을 위한 사업과 인도적 지원을 연계해 실시해야 한다"고 하는데, 여기에서는 "인도적 지원이 생존권 개선에 이바지한다는 인식"을 찾아볼 수 없다. '자유권=인권'이라는 자유주의적이고 냉전적 인식이 사회권을 차단함으로써, 북한 인권을 개선하겠다는 법안이 도리어 북한 주민의 인권을 사지로 몰아넣고 있는 것이다. 그리고 그러한 인권 인식이야말로 대북 인권만 아니라, 국내적으로도 비정규직에 대한 냉대와 철거민들의 주거권 투쟁을 외면하게 만든다.

자유권을 인권이라고 여기는 남한과 '인권=국권'이라고 믿는 북한이 인권이란 가치를 함께 발전시키기 위해 지은이가 제시하는 게 바로 이 책의 제목이 된 '코리아 인권'이다. 남한 정부의 적극적 역할이 요구되는 코리아 인권은 남한과 북한의 인권을 개별이 아니라 하나의 지역으로 묶고, 인권을 독립적인 가치가 아닌 평화체제와 경제적 발전이라는 통합적 연계 속에서 파악하고 실천하는 것이다. 선택적이고 도구적인 북한 인권 논의는 이제 끝나야 한다.

공감의 힘

『인권의 발명』

린 헌트, 돌베개, 2009

1997년 12월, 힐러리 클린턴은 유엔 연설을 통해 인권은 "인류문명이 태동할 때부터 항상 우리와 함께 해왔다"면서 소포클레스의 『안티고네』를 인용했다. 하지만 크레온과 안티고네의 알력은 인권의 기원에 합당하기보다, 법과 정의의 변증법적 대결을 보여주는 사례에 더 가깝다. 즉 법을 중지시키는 힘이 정의며, 정의의 도전 앞에서 법은 수정되지 않으면 안 되는 열세에 빠진다.

아마도 힐러리의 비서는 1977년 '세계 법의 날'을 기념해 발간된 『인권의 국제법적 보호』와, 그 다음해 미국 국무부가 제작한 『인권과 미국의 외교정책』을 참조했을 것이다. 두 문서는 똑같이 서구 인권사상의 기원으로 소포클레스가 활약했던 그리스 시대까지 거슬러 올라갔다. 하지만 저 노력이 인권을 당위로 여기려는 현대인의 외삽에 불과하다는 것은, 그리스가 노예제 사회였다는 사실 하나만으로 충분히 입증된다. 유교 문화에 익숙한 우리 표현으로 바꾸면, 고대 그리스의 인권 역시 사대부들만의 차지였던 것이다.

천부인권설이니 자연권설이니 하는 용어들은 마치 인류문명과 인권사상이 함께 존재했던 것인 양 오해하게 하지만, 고대 사회에서의 인간의 권리란 오늘처럼 내가 누군가로부터 얻어내야 하는 무엇이 아니라, 도리어 내가 누구에겐가 바쳐야 하는 의무를 뜻했다. 인간의 권리가 정치 참여나 표현의 자유, 혹은 요즘 들어 확대되기 시작한 사회권을 가리키기 시작한 것은 그리 오래된 일이 아니다.

린 헌트의 『인권의 발명』은 인권이 18세기의 발명품이라고 주장한다. '만인은 평등하게 창조되었으며, 양도할 수 없는 권리를 가진다'는 인권의 기본 원칙은, 1776년 미국 「독립선언문」과 1789년 프랑스의 「인간과 시민의 권리 선언」을 통해 되물릴 수 없는 법적 구체성을 얻게 된다. 부연하자면, 저 두 개의 문건에서 두드러지는 것은 '선언'이라는 용어다. 1628년 영국의 권리청원과 1689년의 권리장전에서 사용된 청원과 장전이 더 높은 권력을 향한 요청과 호소를 담고 있다면, 선언은 그보다 덜 복종적이고 덜 무력한 자기주장을 나타낸다.

이 책은 인권이 미국의 독립 선언과 프랑스혁명으로부터 비롯됐다는 기본 논지에서 출발하기는 하지만, 계몽주의 철학가들의 변설이나 그들의 피 튀기는 정치 투쟁에서 기원을 찾지는 않는다. 좀 뜬금없지만 지은이는, 양 대륙에서 일어난 혁명 직전에, 영국과 프랑스에서 유행한 대중소설이 서구 인권의 기원이라고 말한다. 당대의 사람들은 루소·새뮤얼 리처드슨·헨리 필딩·대니얼 디포 등의 소설을 읽으면서 주인공들의 자율성을 본받고자 했고, 소설의 주인공들이 겪는 곤경에 동참함으로써 공감의 능력을 길렀다. 소설은 대중들에게 자율 감각과 공감 능력을 길러주는 감정 교육의 온실이었던 것이다.

소설의 전성시대가 인권의 탄생 시기와 일치한다면서, 소설 읽기가 고양시킨 타인(주인공)에 대한 공감과 연민이 '모든 사람은 근본적으로 같다'는 인권 감각을 키워주었다는 지은이의 주장은, 인권이라면 곧바로 간난의 투쟁을 떠올리는 우리들에게 무척 한가롭게 들린다.

그럼에도 불구하고, 벌거벗은 아이가 모델로 나오는 서울시의 무상급식 반대 포스터를 보면, "자폐증의 특징은 타인들과 공감하는 능력의 결여"며, "공감하는 법을 배움으로써 인권을 향한 길이 열렸"다는 지은이의 말에 통감하지 않을 수 없다.

순진 소박한 듯하지만, 이 책은 인권의 통시적 기원이 아니라, 감성적 원천을 말한다. 공감 능력이 인권의 원천이라는 이 책의 결론은, 천정배 의

원이 자신의 '민심 발언'을 규탄하는 청와대를 향해 "아프냐? 니들도 사람이었구나. 감각기관이 살아 있었구나"라는 힐난과 상통한다.

사족이다. 이 책은 신문과 소설이 민족주의를 번성케 했다는 베네딕트 앤더슨의 발상을 원용했으나, 그 범위를 민족보다 큰 보편적 가치인 인권으로 확장했다.

개인적인 것이 정치적인 것이다

『68운동』

잉그리트 길혀-홀타이, 들녘, 2006

『69』

무라카미 류, 작가정신, 2004

『혁명의 역사』

페터 벤데, 시아출판사, 2004

무라카미 류의 소설 『69』는 묘한 상상을 불러일으키는 제목이지만, 작품 속에 그런 노골적인 행위가 묘사되거나 실현되고 있지는 않다. 그 제목은 작중에 거듭 나오는, 위악과 연관되어 있다.

> 학년이 올라갈수록 나의 성적은 끝없이 하강해 갔다. 이유는 여러 가지가 있다. 부모의 이혼, 동생의 갑작스런 자살, 니체에 대한 지나친 경도, 불치병에 걸린 할머니 때문, 이라고 하면 거짓말이고, 그냥 공부가 싫었을 뿐이다.(9쪽)
>
> 막 열여섯이 되던 해 겨울, 나는 가출했다. 그 이유는 수험체제에 모순을 느꼈고, 당시 한창 기세를 올리고 있던 삼파계 전학련의 엔터프라이즈 투쟁의 의미를 학교와 가정의 외부에서 객관적인 시각으로 생각해보고 싶었기 때문이다, 이라고 하면 거짓말이고, 사실은 역전 마라톤에 참가하기 싫어서였다.(22쪽)
>
> 나는 밝은 햇살이 가득한 오렌지 밭과 송사리가 헤엄치는 맑은 개울이 흐르고, 미군 장교와 그 가족들이 왈츠를 추는 서양식 건물에 둘러싸여 자랐다, 고 하면 거짓말이고, 밀감 나무 네 그루와 금붕어가

헤엄치는 방화용수, GI와 창녀들이 온갖 욕설을 주고받는 미군전용 창녀촌에서 살았다.(189쪽)

위의 대목과 같은 위악적 언술의 압축된 기표다. 작가는 포르노그래피처럼 뻔뻔스러운 제목을 내세워, 거기에 유인된 독자들에게, 자신의 혀를 내보여 준 것이다(메롱!). 하므로 이 제목은 어느 평자의 조롱처럼, 오로지 독자의 호주머니를 털려는 '삐끼' 노릇을 완수하기 위해 작명된 게 아니다.

류의 소설 제목은, 전후 일본의 최대 학생운동이자 마지막 학생운동이 벌어졌던 1969년을 뜻한다. 이 소설은 그 해에 고등학교 3학년생이 된 야자키 겐스케의 일대기이자, 작중 인물의 가면을 쓴 작가의 회고록이다.

2004년에 번역된 이 소설을 나는 꽤나 뒤늦게 읽었는데, 그의 소설을 여러 권이나 읽고 나서 류에 대한 관심을 끊었기 때문이다. 헌책방에서 『69』를 만나지 않았다면, 일부러 이 소설을 구해 읽지 않았을 것이다. 그런 선입견 때문인지 2007년 12월 10일에 읽고, 그 날짜에 기록한 최초의 평은 형편없다. 원래대로라면 벌써 헌책방으로 원대복귀를 했어야 할 책인데, 본문에 음악 이야기가 많아서, 음악 에세이를 쓸 때 한 번이라도 더 써먹으려고 놔둔 것이다. 그런데 이 소설을 다시 읽게 된 이유는, 국문학 연구가이자 평론가인 어느 필자의 일본 소설에 대한 존평을 읽고 나서이다. 모든 일본 소설을 '어리광'으로 번역하는 말장난의 편집증적 예를 보여주는 「어쩐지 파라노이악」이란 제하의 평론에서 그는, 류의 이 소설 또한 체제에 함몰된 자의 어리광으로 간주한다.

『69』를 다시 읽으면서, 잉그리트 길혀-홀타이의 『68운동: 독일·서유럽·미국』을 읽었다. 1968년, 미국·독일·프랑스·이탈리아에서 동시다발적으로 일어난 68운동의 발단은 '대학소요'였다. 대학의 관료화와 '대학·정부·재계'의 대학 도구화(직업교육)에 대한 대학생들의 반발이 '대학 개혁'에 대한 요구로 번지고, 그것이 베트남전 반대 시위와 결합되면서, 서구의 중심부를 강타한 게 68운동이다. 당시의 서구 교육 관료들은 "대학·정부·재계의 긴밀한 협조와 연결"을 통해 정부나 관청 및 산업체에 필요한 관리자를 충당하기 위해 "대학 교육을 개조"하던 중이었다. 이를 앞장서서 벌인 학교가 캘리포니아에 소재한 주립 대학인 버클리 대학이다. 1958년 이후부터 "국가 기관과 재계 대표가 대학 행정위원회에 포함되고, 대학은 국가와 재계가 위탁한 많은 연구 과제를 떠맡는 방식"으로 버클리 대학은 정부·재계와 결탁했다.

버클리 대학교 학생들은 교육을 직업교육의 목표로 도구화하려는 교육 관료와 개인 생활까지 규제하고 감독하려는 권위주의에 맞서 자신들의 불만을 알리는 선전 활동과 대학관료(학장)의 지시에 불복종하는 운동을 시작했다. 1964년 9월에 시작된 운동은 규모가 매우 작았으나 총장이 내린 학생들에 대한 징계와 경찰의 학내 진입이 사태를 키웠고, 곧 미국과 서구의 대학 전체로 번졌다.

대학을 "거대 산업에 복무하는 간부"를 육성하는 곳으로 변질시키려는 시도는 4개국에서 동시에 진행되고 있었기에, 학생들의 반발이 '반 대학 선언'으로 나타나는 것은 자연스러웠다. 독일 최대의 대학생연맹인 SDS(독일사회주의학생연맹)는 버클리보다 일찍 1962년, 대학 교육이 직업교육으로 환원되는 것을 비판하는 보고서를 채택하면서 "지식이 틀에 박힌 것으로, 노하우의 적나라한 슬로건으로 물질화 된 것"이나, 대학이 경제와 산업의 경영 조직을 지향하는 빈틈없는 규율의 도입으로 "산업화 된 것" 그리고 교수들의 관료화를 비판했다. 아울러 학생들은 대학 수업이 교수들의 독백 형태를 띠며 "다 가공된 생각의 결과를 수용"하는 장소로 전락했다고, 대학 공부가 특권적인 직업을 보장하고 학업을 경력 만들기로 몰아가는 자격증 획득 수단이 되었다고 질타한다.

자격증 획득 수단이라는 자본주의 아래서 이루어지는 교육에 대한 회의는 『69』의 주인공인 일본 고등학생에게도 낯설지 않다. 겐은 자신과 어울리다가 함께 정학 처분을 받게 된 아다마의 어머니가 대학 입시에 대해 어떻게 생각하느냐고 묻자, "별다른 생각은 없습니다. 지금 일본의 교육은 사회인을 양성하기 위해서라기보다는, 자본과 국가를 위한 사람을 뽑는 제도"라고 대답하며, 고등학교 교육 또한 그 예비단계라고 생각한다.

> 정말 화가 치민다. 놈(선생)들이 주장하는 유일한 이상은 '안정'이다. 즉 '진학' '취직' '결혼'이다. 놈들에게는 그것이 유일한 행복의 전제조건이다. 구역질나는 전제조건이지만, 그것이 의외로 효과를 발휘한다. 아직 아무것도 되지 않은 진흙 상태와도 같은 고교생들에게 그것은 큰 힘을 발휘한다.(141쪽)
> 119일 동안이나 결석을 했음에도 이 교실에 대해 아무런 감회가 없는 것은, 이곳이 선별과 경쟁의 장소이기 때문이다. 개나 소, 돼지도 어릴 때는 그냥 놀면서 지낸다. 북경요리의 돼지새끼 통구이용 돼지새끼만 빼고. 동물이건 사람이건, 어른이 되기 일보 직전에 선별이 행해지고, 등급이 나눠진다. 고등학생도 마찬가지다. 고등학교는 가축이 되는 첫걸음인 것이다.(171쪽)

이런 상황에서 68운동의 가담자들은 대학이 "세상에 있지만 세상의 것이 아니라는 전제", 즉 "대학은 현 사회에 대해 고민할 수 있고 또 해야 하는 곳"이라는 전제를 받아들이고자 했다. 여기엔 '신좌파적 지향'이 상당한 영향을 미쳤다. 잉그리트 길혀-홀타이가 꼽는 신좌파 지향의 특징은 ①마르크스주의가 착취를 강조하는 데 비해 소외의 해결을 강조하고 ②권력 획득과 경제 수단의 국유화 문제에 국한되지 않는 생활세계와 개인의 해방에 주목하며 ③사회·정치적 변화보다 문화적인 변화의 선행과, '대항권력'의 중요성을 환기시키고 ④정당에서 운동으로 전환과 직접행동을 중시하며 ⑤사회변혁의 주체를 프롤레타리아만으로 규정하지 않고 전문직 노동자계급과 지식인, 사회 주변부 집단으로 확대하는 데 있다.

정당(조직)이 아닌 운동으로 자신을 이해하는 태도는 신좌파를 반핵 및 군축 운동과 시민권 운동을 넘어, 반식민지 운동(베트남 반전 시위가 대표적)에 이르는 갖가지 저항의 흐름에 접속시켰다. 또 해방투쟁의 대오에서 지식인이 프롤레타리아트로부터 분리됨으로써 대학생들은 '사회변혁을 일으키는 운동'의 새로운 주체로, 대학을 그런 운동의 '잠재적인 기반이자 중개소'로 여기게 됐다. 서구의 68운동이 대학생을 주축으로 대학가에서 시작한 데는 이런 이론적 배경이 있었다.

본서의 원제(『68운동』)를 보면 68은 혁명이 아닌 게 확실하다. 하지만 같은 독일 역사가인 페터 벤데가 엮은 『혁명의 역사』 가운데는 영국의 역사가 아서 마윅이 쓴 「68혁명」이 들어가 있다. 그런데 이 논문 또한 제목과 달리, '혁명'이란 평가엔 유보적이다. 편저자가 글머리에 썼듯이 혁명은 '체제'를 변혁하는 것이어야 하는데, 체제는 고사하고 1967~69년 사이에 "권력 또는 정부의 교체가 일어난 나라는 없었다". 대개의 연구자들이 68을 '좌절된 혁명'이라고 칭하는데, 마윅은 아예 "한 번도 존재하지 않은 혁명"이라고 단정한다. 단지 저자는 대학과 노동 정책에 긍정적인 변화가 있었다는 것을 인정하며, 보다 더 핵심적인 사항으로 이때부터 '대안 문화'가 거스를 수 없는 대세가 되었다고 지적한다(그런데 저자는 이런 대세 또한 68을 주도한 학생들의 공로가 아니라, 관용적이고 개방적인 당시의 기조 탓이라고 한다. 나아가 1968년에 가장 조용했던 영국이 선거 연령 하향 조정, 동성애 법안과 피임약 보급 등에서는 오히려 68운동의 선두에 있었던 나라보다 앞서 전향적인 조치를 취했다고 쓴다. 다시 말해 저자는 68운동을 쓸데없이 한갓된 소동으로 여기고 있다. 가히 에드먼드 버크의 후손이랄까?).

처음부터 '운동'이라고 접고 들어간 잉그리트 길혀-홀타이에게도, 68은 어느 기준에서는 모든 게 수포로 돌아간 실패작이다. 4개국의 대의제 민주주의는 건재했고, 상처뿐이던 구좌파가 최종엔 천둥벌거숭이 같던 신좌파에 승리했다. 대신 68운동은 시민들에게 직접 민주주의의 권리를 되찾아 주었고(직접 민주주의적 참여권의 정착을 통한 참여 기회의 확대), 권위주의와 관료주의

사회의 삶과 의식구조를 상당히 바꾸어 놓았다(1960년대에 아직 잔존하던 관료 국가적 전통에서 나온 권위주의 기질을 극복하는 데 기여했다). 이 점에서 잉그리트 길혀-홀타이는 아서 마윅과 결론을 공유한다.

무라카미 류의 『69』는 잉그리트 길혀-홀타타이가 "'놀이'를 통해 삶을 자유로이 '재구성'함으로써 사회의 전환에 다다를 수 있다"고 믿었던 68 이론가들의 생각을 실천한다. 짝사랑하는 여학생의 눈길을 끌고 싶어서 학교에 바리케이트를 설치하고, 3학년 첫 종합시험이 끝나자 줄곧 페스티벌을 개최할 일념으로 동분서주하며, 즐겁게 사는 게 이기는 것이라고 믿는 열일곱 살짜리 겐은 그런 의미에서 68운동의 실천가다.

『68운동: 독일·서유럽·미국』에 따르면 68의 이상과 모순은 "개인적인 것이 정치적인 것이다"는 의식 실험에 있다. '자기 결정'과 '개인 해방'이란 이상에서 연원하는 그것은 새로운 사회를 건설하기 위한 전제조건이었지만, 그로 인해 "일상문화의 다양성이 커지지만 원래의 운동은 정치적으로 중립화"되거나, 정치적인 것이 "생활세계와 사적인 것의 변화로 누차 단순화"되어 "하부문화의 우상화"를 낳는 모순을 일으켰다. 무라카미 류의 어리광은 이런 이상과 모순의 결정인 것이다.

사족이다. 『68운동: 독일·서유럽·미국』 54쪽에 나온 저자의 오류 하나. 저자는 거기에 "1964년 8월 2일, 미국 구축함이 북베트남 초계정에 공격당한 통킹 만 사건은 미국의 노골적인 군사 개입을 위한 계기가 되었다"고 썼지만 '통킹 만 사건'은 위의 사실과 다르다. 당시의 미국은 통킹 만에서 작전수행 중이던 미 구축함이 북베트남으로부터 어뢰공격을 당했다는 구실을 내세워 베트남전에 개입했다. 그러나 1971년 6월 7,000쪽에 달하는 미 국방성 문서를 입수·분석했던 『뉴욕타임스』의 닐 시항 기자에 의해, 베트남전에 개입하기 위한 미국의 조작극이었음이 밝혀졌다.

실패한 혁명, 신좌파를 낳다

『68운동』

이성재, 책세상, 2009

이성재의 『68운동』은 책세상에서 '개념사 시리즈'로 기획한 '비타 악티바' 총서 가운데, 열두 번째로 나온 것이다. 라틴어로 된 총서의 뜻은 '실천하는 삶'을 의미한다.

68운동의 발단에서부터 경과 그리고 이후의 변화에 대해서는 앞선 장에 대략 기술해 놓았고, 본서에 대한 독후감 역시 그 범주를 벗어나지 않는다. 대신 이번 독서에서는 좌파와 68운동의 관계를 유심히 보았다. 68세대의 정치적 이론 기반인 신좌파 이념은 기존의 좌파와 상당히 달랐다. 신좌파의 주장은 두 가지로 요약된다. "첫째, 산업 프롤레타리아를 주도 세력으로 하는 계급투쟁은 더 이상 최우선 과제가 아니며, 계급 불평등 이외의 다른 기준에 근거한 불평등도 똑같이 중요한 의미로 떠올랐다. 둘째, 혁명은 이제 반드시 폭력을 내세워 국가 권력을 장악하는 것이 아니었다." 이 요약에 연이어 지은이는 "그러나 이러한 해석은 거시적 틀에서는 매우 타당하지만 각 나라의 독자적 움직임을 구체적으로 조망하지 못한다는 한계가 있다"고 부기해 놓았다.

신구新舊 좌파가 가장 크게 갈라지는 지점은, 현대 자본주의 사회에서의 노동자상을 어떻게 규정하는 가에 대한 것이다. 구좌파는 당의 전통적 기반이 되어 왔던 생산직 노동자들을 중심으로 노동자의 계급적 관점을 고수했던 반면, 신좌파는 기술 혁신을 통한 노동 시간의 단축과 3차 산업의 확장 및 화이트칼라의 증대에 주목했다. 기존의 산업 사회와 차별된 후기 산업 사회에서는 지식과 정보에 대한 의사 결정권을 가진 새로운 지배 계급

(기술 관료)에 대항하는 새로운 주체가 설정되어야 했고, 신좌파는 새로운 노동 계급 즉 새로운 사회 변혁의 주체로 "학생, 대중매체 종사자, 비서, 교사, 의료 종사자, 그리고 소외된 과학자와 기술자 등"을 전문 지식은 있으나 의사 결정 과정에서 배제된 이른바 새로운 노동 계급으로 보았다.

이런 사정에 더하여 68운동의 '사상적 대부'였던 헤르베르트 마르쿠제 같은 이는 고도의 소비 자본주의 아래서 "노동자 계급은 이미 자본에 흡수 통합되어 버렸다"고까지 말하고 있다. '노동자는 죽었다!'는 마르쿠제의 선언은 "운동을 계급 간의 투쟁으로만 보던 기성의 (마르크시즘) 이데올로기적 권위주의"에 이의를 제기하고, 물질주의적 사고와 생산 방식만을 문제 삼던 기성 좌파의 한계를 넘어, 조직(당)의 유효성마저 묻는 창槍이 되었다. 노동자가 혁명의 주체 세력이 아니라면, 기존의 공산당이나 사회당의 역할은 재조정되어야 했고, 투쟁의 방향도 달라져야 했다. 신좌파의 이론적 영향을 받은 68세대는 교조화된 당 조직을 신뢰하지 않았으며, 68운동에 참여한 노동자들 역시 노동조합이나 당이 단골로 의제화해 온 경제적 불만이 아니라 사업장 내에 존재하는 불평등과 경영에 참여할 수 없는 노동자들의 소외를 해결하기 위해 파업을 벌였다. 실제로 68운동 이후 프랑스와 독일의 노동자들이 자신들의 투쟁 목표를 임금투쟁보다 훨씬 높게 설정했던 결과, 경영 이사회에 노동자 대표를 파견하는 권리가 법제화됐다.

68운동 기간 동안 스탈린이나 소련공산당은 격하되고, 트로츠키·마오쩌둥·호치민·체 게바라는 숭앙됐다. 그들은 68운동이 심정적으로 헌신했던 반제국주의·제3세계 해방 투쟁과 곁으로 연관되기도 하지만, 특히 호치민이나 체 게바라는 정치적 권위주의나 자본주의의 관리 기술과 같은 모든 종류의 비인간적 속박에 항거했던 68운동의 정신적 지주로 받아들여졌다. 이렇듯 68세대가 자본주의의 관리 기술이나 사회주의 당 조직을 크게 다르지 않은 것으로 보았던 때문에, 프랑스공산당은 68운동 기간 동안 학생 운동가들을 적대시 하면서 '유복한 마마보이 시위대'라고 조롱하거나 '극좌파'라고 몰아 세웠다. 좌우를 막론한 여느 당이나 권력은, 자신들의 추종 세력이나 민중들에게 '자치'나 '자율'을 주려 하지 않는다.

우파와 좌파로부터 협공을 당하면서도 68운동가들은 어느 정당과도 공식적인 제휴를 갖지 않았다. 훗날 프랑스의 68운동가들은 대거 프랑스 사회당으로 합류했고 독일의 68운동가들은 직접 녹색당을 꾸리게 되긴 하지만, 이들은 자신들의 운동을 정당 정치로 환원하거나 직결하지 않음으로써 다양한 사회적 상상력을 표출할 수 있었다. 제3세계 해방 투쟁이나 인종차별 문제는 물론이고, 소수자와 장애인 문제, 여성과 청소년 문제, 여성의 유산권(낙태), 교수와 학생 간의 위계 문제, 가부장적 권위주의에 대한 저항이 사회 문제가 된 것은 "부르주아 혁명은 법률적이었으며, 프롤레타리아 혁명은 경제적이었다. 우리의 혁명은 사회적이고 문화적이어야 한다"던 68운동 덕분이다.

트로츠키주의자들의 평가에 따르면 68운동은 체계적으로 운동을 조직하지 않았으며 이를 위한 기구의 설립과 중앙 집권적 조직의 부재로 실패했다. 이 책의 지은이 역시 "68운동은 경제적 불만에 크게 영향을 받지 않고 진행된 탓에 그토록 빨리 추동력을 잃었으며, 결국 사회 전복으로까지 나아가지 못했다"고 평가한다. 이는 앞선 『68운동: 독일·서유럽·미국』의 속표지 제목 밑에 내가 연필로 "사회에 내재한 권위주의는 바꾸었으나, 정권은 바꾸지 못했다. '조직' 없는 '운동'만으로는 결코 '체제'를 바꾸지 못 한다"고 쓴 것과 같다. 그런데 프랑스의 사회학자 알랭 투렌은 68운동을 "통합과 근대화를 주장하는 기술 관료 지배층과 반권위주의, 해방, 참여를 주장하는 새로운 전문가들 사이의 대립"으로 간주한다. 알다시피 학생, 대중 매체 종사자, 비서, 교사, 의료 종사자, 그리고 소외된 과학자와 기술자 등으로 이루어진 새로운 전문가들이 70년대 말부터 서구에서 전개한 게 신사회 운동이다. 환경 운동, 인권 운동, 반전·평화 운동, 대안적 생활 문화 운동 등은 모두 반권위주의와 자율적 구조를 띤 68운동의 직접적인 영향을 받았던 것이다.

한마디로 68운동은 근대 세계의 기본적 정치 구조인 '국가'를 변혁하기 위해 국가 기구를 장악하고 그 권력을 획득하는 '혁명'에는 실패했지만, 새로운 사회 운동에 기반을 둔 새로운 좌파를 낳았다. 다음은 신사회 운동이 출현한 세 가지 요인이다. "우선 19세기에 일어난 반체제 운동 이후 관료제 사회와 그 조직의 힘이 너무 커졌다. 둘째, 좌파의 조직들이 기대를 충족할 만한 능력을 점점 상실해 갔다. 셋째, 관료제 조직의 틀을 벗어난 직접 행동들이 더 큰 영향력을 발휘했다."(125쪽)

이 책의 마지막 장인 5장은 '68운동과 한국 사회'다. 지은이는 이 장에서 "한국에서 68운동과 가장 유사한 사건으로는 2008년 여름 촛불집회를 들 수 있다"면서 "학생들로부터 운동이 시작됐다는 점, 기성 정당의 조직적 틀을 거부했다는 점, 거리 토론을 통해 민주주의의 가치를 확인했다는 점, 그리고 시위가 축제와 결합했다는 점" 등을 긍정적으로 평가한다. 하지만 나는 그와 다르게 생각한다. 앞서 『68운동: 독일·서유럽·미국』의 속표지 제목 밑에 내가 연필로 써 둔 글을 소개했듯이, 2008년의 촛불에 대한 평가는 '절반의 실패'가 정확한 것이다.

감옥은 감옥이다

『감옥』

장 파바르, 영림카디널, 1999

이 책은 감옥의 역사를 다룬 책도 아니고, 감옥과 그 제도에 대한 폭로물도 아니다. 교도 행정 분야에서 일한 적이 있는 판사가 쓴 이 책은 프랑스 교도 행정과 개혁에 관한 책이다.

프랑스 교도 행정 개혁은 1971년 리옹 교도소를 시작으로 1974년까지, 전국의 교도소에서 거의 매해 발생한 교도소 폭동 탓에 검토되기 시작했다. 연이은 폭동으로 교도관이 죽으면서 개혁이 이루어지긴 했으나 1987년과 1988년, 그리고 1992년에 다시 폭동이 일어났고, 그때마다 교도관이 죽었다.

앞서 이 책은 감옥의 역사를 다룬 책이 아니라고 했지만, 몇 가지 사전 정보가 없을 수 없다. 프랑스에서 감옥이 고안된 이유는 오늘날처럼 죄수를 일정 장소에 일정 기간 동안 감금해 놓기 위해서가 아니었다. 감옥의 원래 목적은 다양하고 무서운 형벌을 기다리는 동안 죄수를 잠시 가두어 두는 곳이었다. 그런데 감옥이 형벌을 대기하는 장소가 아니라, 형벌 자체로 전환된 것은 '속죄'라는 종교적 관념이 발전하면서다. 이런 정신으로 구현된 감옥은 16세기 암스테르담에서 처음 등장했는데, 이곳에서 죄인은 노동과 종교 교육을 통해 속죄할 것을 제안 받았다.

프랑스혁명 정신이 요약된 인권선언은 "인간은 누구나 죄가 있다고 선고될 때까지는 무죄로 간주되며, 체포하는 것이 불가피하다고 판단될 경우, 신변확보에 필요치 않다고 보이는 모든 가혹 행위는 법에 의해 엄격히 규제"되어야 한다고 명시했고, 아울러 "엄격하고 그리고 분명하게 필요한" 만큼만 형벌이 허락된다는 원칙이 생겼다. 하지만 노골적으로 드러내지는 않지만, 범법자의 교화를 추구하기보다는 그들에게 고통을 주어야 한다는 강박적 의지는 여전했다. 죄수들은 강제노동을 해야 했고, 발목에 무거운 쇳덩이를 끌고 다니거나 사슬로 다른 죄수와 함께 묶인 채 생활해야 했다.

그러나 투옥이 곧 범죄와 위법 행위를 처벌하는 기본 축이라는 생각은 물릴 수 없는 상식이 됐다. 나폴레옹의 제1제정은 그런 변화에 맞게 교도소를 정비하는 역사적 임무를 맡았다. 이때부터 복역기간이 1년 미만인 죄수들을 수용하는 구치소와 그 이상의 형을 받은 죄수를 수용하는 교도소가 분리 되었고, 이것은 오늘날도 마찬가지다. 또 교도소를 효과적으로 설계하기 위한 노력도 있었는데, 1791년 벤담이 일찌감치 설계해 놓은 원형감옥의 원리는 현대에 신설된 여러 교도소들도 응용하게 된다.

식민지를 거느렸던 프랑스는 개전의 정이 없다고 판단된 죄수들을 가이아나나 뉴칼레도니아와 같이 유럽이 아닌 땅으로 이주시켰다. 이런 정책은 1938년까지 지속되었다고 하는데, 그 숫자는 대략 2만 명이다. 이처럼 죄수를 다른 대륙의 식민지로 보내는 것은, 감금에 유배까지 더하는 이중처벌이라는 생각을 당시에는 하지 못했던 모양이다. 스티브 맥퀸과 더스틴 호프만이 주연한 영화 〈빠삐용〉을 통해 우리는 악명 높은 가이아나 감옥으로 유배된 프랑스 죄수들의 열악한 사정을 엿볼 수 있다.

근대 교도 행정에서 중요한 변화는 가석방제도의 탄생이다. 1885년에 확립된 이 제도는 형량의 절반을 마친(재범이나 누범의 경우 3분의 2를 마친) 모든 죄수들을 위한 것으로, 이 제도는 근대 교도 행정의 '속죄' 성격을 띠고 있다. 왜냐하면 개전의 정을 충분히 보여준 사람만이 이 제도의 혜택을 받을 수 있기 때문이다. 그리고 좀 더 획기적인 제도는 1891년에 확립된 집행유예 제도다. 이 제도의 근본취지는 감옥에 구금하지 않고도 개전의 가능성이 있거나, 한 번도 감옥에 간 일이 없는 사람들에 대해서는 투옥을 피하게 하는 것이 바람직하다는 생각을 바탕으로 한다.

감옥에 대한 발상이 완전히 바뀌게 된 것은 2차 세계대전이 끝난 1945년부터다. 그 전환은 감옥의 "본질적 목적은 죄인을 교화해서 사회로 복귀시키는 것이어야 한다"는 것이다. 또 한편으로 죄수를 다룸에 있어서 "인간적이어야 하고 굴욕적인 조치를 행해서 안 되며, 원칙적으로 보편타당한 직업 교육과 개선을 지향해야" 한다는 것이다. 그래서 상징적인 담장이 쳐진 개방교소도와 저녁에만 감방에 돌아온다는 조건으로 낮에는 재소자들을 사회의 일터로 내보내주는 반半자유 제도 등이 시행되었다. 하지만 이런 감옥이 이상적인 감옥이 될 수 없다는 것은 자명하다. 그런 교도소는 '죄와 벌'에 대한 보통 사람들의 평형 인식을 뛰어 넘기도 힘들지만, 무엇보다도 탈옥에 대한 두려움이야말로 교도소 소장과 교도관들의 유일한 관심사이기 때문이다.

여러 가지 획기적인 변환에도 불구하고 1971부터 터져 나온 교도소 폭동은 교도소가 더 바뀌어야 한다는 것을 드러내 주었는데, 감옥에서는 침묵을 지켜야한다는 규정(범죄 기술의 교환을 막기 위해 만들어진 규정), 담배 반입과 흡연 금지, 서신 왕래 제한 등은 1974년의 폭동을 끝으로 프랑스 교도소에서 사라진 것들이다. 이런 금지 조처들은 투옥 자체가 "개인의 자유를 박탈해 신변을 소유할 권리를 빼앗는다는 자체만으로도 체형의 성격"을 띠고 있으므로 "교도소 제도는 그러한 상황에 따르는 고통을 심화시키지 않아야 한다"는 원칙을 망각한 것이다.

다른 나라와 같이 프랑스 감옥의 가장 큰 문제 역시, 늘어나는 죄수에 대비하는 것이다. 논리적으로 보면 수감자가 많아질수록 감옥도 더 지어져야 한다. 그러나 오래전인 1830년에 나온 감옥에 대한 보고서는 "감옥 건축물이 확장됨에 따라 수감자의 숫자가 증가한다"는 것이다. 그렇다고 해서 매년 8,000명씩 늘어나는 수감자를 외면한 채 새 감옥을 짓지 않으면, 교도소는 인구 과밀이 되어 통제와 안전이 위험해 빠질 것이다. 이때 가장 손쉬운 해결책으로 보이는 게 미국처럼 민간에서 운영하는 감옥을 도입하는 것인데, 현재는 모르지만, 이 책이 프랑스에서 출간된 1994년에 그 계획은 백지로 돌아갔다.

늘어나는 수감자와 좁은 교도소를 해결할 수 있는 방법 가운데 하나는, 경범죄와 단기형 죄수를 투옥형에서 제외하는 것이다. 6개월 미만의 죄수가 전체 죄수의 62퍼센트를 차지하는 프랑스는 벌금이나 무보수 사회봉사 노동을 늘여 수감자를 줄이는 데 효과를 보았다. 이 책의 말미에는 장기형에 대한 해결책으로 가석방과 감형을 남발하는 것은 좋은 방법이 아니라는 의견도 나온다. 교도 행정이 감형과 가석방을 많이 허용할수록 법정은 그것을 미리 예상하고 형량을 늘인다. 그래서 "형량의 복역 비율은 점점 낮아짐에도 불구하고, 결과적으로는 감옥에 머무는 기간이 점점 더 늘어" 나는 '감옥의 역설'이 생겨난다(가석방은 가석방 기간 중에 규정을 지키지 않으면 재수감된다. 감형은 그야말로 형을 면제하는 것).

죄수들을 관리하는 규약과 죄수가 생활하는 환경이 바뀌고, 죄수들을 사회에 복귀시키기 위한 다양한 직업 훈련과 감형 제도가 발전되었지만, 신체 구금과 탈옥 방지, 안전이라는 감옥의 변환 불가능한 성격은 바뀌지 않는다. 게다가 감옥을 위협하는 새로운 적은, 바로 사회다. 오늘날, 우리 사회에서 모든 재소자들이 접근할 수 있을 만큼 일의 양이 충분히 남아 있지 않으며 사회적 재적응은 사회·경제적 어려움이 가중되는 가운데 점점 더 불확실하게 되어가고 있다. 이런 사실은 재소자의 운명을 더더욱 악화시킬 위험으로 존재하며, "어쨌거나, 형벌은 항상 그곳에 있으며, 지난날과 마찬가지로 지금도 감옥은 장밋빛 안식처를 약속해 주지 않는다."

사족이다. 교도소 폭동의 원년인 1971년, 교도관과 여 간호사가 1명씩 살해당했던 클레르보 교도소 사건에 대해서는 피에르 벨메르와 장 프랑수아 나미아의 『세계사 일급비밀』(새날, 1996) 305~328쪽에 자세히 나와 있다. 독자들은 거기서 여론 재판에 휩쓸려가는 애꿎은 희생자를 보게 될 것이다.

이 주제에 더 많은 관심이 있다면 로익 바캉의 『가난을 엄벌하다』(시사IN북, 2010)를 추천한다. 신자유주의가 기승을 부리는 나라에서는 복지정책이 쇠퇴하게 되고 실업자는 증가하는 반면 실업수당과 같은 전반적인 사회안전망은 파괴된다. 복지정책의 쇠퇴는 사회 전반에 혼란과 무질서를 부채질하는데, 이때 국가는 자신이 파괴한 복지정책이 불러온 혼란과 무질서를 다잡기 위해 '범죄와의 전쟁'을 벌이게 된다. 지은이는 신자유주의가 파고든 나라에서는 형벌주의가 강화되고, 죄수가 늘어난다고 주장한다.

콩 심은 데 콩만 나는 교육

『야만적 불평등』

조너선 코졸, 문예출판사, 2010

교육은 부자나 가난한 자에게나 출발선을 같게 하여, 진정한 기회의 평등을 보장하는 제도라고들 말한다. 하지만 '가난한 수재'가 '뜨거운 아이스크림'과 같은 형용모순이 된 지 오래인 한국에서 그 말을 곧이들을 사람은 없다. 그런데 조너선 코졸의 『야만적 불평등』을 보면 자유와 평등의 나라라는 미국에서는 이런 사정이 우리나라보다 더 확고한 공식이 된 지 오래다.

지은이는 1964년부터 근 40여 년 동안 미국 교육 현장에 있으면서, 교사와 교육 연구자 역할을 함께 했다. 특히 그는 이 책을 쓰기 위해 2년 동안 세인트루이스(일리노이), 시카고, 브롱크스(뉴욕), 캠던(뉴저지), 워싱턴 D.C., 샌안토니오(텍사스) 도심의 빈민 거주 구역을 직접 취재했다.

유리창이 모두 깨지고 천장에서 비가 새는 교실, 비가 오면 식당과 교실이 침수되거나 운동장이 아예 없는 학교, 책이 없는 학교 도서관, 휴지와 물이 나오지 않는 화장실, 실험 도구가 하나도 없는 과학실, VCR이 한 대도 없는데다가 책·잡지·테이프가 필요하면 교사가 직접 사야 하는 학교, 선생이 사용할 분필이 바닥난 교실, 교과서가 없는 학생들, 학습 부진아로 가득한 교실, 한 학기 내내 교실에서 잠만 자는 교사, 돈을 절약하기 위해 고용한 임시 교사들, 50퍼센트도 채 졸업하지 못하는 도심의 공립 초·중·고등학교, 졸업생 가운데 겨우 2~3명만 대학에 진학하는 고등학교. 어떻게 이것이 세상에서 가장 잘 산다는 미국의 교육 현장일 수 있을까?

물론, 도심의 빈민 거주지가 아닌 부유층의 거주지나 교외의 사립학교는 사정이 다르다. 거기엔 대입에 필요한 학문적 과정은 물론이고 음악·

미술·연극 등에 대한 강좌가 풍부하게 마련되어 있고, 라틴어 강좌를 비롯한 6개의 외국어 강좌가 있다. 그밖의 선택과목으로 문학·항공학·형사재판·컴퓨터 언어 등이 있고, 미국연방통신위원회의 인가를 받은 텔레비전 방송국도 운영한다. 도심의 가장 환경이 좋은 학교가 운이 좋아야 1만 3,000권의 책을 소장할 수 있다면, 이런 학교에서는 6만 권의 도서를 거뜬히 소장한다. 당연히 이런 학교의 중퇴율은 제로이고, 고등학교에서는 3퍼센트를 제외한 모든 졸업자가 대학에 진학한다. 우리는 반문할 것이다. 이것이 진짜 미국이 아니냐고!

도심의 빈민 거주 지역 학교와 도심의 부유층 거주 지역 공립학교나 교외 사립학교 사이의 교육 불평등은 모두 돈의 문제다. 좀 길지만 아래의 인용을 보라.

> 이런 교육비 격차가 너무나 엄청나고 불평등하여 수많은 사려 깊은 시민들은 이 문제를 납득하지 못한다. 인접한 학군 간에 어떻게 이런 극심한 불평등이 있을 수 있을까?
> 그 부분적인 원인은 공교육 재정을 조달하는 불가해한 수단에 있다. 미국의 공립학교는 대체로 기초 재정을 그 지역 재산세에 의존한다. 주와 연방에서 지급되는 자금도 있긴 하지만 재산세가 불평등을 야기하는 가장 큰 요소다. 재산세는 물론 그 지역에 있는 산업체와 주택의 가치에 따라 달라진다. 집값이 보통 40만 달러가 넘는 전형적인 부유층 교외 지역은 주민의 대다수가 가난한 사람들인 도시보다 학생 수 대비 더 많은 세금을 걷을 수 있다. 일반적으로 미국의 아주 가난한 지역민들은 교육을 높은 우선순위에 두고 흔히 부유한 지역보다 소득 대비 몇 배나 높은 비율의 세금을 낸다. 하지만 이 지역 학교의 학생 한 명에게 돌아가는 교육비는 부유한 지역보다 훨씬 낮다. 연방정부는 재산세를 세금 공제 대상으로 간주하므로, 부유한 교

외 지역의 주택 소유자들은 자녀가 다니는 학교에 자금을 제공하려고 지출하는 돈을 상당 부분 되돌려 받는다. 이것은 사실상 연방 정부의 보조금이며 교육 불평등을 불러온다. 가난한 지역의 주택 소유자들도 이런 보조금을 받지만, 이들이 내는 세금 총액이 상대적으로 적기 때문에 보조금 역시 더 적다.(91~92쪽)

교육 불평등을 지적하는 이들은 거두어들인 재산세를 공평하게 나누어 쓰자고 주장한다. 그러면 앞서 나열했던 유리창이 모두 깨지고 천장에서 비가 새는 교실 등의 상황은 개선할 수 있다. 하지만 부유층으로 이루어진 보수주의자들은 교육 불평등을 개선하고자 하는 교육비 재분배에 반대하며, 이 책에 나오는 몇 건의 '학교 평등화 관련 소송'에서 모두 승리했다. 교육 불평등을 시정하려는 원고들은 "지역 통제가 더 효율적이며 중앙 당국에 의해 집행되는 평등은 필연적으로 낭비와 부패를 낳게 된다"는 미국식 신성불가침 원칙의 벽을 넘지 못했는데, 보수주의자들의 승리에는 '자유'의 효율성이란 논리도 큰 몫을 했지만 결국엔 지역에서 거둔 세금은 자기 지역을 위해 사용되어야 한다는 지역 자치 논리가 결정적이었다.

정치력과 경제력을 가진 보수주의자들은 빈민 지역의 학생들이 부유층 거주지의 공립학교에 들어오지 못하도록 임의대로 학군을 조정하거나, 압력을 행사한다. 그러면서 그들이 가장 자주 하는 말은 '돈이 교육 문제의 해결책이 아니다'란 말이다. 예컨대 조지 H. W. 부시는 교육 재정의 확대를 촉구하는 가난한 아이들의 학부모들에게 "돈을 숭배하는 사회는 위험한 사회"라고 했는데, 그렇다면 자신과 그의 아들인 조지 W. 부시는 왜 기숙사의 숙식비를 빼고도 1인당 연간 1만 1,000달러나 드는 사립학교가 필요했으며, 부자들은 왜 빈민들보다 더 많은 교육비를 투자하는가?

이 책의 지은이는 ①부유층이 자신의 자녀를 빈민층 자녀와 함께 공부시키려고 하지 않는 이유와 ②자신들이 낸 재산세를 빈민층을 위한 교육비로 균등하게 분배하지 않으려는 이유를 깊이 파고들지 못했다. ①과 ② 모두, 빈민층의 학력 향상과 상관 있는데, 시카고 빈민가의 한 어머니는 부유층이 빈민층 자녀의 학력 향상을 반기지 않는 이유를 두 가지로 말한다.

> 이들은 우리 아이들을 충실한 피고용인으로 기르고 싶어 하는 것 같습니다. 그래야 자신의 기업에 더 많은 이익이 될 테니까요. 이들이 우리 아이들이 자신의 아이들에게서 기업의 임원직을 빼앗는 것을 보고 싶어 할까요? 이들이 우리 아이들에게 자신의 아이들이 갖고 있는 것을 제공한다면 우리는 이들이 사는 동네로 이사할 수 있을 만큼 충분한 돈을 벌 수 있을 겁니다.(130쪽)

날카롭지 않은가? 부유층이 빈민층 자녀의 학력 향상을 반기지 않는 것은 ①빈민 거주지의 아이들을 충직한 피고용인으로 훈련시키기 위해서고(실제로 빈민가에 위치한 학교에서는 학업 교육보다 취업 교육에 몰두한다), ②자기 아이들의 미래를 위해 미리 경쟁자를 낙오시키려는 생각에서다. 지은이의 생각도 다르지 않아서 다음과 같이 말한다.

> 부유한 지역들은 고매한 수준에서는 '자유'와 '지역 자치' 같은 근사한 추상 개념을 지키려고 투쟁하는 듯 보이지만 세속적 수준에서는 자신의 아이들에게 우리 사회의 우월한 역할을 물려주려고 싸우고 있다.(346쪽)

지금까지 이 독후감이 의도적으로 간과했던 사실은, 미국의 공교육에서 벌어지고 있는 교육 불평등의 가장 큰 원인은 빈민층/부유층의 불평등한 재산세 집행에도 있지만, 인종분리가 배경에 자리하고 있다는 점이다. 그래서 지은이는 최초의 인용문에서 교육 불평등의 원인을 "재정 조달"에 모두 떠맡기지 않고 "부분적인 원인"이라고 했던 것이다. 이것은 미국의 특수한 사정으로 빈민층/부유층이 같은 공립학교에 모이기 위해서는 흑인/백인이 함께 자리를 나눌 수 있어야만 했다. 하지만 공공시설에서의 인종분리는 위헌이라는 1954년의 브라운 대對 교육위원회의 판결에도 불구하고 이 책이 씌어진 1991년의 상황은 100년 전과 같다. 현재 미국 사회에서 이 문제가 어떻게 해결되었는지는 모르겠지만, 거의 불가능해 보이는 공교육 내에서의 흑인/백인 간의 인종분리가 완화된다고 해서, 자동적으로 빈민층/부유층의 교육 불평등마저 해소되지 않는 데에 미국의 이중적인 고민이 있다.

그렇다면 인종 간의 교육 불평등이 없는 한국의 사정은 어떨까? 좋은 학군과 아파트값이 비례한다는 것은 누구나 아는 사실이고, 소위 명문대의 인기 학과가 강남 자녀 일색인데다가 대학이 강남 출신 지원자들을 우선 배려해 왔다는 것은 공공연한 비밀이다. 또 어느 때부터인가 같은 학군 안에서 빈부가 뚜렷한 지역민끼리의 교육 불평등이 뉴스를 타기 시작했다. 가까운 중학교가 코앞에 개교하는데도, '명품 학교'를 만들겠다는 부자 아파트의 지역 이기주의가 가난한 아파트의 학생을 먼 학교로 보내는 불합리한 '학군 조정'이 심심찮게 벌어지고 있는 것이다.

글의 서두에 말했듯이, 교육은 부자나 가난한 자에게나 출발선을 같게 하여 진정한 기회의 평등을 보장하는 제도라고 한다. 여기서 사립학교는 논외로 하더라도, 과연 공립학교들끼리의 교육 평등은 제대로 이루어지고 있는가? 이 책에도 나오듯이 풍족한 재정 지원과 더 많은 후원금을 확보한 부유층 지역의 공립학교와 빈민층 지역의 공립학교가 '기계적 평등' 원칙에 따라 똑같은 대수의 컴퓨터를 교육부처로부터 지급받더라도, 학생 수가 과밀한 빈민층 지역의 공립학교는 적정 인원의 부유층 공립학교보다 더 적은 대수의 컴퓨터를 받는 것이나 같다. 이런 불평등 사례가 진정 기회의 민주화를 옹호하는 경제적 자유주의자(보수주의자)들의 이상에 부합하는 것일까?

> 특권 계급이 하층민과의 경쟁에서 국가의 비호와 지원을 받는 것은 민주주의에서 용인할 수 없는 일이다. 자유 기업 사회에서 공립학교의 교육 환경을 차별적으로 제공하는 것은 경제적 경주를 할 때 문 앞에서 특정 참가자들의 두 발을 묶는 것—불리한 조건을 부여하는 정부 요원에 의해 두 발이 묶이는 것—과 다르지 않기 때문에 자유 기업 체제의 근본 원칙에 위배되는 이단적 개입에 해당한다.(324쪽)

국가나 지역 자치 단체가 공립학교에 균등하게 교육비를 배분하지 않고, 특화된 학교에 더 많은 재원을 지원하는 것은 공교육의 기반을 허물어 교육 불평등을 부추기는 일이다. 올바른 민주주의 사회는 부모의 재산이 자녀의 교육 성취 가능성이나 그것이 가져다주는 독점적인 부나 지위 취득과 전혀 연관이 없는 사회를 만드는 것이다. 그렇지 않다면 부모의 출신이나 지지하는 당에 따라 자식의 진로가 정해져 있다는 공산주의 사회나, 태어나기 전부터 지배자 계급과 노예 계급이 조작되는 올더스 헉슬리의 '멋진 신세계'보다 우월하거나 다를 게 전혀 없다.

> 한 사회의 구성원이 모두 장군이거나 병졸일 수는 없다. 하지만 우리의 학교 교육 패턴으로는 병졸의 자녀들은 병졸이 될 확률이 더 높고 장군의 자녀들에겐 최소한 장군이 될 기회가 주어질 것이다.(277쪽)

대학 주식회사의 등장

『대학의 몰락』

서보명, 동연, 2011

『대학 주식회사』

제니퍼 위시번, 후마니타스, 2011

『대학과 자본주의 국가』

클라이드 W. 바로우, 문화과학사, 2011

연초에 차례로 출간된 클라이드 W. 바로우의 『대학과 자본주의 국가』, 서보명의 『대학의 몰락』, 제니퍼 워시번의 『대학 주식회사』는 모두 시장과 기업의 하수인이 된 지 오래인 미국의 대학을 다루고 있다. 약속한 것도 아닐 텐데 이렇듯 같은 주제의 책이 한꺼번에 나온 것은, 미국의 전철을 따르고 있는 우리나라 대학의 '정체성 몸살'이 이제야 눈에 보인다는 증거일까?

문제의식을 공유하고 있지만, 세 권의 저술 방식이나 강조점은 제각기다. 먼저 탐사 기자가 쓴 『대학 주식회사』는 기업이 대학의 학문적 자유를 어떻게 자신의 이익에 맞게 유린하는지를 풍부한 사례로 설명한다. 기업은 후원비를 미끼로 대학의 화학·생명공학·의학 분야의 연구실을 자사의 한 부서로 편입시킨다. 공공적인 목적을 띤 대학 연구실의 연구 업적은 이제 산학 협동을 허울로 내걸어 기업이 배타적으로 가져간다. 그런데 미국의 많은 대학은 기업보다 국가로부터 더 많은 보조비를 받고 있는 때문에, 이런 현상은 공유재를 탈취당한 것이나 마찬가지다.

『대학 주식회사』가 '하이 소프라노'로 말한다면, 신학자가 쓴 『대학의 몰락』은 낮고 묵시록적이다. 인문학적 성찰(패배에 대한 성찰!)이 돋보이는 이 책은 전자와 달리, 중세의 교회(신학)와 결별하면서 태어난 대학은 애초부터 국가나 민족이라는 세속적 가치와 거리를 두지 못했고, 국가나 민족이 효력을 잃자 기업과 밀착하게 된 것은 당연하다고 말한다. 흔히 이상적인 대학의 모범으로 극찬되는 독일의 대학도 이미 1930년대에 산업과 생산의 도구로 전락했다는 것이다. 어떤 우상도 허용되지 않는 자본주의야말로 오늘날의 유일한 종교라고 말하는 지은이는, 진정한 대학은 "이 시대의 이단이 될 의지가 있는 대학"이라고 말한다.

흥미롭게도 두 책은 미국의 대학이 기업에 의해 사유화되기 시작한 시기와 원인을 다르게 분석한다. 『대학 주식회사』는 그 시기를 1970년대 후반으로 잡고 있으며, 일본을 비롯한 여러 국가들과의 경쟁이 치열해짐에 따라 정계·재계·산업계가 대학들에게 민간 기업과 연계를 맺으라고 밀어붙인 것을 원인으로 꼽았다. 반면 『대학의 몰락』은 그 시기를 1980년대 중반으로 보며, 전자가 원인을 외부에서 찾은 것과 달리 내부에서 원인을 찾는다. 이런 차이의 원인은 부실한 르뽀가 그렇듯이 『대학 주식회사』의 지은이도 미국 대학의 기업화를 현상적으로만 파악하고자 할뿐, 정치적이거나 이념적 분석을 극구 피했기 때문이다.

『대학의 몰락』에 따르면 미국 대학 사회에서 경쟁이라는 말이 공공연하게 나돌게 된 시발점은 보수적인 시사주간지 『US 뉴스 앤 월드 리포트』가 '전국 대학 순위평가'를 처음으로 발표한 1984년부터인데, 이 책의 지은이는 그 배경을 보수 세력의 좌파 척결과 연관 짓는다. 레이건 집권기의 보수 세력은 1960년대 반전·학생·히피·민권 운동 등으로 대변되는 좌파 세력에게 문화적으로 밀렸기 때문에 베트남전쟁에서 졌다고 믿었고, 대학을 좌파 세력의 본산지이자 좌파 지식인들의 피난처로 지목했다. '전국 대학 순위평가'는 자본주의 경쟁 체제로 대학을 몰입시키고, 좌파에게 온정적이었던 대학에 보복하려는 이중의 목적이 있었던 것이다. 해마다 대학 평가 결과를 발표하는 『조선일보』와 『중앙일보』의 의도가 궁금해지는 대목이다.

결론삼아 『대학과 자본주의 국가』를 소개한다. 이 책은 '기업자유주의와 미국 고등교육의 개조 1894~1928'이라는 부제가 가르쳐주듯이, 미국 대학의 기업화가 거의 100년 전에 완수되었다고 주장한다. 이 책의 지은이는 미국의 대학은 유럽의 대학과는 달리 태생부터 대학 외부 이사들에게 맡겨진 영리법인이었다고 말한다. 이 점은 『대학 주식회사』의 지은이도 인정하는 것으로, 미국 대학에 이런 감독 구조가 생겨난 것은 "학문적 전통이 확립되어 있지 않고 체계적인 교육전문가가 없었기 때문"이다. 그 때문에 학자가 아닌 재력가 중심의 이사가 선임됐고, 이 전통 탓에 미국의 대학은 "불가피하게 외부 세계의 영향에 더 취약"했다.

미국의 교육 관련 기관과 대학의 문서 기록실을 온통 뒤진 이 역작은, 부제에 나온 연대보다 더 광범위한 연대인 1861~1929년 사이에 임명된 숱한 대학 이사들의 직업을 분석한다. 결과는 시간이 흐를수록 대다수였던 성직자들 대신 기업인과 기업의 이익에 통합된 변호사의 비중이 커졌으며, 1921~29년 즈음엔 기업인들이 전체 대학 이사회의 66퍼센트를 차지했다. 이때는 미국 자본주의가 거대자본가 중심으로 통합·재편된 때와 겹치는데, 그때부터 거대기업들은 후원을 무기로 좌파 지식인을 색출하고 반자본주의적이라고 보이는 사회과학은 물론이고 장기적으로 자신들의 계급이익에 유리하도록 철학·심리학·인류학·정치학을 통제했다.

기대와 달리 이 책은 대학의 이사회를 구성하는 이사들의 계급이나 지위가 자본주의 사회의 대학을 결정한다고 주장하지 않는다. 피상적 이해와 딴판으로 이 책은 대학 정상화에 관한 책이라기보다, 미국과 같이 분권화된 현대 국가에서 정치나 권력이 어떻게 작동하는가를 대학을 예로 개진한 책이다. 미국에는 우리나라의 교육인적자원부와 같은 교육 부처가 없다. 그렇다면 미국은 어떻게 국가 차원의 교육 이데올로기를 유지하거나 발전시킬 수 있었을까? 비밀은 1903년에 설립된 록펠러의 일반교육위원회와 1905년에 설립된 교육향상을 위한 카네기재단에 있다. 독자적인 교육정책 연구센터였던 두 재단은 미국의 교육 부처 대신, 대학교육에 대한 의제와 지원을 도맡았다.

"국가와 정치권력은 단순하게 정부에 대한 고전적 정의와 더 이상 동일시될 수 없다"는 지은이는, 현대 국가는 다양하고 독립적인 정치조직(계급조직)과 공공단체로 이루어진 "사회·산업 복합체"라고 말한다. 예컨대 이명박 정부는 노동 정책에 있어서 민주노총이나 한국노총 가운데 어느 하나를, 교육 정책에 있어서는 전교조와 한국교총 가운데 어느 하나를 동반자로 삼아야 권력이 된다. 이 책에 거론된 미국의 대학 정책 같은 경우, 당사자인 미국의 대학 교수들은 국가와 기업자유주의자들이 합세한 대학의 영리화에 맞설 계급조직을 만들어내지 못했다. 기업은 대학 교수를 꾸준히 노동자로 강등해 왔으나, 희극적이게도 1915년에 발족한 미국 대학교수협의회는 자신들을 노동자로 여기지 않았다. 노동운동과 경제적·정치적으로 연합하지 못하는 교수들은 특정계급의 구성원이 되기보다는 어정쩡한 "권력의 기회주의적 하인"이 되는 것을 좋아한다.

예쁜 자식에게도 매를 아껴라

『사랑의 매는 없다』

엘리스 밀러, 양철북, 2005

체벌 문제는 최근 한국 사회를 뜨겁게 달구는 논쟁 가운데 하나이지만, 서양이라고 해서 이 문제가 해결된 것은 아니다. 2000년 9월, 독일 연방의회는 교사뿐 아니라 부모의 체벌권 마저 단호히 박탈했지만, 똑같은 시기에 미국의 23개 주에서는 여전히 교사의 체벌을 허용한다. 또 비슷한 시기의 어떤 보고서는 프랑스의 부모 80퍼센트가 육체적 폭력을 교육 수단으로 이용한다고 폭로한다. '너 더 잘되라'는 뜻에서 행해진다는 체벌. 과연 그럴까?

유교문화권엔 체벌을 미화하는 가르침이 허다하다. 미운 자식에겐 떡을 주고, 예쁜 자식에겐 매를 아끼지 말라는 『명심보감』의 말이 대표적이다. 그런데 앨리스 밀러의 『사랑의 매는 없다』를 보면, 체벌을 옹호하는 서양의 전통도 만만찮다. 특히 온통 남성 필자들이 쓴 성서가 그렇다. "주께서 그 사랑하시는 자를 징계하시고 그가 받아들이시는 아들마다 채찍질하심이라 하였으니 너희가 참음은 징계를 받기 위함이라. 하나님이 아들과 같이 너희를 대우하시나니 어찌 아버지가 징계하지 않는 아들이 있으리요. 징계는 다 받는 것이거늘 너희에게 없으면 사생자요 친아들이 아니니라."(히브리서 12: 6~8)

사도 바울이 말한 것은 '징벌을 견디는 능력이 하느님의 서자가 아닌 친자라는 믿음을 준다'는 거였다. 이건 마치 사도-마조히즘 강령 같지만, 저 징벌 예찬론은 서구 문화의 기반이 된 유대-기독교 교육론의 작은 일부일 뿐이다. 창세기 첫머리에 나오는 금지된 선악과의 예가 가르쳐 주듯이, 유대-기독교의 교육론은 긍정이 아닌 '부정의 교육'에 기초한다. 부정의 교육은 어린이의 의지를 꺾고, 노골적으로 또는 은밀하게 폭력을 휘두르고, 조종하고 협박하여 어린이를 고분고분하게 말 잘 듣는 신하로 만든다.

체벌은 부정의 교육이 애용하는 수단이며, 아이를 '나(신=아버지=교사)와 똑같이' 혹은 '내가 원하는 대로' 만들고자 행해진다. 그런데 체벌은 단기적으로는 효과를 낼 수 있을지 몰라도 장기적으로는 부정적인 결과만을 초래한다. 바로 이 부분을 증명하는 게 『사랑의 매는 없다』의 대강이고 세부다. 철학·심리학·사회학을 공부하고 마지막엔 정신과 의사가 된 저자의 임상적 관찰은, 어릴 때 받은 모욕과 수시로 당했던 체벌 그리고 성폭행 경험은 그 아이가 자란 뒤에 파괴적인 인격 장애와 함께 다양한 육체적 병을 부른다고 알려준다.

저자는 위 사실을 입증하기 위해 정치가나 예술가의 전기적 사실을 탐문하는 한편, 자신이 치료했던 환자들의 사례를 든다. 두 연구 방법을 통해 저자가 추출했던 중요 개념이 '간접적 보호자'다. 아버지에게 억압당했던 도스토예프스키에겐 있었지만 히틀러나 스탈린에겐 없었던 그것. 간접적 보호자란 학대받는 어린아이를 편드는 사람으로, 어린이 주변에 있는 사람이면 누구나 될 수 있다. 간접적 보호자는 폭력에 노출된 아이에게 '너는 나쁜 아이가 아니며, 보살핌을 받을 자격이 있다'는 믿음을 주고 자긍심을 갖게 한다. 길가에 쪼그리고 앉아 우는 아이를 그냥 지나치지 말아야 할 이유다.

폭행을 당하는 어린이에게 간접 보호자가 필요하듯, 학대당한 아이가 자라서 필요한 게 '전문가 증인'이다. 정신분석의나 심리치료사가 그들인데, '부모를 공경하라'는 십계명의 다섯 번째 계명을 받드는 프로이트의 남근적 제자들은 임상시에 철저히 중립을 지키거나 부정적 부모상을 상쇄시킬 긍정적 부모상을 찾아내 화해하길 권고함으로써, 정신적으로 준비되지 않은 환자에게 육체적 병마저 불러 안긴다. 심신상관心身相關, 당신의 육체적 병은 부모와의 억지 화해나 봉합의 결과일 수 있다. 서구 사회와 정신의학계를 지배하는 이 계명이 흥미로우면, 같은 저자의 『폭력의 기억, 사랑을 잃어버린 사람들』(양철북, 2006)을 더 보시면 된다.

내일은 도시를 하나 세울까 해

『엑소더스』
무라카미 류, 웅진닷컴, 2001
『파리대왕』
윌리엄 골딩, 민음사, 1999
『내일은 도시를 하나 세울까 해』
O.T. 넬슨, 뜨인돌, 2007
『나무공화국』
샘 테일러, 김영사, 2006

무라카미 류의 『엑소더스』는 짧게 요약하면, '일본에는 희망이 없다'고 여기는 열네 살짜리 중학생들이 집단 등교거부를 거쳐 홋카이도에 ASUNARO라는 자신들만의 나라를 만드는 이야기이다. 이런 설정은 류의 작품들을 애독해 왔던 독자들에게만 아니라, 이와 비슷한 일련의 소설을 떠올릴 수 있는 독자들의 흥미를 유발한다.

먼저 '일본에 희망이 없으므로, 새로운 일본을 건설해야 한다'는 주제는 류의 소설적 장식이라고 해도 무방하다. 그는 등단작인 『한 없이 투명에 가까운 블루』(예하, 1990)에서, 소설의 무대인 큐슈를 일본 땅이 아닌 미군의 점령지로 규정했다. 현재 우리나라 간행물윤리위원회가 '19금'으로 묶어놓은 이 소설 속의 광기어린 난교 파티에는 미국 병사들에게 자국의 여성을 빼앗겼다는 일본인의 박탈감이 녹아 있다. 그의 출세작이랄 수 있는 『코인로커 베이비스』(1994)와 『사랑과 환상의 파시즘』(1989), 『69』(2004), 『오분 후의 세계』(1995) 같은 작품들은 모두 '지금 우리는 어디에 있는가?'라는 전후 일본의 정체성을 아프게 물으면서, 새로운 일본의 가능성들을 타진하고 있다.

작가의 무의식적 지향이라고 해도 좋을 이런 성향에는, 작가가 어린 시절을 보낸 미군기지 도시 요코하마에 대한 '트라우마'가 배어 있다. 또 새로운 나라 만들기에 대한 간헐적인 관심은, 그가 고등학교 시절에 살짝 맛보았던 전공투 세대의 '감각'이기도 하다. 방금 홑따옴표로 강조했듯이, 그의 나라 만들기는 트라우마와 감각 차원의 것이다. 그는 좀체 정치경제학을 말하거나 이념을 말하지 않으며, 반대로 미국 문화에 침윤되어 있다는 것을 스스로 부정하지 않는다. 그럴 때, 그의 작품 곳곳에서 찾아볼 수 있는 도착적인 사도-마조히즘에 대한 탐닉은 물론이고, 아예 『너를 비틀어 나를 채운다』(2003)에서처럼 사도-마조히즘을 주제로 했던 작품 또한, 같은 자장에서 해석할 필요가 있다. 내상적이고 감각적인 그것들은 나라를 뛰어넘거나 '나라 만들기' 이전에 있다.

말했던 것처럼 『엑소더스』는 열네 살 난 중학생들이 주인공이다. 그래서 이 작품에는 류의 전매특허나 같은 성적 기상이 말끔히 제거되어 있다. 굳이 찾자면, 중학생들의 나라 만들기를 지척에서 기록하는 주간지 기자 세키구치와 그의 애인 유미코가 아이를 낳지 않고 낙태하기로 결정하는 장면이 전부다. 그런데 이 삽화마저도 두 사람의 자유분방한 성생활을 드러내고자 나온 게 아니다. 유미코의 낙태는 1990년대 초부터 본격화되기 시작해서 이 소설의 중학생 주인공들이 반란을 시작하는 2001년에도 여전히 지속되고 있는, 일본의 장기불황을 드러내는 장치다. "국가 재정의 파탄과 낙태를 비교한다는 것은 무리일 것이다. 그러나 공통점도 있다"는 설명을 보면 그렇다.

류가 『문예춘추』에 연재 중이던 이 작품을 탈고한 것은 2000년이다. 작중에도 나오듯이, 이때 그는 거품경제에서 헤어나지 못하는데다가 달러나 유로화에 취약하고 국제 금융자본의 공격에 무력한 일본의 처지를 흑선黑船이 출몰하던 에도시대 말기와 비교한다. 하므로 2001~2008년이 시간적 무대가 되는 『엑소더스』는 일종의 '미래 소설'로, 다가올 몇 년 뒤를 시간적 무대로 '일본 갱생'이라는 작가의 소망적 사고가 투여된 작품이라고 볼 수 있다.

희망이 없는 나라의 갱생을 떠맡는 것은 언제 어디에서나 청년이다. 그런데 이 작품에서는 아직 청년이랄 수는 없는 14~15세의 소년들이 그 역할을 차지하고 나선다. 류가 20대 청년을 나라 만들기의 주력에서 삭제한 이유가 작중에는 직접 언급되어 있지 않지만, "고용불안이 높아지고 실업률이 4퍼센트를 넘어설 즈음, 스킬이라는 말이 유행했다. (…) 미국의 대학에서 경영관리학 석사학위를 취득한 딜러, 트레이더, 펀드매니저의 성공 사례가 미디어에 소개되고, 유학에 대한 필요성이 강조되었다"거나 "또한 IROE라는 말도 유행하고 있었다. Individual Return of Equity, 개인의 자기자본이익률이란 의미의 신조어인데, 자신의 재능, 기술, 학력, 용모 등을 자본으로 보고, 그것을 어떻게 활용하면 최대의 이익을 올릴 수 있는가 하는 개념이다. 개인으로 살아가는 방법이라는 부제가 붙은 책들이 베스트셀러가 되고, 실제로 고등학생이나 대학생들은 10년 전에 비해 공부도 더 열심히 하는 편"이었다는 말이 암시하듯이, 류는 청년세대를 기성세대에 오염된 세대로 간주하는 듯하다.

이렇듯 『엑소더스』는 청년세대를 경원(겉으로는 공경하는 체하면서 실제로는 꺼리어 멀리함)하지만, 그보다 나이가 많은 기성세대에 대해서는 가차 없다.

> 노인들을 테스트해서 교양과 기술이 없는 사람은 아무리 돈이 많아도 산 위의 시설에 넣어 버리는 겁니다. 돈은 전부 몰수해서 노인들이 지금까지 망쳐놓은 환경복구를 위해 사용합니다. 왜 그 노인들이 더럽힌 자연을 우리가 피땀을 흘려 복구해야 합니까? 테스트 작문도 있습니다. '자신의 일생이란 무엇이었던가?'라는 제목으로, 우리를 감동시키지 못한 사람은 전부 산 위의 시설로 보냅니다. (…) 그런 노인들과 함께 살기 싫습니다. 그런 노인들을 우리의 노동으로 먹

여 살려야 한다니 말도 안 됩니다. 여러분은 그렇게 생각하지 않습니까? 우리 힘을 합하여 현대의 고려장 산을 만들어봅시다."(164~165쪽)

그렇다면, 14~15세 소년들은 과연 자신들의 희망을 완수할 수 있을까? 질문에 답하기 전에, 이와 유사한 나이의 주인공들이 나라 만들기에 나섰던 사례를 검토해 보자. 그 작품들은 발표된 차례대로, 윌리엄 골딩의 『파리대왕』(1954년), O. T. 넬슨의 『내일은 도시를 하나 세울까 해』(1975년), 샘 테일러의 『나무공화국』(2005년)이다.

『파리대왕』은 이들 가운데 가장 유명한 작품으로, 다섯 살에서 열두 살에 이르는 소년들이 주인공이다. 핵전쟁이 벌어지려는 순간, 영국 정부는 한 떼의 아이들을 비행기에 태워 안전한 장소로 후송한다. 그 가운데 한 비행기가 명확하지 않은 원인으로 태평양 가운데의 무인도에 불시착하고, 조종사가 모두 죽은 상태에서 아이들만 살아남는다. 그들은 문명의 세례를 받은 아이들답게 선거를 통해 지도자를 뽑는 한편 거친 자연에 적응하는 지혜를 짠다. 하지만 그들은 점차 문명의 두 갈래인 정주(농경)와 유목(사냥) 집단으로 나뉘고, 서로를 살육하는 전쟁에 돌입한다. 역설적이게도 그 두 집단 가운데 공격적인 유목 집단으로 분화하는 무리가 잭을 두목으로 하는 성가대 소년들이라는 것은 무척 예시적이다. 희랍 비극과 고고학에 심취했던 골딩은 그런 설정을 통해, 유일신의 탄생과 폭력을 조합하고, 그 위에 국가가 건설되는 인류학적 모델을 제시한다. 미국과 소련이 양대 진영의 대표로 나선 동서 냉전과 핵전쟁의 두려움 속에서 탄생한 이 작품은, 폭력은 학습 이전의 "인간 본성"이라고 말한다.

작중의 무대가 시카고 근처의 소도시로 나오는 『내일은 도시를 하나 세울까 해』 또한, 동서 냉전과 핵이나 화학 무기 같은 대량 살상 무기에 대한 당시의 공포를 우회적으로 반영하고 있다. 여기서는 세계 전역에 13세 이상의 사람은 살아남을 수 없는 바이러스가 퍼져, 12세 이하의 어린이들만 살아남는다. 열 살 난 주인공 리사와 그보다 어린 남동생 토드가 활약하는 이 작품은, 생존을 위해 필사적으로 먹거리와 생필품을 구해야 하는 아이들과 그들의 자원을 빼앗는 어린 갱단의 싸움을 갈등 구조로 삼는다. 갱단으로부터 자기 재산을 지키기 위해 리사는 아이들을 모아 의용군을 만든다. "자유를 지키려면 군대를 조직해야 한다"는 리사의 주장에 따라, 다섯 살 이상의 아이들은 누구나 사격 연습을 해야 한다. 리사가 만든 새 도시의 규칙은, '자유인은 총기를 소유할 수 있어야 한다'는 미국의 건국 정신을 상기시킨다. 각자가 좋아하는 무기를 골라 가상의 적을 향해 사용하는 연습을 매일 거듭한 끝에 길어야 4분이면 모두 집합하게 된 상태를 일컬어, "아이들은 진정한 공동체를 만들어가고 있었다"고 정의하는 이 소설의 마지막은 암울하다. 수백 명 규모도 되지 않는 글렌바드 의용군은 오천 명도 넘는 시카고 갱단과의 회전을 피할 수 없다.

『나무공화국』의 주인공들 역시 이제 막 십대 중반에 도달한 세 명의 소년과 한 명의 소녀다. 집에서 가출한 그들은 숲 속에 들어가, '나무공화국'이라는 자신들만의 공화국을 만든다. 장 자크 루소를 신으로 추앙하며 『사회계약론』에 성경의 지위를 부여한 그들은, 서로를 시민이라고 부른다. 하지만 한 쌍의 형제와 남매로 이루어진 공화국에 균열을 낸 것은, 한 소녀를 사이에 놓고 벌어진 두 형제의 '감정'이었다. 거기에 스스로 입법자임을 자처하는 조이라는 또 다른 소녀가 합세하면서, 숲은 폭력으로 물든다. 루소는 이성으로 작동하는 공화국을 설계했지만, 이성을 오작동하게 하는 "낭만적 사랑이라는 암덩어리"를 계산에 넣지 못했다.

샘 테일러의 작품에 루소가 직접 호명되고 있거니와, 세 작품은 공히 루소의 교의와 직간접적으로 연결된다. 루소는 인간의 죄악이 문명과 소유로부터 비롯되었다고 말하면서, 이제 와서 자연으로 되돌아갈 수 없다면 '사회적 계약'에 의지해야 한다고 주장했다. 좀 더 부연하자면, 개인은 '자연' 속에서 살 수 있지만 인간 집단은 '사회적 존재'를 떠나서는 살 수 없다는 게 루소의 복잡성이다. 하지만 일별해 보았던 세 작품에서, 인간은 양쪽 모두에서 실패했다. 사회적 인간으로서의 집단은 광기와 독재에 노출되었고, 자연에 내던져진 소년소녀들은 더 이상 '고귀한 야만인'이 아니었다. 그런 뜻에서 아이들의 "양심은 세상 물정에 물들어 있지 않았기" 때문에, 공정한 세상을 위해서 "어쩌면 우리에겐 어린이 경찰대가 필요할지도 몰라"라고 단언했던 하퍼 리의 『앵무새 죽이기』는, 동심에 너무 낙관적이었다.

모두 보기 좋게 실패했다. 그렇다면 『엑소더스』는 어떻게 성공할 수 있을까? 우선 이 작품에서 눈에 띄는 것은, 인터넷 시대의 나라 만들기와 혁명의 간소성이다. 올해(2011년) 있었던 중동의 쟈스민 혁명이 새삼 증명해 주었듯이, 인터넷과 이동전화는 혁명의 필수품이 되었다. 이 작품에서는 그보다 일찍, 인터넷이 중학생들의 나라 만들기를 구상에 옮길 수 있도록 해주었다. 인터넷은 기성의 권력과 싸우는 효과적인 무기일 뿐 아니라, 큰 자본과 경험이 없는 10대들에게 창업을 가능하게 만들었다.

전통 사회에서는 자본, 기술, 경험, 육체적 근력이 필수였으나, 인터넷은 그런 조건 없이도 창업의 문을 두드릴 수 있게 해준다. "컴퓨터 지식을 가장 잘 활용할 수 있는 나이는 13세 정도"며 "열여덟 살은 이미 늦다"고 말하는 자신만만한 주인공들은, 그들의 세대 안에 "아마도 14~15세 아이들에게 월급을 받는 일본 최초의 어른"들이 출현하게 될 것이라고 예언한다. 인터넷을 근거지로 벌인 사업으로 재화를 마련한 다음, 그들만의 '지역 통화'를 만들어 일본 중앙은행의 독점적인 과잉 발권으로부터 자유롭고, 궁극적으로는 초국적 금융자본의 농간으로부터도 독립하겠다는 게 등교거부 중학생들의 조직인 ASUNARO의 경제적 구상이다. 길게 설명할 수는 없지만, 이 작품에 나오는 지역 통화는 자본주의 이후를 생각하는 사람들의 귀중한 영감이다.

류는 이 작품 어디에서 "혁명이라고 해서 반드시 이데올로기나 사상이 필요한 것은 아니"라고 천명하고 있다. 그렇다면 이데올로기나 사상도 없는 ASUNARO의 의사 결정은 어떻게 이루어지고 있을까? 소설 말미는 등교를 거부한 30만 명의 학생들이 홋카이도에 자신들만의 도시를 만드는 것으로 맺음되지만, 애초에 그들의 나라는 느슨하고 쌍방향 소통적이며, 위계적이지 않은 인터넷 커뮤니티로 만들어졌다. ASUNARO의 탄생에서부터 홋카이도 이주까지를 직접 관찰했던 주간지 기자 세키구치는 그들의 모임에서 지도자와 부하들의 "역학 관계를 느낄 수 없었다"면서, "사이좋게 일치단결되어 있는 듯한 느낌도 들지 않았다. 모래알처럼 흩어져 있는 것 같은 그 분위기가 너무도 신선해 보였다. 이 애들은 아마도 틀림없이 쓸데없는 회의라든지 훈시나 아침 라디오 체조라든지 만세삼창 같은 것은 죽어도 하지 못할 것 같은 생각이 들었다"고 기록한다.

『엑소더스』의 성공은 인간의 어두운 본성도(윌리엄 골딩), 국가의 초석에 깔려 있는 폭력도(O. T. 넬슨), 국가의 이성을 흔드는 여하한 감정도(샘 테일러) 틈입하지 않고, 고려되지 않은 상태에 빚진 바가 크다. 이 작품에서 인간 본성은 '경제적 동물'의 그것으로 축소되었고, 국가는 아무런 강제도 행사하지 않고 100만이 넘는 아이들의 등교 거부를 받아들이며, 소년들의 비중에 걸맞는 소녀는 아예 등장하지 않는다. 이런 걸 보면 류는 마치 이 소설을 쓰면서 '이번엔 밝고 긍정적인 이야기만 쓸 거야'라고 잔뜩 결심한 것 같다. 홋카이도에 정착하려는 ASUNARO의 야심찬 계획을 지켜보면서, 세키구치와 그의 애인 유미코가 혼인신고를 하고 아이도 낳게 되는 '착한' 결말은, 새로운 일본 만들기가 성공적으로 완료되었음을 선언한다.

뇌관이 제거된 사회주의를 어떻게 구할 것인가?

가난한 이들을 위한 나라는 없다

『처음에는 비극으로 다음에는 희극으로』

슬라보예 지젝, 창비, 2010

미국의 민주당과 공화당은 2008년 금융위기의 해결책을 놓고 대립했다. 금융 파국을 방지하기 위해 연방준비은행이 7,000억 달러나 되는 구제금융을 민간 금융사에 지원하려 하자, 공화당은 구제금융은 금융사회주의며 비 미국적이라고 반대하고 나섰다. 하지만 오마바와 민주당은 초당적 협력을 강조하며, 끝내 월스트리트에 세금을 쏟아부었다.

슬라보예 지젝은 『처음에는 비극으로 다음에는 희극으로』에서 그때 미국에서 벌어진 사회주의적 조처의 목적은 "빈자가 아닌 부자를, 돈을 빌리는 자들이 아니라 빌려주는 자들을 돕는 것"이었다면서, 자본가들이 그토록 질색을 하는 '사회주의화'가 어떻게 자본주의 시스템을 구원하는 일에 복무할 때는 아무 거리낌 없이 용인되고, 또 어떻게 가난한 자들을 위한 사회주의가 아니라 부자들을 위한 사회주의가 가능한지를 명료하게 분석한다.

공화당 의원들이 구제금융을 사회주의 정책이라고 맹비난했던 이면에는, 자본주의 체제에는 근본적인 결함이 없다는 것을 과시하기 위한 심리전적인 목적이 있다. 즉 그들은 구제금융을 극렬히 반대함으로써, 금융위기는 체제의 근본적인 결함 때문이 아니라 그저 지나치게 느슨한 법적 규제와 거대 금융기관의 타락이었을 뿐이라는, 흠결 없는 자본주의 체제의 신화를 효과적으로 선전할 수 있었다. 자본주의는 이런 서사를 통해 점차 자연이 되어 간다.

반면 구제금융에 동조한 좌파들은 "자본주의 체제에서 메인스트리트(중산층)의 복지는 번영하는 월스트리트(금융자산)에 의존한다"는 사실에 속수무책이었고, 월스트리트를 걷어차면 실제로 타격을 입을 사람들이 평범한 노동자라는 것을 분명히 안다. 이런 사실이 가르쳐주는 것은 자본주의를 살리기 위해 언제라도 사회주의 구원투수를 투입할 수 있는 우파는 물론이고, 좌파마저 그런 자본주의의 공갈을 자연스러운 질서로 받아들이게 된다는 것이다.

자본주의의 '압도적 자연화'가 이루어진 사회에서는 투기로 무일푼이 된 은행을 국고로 지원하는 것을 당연시하면서, 수천 명의 노동자가 쫓겨나는 공장을 국영화 하는 건 비합리적인 것으로 믿게 된다. 이렇듯 자본주의는 공황이 발생할 때마다 자기 이데올로기의 기본적 전제를 반성하기보다 금융감독과 같은 '기본으로 돌아가기'로 강화되고, 되풀이되는 공황을 통해 중산층은 자본주의 질서에 더욱 길들여진다. 이게 사실이라면, 시장에서 참패하고 악마화(강제수용소화)된 국가 악몽으로 막을 내린 공산주의는 왜 매번 기본으로 돌아가서는 안 된다는 말인가?

숱한 진보적 인사들은 이 시대를 자본주의와 사회주의의 대결인양 하지만, 현실은 사회주의와 공산주의의 대결이며, 진정한 진보인사는 공산주의자가 되어야 한다고 지젝은 말한다. 오래 전에 사회주의 정책의 기초를 완료한 서구 유럽은 물론이고 자본주의를 구하기 위해서라면 공공연히 사회주의 정책을 쓸 수 있는 미국, 그리고 마르크스주의가 아니라 '아시아적 온정주의'로 위장한 중국이 보여주듯이 전 세계는 이미 사회주의화 되었다. 그러나 기뻐할 이유가 없는 것은 그 사회주의가 자본을 위한 사회주의이며, 자본주의는 가중되는 심각한 체제 모순 때문에 그만큼 강력한 국가의 권위(법, 경찰)와 민중을 달랠 사회주의 복지 정책마저 수용해나간다.

세계는 영구혁명의 혼이 제거된 사회주의와 재장전된 공산주의의 싸움이라고 단정하는 이 책은, 공황과 재출발을 왕복달리기하는 자본주의의 희극적인 반복을 보면서 공산주의의 새 출발을 촉구한다. 그게 내가 읽은 이 책의 핵심이다. 지젝이라는 성체聖體를 뜯어 먹는 방법은 제각각이겠지만, 지젝의 거시기를 뽑아 내시로 만들고 비역까지 하는 일은 아주 손쉽다. 그의 급진주의적 정치이론은 모르쇠 하면서, 정신분석이나 문화이론의 가두리에 그를 감금하는 것이다.

사족이다. 원래는 이 글을 구성하면서, 본문 앞뒤에 최근의 신문기사에서 빌어온 두 개의 뉴스를 인용하기로 했는데, 분량 때문에 삭제해야 했다. ①〈월 스트리트: 머니 네버 슬립스〉를 선보이기 위해 올리버 스톤 감독이 부산국제영화제를 찾았다. 23년 전에 만들어진 〈월 스트리트〉가 '정크본드 내부자 거래'에서 모티브를 따왔다면, 2010년에 완성된 속편은 2008년 세계경제를 충격에 빠뜨린 미국 리먼 브러더스의 파산을 줄기로 삼았다. 기자회견에 나선 감독은 어느 주류 언론도 2008년의 경제위기를 경고하지 못했으며, 레이건과 부시 대통령 시절 시장만능주의를 부추겨 전 세계를 재생이 불가능할 정도의 위기에 빠뜨린 "악당이 있는데도 아무도 책임지지 않고 감옥에 간 사람도 없다"(『한겨레신문』, 2010.10.15)고 정부, 기업, 언론을 함께 꼬집었다. ②같은 날 『연합통신』은 「법정서도 "위대한 수령님" … 40대 노동자 구속」이라는 제하의 단신을 내보냈다. 15일 오전 서울중앙지법에서는, 6,100여 명의 회원을 둔 모 포털사이트 카페에서 드러내놓고 북한 체제를 찬양했던 김모 씨에 대한 구속 전 피의자심문(영장실질심사)이 열렸다. 이 자리에서 김씨는 "김일성·김정일 수령님은 위대하신 분들이다. 그분들을 위해서라면 평생을 바칠 각오가 돼 있다"는 발언으로 국가보안법 위반 혐의가 인정되어 구속 처분이 내려졌다. 심사를 맡은 황병헌 영장전담판사가 "왜 인터넷 사이트에 이적 동영상을 게재했나"라고 묻자 그는 "김일성 부자의 위대함을 나타낸 것인데 왜 죄가 되나"라며 되레 반문했고, 황 판사가 재차 "앞으로도 그러한 동영상을 인터넷 사이트에 계속 올리겠다는 것인가"라고 질문하자 "내 신념은 강철 같이 변함이 없다"고 자신 있게 대답했다. 한 시간 넘게 진행된 심사에서 북한 체제의 우월성과 김일성 부자에 대한 존경을 표현하는 김씨의 말과 태도는 놀라울 정도로 당당했다. 영장실질심사에 동석한 한 검사는 "작년까지만 해도 단지 호감 때문에 그랬을 뿐 다른 의도는 없으니 한 번 봐 달라는 태도가 일반적이었지만, 올해 들어서는 확고한 신념에 따라 북한 체제를 추종하는 사람들이 하나둘씩 나오고 있다"고 말했다. 이런 사태가 나오게 된 이유는 간단하다. 10여 년 전부터 한국 사회를 쥐락펴락해 온 신자유주의와 그에 따른 양극화가 체제의 우월성을 꾸준히 잠식해왔기 때문이다.

인간이 중요하지 않은 시대가 와야만 한다

『하찮은 인간, 호모 라피엔스』

존 그레이, 이후, 2010

인간과 동물의 우열을 이성적으로 구분하려고 한 논의를 모으면 저절로 책 한 권이 되고도 남을 것이다. 아주 흔한 예로 우리는 언어·도구·불·옷·웃음·눈물·예술·이념 등의 온갖 개념과 사물들이 동물에 대한 인간의 우월성을 증명하기 위해 불려나온 사실을 알고 있다. 그런 우월성 증명에는 진지한 철학적 논구도 있지만, 농담이기 때문에 오히려 더 설득력 있게 느껴지는 것도 있다. 예컨대 애주가는 이렇게 증명한다. '인간과 동물의 다른 점이 무엇인지 아십니까? 동물은 밥을 먹을 때 밥만 먹지만, 인간을 밥을 먹을 때 술도 함께 먹는다는 거!' 동물은 반주 없이 꾸역꾸역 밥만 먹는다.

하지만 인간이 동물보다 더 우월하다는 생각은 원래 부자연스러운 것이며, 인간이 동물보다 우월하다는 것은 태고로부터의 진리가 아니다. 그건 인간이 동굴에서 살던 원시시대를 떠올려보면 안다. 인간은 여느 동물보다 빨리 달리지도 못했고 힘이 세지도 못했다. 인간은 태어나자마자 눈을 뜨고 걷거나 털로 뒤덮여 있어 별도의 보온이 필요하지 않은 동물에 비해 훨씬 연약한 생물이었다. 훗날 인간은 군집생활과 언어를 통해 문명을 만들어 갔다. 하지만 가혹한 자연과 동물의 위협 속에서 생존했던 기억은 오랫동안 생생한 정신적 외상으로 남아, 물활론을 인류 최초의 철학으로 삼게 되지 않았을까?

물활론은 동물을 포함한 자연을 대타자로 삼아 거기에 인간도 한 곱살이(꼽사리)끼기 위해 만든 세계관이다. 군말이지만 물활론을 설명하기 위해 동원된 곱살이란 말은, 원래 사람이 죽어 땅에 묻혔을 때 그 시체에 꼬이는 구더기 같은 미세한 벌레들을 칭하는 말이다. 다시 말해 가녀리기 짝이 없는 인간은 자연이라는 거대한 순환에 곱살이로 껴 붙은 보잘 것 없는 존재다. 이게 물활론적 세계에서 인간의 차지한 위치며, 이런 세계에서는 어느 종種도 다른 종보다 우월하지 않다.

반면 르네상스 시대에 생겨난 휴머니즘은 자연을 대타자로 생겨난 게 아니라, 신이라는 대타자를 놓고 그것을 극복하기 위해 만들어진 세계관이다. 때문에 여기엔 자연이나 인간 이외의 종이 낄 자리가 없다. 인간해방이란 이상을 내걸었던 휴머니즘은 개인의 해방에서부터 개인을 내포한 집단으로서의 인간해방, 계급으로서의 인간해방, 인류로서의 인간해방이라는 단계로 이상을 넓혀갔다. 하지만 현실에는 '눈에 보이지 않는 인종'과 '몫이 없는 계층'도 있었고, 인간 이외의 종은 아예 휴머니즘에 포함될 수 없었다. 인간은 휴머니즘을 새 종교로 맞이하면서 물활론적 세계관과 완전히 결별했다.

하지만 『하찮은 인간, 호모 라피엔스』를 쓴 존 그레이는 근대 세계 이후, 인간이 찬양해 온 휴머니즘을 무참히 격하한다. 그는 서구의 휴머니즘을 인본주의나 인문주의로 보지 않고 인간을 중심으로 하는 '인간 종 중심주의'로 해석하면서, 서구 문명 전체를 인간 종 중심주의를 향해 질주한 광기의 도정이었다고 규정한다.

그 도정의 시초에 소크라테스나 플라톤의 삶과는 기조를 달리하는, 정전이 된 소크라테스와 플라톤 철학이 있다. 그리스인들은 물활론적인 기원을 가졌던 상형문자 대신 표음문자(알파벳)를 사용하면서 거기에 걸맞게 순수한 이데아(진리)를 찾고자 했다. 그것의 계승자인 유대-기독교는 인간을 신이 임명한 지구의 위탁 관리자로 여기며 인간에게만 자유의지가 있다고 믿었다. 그리스 철학과 유대-기독교는 인간에게 내재한 진리를 찾으려는 노력과 자유의지라는 본능이야말로 인간과 동물을 나누는 경계라고 간주한다.

과학이 크게 발달하거나 사람들의 의식을 조작할 만큼 권위를 갖지 못했던 시대였기에, 그리스부터 르네상스에 이르기까지 동물에 대한 인간 종의 우위를 증명하는 데 나선 사람들은 주로 철학자들이었다. 그 시절의 철학자들은 인간이 불확실한 세상을 킁킁거리며 돌아다니는 동물과 다르다는 것을 증명하기 위해 늘상 애쓰던 사람들이었다. 하지만 데카르트의 과학적 방법론과 이성중심주의가 득세하고, 또 결코 다윈이 주장하지 않았으나 그가 정식화한 발견을 인간이 동물보다 더 진화된 종이라는 왜곡된 증명으로 받아들인 근대인들은 철학 대신 과학을 경전삼아 휴머니즘에 매진했다. 현대의 휴머니스트들은 예전의 계시 종교가 회의주의로 떨어진 이 시대에, 유일하게 유토피아와 진보를 맹신하는 신도들이다.

지은이는 이런 이야기를 하는 중간 중간에 인간이 가지고 있다는 자유의지의 허구성과, 자아는 환상이라는 것, 그리고 인간의 의식 또한 무지각 상태일 때가 더 많다는 것 등을 지적한다. 인간과 동물은 크게 다르지 않다는 것이다. 여기까지 읽은 독자들은 지은이의 문제틀을 자기 신념의 문제틀로 전유하고자 할 것이다. 즉 근대 세계가 찬양해 왔던 휴머니즘이 생태계 파괴의 인식론적 교사범이란 것을 새삼 주지하고, 과학적 이성으로 무장한 휴머니즘의 진보라는 이상이 인간을 위기에 몰아넣었다는 반성을 다시금 굳건히 다지는 것이다. 그러면서 우리는 지은이가 생태 운동을 편들리라는 성급한 결론을 내리게 된다. 그러나 지은이는 우리들의 성급한 기대를 묵살한다.

> 녹색 사상가들은 지구 자원을 세심하고 현명하게 살피는 이상적인 인류가 되면 구원받을 수 있다고 생각한다. 하지만 인간이라는 종을 중심에 놓는 데서 희망을 찾지 않는 사람에게는 인간의 행위가 인류나 지구를 구할 수 있다는 생각 자체가 터무니없다. 인간 행위의 결과가 인간의 손에 달려 있지 않음을 알고 있기 때문이다.(33~34쪽)

지은이가 녹색 운동을 거부하는 이유는 녹색/생태 운동 역시 녹색으로 위장한 휴머니즘, 다시 말해 인간 종 중심주의를 은닉하고 있는 또 다른 판본의 휴머니즘에 불과하다는 혐의에서다. 이런 생각은 "지구를 아끼는 사람들이 바라는 바가 이루어지려면, 지구 자원을 세심하게 살피는 인류가 되어야 할 것이 아니라, 인간이 중요하지 않은 시대가 와야 한다"는 언명으로 한층 명료히 드러난다.

이 책의 한국어 번역 제목은 생태주의적 고해와 고발을 연상시키는 '약탈하는 사람'이지만 이 책의 원제는 '지푸라기 개'이고, 존 그레이는 대학에서 유럽 사상사를 가르치는 정치철학자다. 영화를 좋아하는 독자라면 샘 파킨파 감독이 만든 같은 제목의 영화를 떠올렸겠으나, 노자에 심취한 독자라면 『도덕경』에 나오는 '천지불인 이만물위추구'(天地不仁 以萬物爲芻狗, 천지는 어질지 않으며 만물을 짚으로 만든 개와 같이 여긴다)라는 구절을 기억했을 것이다. 종교 의식에 쓰이는 지푸라기 개는 의식이 거행되는 동안에는 최고의 숭배 대상이지만, 의식이 끝나면 짓밟히고 팽개쳐진다.

제임스 러브록이 제시했던 가설인 '스스로 조절하는 지구'도 저 천지와 같다. 인간이 지구의 균형을 뒤흔들면 지구 조절 시스템은 언제라도 지푸라기 개처럼 인간을 내친다. 일례로 산업화된 세계가 배출한 온실가스는 지구 생태계에 돌이킬 수 없는 영향을 미쳤고, 거기에 따른 기후변화는 "지구가 인간이라는 부담을 완화하기 위해 작동시킨 조절 메카니즘인지도 모른다."

책 제목에서뿐 아니라, 우리는 본문을 통해서도 지은이의 비서구 문명권, 특히 중국 문명에 대한 경사를 심심찮게 볼 수 있다. 이를테면 "다윈의 이론이 힌두교의 인도나 도교의 중국, 혹은 물활론의 아프리카에서 나왔더라면 그렇게 엄청난 스캔들을 일으키지 않았을 것이다" "중국에서는 플라톤주의와 비슷한 철학이 나오지 않았다" "중국 사상가들은 관념을 사실로 헛갈리는 일이 거의 없었다" "중국은, 서구의 모델을 따른 소비에트를 본떠 나라를 재건하려 했던 마오주의를 폐기한 이래로 서구의 조언을 경멸해 왔다. 그 결과, 현재 중국은 서구 사람들 사이에서 안정적인 경제와 정부를 가진 국가로 여겨지게 되었다" 등등.

지은이가 중국 문명을 흠모하는 까닭은 도덕·진리·의식·자아·자유의지 등을 강박처럼 숭앙해 온 서구 문명과 달리 거기엔 그런 강박이 일절 없기 때문이다.

> 고대 중국의 도교는 실제와 당위 사이에 차이가 없다고 보았다. 상황을 분명하게 바라보는 데서 나오는 행위라면 모든 것이 옳은 행위였다. 규칙과 원칙으로 인간을 속박하려 하지 않았다는 점에서 도교는 도덕주의(당대 중국에서라면 유교가 이에 해당했겠다)를 따르지 않았다. 도교에서는 자연스러운 삶을 능숙하게 사는 것이 좋은 삶이다. 좋은 삶은 특정한 목적을 가지지 않으며, 의지와 관련이 없고, 이상을 실현하고자 하는 노력으로 이루어지는 것도 아니다. 우리의 모든 행위는 좀 더 잘되거나 좀 덜 잘되거나 할 수 있다. 하지만 좀 더 잘되는 것은 우리가 의지의 힘으로 행위를 잘 이끌었기 때문이 아니라 그냥 그것을 능란하게 다루고 있기 때문인 것이다. 좋은 삶이란 본성과 환경에 따라 사는 삶이다. 도교는 이것(좋은 삶)이 모든 사람에게 동일한 삶을 의미하거나, '도덕'에 반드시 부합해야 한다고 가르치지 않는다.(150쪽)

『하찮은 인간, 호모 라피엔스』의 핵심은 이 문단이 속해 있는 148~154쪽에 들어 있다. "윤리의 기원을 찾고자 한다면, 다른 동물들의 삶을 관찰해 보라. 윤리의 뿌리는 동물적 미덕에 있다. 인간들은 다른 동물과 공유하는 미덕이 없으면 잘 살 수 없다. (…) 도덕은 인간만이 독특하게 가지고 있는 질병이며, 좋은 삶은 동물적 미덕을 갈고 닦는 삶이다. 우리의 동물적 본성에서 나오는 윤리는 따로 근거를 필요로 하지 않는다."

동물은 의식 조작적인 목적을 가지지 않으며, 도덕 판단을 하지 않고 환경에 맞추어 살며, 본능에 충실하고, 행동하지 않을 때는 마치 사색에 빠져 있는 것 같지만 실은 아무런 생각 없이 평화로운 관조에 빠져 있는 것이다. 그리고 놀라운 일치겠지만 지은이가 이상적으로 여긴 옛 중국인들도 그러하다. 동물의 중국인화라고 해야 할지, 중국 문명의 동물화라고 해야 할지 잘 모르겠지만, 이 책의 결론은 그렇다. 중국과 동물을 함께 좋아하는 독자에겐 최상의 결론이고, 중국은 좋아하지만 동물은 싫어할 독자, 또는 그와 반대로 동물은 좋아하지만 중국은 싫어할 독자들에겐 아쉽지만 그런대로 만족할 만하다.

아무래도 이 결론이 최악이라고 느낄 독자는 중국과 동물 모두가 이 시대의 부조리나 인간의 결함을 메우는 데 역부족이라고 느낄 사람들일 것이다. 다행히도 나는 그런 불운은 피했다. 나의 경우, 인간이 '인간 동물'이며 동물적 미덕을 살려야 한다는 데 동의한다. '4대강 삽질'이 보여주듯이 문명의 괴로움은 모두 작위作爲에서 생기는 바, 인간도 동물이라는 것을 수락하고 나면 작위도 수그러들 것이다. 바로 이게 "동물들은 삶의 목적을 필요로 하지 않는다. 그런데 자기모순적이게도, 인간이라는 동물은 삶의 목적 없이는 살 수가 없다. 그냥 바라보는 것을 목적으로 하는 삶은 생각할 수 없는 것일까?"라던 지은이의 마지막 전언이 뜻하는 것이리라. 그러나 지은이가 이상화한 도교 문화를 수긍하지 못해서가 아니라, 현재의 중국이 그런 전통 문명을 사회 원리로 삼고 있다고 여기는 듯한 착각은 쉬이 납득되지 않는다.

단장 형식을 취하고 있는데다가 부피마저 두텁지 않은 이 책은, 아직도 진보의 가치에 배고픈 우리가 감지덕지하며 삼키기에는 너무 쓰고 시큼하다. 다윈·마르크스·프로이트 이후 인간은 점차 비루해지고 왜소해지고 위신을 잃어온 게 사실이지만, 아무도 인간을 동물보다 열등한 자리에 놓지는 않았다. 하지만 계몽도 과학도 신비주의도 진보도 모두 뿌리치고 겸손히

'동물-되기'를 자청하는 그에게서 연상되는 것은, 동물과 거리낌 없이 대화를 나눌 줄 알았다던 동서고금의 영성가들이다.

> 선사시대, 역사시대를 통 털어, 물활론자들은 만물에 영혼이 깃들어 있다고 믿어 왔다. 이 오랜 신념을 뒷받침하는 살아 있는 증거들을 왜 받아들이려 하지 않는가?(241쪽)

언론의 독립을 허하라

『미디어 카르텔』

이은용, 마티, 2010

2010년 여름, 일사부재리의 원칙과 1인 1투표의 원칙을 깨는 무리수까지 두면서 미디어법이 통과됐다. 한나라당은 외국의 다국적 미디어 산업에 대항하는 토종 미디어 그룹을 양성하고 방송의 다양성을 위한다는 구실을 댔지만, 액면을 고스란히 믿을 사람은 없다. 그처럼 선의에서 비롯된 법률 개정이라면 시민 사회의 합의와 적법한 국회 절차를 거쳐야 옳았고, 개정된 미디어법을 정책적으로 담당할 방송통신위원회는 중립적이고 공정한 일처리를 해야 했다.

하지만 방송통신위원회는 '미디어법 날치기 통과'에 대한 헌법재판소의 판결을 기다리지도 않고, 종합편성채널 사업을 기정사실화 했고, 사업자 신청 공고를 냈다. 그 결과 12월 31일, 『조선일보』 『중앙일보』 『동아일보』 『매일경제』가 종합편성채널 사업자로 선정되었다. 방송통신위원회는 우리나라 광고 시장 규모로는 한 개의 종합편성채널 추가도 힘겹다는 방송 광고 분야의 전문가와 사업 후보자들의 자체 평가조차 외면하고, 무려 네 개의 종합편성채널을 허용했다. 과연 최시중 방송통신위원회 위원장은, 역발산의 기개로 도로의 전봇대를 단번에 뽑아낸 이명박 대통령의 '멘토'였다.

방송통신위원회가 한창 종합편성채널 사업자를 심의하고 있는 중인 2010년 12월 초, 이은용의 『미디어 카르텔』이 출간됐다. 온갖 매체의 허다한 신간 소개란이 푸대접했던 이 책은, 이명박 정부 출범과 함께 닻을 올린 제1기 방송통신위원회의 인적 구성과 담당 업무는 물론이고 현재의 정책 기조를 심층 취재하고 있다. 방송과 통신의 종합적인 관리와 융합을 위한 기구가 있어야 한다는 것은 김대중 정권 때부터 논의되었고, 노무현 정권 말기에 법적인 의결을 거쳐, 이명박 정권 들어 기구가 설립됐다.

참여정부가 이 기구를 만들고자 했을 때, 야당이었던 한나라당은 권력의 방송장악이라는 관점으로 이 기구를 파악했다. 하지만 노무현 정권은 미디어 산업의 발전을 위해서라는 '순수 목적'을 입증하지 못한 채 정권을 한나라당에게 물려주었고, 정권을 차지한 한나라당은 태도를 180도로 바꾸었다. 보수진영의 선전을 강화하고 정권 재창출에 유리한 방송 환경을 만드는 데 필요한 도구라는 생각이 든 것이다.

대통령직속기구인 방송통신위원회의 업무는 굉장히 방대하다. 방송사업자를 허가·재허가할 뿐 아니라 방송사업자에게 시정명령을 내리거나 제재할 수 있는 권한은 물론이고, KBS·EBS·방송문화진흥회(MBC대주주) 임원과 이사를 임명한다. 또 모든 방송의 프로그램을 지도하거나 광고를 편성할 수 있으며, KBS의 수신료 인상도 방송통신위원회의 재가 사항이다. 이런 업무만 보면, 방송통신위원회와 나는 큰 연관이 없는 것처럼 보인다. 그러나 이 기구는 인터넷 실명제와 같은 인터넷 관련 정책마저 담당하고 있으며, 산하의 중앙전파관리소는 도청과 감청을 관리한다.

지은이는 방송통신위원회가 "이처럼 '촘촘하게' 시민의 생활 깊숙한 곳에 스며" 있으므로 "늘 관심을 두고 어떤 정책을 세워 공정하게 집행하는지 매우 꼼꼼하게 살펴봐야 할 대상"이라고 한다. 하지만 참여정부가 다진 방송통신위원회의 설립 및 운영안에 올라탄 이명박 정권은 첫 단추부터 공정하게 꿰지 않았다. 노무현 대통령 후보의 언론고문을 지냈던 서동구 씨가 KBS 사장으로 임명되었을 때, 당시의 야당이었던 한나라당과 시민단체의 저지를 받고 9일 만에 사퇴했던 사례도 있었던 것처럼, 한 나라의 방송 전체를 좌지우지하고 인터넷의 표현 자유에도 깊이 관여하는 방송통신위원회의 수장은 사회적 공기公器를 지킬 수 있는 인사여야 했다.

최시중은 그것을 의식했던지 위원장이 되고난 첫 기자회견에서 "언론의 독립성과 공정성 저해를 막아주는 방패막이"가 되고, "방송통신위원회를 편파적으로 운영하는 일은 없을 것"이라고 다짐하기도 했다. 그러나 그게 '뻥'이라는 것은 『미디어 카르텔』에 상세히 묘사된 위원회의 독선적인 운영과 노골적인 '좌파 미디어 청소'에서 이미 예견되었고, 무엇보다 독과점 신문과 대기업의 방송 겸영 금지라는 세계적 기준과 추세에 역행했던 종합편성채널 사업이 뻔히 증거한다. 아마 그가 위원장이 되어 공정하게 일을 처리한 경우는, 무려 네 개나 되는 보수 신문사에 골고루 사업 승인을 내준 게 유일할 것이다.

종합편성채널 사업자가 발표된 직후, 모 신문사가 여론조사 전문기관에 의뢰했던 민의에 따르면, 거대 언론이 독식한 종편 사업자 선정에 문제가 있으며, 공공성과 공정성이란 기준보다는 정치적 입김이 작용했다는 의심을 나타냈다. 그런데 그보다 흥미로웠던 것은, 신규 종편채널의 대거 출범으로 프로그램의 질이 "더 높아질 것"이라는 응답자가 52.7퍼센트, "더 떨어질 것"이라는 응답자가 36.9퍼센트였다는 점이다. 여론의 독과점과 살인적인 생존 경쟁이 진정 '방송의 질'을 높여줄 수 있을까?

시청자의 선호가 제각기이기 때문에 방송의 질을 객관적으로 평가하는 게 어렵다는 사람도 있을 테지만, 『미디어 카르텔』은 방송의 질을 민주주의라는 가치와 동가로 파악한다. "민주주의는 무엇보다 언론과 표현의 자유라는 토양에서 자라난다. 아직 부족하기는 하지만 우리 사회가 이룬 최소한의 제도적 민주주의도 권력, 자본에 대한 미디어의 비판적 역량에 힘입은 바 크다. 하지만 역으로 권력과 자본이 만들어내려고 하는 미디어 카르텔 속에서 민주주의는 숨 쉴 수 없다"는 것이다.

노엄 촘스키와 에드워드 허먼이 함께 쓴 『여론조작』(에코리브르, 2006)을 보면, 한 나라의 다양한 언론 환경과 민주주의의 향배를 직결하는 지은이의 주장이 하등 과장되지 않았다는 것을 실감하게 된다. 거대 독점 언론이 정치권력이나 대기업과 공생할 뿐 아니라, 스스로 '정치경제적' 권력이 되어 여론을 독점하게 될 때, 국가와 시민이 겪어야 할 불행은 너무나 크다. 예컨대 베트남전에 개입하고자 미국 정부가 통킹 만 사건을 조작했을 때, 주류 언론이 순순히 협조함으로써 미국은 이기지도 못할 치욕스러운 전쟁에 빠져들었다.

정치권력이나 광고주와 야합하기를 서슴지 않는 기업화한 언론은 "무엇보다 언론을 통제하고 자금을 지원하는 사회의 이익집단을 위해 봉사하고 선전"하는 일에 몰두 하면서, "당대의 정치적 논쟁과 같은 강력한 후원자를 끌어오는 데 장애가 될 만한 것들을 공통적으로 회피하거나 제외"시키므로 방송의 질은 더욱 상업적이고 선정적이 된다.

삼성을 생각한 당신이 선구자다

『삼성을 생각한다』

김용철, 사회평론, 2010

김용철 변호사의 『삼성을 생각한다』가 나온 게 작년 2월이었으니, 어느덧 이 책이 나온 지 1년이 지났다. 책이 나왔을 때, '나도 이 책을 읽었다'는 알리바이에 해당하는 짧은 독후감을 쓴 바 있지만, 다시 이 책을 펼쳐놓고 새로운 독후감을 작성하자니, 갑자기 호르헤 루이스 보르헤스의 글 한 편이 생각난다.

흔히 선구자라면 후세에 영향을 미치는 사람이라고 정의된다. 그런데 보르헤스는 「카프카와 그의 선구자들」(『만리장성과 책들』, 열린책들, 2008)이라는 에세이를 통해, 진정한 선구자란 후세(미래)만 아니라, 잊혀진 과거에까지 빛을 던져주는 사람이라고 말한다. 예를 들자면, 카프카는 자신의 그로테스크한 작품으로 '카프카레스크'의 기원이 된 사람이기도 하지만, 그가 있음으로 해서 우리가 모르고 지나쳤던 그와 유사했던 작가들과 작품들을 재발굴하게 되는 것이다. 보르헤스에 따르면 카프카가 아니었다면, 레옹 블루아의 『불쾌한 이야기』나 던세이니의 『카르카손』 같은 작품은 영영 조명을 받지 못했거나 비교의 기회를 갖지 못하고 문학사 저편으로 사라졌을 것이다. 바로 그런 뜻에서 선구자란 후세에 영향을 미치는 사람일 뿐 아니라, 과거를 다시 구성하는 사람이기도 하다는 것이다. 『삼성을 생각한다』를 다시 읽으면서 꺼낸 서두로는 좀 뜬금없이 들리겠지만, 영 엉뚱한 이야기는 아니다.

본래 『삼성을 생각한다』는 내용과 목표가 분명한 책이다. 지은이 김용철은 전 서울지검 특수부 수석검사로 있다가 사표를 내고 1997년 삼성에 입사했다. 입사 직후 삼성의 지휘부라고 할 수 있는 구조조정본부(비서실)

의 법률팀과 재무팀의 이사로 일했던 그는 7년 만인 2004년 사표를 던지고, 2007년 10월 천주교 정의구현전국사제단의 지원을 얻어 양심선언을 했다. 그때 발표된 양심선언문을 통해 지은이는 삼성의 광범위한 법조계 불법 로비와 불법 비자금 조성 그리고 삼성의 경영권을 이재용에게 세습시키고자 동원했던 불법과 편법을 조사하라고 촉구했다.

이듬해 벽두에 구성된 특별검사팀은 수사 의지가 미심쩍었던 조준웅 변호사가 떠맡아 그야말로 유야무야 수사를 한 끝에, 부실하고 축소된 공소장으로 삼성을 기소했다. 이후 벌어진 1심에서 노골적인 봐주기로 논란을 빚었던 민병훈 부장판사는 삼성에 무죄를 선고했고, 삼성의 관리를 받은 게 의심되므로 제척除斥되었어야 할 서기석 부장판사 역시 2심에서 삼성에 무죄를 안겨주었다. 그리고 고 노무현 대통령의 영결식이 치러진 당일이었던 2009년 5월 29일, 양승태, 김지형, 박일환, 차한성, 양창수, 신영철 대법관이 찬성 의견을 내고, 김영란, 박시환, 이홍훈, 김능환, 전수안 대법관이 반대 의견을 냄으로써 삼성은 6대 5로 힘겨운 무죄 판결을 받았다.

그런데 저 판결에서 재미있는 것은, 무죄 의견을 냈던 신영철의 처신이다. 그는 저 당시 촛불집회 관련사건 담당 판사에게 이메일과 전화로 압력을 넣은 불법과 사건 배당을 임의로 해놓고서 컴퓨터 프로그램으로 했다고 국회에서 위증한 게 드러나 법원 안팎에서 사퇴 압력을 받고 있었다. 하지만 신영철은 후배 판사에게 수모에 가까운 비판을 받으면서도 끝내 대법관 자리에서 물러나지 않았다. 그런 그를 징계위원회에 회부하지 않고 고작 공직자의 재산등록에 관한 사항이나 처리하는 공직자윤리위원회에 넘겨 구해준 사람이 바로 이용훈 대법원장이었다.

이용훈 대법원장은 법원에서 퇴직해 변호사로 일하던 시절 삼성에버랜드 사건을 맡아서 삼성을 변호했었다. 하여 그는 대법원장이면서 이례적으로 전원합의체에서 빠지는 최초의 사례를 남기게 됐다. 그러는 동시에 삼성에버랜드 사건을 맡아 막대한 수임료를 받았던 전력 때문만이 아니라, 과거에 주장했던 논리를 정당화하기 위해서라도 삼성에 유리한 판결을 끌어내야 하는 부담이 있었다. 하므로 대법원에서 종결된 삼성의 무죄 판결에 그가 미쳤을 영향은 쉽사리 판단하기 힘들다.

최초의 양심선언문에 언급되어 있었듯이, 세상에 알려진 삼성 비리는 크게 세 가지 범주다. 첫째, 정·관·법조계 등에 대한 불법 비리. 둘째, 비자금 조성 및 탈세. 셋째, 경영권 불법 승계. 이 책은 위의 사항 가운데 주로 법조계에 대한 뇌물 비리와 구조조정본부에 의한 비자금 조성 실태와 경영권 불법 승계 내막을 밝히고 있으며, 잠시 요약했던 것처럼 삼성 특검과 재판이 어떻게 진행되었는지를 짚고 있다. 이상이 이 책의 내용이었다면, 이처럼 명료한 내용에 어울리는 이 책의 집필 목적 또한 매우 분명하다.

> 아이들에게 "정직하게 살라"고 권해도 불안하지 않는 사회가 되면 좋겠다. "정직하게 살면 손해 본다"는 생각이 현명한 것으로 통하고 "손해 보더라도 정직해야 한다"는 생각은 순진한 어리석음으로 여겨지는 사회에서, "정직하게 살아야 한다"고 배운 아이들이 커가는 일을 차마 지켜볼 자신이 없다. (…) 나는 삼성 재판을 본 아이들이 "정의가 이기는 게 아니라, 이기는 게 정의"라는 생각을 하게 될까봐 두렵다. 그래서 이 책을 썼다.(447~448쪽)

새삼 강조컨대, 본래 『삼성을 생각한다』는 내용과 목표가 이처럼 분명한 책이다. 그러나 세간의 관심은 이건희의 은닉되었던 신상과 소위 '로열패밀리'들이 벌이는 낯선 일화들로 화제가 되기도 했다. 그간 한국인들은 여러 형식의 '몰래 카메라'를 통해 연예인들의 사생활을 주로 관음해왔는데, 재미로 치면 이번 게 최고였다.

이미 이 책이 10만 부 넘게 팔려 나갔기 때문에, 이건희의 생일잔치에 그의 직계 가족은 프랑스에서 막 공수해온 푸아그라를 먹고 손님들에겐 냉장 푸아그라를 먹인다는 삼성가의 고약한 손님 접대는 널리 알려졌다. 게다가 공식행사를 빙자한 약 10억 원 상당의 생일잔치 비용이 회장의 주머니에서 나오는 게 아니라, 회사 금고에서 나온다는 사실도. 또 자신의 전용기를 안전 운항하기 위해 대한항공에서 다섯 명의 베테랑 조종사를 스카우트해 놓고 2명으로 구성된 2개 조를 구성한 다음 한 명은 여분 인력으로 대기시켜 놓았다는 얘기하며, 온 가족이 명품이라면 사족을 못 쓰는데다가 이건희가 명품을 만들겠다고 손 댄 사업마다 족족 망해 먹었다, 등등. 참 낯설었던 한 재벌 총수의 사생활과 언행 가운데 내 눈을 확 잡아끈 것은 이런 거였다.

> 이건희가 사장단 회의를 할 때마다 특히 관심을 보였던 것은 부동산과 섭외였다. 영향력 있는 공무원에게 뇌물을 주는 일을 섭외라고 불렀다.(255쪽)
>
> 섭외, 즉 뇌물을 통한 불법 로비에 대해 이건희가 가진 관심은 대단했다. 그는 평소 "작은 돈으로 큰 결과가 오게 하는 것"이 로비라고 말했다. 로비에 관한 세부적인 사항까지 지시하곤 했다. 그는 종종 로비 대상자에게 '감동 서비스'를 하도록 주문했다. 결혼기념일, 아이들 생일 등을 꼼꼼하게 챙기고 '꽃다발과 와인'을 집에 보내서 '감동'을 주라는 것이다.(256쪽)

회장님은 돈 주는 걸 좋아하신다. 그리고 어떻게 하면 받는 사람에게 '감동'을 함께 전달할 수 있는지를 늘 골몰하신다. 아깝다. '되돌아올 더 큰 대가'만 계산하지 않았다면, 이건희는 '포틀래치의 제왕'이 되고도 남았을 사람이다.

『삼성을 생각한다』란 책 전체에서 저 두 인용은 매우 작은 부분에 불과하지만, 나는 이 책에서 가장 중요한 것은 바로 위의 두 인용이라고 생각한다. 그리고 온갖 '비리 백화점'이라는 '삼성 문제'와 지은이에 의해 촉발된 '삼성 재판' 역시 '섭외(뇌물)'가 핵심이라고 본다. 예컨대 삼성의 '무노조 경영' 같은 문제가 그렇다. 무노조 경영을 유지하기 위해 관계 부처와 협조처에 뇌물을 쓰지 않았다면, 대명천지에 그게 어떻게 계속 가능했겠는가? 이 책이 출간된 직후부터 지금까지, 김용철을 욕하는 보수언론과 그에게 악감정을 품고 있는 사람들은 '김용철이 삼성을 죽이려고 한다'고 말하지만, 그것은 이 책이 가리키는 문제의식과 아무 상관없다.

지은이는 이 책을 통해 삼성의 잘못된 뇌물 공여와 그것을 받아 삼키는 온갖 비리 인물들 가운데, 특히 법조인들의 부패를 고발하고자 했다. 무차별적이고 전방위적인 삼성의 뇌물 공세는 대한민국을 속속들이 병들게 한다는 게 이 책의 요점이다. 뇌물은 한 나라의 도덕적 중추인 법조계와 언론계를 부패시키고, 정치권과 행정부를 움직여 한 나라의 경제 정책을 자신의 입맛에 따라 고치고, 경쟁자들과의 공정한 경쟁을 피함으로써 시장 질서를 어지럽힌다.

> 모든 일에는 뿌리가 있기 마련이다. 삼성 비리의 뿌리는 비자금이다. 비자금이 없었다면, 삼성이 권력을 매수하는 일은 불가능했다. 그런데 비자금은 결국 삼성 임직원들이 흘린 땀의 대가를 빼돌린 것이다. 여기에 더해 삼성은 생산 현장에서 흘린 땀의 대가를 빼돌려 정치인과 관료, 법관, 언론인, 학자를 매수했다. 자신의 노동으로 벽돌 한 장 생산한 것 없고, 백 원짜리 하나 벌어본 적 없는 자들이 자자손손 왕처럼 군림할 수 있도록 하기 위해 저지른 비리였다.(346쪽)

양심선언이 모태가 되었던 이 책에는 삼성과 법조계의 뇌물 사슬을 시작으로, 삼성과 여타 권력 간의 다종다양한 뇌물 사슬을 끊어야 한다는 뚜렷한 목적이 있다고 나는 생각한다. 그러나 앞서 보았듯이 대한민국 법조계가 선택한 것은, 스스로에게 '법치의 죽음'을 선언하는 거였다. 다시 말해 이 책은, 현실에서는 패배했다. 하지만 이 책은, 멀리로는 비자금으로 한데 엮인 정경유착의 역사를 돌이켜 보도록 하며, 가까이는 노무현 정권과 삼성의 밀착을 문제 삼게 한다.

이 책에도 새삼 언급되어 있듯이 "삼성은 비자금 없이 지낸 적이 없다. 이승만 대통령 시절부터 정관계에 돈을 뿌려왔던 게 삼성"이다. 그런데 이재용 자신의 입으로 "비자금이나 차명계좌는 모든 기업이 공공연하게 갖고 있는 것인데, 왜 삼성만 문제 삼는 것인지 이유를 모르겠다"고 말한 것처럼, 우리나라 재벌(기업)의 역사에서 비자금과 정경유착은 면면히 이어져 온 악습이기도 하다. 그런 뜻에서 『삼성을 생각한다』는 대한민국 우익들이 은폐해 온 '재벌 신화'의 기원을 조명하도록 촉구한다.

실제로 이 책을 읽으면서 나는 예전에 읽은 박태균의 『원형과 변용: 한국 경제개발계획의 기원』(서울대출판부, 2007)과 이병천이 엮은 『개발독재와 박정희시대: 우리 시대의 정치경제적 기원』(창비, 2003)을 다시 꺼냈다. 두 책의 필자들은 이념적으로 좌파에 속하는 학자들이다. 그런데 밑줄을 가득 쳐놓은 두 권의 책을 훑어보면서 새로 알게 된 사실이 있다. 이 두 책의 기본적 연구 시각은 정권 담당자(권력자)들의 관점에서, 정권이 재벌을 '드라이브'한 역사를 기술한다. 그래서 정경유착이 암시될 때에도 능동적인 것은 권력이요, 재벌은 수동적으로 묘사된다. 시쳇말로 '힘 있는 놈이 내놓으라니까 장사치들이 꼼짝없이 내놓았다'는 식이다. 이런 일방적 시각으로는 재벌 쪽의 능동적인 '비자금(뇌물) 운용'이 제대로 드러나지 않거나 드러나더라도 면죄부를 주게 된다.

앞에 거론한 두 권의 책이 그랬듯이, 정경유착에 관한 일반적인 상식은 권력이 재벌에게 '삥'을 뜯는 거였다. 하지만 『삼성을 생각한다』는 그런 일반의 상식을 완전히 뒤바꾸어 놓았다. 즉 권력이 주범이고 재벌이 종범인 게 아니라, 그 반대가 진실일 수도 있다고 말한다. 바로 이런 점에서 이 책은 우리나라 정경유착의 역사를 새로 쓰고, 과거를 다시 구성하라는 임무를 준다.

주범과 종범이 뒤바뀔 수도 있다는 정경유착에 관한 새로운 관점은, 삼성과 노무현 정권과의 의심쩍은 밀월을 누누이 강조하고 있는 이 책이 많은 사례를 제공하고 있다. 이미 황광우에 의해 문제가 제기되었지만, 이 책에 나오는 허다한 단서들은 노무현 정권이 삼성과 유착 관계에 있었거나 최소한 삼성에 포획되어 있었다는 사실을 알려준다.

> 안기부 'X파일'이 논란이 될 때는 안기부의 후신인 국가정보원에서 국내 정보를 총괄하는 자리에 아예 삼성 임원이 기용됐다. 노무현 전 대통령은 2005년 7월 이언오 삼성경제연구소 전무를 국정원 최고정보책임자로 임명했다. 삼성과 노무현 정부의 관계를 극명하게 보여주는 사례였다.(61쪽)
>
> (삼성전자 법무팀에서 일하면서 이용철 전 청와대 비서관에게 현금다발을 보냈던 이경훈 변호사는, 뇌물을 준 명백한 물증이 있었지만) 당시 노무현 정부는 이에 대해 제대로 된 해명을 하지 않았다. 이용철 전 비서관에 대한 조사도 이루어지지 않았다. 이 전 비서관에게 돈을 전달한 이경훈 변호사에 대한 조사 역시 이루어지지 않았다.(63쪽)
>
> 노 전 대통령은 삼성에 진 빚이 너무 컸다. 정권 초기 안희정 등 측근들이 구속되는 것을 보며 노 전 대통령과 삼성의 연결고리가 끊어질 수도 있지 않을까 하는 생각을 한 적이 있다. 그러나 순진한 오해였다. 노 전 대통령은 임기를 마칠 때까지 삼성의 손아귀에서 벗어나지 못했다. 그래서인지 이건희는 대통령을 우습게 여기곤 했다.(146쪽)
>
> (구조본 실장인) 이학수는 부산상고 후배인 노무현과 인간적으로도 아주 친했다. 노무현은 대통령이 되기 전부터 이학수를 '학수 선배'라고 부르며 잘 따랐다고 한다. (…) 노무현 정부 정책 가운데 삼성에 불

리한 것은 거의 없었다. 대신, 삼성경제연구소에서 제안한 정책을 노무현 정부가 채택한 사례는 아주 흔했다. 심지어 삼성경제연구소는 아예 정부 부처별 목표와 과제를 정해주기도 했다.(147쪽)

(대선자금 수사 때) 노무현 전 대통령이 '존경하는 선배'라고 불렀던 이학수를 구속하는 게 간단치 않으리라는 점은 누가 봐도 명백했다.(220쪽)

(노 전 대통령은) 서민을 위한 정치를 하겠다며 집권했지만, 실제로는 재벌 편을 드는 경우가 많았다. 특히 삼성과 아주 가까웠다. "권력은 시장으로 넘어갔다"는 그의 발언은 사실상 삼성에 대한 굴복 선언이었다. 삼성 재벌이 법치와 민주주의를 벗어난 특권 지대에 있다는 것을 공공연하게 선포한 셈이다.(399쪽)

민주화 세력이 집권했지만 재벌에게 유리한 질서는 오히려 더 견고해지는 것을 지켜본 국민들이, 민주주의에 대해 냉소적인 태도를 취하는 것은 당연했다. 노무현 정부 시절 이루어진 재벌 관련 수사 역시 대부분 노골적인 봐주기로 끝났다. (…) 그리고 최고 권력자 역시 이런 책임에서 자유로울 수 없었다. 2007년 삼성 비자금 등이 공론화되었을 때도, 노 전 대통령은 이 문제를 덮으려고만 들었던 사실에서도 확인할 수 있는 점이다.(400쪽)

카프카의 선구성은, 그가 글을 써내지 않았다면 선대의 많은 글 속에서 "카프카적 특징을 감지"해내지 못했을 뿐 아니라, 아예, "존재하지도 않았을 것"들을 조명했다는 것이다. 바로 그런 의미에서 김용철은 선구자이다. 그의 『삼성을 생각한다』는 우리나라 재벌의 생존 방식과 그들의 불법 로비 사슬에 얽힌 우리나라의 각종 권력을 새삼 돌이켜 보도록 만든다. 또 이 책의 출간 이후 독자들은 2008년에 출간되었으나 푸대접했던 두 권의 편저 『한국 사회, 삼성을 묻는다』(이병천 외, 후마니타스, 2008)와 『삼성왕국의 게릴라들』(프레시안, 프레시안북, 2008)을 기억하게 되었으며, 이 책보다 한 달 앞서 나온 박일환·반올림의 『삼성반도체와 백혈병』(삶이보이는창, 2010)에도 관심을 갖게 되었다. 하지만 이 책은 보르헤스의 말처럼 "과거에 대한 우리의 관념"만 수정하는 데 그치지 않았다.

보르헤스의 저 선구자론이 놀라운 것은, 시간의 불가역성을 거슬러 올라가는 발상이다. 그러나 진정한 선구자란, 시간을 앞뒤로 종횡무진 하는 게 아닐까? 보르헤스도 말했듯이 선구자는 과거만 아니라, "미래에 대한 우리의 관념"마저도 바꾸도록 한다. 지은이의 양심선언과 『삼성을 생각한다』를 응원하기 위해 뒤따라 나온 또 다른 편저 『굿바이 삼성』(김상봉·김용철 외, 꾸리에북스, 2010)은 물론이고, 그동안 태무심했던 '삼성 공화국'의 비리에 대해 시민들이 '삼성 제품 불매 운동'으로 대응하고자 하는 현재의 사태는, 이 책의 지은이가 과거의 조명자일 뿐 아니라 미래의 선구자이기도 하다는 것을 보여준다.

사유화된 도시의 풍경

『자본주의, 그들만의 파라다이스』

마이크 데이비스, 대니얼 버트런드 멍크, 아카이브, 2011

신은 인간을 만들고 인간은 도시를 만들었다. 그리고 도시는 자신을 만든 인간들에게 자유로 보답했다. 하지만 마이크 데이비스와 D. B. 멍크가 함께 편집한 『자본주의, 그들만의 파라다이스』를 보면, 현대의 도시는 부자유와 불평등의 온상이다.

'두바이에서 요하네스버그까지, 신자유주의가 낳은 불평등의 디스토피아'라는 긴 부제가 붙어 있는 이 책을 읽는 중에, 나는 오래 전에 읽었던 움베르토 에코의 『포스트모던인가 새로운 중세인가』(새물결, 1993)를 다시 꺼내보았다. 에코는 거기 실린 어느 에세이에서 중앙 권력이나 행정력의 간섭이 상대적으로 미미한 '도시 속의 도시'와 경기관총으로 무장한 수위들이 지키는 특권 계층의 아파트 단지를 함께 거론한다. 그러면서 도시의 한 귀퉁이가 특권 계층에 의해 사유화·요새화되는 현상을 '지역의 베트남화'라고 불렀다.

에코가 저 글을 처음 발표했던 1977년에는 아직 신자유주의나 세계화도 없었고 구조적인 양극화도 없었다. 그래서 그가 도시 속의 도시로 간주한 것 가운데는 공항이나 은행 같은 일상적 공간도 포함됐는데, 은행과 공항에 부여된 자치의 전통은 원래 중세 시대의 대학도 누리던 것이었다. 그리고 당시의 서구인들에게 두려움을 불러일으키긴 했겠지만, 지역의 베트남화라는 말 역시 게릴라전에 익숙해져 있는 라틴아메리카의 몇몇 도시에 국한됐다.

'지역의 베트남화'와 '도시 속의 도시'가 좀 더 강력한 차별력을 갖고 지구상에 전면화하기 위해서는, 이십세기의 마지막 10년을 기다려야 했다. 신자유주의와 세계화가 본격화하는 1990년부터 세계의 온갖 도시는 특권 계층의 파라다이스와 양극화의 벼랑에서 굴러 떨어진 빈곤층의 슬럼으로 나뉘었다. 『자본주의, 그들만의 파라다이스』에 실린 현장 취재기 열아홉 꼭지를 보면, 두바이, 카불, 베이징, 홍콩, 부다페스트, 메데인(콜롬비아), 마나과(니카라과), 아르그에자디드(이란)와 미국의 여러 지역에서 똑같은 일들이 벌어지고 있다.

지역과 역사는 다르지만 열거한 도시에 만들어진 특권 계층의 파라다이스는 모두 신자유주의 치세에 생겨났다. 말로는 자유시장에 맡겼다지만, 신자유주의 프로그램에서 중심 역할을 하는 것은 국가 권력이다. 국가 권력은 국제 경쟁력과 국부의 인위적인 부양을 위해 공공자산의 대규모 민영화와 공공고용의 외주, 금융시장의 규제 완화를 빌미로 사회 전체가 아니라 금융 자산가와 엘리트 기업을 노골적으로 편든다. 그 결과 미국에서는 상위 20퍼센트가 전체 연평균 소득의 70퍼센트를 거뜬히 차지한데다가 이런 수치는 더욱 가파르게 급증하고 있으며, 세계 곳곳에서 동시에 벌어지고 있다.

이런 양극화 속에서 특권 계층의 소비 행태와 그들이 차지한 도시 공간은 빈곤층의 그것과 극단적으로 구별된다. 20억 명 이상이 하루에 2달러 이하로 살아가고 있는 지구촌에서, 5만 달러를 들여 애완 고양이를 복제하는 백만장자와 우주관광을 하는 데 2,000만 달러를 쓰는 억만장자가 있고, 헤어스타일을 한번 손보는 데 1,500달러를 쉽게 꺼내는 런더너와 뉴요커가 있다. 그들은 무한 소비에 도전하는 한편, 완전한 사회적 배제와 물리적 안전으로 둘러싸인 요새화된 전용구역에 거주한다. 에코의 표현을 빌자면, 그들은 자신들만의 씨족 왕국을 꿈꾸는 중세의 귀족이다.

현대의 특권 계층이 단순한 부자에 머무르지 않고 '중세의 귀족'처럼 차별화하는 징후는, 우리나라에서 가장 비싼 아파트가 궁전을 뜻하는 팰리스나 성을 뜻하는 캐슬로 명명되는 것에서 상징적으로 드러난다. 또 제조업이 파괴된데다가 국가 권력과 특권 계층이 야합한 도시 재개발은 숱한 경제난민을 낳고 빈곤층을 형성하게 되는데, 이런 양극화 아래서 무수한 잉여 노동자들은 특권 계층의 가내노동에 종사하거나 보육노동자로 전락한다. 이들은 중세 시대의 하인이나 마찬가지로, 이 책의 필자 가운데 한 사람은 "진짜 부르주아 가정을 하층계급 가정과 구별"하는 진정한 기준은 "가정부용 방"이며, "가정부의 존재" 유무야말로 특권 계층을 정의한다고 말한다.

외부인에 대한 엄중한 감시와 배제로 소문난 우리나라의 고급 아파트는 일차적으로는 타인과 구별되고자 하는 선민의식과, 막대한 부에도 불구하고 점점 약해지는 사회적 위신과 지위를 "공간적 분리로 보상"받으려는 심리적 과시물이다. 나아가 세계 곳곳에서 관찰되는 폐쇄형 주택단지는 사회 통합의 관념이 약해지고 계급들끼리 맺은 사회적 계약이 허물어진 결과, 특권 계층이 감지하는 "위기의식과 공포에 대한 사유화된 반응"이기도 하다.

스포츠에서 쇼핑에 이르는 온갖 편의가 제공되어 그 자체로 자족적이고 폐쇄적이 되어버린 특권 계층의 프리바토피아(privatopia, 사적 유토피아)는 여러 가지 문제를 낳게 된다. 특히 열린 공동체에서 자라날 권리가 있는 아이들이 공간뿐 아니라 도덕적으로도 분리되어 같은 계급끼리 동질성을 키우는 한편, 다른 계급을 불관용으로 대하는 것이 우려된다. 부유층 전용 주거구역은 "다양한 문제가 산재한 세계에 대처할 수 있는 능력을 키우지 못한 세대를 생산"하게 되므로, 사회의 불안전성을 높이고 도시를 상시적인 내전 상태로 몰아넣는다. 특권 계층은 자신의 재산 형성은 물론이고 온갖 문화적 향유와 재생산이 "이름 없는 하인들의 미등록 이주 및 노동과 분리될 수 있다는 환상을 버려야 한다."

『자본주의, 그들만의 파라다이스』에는 다행히 서울이 나오지 않지만, 그렇다고 해서 이 책을 외국의 사례로만 치부해서는 안 된다. 무장 경호원에게 둘러싸인 부자들이 노상강도를 피하고자 헬리콥터를 타고 친구의 저택을 방문하는 남미처럼, 아직 경기관총과 헬리콥터만 없을 뿐 이미 우리나라의 도시 양극화도 이 책에 나오는 경우들에 못지않다. 우리는 오래 전부터 막강한 세수가 뒷받침된 강남이 가난한 강북보다 교육·치안·문화 등의 인프라에서 월등하다는 것을 알고 있다. 여기서 한발만 더 디디면, 특권계층이 주거하는 전용 구역의 주민이 아니라는 이유만으로 순찰차가 경적을 울리며 달려와 당신을 불심검문 하는 일도 생기지 않을까?

도시는 거기에 살고 있는 구성원이 책임과 권리를 나누어 가지고 가꾸어야 할 공공재다. 그러나 신자유주의는 특권층을 우대하고 빈곤층은 말살하는 방식으로 도시를 구획했다. 이 책은 여타의 공공재가 그랬듯이 도시마저 사유화되는 신자유주의의 풍경을 여실히 보여준다.

시민이 도시의 주인이 될 권리

『도시의 역사』
조엘 코트킨, 을유문화사, 2007
『도시에 대한 권리』
강현수, 책세상, 2011

어느 대륙과 문명에서든 사람들은 도시를 만들었는데, 인간이 도시를 만드는 이유와 도시를 위대하게 만드는 요소는 세 가지다. 첫째, 사원과 연결된 성스러운 장소. 둘째, 약탈로부터 안전한 피신처. 셋째, 활발한 시장. 하지만 이스라엘을 포함한 중동 국가들을 제외하고 나면, 도시가 종교적 이유 때문이나 신성함을 목적으로 유지되는 경우란 현재 찾아보기 힘들다. 그리고 전쟁이 일어나면 갖은 방법으로 적국의 대도시부터 초토화시키는 현대전의 양상을 보면, 작금의 도시는 안전과도 크게 상관없다.

이렇게 첫째, 둘째 이유를 제하고 나면 세 번째 이유만 오롯이 남아 도시가 번성하는 오늘날의 사정을 설명해 준다. 현대의 도시는 신성함이나 안전 요소보다는 효과적인 경제 활동을 위해 존재한다. 그리고 이 사실이야말로 2001년, 이슬람 전사들이 벌인 9/11 항공 테러에 대한 종교적 설명을 가능하게 해준다. 즉 세속화된 서구가 자본의 힘만 앞세워, 종교적 가치를 보존하고자 했던 근본주의자들의 세계를 침탈했던 탓에, 전 세계 자본주의의 종교적 상징물로 간주된 세계무역센터가 이슬람 전사들의 공격 목표가 되었던 것이다.

조엘 코트킨의 책에 따르면, 1960년에 7억 5,000만 명에 불과했던 세계의 도시 인구는 2002년에는 30억 명으로 늘어났고, 다가오는 2030년에는 50억 명을 초과할 것으로 예상된다고 한다. 이처럼 지구상의 인구가 도시에 집중되면서 비대해진 도시는 온갖 문제를 낳는다. 흔히 도시 문제라면 주거·환경·교통·실업 등의 문제가 떠오르는데, 행정가들이나 도시 공학자들은 도시의 기능을 분산하거나 규모를 축소하는 기능적인 해결에 매달린다. 그런데 최근에 출간된 강현수의 『도시에 대한 권리: 도시의 주인은 누구인가』는 행정가들이나 도시 공학자들과는 전혀 다른 해법을 모색한다. 도시 문제는 기능적인 해결 방법도 방법이지만, "도시에서 거주하는 주민 누구나 도시가 제공하는 편익을 누릴 권리, 도시 정치와 행정에 참여할 권리, 자신들이 원하는 도시를 스스로 만들 권리"의 문제로 접근해야 한다는 것이다.

지은이는 나이·성별·계층·인종·국적·종교에 따른 차별과 배제는 물론이고 재산이나 토지 소유 여부와 관계없이, 도시는 그 곳에 살고 있는 모든 사람들이 공유해야 한다고 역설하는 이 책의 상당 부분을 프랑스의 사회학자 앙리 르페브르에게 빚지고 있다. 68운동의 진원지였던 낭테르 대학의 교수 르페브르는 68운동이 시작되었던 해에, 지은이(강현수)가 자신의 책 제목으로 삼기도 한 『도시에 대한 권리』를 출간했다. 르페브르가 책을 쓰게 된 것은 당시의 프랑스 도시 상황에 주목했던 때문으로, 1960년대 말의 프랑스는 산업화가 진행되면서 농촌 인구와 옛 프랑스 식민지였던 아프리카 국가 출신의 노동자들이 파리와 같은 대도시로 몰려들던 때였다. 이때 국가는 폭증하는 유입 인구를 파리 교외나 새로 건설되는 주택 단지로 배제·분리 시켰는데, 르페브르는 사회적 약자를 도시의 중심으로부터 격리시키는 국가 정책을 '일국 내 식민주의' 혹은 '대도시 반식민지 현상'이라고 규정했다. 훗날, 저 생소한 용어는 논자에 따라 '지역의 베트남화' '이원화된 도시' '벽들의 도시' '도시 내부 분단' 등의 숱한 유사어를 낳게 된다.

지배 계급과 하층 계급의 극단적인 분리는 고급 주택가와 빈민가로 도시를 양분할 뿐 아니라, 자신이 살고 있는 거주지에 대한 정책마저 달리 선택하게 된다. 예를 들어 크고 안락한 집, 골프장, 고급 레스토랑, 휴가, 문화 활동을 즐길 수 있는 고소득층은 더 넓고 잘 뚫린 도로를 원한다. 반면 좁은 집에서 텔레비전을 보는 것 외에 별다른 여가를 누릴 수 없는 저소득층은 공원, 보행자 도로, 스포츠 시설, 도서관과 같은 질 높은 공공 공간을 필요로 한다. 그럴 때 한정된 공공 자금은 두 계급 사이에 분쟁을 일으키게 되는데, 자신의 정치적 대리인을 내세우는 데 실패한 저소득층은 오페라 하우스와 같은 과시적인 문화 시설을 짓기 좋아하는 정책 결정자들의 결정을 바꾸지 못한다.

르페브르는 도시가 계급에 따라 공간적·사회적으로 분리되어 있을 뿐 아니라, 지배 계급의 이해를 반영하는 공공 정책이 같은 도시의 거주인인 노동자·빈민층·외국인 이주자 등의 하층 계급을 격리시키는 현상에 내포된 문제의 본질을 세 가지 측면에서 비판한다. 첫째, 자본의 원리만 작동하는 도시에서는 자본의 이윤을 위해 봉사하는 교환 가치가 도시 거주인의 사회적 필요를 담고 있는 사용 가치를 압도한다. 둘째, 개인의 자긍심은 물론이고 타인과의 관계 맺음이 이루어져야 할 거주의 공간이 기능적인 거주처(이를 테면, 잠만 자는 곳)로 축소되고 있다. 셋째, 도시는 자본주의 생산양식이 만든 자본주의적 공간이기 때문에 자본주의에 대항하는 투쟁 역시 도시 공간의 모순을 드러내고 도시 공간을 쟁취하는 투쟁에서부터 시작되어야 한다.

오늘날 '도시에 대한 권리' 개념으로 널리 알려진 르페브르의 주장 가운데 가장 중요한 것은, '참여의 권리'와 '전유의 권리'이다. 먼저 참여의 권리는, 도시란 거기에 거주하는 사람들의 '집합적 작품'이므로 도시 거주민 누구나가 도시 정책의 결정자가 되어야 한다는 것이다. 작품 창조에 예술가가 직접 관여하듯이, 주민은 다종다양한 제도와 수단을 통해 자신이 살고 있는 공간을 직접 관리할 수 있어야 한다. 또 전유의 권리란 교환 가치보다는 사용 가치를 최대화하기 위한 것으로, 도시 공간을 시장에서 교환될 수 있는 상품으로 보는 소유권 개념과 대립된다. 이 권리에 따르면 광장(촛불집회)이나 공원(성미산 지키기)뿐 아니라, 빈 아파트나 관공서도 얼마든지 도시 거주민이 전유할 수 있는 공간이 될 수 있다.

1967년부터 쓰기 시작해서 다음해인 1968년에 출간된 르페브르의 『도시에 대한 권리』는 원래, 마르크스의 『자본론』 초판 출간(1867년) 100주년을 기념하기 위해 집필됐다. 그래서 이 책은 마르크스의 혁명적·실천적 함의를 가득 담고 있다. 다른 게 있다면, 르페브르는 마르크스와 달리 노동자가 생산 현장에서 벌이는 투쟁이 아니라, 노동자가 일터에서 돌아와 일상인으로서의 삶을 운용하는 일상의 공간을 혁명의 장소로 삼았다는 점이다. '계급'을 '공간'으로 바꾸었다는 점에서 르페브르는 '공간 물신주의'라는 비판을 받기도 하지만, '도시 혁명'이라고도 일컬어지는 르페브르의 도시에 대한 권리 개념은 1970년대 프랑스 사회당과 공산당의 정책에 영향을 끼쳤다.

그러나 정작 그의 주장이 힘을 펼친 곳은 프랑스보다 멀리 떨어진 라틴아메리카였다. 콜롬비아(1997년), 브라질(2001년) 등에서 만들어진 도시법은 무허가 정착촌의 합법화를 보장하는 내용뿐 아니라, 세계 최초로 주민들의 '참여 예산 제도'를 도입했다. 정의롭고 포용적인 도시를 만드는 데 초점을 둔 도시에 대한 권리는 이제 라틴아메리카를 넘어 유럽연합 차원의 「도시에서의 인권 보호를 위한 유럽 헌장」(2000년)을 제정하게 했으며, 현재는 1948년에 제정된 유엔인권선언의 내용을 도시적 맥락에서 보충하려는 국제 규모의 헌장이 준비되고 있다.

우리나라에서는 도시에 대한 권리 개념이 생소한 듯 보이지만, 개념이 낯설다고 이와 관련한 실천 운동이 없었던 것은 결코 아니다. 단기간에 산업화를 이루었던 만큼 한국은 프랑스나 라틴아메리카 못지않은 도시 문제를 겪었고, 1988년 서울 올림픽을 앞두고 벌어진 대대적인 도시 재개발 사업 앞뒤로 도시빈민운동이 활발했다. 그 결과, 기본 인권에 속하는 주거권이 도시 관련법의 일부 조항으로 첨가되기는 했으나, 공공연하게 벌어지고 있는 강제 철거를 막아주지 못하고 있는 형편이다. 게다가 용산 참사에서 보듯이 현행의 실정법들은 생계 대책이 없는 상가 세입자의 영업권 같은 새로운 문제에 대해서는 무력하기 짝이 없다.

그럼에도 불구하고 1999년 지방자치법 개정을 통해 만들어진 주민 감사 청구 제도와 주민 발의 제도, 그리고 2002년 지방 선거에서 민주노동당이 주요 공약으로 채택했던 주민 참여 예산 제도는 2004년 3월 광주광역시 북구가 도입한 뒤, 같은 해 6월 울산시 동구가 제정·공포함으로써 우리나라에서도 지방 정부의 예산 편성 과정에 주민이 참여하는 제도의 막이 올랐다. 2010년 5월 현재 이 제도는 230개 지자체 중 36퍼센트인 총 83개 시·군·구에서 운영되고 있다. 이 외에도 사람이 아닌 자동차 우선 정책에 제동을 거는 보행권 확보 운동(보행권 조례 제정), 장애인들의 이동권 확보 운동(교통 약자의 이동 편의 증진법 제정)도 우리가 의식하지 못했던 도시에 대한 권리 개념과 맞닿아 있다.

도시에 대한 권리 개념을 피상적으로 대하면, 인권이나 시민권 개념과 크게 달라 보이지 않는다. 그래서 새삼 도시에 대한 권리를 찾아야 할 필요성을 반문하기 쉽다. 하지만 깊이 살펴보면 도시에 대한 권리 개념은 첫째, 지금까지의 인권 개념이 자유권(정치적·시민적 권리)만 강조해 온 것과 달리, 소홀했던 사회권(경제적·사회적·문화적 권리)을 강조한다. 그리고 둘째, 이왕의 시민권이 국민국가 형성과 함께 자국의 국민에게만 배타적으로 허용되어 온 것과 달리, 배제되어 있었던 이주 노동자와 같은 모든 도시 이용자에게 권리를 개방하는 특징을 가지고 있다. 이런 변화가 의미하는 것은, 지금까지 인권 보장을 도맡았던 게 국민국가였다면, 도시에 대한 권리 개념에서는 도시(지방 정부)가 더 중요한 역할을 해야 한다는 것이다.

운동의 중심을 국가에서 지역으로 옮기면서 대중 당사자의 이해와 필요를 직접적으로 반영하려고 하는 게 도시에 대한 권리 개념이며, 르페브르는 자신의 작업을 '외침과 요구'라는 간결한 구호로 요약했다. 사소하게 보이지만 인천 자유공원에 있는 맥아더 장군 동상 철거 운동이나 청계천 6가의 다리를 전태일 다리로 명명하자는 운동처럼 도시의 상징물이나 기념물을 선정하거나 거기에 명명을 하는 일 따위, 또 최근 『녹색평론』이 빈번히 거론하는 지역화폐 운동도 넓게는 참여의 권리를 통해 도시를 전유함으로써 도시를 집합적 작품으로 만드는 행위라고 할 수 있다.

본래 영구혁명이란 말은 공산주의 운동의 전유물이었다. 그러나 『시차적 관점』(마티, 2009)의 어느 대목에서 슬라보예 지젝은 모든 고체를 대기 중에 녹여버리는 자본주의의 역동성을 강조하면서, 영구혁명을 공산주의가 아닌 자본주의의 자기 갱신력에 귀속시켜 버린다. 다시 말해 자본주의의 놀라운 포식성은 자신에게 적대적인 온갖 저항마저 제 것으로 만들면서 생명을 유지한다는 것이다. 하므로 과연 르페브르의 외침과 요구가 파편화·균질화·계층화의 방향으로 공간을 조직하는 자본주의 권력에 맞서는 도시 혁명이 될 수 있을지, 아니면 자본주의 영구혁명의 또 다른 자양이 되고 말지는 아직 알 수 없는 일이다.

지배 계급과 하층 계급으로 양분된 프랑스의 도시를 보면서 그가 예감했던 '일국 내 식민주의'나 '대도시 반식민지 현상'은 이제 전 세계의 모든 도시마다 더 이상 봉합될 수 없을 만큼 차이가 큰 부유층 거주 지역과 빈민지구로 현실화 됐다. 마침 『도시에 대한 권리: 도시의 주인은 누구인가』와 거의 동시에 『자본주의, 그들만의 파라다이스』가 출간됐는데, '두바이에서 요하네스버그까지, 신자유주의가 낳은 불평등의 디스토피아'라는 긴 부제를 단 이 책 역시 1990년부터 전 세계의 대도시에서 벌어지고 있는 특권 계층의 파라다이스와 양극화의 벼랑에서 굴러 떨어진 빈곤층의 슬럼가를 극명히 비교하고 있다.

지젝은 『시차적 관점』에서 "멕시코시티와 다른 라틴아메리카의 수도들에서 아프리카(라고스, 차드)를 거쳐 인도, 중국, 필리핀, 인도네시아에 이르는 제3세계의 거대도시들에서 최근 몇십 년간 나타난 폭발적인 슬럼의 증가는 아마도 우리 시대의 중요한 지리 정치적인 사건일 것이다"고 쓴다. 그러면서 그로서는 매우 구체적이고 이례적으로 "우리가 찾아야 하는 것은 슬럼

집단들로부터 출현하는 사회인식의 새로운 형태들의 신호"이며 "그들은 미래의 씨앗이 될 것"이라고 말한다. 21세기는 도시의 양극화를 어떻게 해결하고, 권력과 자본에 사유화된 도시를 어떻게 도시 거주민이 전유할 수 있을지에 대한 더 많은 논의와 실천이 요청되는 시대다.

아시아의 미래, 선택지는 많지 않다

『다른 누군가의 세기』

패트릭 스미스, 마티, 2011

19세기는 유럽의 세기, 20세기는 미국의 세기였다. 그러면 21세기는 서구와 백인이 아닌, 또 다른 문명이 주도할 새로운 세기가 될 것인가? 패트릭 스미스의 『다른 누군가의 세기』는 '탈서구 시대, 이제 아시아가 답할 차례다'라는 제목이 가리키듯이, 21세기가 아시아의 세기가 될 것이라는 암시를 담고 있다. 특이하게도 지은이는 본문 어디서도 '왜 이슬람은 아닌가?'에 대한 해명을 하고 있지 않지만, 실제로 이 책은 지은이가 잘 아는 나라가 대상이었을 뿐, 서구 근대화의 공습을 받은 모든 나라에 적용되는 문제를 담았다.

어디든 가릴 것 없이 비서구 사회에서 '근대화'를 찾아볼 수 있다면, 그것은 서구 제국주의로부터 이식된 것이다. 지은이의 이런 관점 속에는 각 나라의 '내재적 발전론'과 같은 이의가 들어설 자리가 없다. 스미스가 이 책에서 집중적으로 분석하고 있는 일본·중국·인도는 모두 서구의 군사적 침략 앞에 문호를 개방하거나 속국이 되었다. 하지만 오랜 문화적 전통과 역사를 가진 세 나라는 서구의 근대화 요구를 선별했다. 일본의 화혼양재和魂洋才, 중국의 중체서용中體西用은 서구식 근대화를 정신(전통)과 물질(과학·기술)로 이분화 한 다음, 후자만 취했다. 서양의 근대화를 수용하면서 스스로를 '자기비판적 서구'라고 추어 올린 인도인도 다를 바 없었다.

바로 이 지점에 와서 지은이는, 전작인 『일본의 재구성』(마티, 2008)에서 강조했던 근대화와 근대성을 다시 소환한다. 전자가 기술 발전과 공업화 등 물질적인 발전을 의미한다면, 후자는 민주주의나 의회 제도를 포함하여 개인이 자유롭게 자주성을 주장할 능력을 뜻한다. 그런데 아시아에서는 근대화에만 몰입하고 근대성은 방치했다. 이런 왜곡에는 당시의 자국 정략가들과 지배층의 보수성 탓도 있지만, 서구 제국주의자들의 입장에서는 피식민지 민중의 자주성이 활성화되는 게 두려웠다. 까닭은 무척 역설적이지만, 미국이 태평양 전쟁에서 패한 일본을 아시아의 민주주의 기지로 이용하고자 일본의 민주주의를 도리어 억압했던 전례와, 쟈스민 혁명으로 고조되어 있는 최근의 중동에도 해당한다. 제국의 지정학적 이익만 보장된다면, 속국이나 위성국의 자각한 민중보다 독재자와 거래하는 게 훨씬 편한 것이다.

이처럼 정신과 물질을 분리하여 살게 된 비서구인의 상황을, '찢긴 영혼'이라고 부르면 어떨까? 이런 명명에 알맞게, 외과수술 하듯 정신과 물질을 나눌 수 없었던 비서구인들은 전통적 자아와 근대적 자아로 분열된 이중 자아를 갖게 됐다. 또 점점 물질화하는 세계에 자신의 일상을 매몰하면서, 자신의 정신(전통)을 부정해야 했다. 그런 끝에 비서구인들은 자신의 내면에 전통에 대한 향수와 서구에 대한 르상티망(ressentiment, 원한)을 함께 키웠다. 전통에 대한 향수는 옛것의 말소와 옛것의 박물관화, 관광상품화를 동시에 진행시켰고, 서구에 대한 르상티망은 서구 선호와 배척을 다발적으로 행했다.

우리나라 예를 들자면, 박정희 대통령이 10월 유신을 선포할 때 내세운 '한국적 민주주의'는 비서구인의 서구에 대한 르상티망을 적나라하게 드러낸다. 근대화는 받아들이면서 근대성은 받아들일 수 없었던, 박정희의 서구(미국)에 대한 애증과 자아분열의 정치적 표현이 바로 한국적 민주주의였다. 또 다른 예로, 최근에 전·현직 대통령 가운데 '다시 뽑고 싶은 대통령' 여론조사에서 박정희 전 대통령이 1위로 꼽힌 것을 들고 싶다. 한국인들의 박정희 숭모에는 여러 해석이 있지만, 이 또한 한국인들의 마음속에 도사리고 있는 서구에 대한 르상티망의 결과가 아닐까? 우리는 아이든 학생이든 여성이든 그 누구든, 개인이 자유롭게 자주성을 주장하려고 하면 '튄다'거나 심하게는 '방종'이라는 낙인을 찍었다. 그런 뜻에서 우리는 각자의 가슴 속에 박정희의 신위를 모시고 산다.

아시아의 선발이었던 일본이 아직 근대화(물질)가 충분하지 못한 것을 알면서도 미국과 일전을 벌인 것은, 정신이 물질을 이길 수 있다는 자아분열의 결과였다. '가미가제'는 패망 무렵에 나온 궁여지책이 아니라, 애초부터 그런 정신으로 전쟁을 시작한 것이다. 일본은 전쟁에서 지고서야 화혼양재에 마침표를 찍고, 미국과 새로 벌인 경제 전쟁에서 승리했다. 이런 추이를 일본을 모범으로 삼은 중국과 인도가 따라 했고, 이제 두 나라는 거품경제로 허우적이는 일본을 제치고 21세기를 이끌어 갈 친디아가 되었다. 하지만 "성공의 순간이 곧 패배의 순간"이라는 어느 인도 지식인의 말을 빌어, 지은이는 아시아인이 자신들의 눈부신 경제적 성공 앞에서 곧 공허감을 느끼게 되리라고 예견한다. 그리하여 아시아인들은 자신들의 전통으로 복귀하게 되고, 잊혀진 정신이 회귀하게 된다.

전작에서 일본의 전근대성을 질타했던 지은이는 에세이풍으로 쓰여진 이번 책에서 일본을 탈서구·탈성장 사회로 극찬한다. 그렇게 여겨지는 낙관적인 징후로 그는 메이지 정부가 만든 공업도시 기타큐슈가 환경도시로 환골탈태한 사례를 꼽고 있는데, 크게 납득은 안 된다. 지진대에 있는 일본은 55개의 원전을 세운 나라고, 중국은 세계 최대의 샨샤 댐을 짓고 있으며, 인도는 무려 3,200개의 크고 작은 댐을 지을 계획이다. 더욱 걱정스러운 것은, 집을 나간 귀신이 돌아올 때는 더 나쁜 귀신 일곱을 데리고 온다던 성경 말씀이다. '자기 것'으로의 복귀나 '옛것'의 회귀는, 학교에서의 의무적인 기미가요 제창(일본), 힌두 근본주의(인도), 중화굴기(중국)를 필히 불러온다.

이 책의 중요한 첫 번째 전언은, 동서의 장구한 관계맺음 속에서 아시아는 "'이종교배된 곳"이라는 것을 아시아인들이 수긍하는 것이다. 그래야 아시아인들이 집착하는 아시아적 정체성이, 오리엔탈리즘의 이면이라는 것을 깨달을 수 있다. 두 번째는 발문을 쓴 장하준의 주장처럼, "무조건 서양을 따라해야 한다는 강박"에서 벗어나라는 것이다. 하지만 아시아가 이 책의 부제에 맞는 최선의 대답을 내놓기 위해서는, 서구가 주도하고 있는 세계화를 멈추어야 한다. 그러나 이 책 273쪽에서 지은이는 "세계화는 서구에서 다른 지역으로, 오직 한 방향으로 확산되는 게 아니라 늘 혼합된 양상"을 보인다면서, 토머스 프리드먼과 유사한 주장을 한다. 오늘날과 같은 세계화가 기승을 부리고 있는 한, 아시아가 고를 답은 그리 많지 않다.

혁명은 왜 괴물을 낳는가

『한낮의 어둠』

아서 쾨슬러, 후마니타스, 2010

2007년, 어느 음악 잡지에 두 권의 현대음악 관련 서적를 소개하면서, 이렇게 서두를 뗐다.

> 스탈린이 비밀경찰을 동원하여 자신의 정적을 무수히 감옥에 처넣던 시대. 앞서 끌려 간 피의자가 고문을 당하여 인사불성인 채로 자신의 감방으로 돌아온 얼마 뒤에, 옆 방 사람들이 통방을 하기 위해 주먹으로 벽을 두드린다. 모르스 부호 같은 신호를 통해, 옆 방 사람이 알고자 했던 것은 다른 게 아니라 '오늘은 어떤 새로운 고문이 나왔느냐?'라는 것.
>
> 비밀경찰에게 잡혀와 조사를 기다리던 피의자들이 '피떡'이 되어 돌아온 감옥 동료에게 새로 개발된(?) 최신 고문 기법에 대한 정보를 캐물었던 까닭은 굉장히 단순하다. 사람들은 자신이 모르는 것에 대해 본능적인 공포를 가지고 있기 때문에 자신이 받아야 할 고문이 어떤 것인지 미리 아는 게 중요했다. 조만간 자신이 당해야 할 고문이나 한 번도 알려지지 않은 새로운 고문을 미리 파악하고 나면, 무시무시한 고문도 일종의 '외과 수술'처럼 받아 넘길 수 있다는 것이다. 이 엽기적인 일화를 알게 된 것은 이십대 초반에 읽었던 어느 외국 소설에서였는데, 안타깝게도 지금은 작가도 제목도 기억하지 못한다.
>
> 폴 그리피스의 『현대음악사』(이화여자대학교출판부, 1994년)와 이석원의 『현대음악』(서울대학교출판부, 1997)에 대한 독후감을 고문 이야기로 시

작하는 것은 분명 엉뚱해 보이지만, 현대음악에 대한 우리들의 공포를 상기해 보면 비유의 적실성이 납득될 것이다. 말하자면 현대음악을 불편하고 난해하게 여기는 근저에는 현대음악에 대한 지식과 정보가 너무 없었기 때문이 아니겠느냐는 것이다. 이를테면 현대음악이 어떤 역사적 과정을 통해 발생하고 발전했는지를 알게 된 사람은 그것을 모르는 사람보다, 현대음악을 고문으로 느끼지 않을 확률이 더 높을 것이다.

근 30년 만에 아서 쾨슬러의 『한낮의 어둠』을 다시 읽고서야, 작가도 제목도 기억하지 못했던 소설이 바로 최승자 시인이 번역한 한길사본 『한낮의 어둠』(1981)이라는 것을 확인하게 됐다. 참고로 내가 기억하고 있는 저 가슴 아픈 일화는 이 책 77쪽에 있다.

> 루바쇼프는 지난번에 수감되었을 때 엄청 맞았다. 그러나 이 방법('한 증막'이라는 새로운 고문-인용자)에 대해서는 그저 소문으로만 알고 있었다. 그는 모든 '알려진' 육체적 고통이란 견딜만하다는 사실을 배웠다. 어떤 일이 일어날 것인지 미리 정확히 알기만 한다면, 외과 수술을 받을 때처럼, 예를 들면 이를 빼는 것처럼 견딜 수 있었다. 정말 안 좋은 것은 알려지지 않은 것이었다. 그 경우 자기 반응을 예상할 기회도, 견딜 수 있는 능력을 계산할 기준도 가질 수 없었다.

이 소설은 스탈린이 정적을 제거하기 위해 벌였던, 일명 모스크바 재판(1936~38년)을 취재한 작품이며, 주인공 루바쇼프는 러시아 혁명 이후 『프라우다』의 편집장을 맡았고 1927년에는 코민테른 의장을 역임하기도 했던 니콜라이 부하린이다. 작중의 루바쇼프는 실제의 부하린과 흡사하게 국내외의 반혁명 분자들과 함께 소비에트를 전복하고, 넘버원(스탈린)을 암살하려고 했다는 두 가지 혐의를 쓰고 체포된다.

혁명 1세대 활동가를 거의 숙청해 버린 모스크바 재판은 서구의 좌파 지식인들을 전향하게 만든 결정적인 계기 가운데 하나이며, 1940년에 출간된 이 소설을 읽은 서구 지식인들의 상당수가 공산주의와 소비에트에 대한 동경을 접었다. 하지만 이 소설을 '반공소설'로 읽으려는 그 어떤 시도에도 불구하고, 공산주의와 러시아 혁명에 대해 정통했던 쾨슬러의 모스크바 재판에 대한 생각은 그렇게 단순하지 않았다.

루바쇼프는 감옥에 있는 동안, 미하엘 보그로프의 처형을 목격하게 된다. 작중에 설명된 보그로프는 전함 포템킨의 전직 수병이며 동부 함대 제독이자, 첫 혁명 훈장 보훈자다. 그런 그가 정치범으로 총살형을 받게 된 이유는 뭘까?

> 루바쇼프가 물었다.
> "왜 보그로프를 처형했나?"
> 이바노프가 대답했다.
> "왜냐고? 잠수함 때문이지. 톤수 문제와 관련된 것이라네. 오래된 싸움이지. 그 싸움의 발단은 자네도 익히 알고 있을 텐데…. 보그로프는 큰 용적 톤수와 긴 작전 범위를 지닌 잠수함 건조를 주장했네. 당은 짧은 작전 범위를 가진 작은 잠수함을 선호했고. 큰 잠수함 하나를 만들 돈이면 작은 잠수함을 세 개는 만들 수 있거든. 양쪽 모두 타당한 기술적인 주장을 했지. 전문가들은 기술 도면과 대수학 정식들을 거창하게 내보였고. 그러나 실제 문제는 전혀 다른 데 있었네. 큰 잠수함이 뜻하는 건 세계 혁명을 더 진전시키려는 공격적 정책이지. 작은 잠수함은 해안 방어를 뜻하는 것이고. 말하자면 그건 자체 방어이자, 세계 혁명의 지연을 의미한다네. 후자가 넘버원과 당의 견해였지."

이 대목으로 쾨슬러가 암시하고자하는 모스크바 재판의 본질은, 그 재판이 소위 스탈린의 일국 사회주의론과 트로츠키 분파의 세계혁명론 간의 마지막 격전이었다는 것이다. 이런 논리는 구세대인 이바노프의 후임으로 루바쇼프의 심문을 맡은 신세대 공산당원 글래트킨의 입으로 한 번 더 반복된다.

> "여기서 뭐가 문제인지 당신도 알고 있잖소. 역사상 처음으로 하나의 혁명이 권력을 정복했고, 그것을 보유하고 있소. 우린 우리나라를 새 시대의 요새로 만들었소. 그것은 세계의 6분의 1이고, 세계 인구의 10분의 1에 해당하오. 우리 혁명이 성공했을 때 지구상의 나머지 국가들도 우리의 선례를 따를 거라고 믿었소. 그러나 반동의 물결이 닥쳐와 우릴 삼킬 듯 위협했소. 당에는 두 가지 경향이 있었소. 하나는 모험자들로 이루어졌는데, 그들은 국외 혁명을 위해 우리가 획득한 걸 걸고 싸우려고 하오. 당신은 그들에 속하오. 우린 그 경향이 위험한 것임을 깨달았고, 그래서 그걸 청산해 버렸소. (…) 당의 지도자는 넓은 관점과 집요한 전술을 갖고 있었소. 그는 모든 것이 세계 반동의 기간을 견뎌내고 요새를 지키는 데 달렸음을 깨달았소. 새로운 혁명의 물결을 받아들일 만큼 세계가 성숙하려면 10년 혹은 20년, 어쩌면 50년이 걸릴지도 모른다는 걸 그는 깨달았소. 그때까지 우린 홀로 견딜 거요. 그때까지 우린 오직 한 가지 의무를 가지고 있소. 그건 사멸하지 않는 것이오. (…) 사멸하지 않는 것. 요새는 어떤 대가와 희생을 치르더라도 지켜져야 하오. 당의 지도자는 이 원칙을 선견지명으로 자각했고, 그걸 일관되게 응용했소. 인터내셔널 정책은 우리의 국가 정책에 종속되어야 했소. 이런 필연성을 이해하지 못한 사람은 누구라도 파멸되어야 했지."

그렇다고 해서 우리가, 루바쇼프를 굴복시키려는 이바노프와 글래트킨의 설복에 무조건 넘어갈 필요는 없다. 먼저 보그로프의 처형은 해군 본부와 구파 장교들 사이에 그를 추종하는 세력이 많았기 때문에, 전제적인 스탈린의 입장에서는 그를 반역자로 제거해야 할 필요가 있었다. 또 소비에트를 위협한다고 가정되는 세계 정세 역시, 모든 독재자들이 선호하는 예외적 방어 조처를 요구하는 '예외적 환경' 조성에 지나지 않을 수 있다.

모스크바 재판의 폭력성(고문)과 피고인들의 자백 이외에는 아무런 증거도 제출하지 못했던 법적 하자에 눈감자는 뜻이 아니다. 모스크바 재판의 역사적 맥락을 살피지 못할 때, 『한낮의 어둠』에 대한 독법은 반공 문학의 일종이거나, 정치 혹은 정치 투쟁이 말끔히 사라진 휴머니즘의 밀실에 갇힌다. 실제로 루바쇼프는 누명을 쓴 결백한 죄수가 아니었다. 그는 기본적으로 '권력은 폭력에 의해서만 제거될 수 있다'는 신념을 가졌다. 이 책 279~281쪽에서 명백하게 자백하고 있듯이 그는 '폭력적인 행동(내전)'을 계획했고, 나아가 끝내 인정할 수 없었던 '넘버원 암살 음모'마저 마음속으로 수긍한 바 있다.

> 반대파(루바쇼프 일당)가 당 관료 계층과 그 막대한 기구에 대항하여 오로지 내전이란 수단으로 승리를 쟁취할 수 있었다면, 집단행동이라는 이 대안이 넘버원의 도시락에 독약을 넣는 것보다 나을 게 뭐란 말인가. 넘버원을 제거하면 더 빨리 그리고 피를 덜 흘리고 정권을 붕괴시킬 텐데 말이다. 어떤 점에서 정치적 살해(암살)가 정치적 집단 살해(내전)보다 덜 명예롭단 말인가?

비록 스탈린을 추종하는 두 심문자의 입을 통하여서였지만, 쾨슬러는 소비에트가 처한 역사적 맥락 속에 모스크바 재판을 위치시키는 것으로 스탈린의 입장을 충분히 변호해 놓았다. 이런 균형 감각은 쾨슬러가 모스크바 재판 이후 공산당과 결별하긴 했지만, 바다 가운데 홀로 떠 있는 섬 같은 소비에트로부터 완전히 등을 돌린 것은 아니라는 여운을 남기고 있는 게 아닌가? 나만의 상상이지만, 작가는 스탈린/공산당과 소비에트를 분리해서 생각했을 수도 있다.

어떻게 보든 『한낮의 어둠』이 출간 당시부터 현재에 이르기까지 공산주의 체제를 비판한 가장 영향력 있고 완성도 높은 소설이라는 사실에는 변함이 없다. 그러나 이 소설은 딱히 공산주의 체제만 아니라, 국가와 혁명 그리고 모든 종류의 정치권력에 대한 생각거리를 안겨준다. 그 가운데 하나가 '혁명(한낮)은 왜 성공하는 순간 폭력이나 독재(어둠)에 빠지고 마는가?'라는 것이다. 여기에 대한 대답은, 혁명 뿐 아니라 국가나 정치권력은 항상 '선한 믿음(의지)'으로 나타나기 때문이다. 정치에서의 선한 믿음은 민주주의의 원칙인 대의代議와 대중의 여론은 물론이고 쾨슬러가 "윤리라는 바닥짐"이라고 부르는 최소한의 것마저 의식하지 않는다.

혁명이라도 좋고 국가라고 해도 좋으며, 하다못해 일시적인 정치권력이라고 불리는 것마저도 선한 믿음을 내세운다. 이를테면 이명박이 부득불 우겨대는 4대강 공사처럼, 정치나 정치권력이란 선한 믿음에 대한 확신 없이 성립하지 않는다. 법과 폭력의 무제한적인 지원을 받을 수 있는 권력자의 선한 믿음은 역사가 잘못이라는 판단을 내리기 전까지는 제지할 수단이 없는 데다가(사후적이다), 훗날 그것이 어떻게 판명날지조차 알 수 없다. 때문에 정치 세계의 선한 믿음은, 더욱 협소한 목전의 유용성만을 고려하는 악순환에 빠진다.

이 맹목적인 선한 믿음은 자신의 믿음이 '선'한지 결코 묻지 않고, 자신의 선이 진정 '믿을'만한 것인지 따지는 일이 없기 때문에, "목표가 수단을 정당화" 하는 매춘부의 논리("형이상학적 사창굴")도 마다하지 않게 된다. 목표가 수단을 정당하게 한다는 매춘부의 논리의 정상에 『한낮의 어둠』이 실감나게 묘사하고 있는 저 끔찍한 '고문'이 자리하고 있음은 두 말할 필요가 없다. 그러나 루바쇼프가 리하르트, 리틀 뢰비, 알로바를 차례대로 사지로 몰아넣은 것이나, 그가 명예를 버리고 치미는 굴욕을 억누르며 당을 위한 희생자가 되기로 결정한 것은, 그 자신이 목표가 수단을 정당화하는 냉혹한 혁명가(정치가)의 논리를 체화했기 때문이다.

이 작품의 충격적인 역설은 끝까지 저항하리라는 독자들의 예상과 달리, 40년 동안 혁명가로 살면서 당의 무오류성을 철저히 믿어온 루바쇼프가 스탈린의 선한 믿음을 끝내 의심하지 않는다는 결말이다. 루바쇼프는 자신의 유죄 인정이 당에 대한 "마지막 봉사"가 되기를 소원하며, 선한 믿음을 유지하는 데 항상 필요한 "자발적 희생양"이 된다. 까닭은 그가 논리적으로 신봉하는 국가나 혁명이란 "학살 행위를 없애기 위해 학살자가 되고, 양을 도살하지 않기 위해 그 양을 희생시키고, 인민을 매로 채찍질함으로써 그들이 채찍질당하지 않도록 가르치"며, "인류에 대한 사랑 때문에 인류를 감히 증오하는, 추상적이고 기하학적인 사랑"의 결정체이기 때문이다.

국가와 혁명, 그리고 역사의 진행 앞에서 연민과 인간성, 윤리 따위는 알코올과 같은 싸구려 도취감에 지나지 않는다. 이와 같은 루바쇼프형 인물들은 "스파르타쿠스에서 당통과 도스토예프스키에 이르기까지 가장 위대한 혁명가들도 이 유혹 앞에서" 무너졌고, "역사의 가장 위대한 범죄자는 네로와 푸케 타입이 아니라, 간디와 톨스토이 타입"이며, "간디의 내면 목소리는 인도의 해방을 막는 데 영국의 총보다도 더 많은 역할"을 했다고 믿는다. 이런 맹신은 국가·혁명·권력에 대한 더 깊은 병리학을 요구할 정도다.

그런 루바쇼프가 "넌 대체 무얼 위해 죽고 있는 것이지?"라고 자문하면서, 인간도 정치도 '우리'가 아닌 '일인칭 단수'라는 각성을 하게 되는 것은 처형장으로 가는 길에서였다. 그는 그제서야 "수학적 단위가 인간일 때 2곱하기 2는 4가 아니"라는 라스콜니코프의 발견을 새삼 인정하게 된 것이다. 그러면서 그는 새로운 깃발, 새로운 운동, 새로운 정신은 '경제적 숙명성(유물론)'만 아니라, 개개인의 의식이 공동의 신념에 구속되지 않고 무제한적으로 펼쳐나가는 '대양적 감정(인문정신)'을 동시에 요구하게 될 것이라고 예견한다.

앞서 밝힌바와 같이 나는 이 소설을 이십대 초반에 읽었으나, 고문 이야기밖에 기억하지 못했다. 대신 같은 시기에 읽었던 이고르 구우젱코의 『거신의 추락』(사상계출판사, 1961)은 좀 더 자세하게 기억한다. 아마도 그 책을 읽은 직후, 친구의 자취방에서 이 소설의 줄거리를 들려준 적이 있어서 일 것이다(밤늦게 친구와 술을 마시고 자취방으로 돌아와 이야기를 하고 있는데, 옆방에 사는 육군 소위인가 중위인가가, '잠 좀 자자'면서 방문을 두들겼었다. 그래서 목소리를 낮추었던 기억이 어제처럼 생생하다).

『거신의 추락』은 『한낮의 어둠』보다 시간적으로 약간 앞선 스탈린 독재 초기가 무대며, 제목 중의 '거신'巨神은 고리끼를 가리킨다. 그는 작고한 레닌의 친구이자, 소비에트 민중의 사랑을 받는 작가였고, 세계에 알려진 소비에트 최대의 작가였다. 그런 그가 스탈린 독재와 함께 긴 침묵에 빠진다. 그가 작품 활동을 하지 않자, 소비에트 민중과 서구의 지식인들 사이에 온갖 소문이 떠돈다. 고리끼가 스탈린 정권 아래서는 집필하기를 거부한다거나, 스탈린이 고리끼에게 집필을 금지했다는 설 등이 그것이다. 고리끼와의 불화설이 부담스러운 스탈린 정권은 비밀경찰에 약점이 잡힌 한 문학 교수에게, 고리끼를 감시하고 고리끼로 하여금 스탈린을 지지하는 소설을 쓰도록 설득하는 임무를 맡긴다.

반 연금 상태에 놓여 있는 고리끼를 찾아가 그의 친구가 된 문학 교수는, 피터 대제에 대한 소설을 쓰도록 고리끼를 설득한다. 피터 대제는 유럽의 후진국인 러시아를 강국으로 만든 절대 군주. 문학 교수는 현재 스탈린이 하는 독재가 피터 대제가 했던 역할과 같다는 논리로 스탈린에 대한 고리끼의 반감을 누그러뜨리고, 스탈린에 대한 은유적 지지로 해석될 게 뻔한 고리끼의 신작 소설을 통해 소비에트 민중과 서구 세계에 스탈린 체제를 선전하려는 것이다.

처음에는 완강히 거부하던 고리끼는 문학 교수의 설득에 자진해서

넘어간다. 『한낮의 어둠』에 나오는 루바쇼프가 그랬던 것처럼, 고리끼 역시 자신의 일생을 바친 혁명과 소비에트를 부정할 수 없었고, 자신이 헌신적으로 봉사했던 혁명과 소비에트를 합리화하고 싶었다. 스탈린에게 핍박받고 위협을 당하면서도 소비에트를 버릴 수 없었던 혁명 1세대의 자부심과 정신적 공황을 동시에 보여준다는 점에서 『거신의 추락』과 『한낮의 어둠』의 주인공들은 동류이다. 『한낮의 어둠』도 단연 뛰어난 작품이지만, 내가 기억하는 바로는 『거신의 추락』이 더 박진감 있다. 누군가 이 소설도 다시 냈으면 좋겠다.

듣고 싶은 말만 전하는 전문가들

『거짓말을 파는 스페셜리스트』

데이비드 프리드먼, 지식갤러리, 2011

『빌 코바치의 텍스트 읽기의 혁명』

빌 코바치, 톰 로젠스틸, 다산초당, 2011

1만 2000년 전 무덤으로 추정하건대, 인류 역사에 나타난 최초의 전문가는 장례 절차를 주관했던 샤먼일 것이다. 사제이자 과학자 노릇을 겸했던 그들은 식량과 날씨에 관한 정보를 공동체에 제공했고, 샤먼에 대한 두터운 신뢰는 인간의 뇌 속에 전문가를 선호하는 인지구조를 심어놓았다.

먼 기원을 좇지 않더라도, 현대가 전문가의 시대라는 것은 분명하다. 우리는 어느 전문 분야에 종사하고 있거나, 전문가는 아니지만 일상생활 곳곳에서 그들의 영향력을 의식하며 산다. 두 부류 가운데 어디에도 속하지 않으면서, '전문가에 따르면'이라는 말에 전적으로 무관심한 사람을 찾기란 힘들다. 하지만 그들이 옳을 수도 있다.

『거짓말을 파는 스페셜리스트』를 쓴 데이비드 프리드먼은 우리 시대를 '전문가에 대해 깊은 좌절감을 맛보는 시대'로 규정한다. 일례로 경제·투자·부동산 전문가들이 즐비했음에도 불구하고 2007년 말에 터진 미국 금융 위기를 경고한 전문가는 없었다. 또, 지난달에 치러진 4/27재보선 여론조사에서 턱없는 결과를 내어 놓았던 여론조사 전문 기관들은 비웃음을 샀다.

지은이는 공식적(진짜) 전문가와 '일반적인' 혹은 '대중적인'이라는 접두어가 붙는 비공식적(가짜) 전문가를 번번이 나누면서, 표시 나게 공식적 전문가를 우대한다. 지은이가 말하는 공식적 전문가란 과학자를 지칭하는 것으로, 실험과 관찰을 통해 입증 가능하고 검증 가능한 지식을 추구하는 사람들이다. 반면 비공식적 전문가들은 자기 분야의 오랜 경험과 지식을 갖고서 언론에 자주 노출된 탓에, 대중적인 인정을 받게 된 사람들이다. 사업가·교육가·운동선수·자동차 칼럼니스트·진료 중심의 의사, 그리고 무엇보다 금융 분야에 일하는 이들은 과학자들보다 더 자주 우리들의 일상에 개입하고 영향력을 행사한다.

앞서 샤먼을 거론했지만, 원래 전문가는 자신의 말에 대해 백 퍼센트 책임을 지는 사람이었다. 식량이나 날씨에 대해 잘못된 예측을 내어 놓고 온전할 수 있는 태곳적 샤먼은 없었다. 하지만 현대의 샤먼인 비공식적 전문가들은 아무도 자신의 빗나간 예측이나 조언에 대해 책임지지 않는다. 공식적 전문가들은 오랫동안 전문가가 되기 위한 수련을 거친 끝에, 그 일을 계속해도 좋다는 자격을 얻는다. 그렇다면 허다한 자기계발서의 저자들은 물론이고 타인의 인생에 대해 조언을 하는 오프라 윈프리나 엄앵란은, 대체 어디서 무슨 자격증을 획득했단 말인가? 대부분의 비공식적 전문가들은 다이어트 상품을 팔거나 자신이 쓴 영어 학습서를 출간하는 연예인처럼, 사업가인지 홍보요원인지 사용자인지 분간이 되지 않는다. 방송이나 언론에 출연하는 비공식 전문가들은, 아마도 그 모두에 걸쳐 있을 것이다.

"대부분의 비공식적인 전문가들은 이상하고, 비논리적이고, 엄밀한 증거가 없는 생각들을 발표한다. (…) 비공식적인 전문가들은 더 현명하거나 신중한 사람에게 지적당할지도 모른다는 두려움 없이 성급하게 결론을 내린다"라고 말하는 데이비드 프리드먼은 확실히 비공식적 전문가들을 경멸한다. 그런데 지은이가 가장 많은 비판을 쏟는 대상이 실제로는 공식적 전문가인 게 이 책의 역설이다. 과연 과학자들의 연구는 모두 입증과 검증이 가능할까? 나아가 자신의 연구가 잘못되었을 경우, 과학자들은 연구실을 빼앗기거나 연구를 중단하게 될까? 지은이는 과학자들의 세계 또한 무책임과 조작이 만연해 있다는 사례로 황우석 사건을 예로 든다.

과학, 특히 의학 분야의 연구논문이 제약회사의 이익을 대변한다는 것은 공공연한 사실이며, 의학 이외 분야의 전문 연구자들도 승진이나 연구비를 타기 위해 정부나 기업의 '유령 저자' 되기를 마다하지 않는다. 이들은 대리자료, 잘못된 자료측정, 원하지 않는 자료 폐기, 교란변수 제거, 통계 조작 등의 방법을 이용해 얼마든지 기업이 원하는 연구 결과를 만들어낸다. 젊은 과학자들의 절반 이상이 선임자나 책임자의 연구 부정을 목격하지만, 과학계가 경찰서나 담배회사보다 내부 고발자에 대해 더 관대하지 않다는 것을 잊지 말아야 한다.

정부나 기업의 요청으로 이루어지는 용역 연구나 연구비 지원을 염두에 두고 행해지는 전문가들의 연구는 거의 다 긍정을 위한 연구다. 전문가들은 '4대강의 경제 부양 효과'나 '막걸리가 성인병 예방에 미치는 좋은 영향'을 연구하지, 아무도 부정적인 효과나 영향을 입증하기 위한 연구를 하지 않는다. 그런데 이보다 더 흥미로운 점은, 뉴스를 만드는 언론이나 전문가의 조언을 바라는 대중들 역시 부정보다 긍정을 선호한다는 것이다. 즉 언론은 논문의 질보다 선정성과 흥미를 더 높이 사면서, 과학상의 획기적인 발견이나 경제 효과를 과장한다. 마찬가지로 대중들은 듣기 싫거나 고려 사항이 많은 조언보다, 간결하면서 듣기 좋은 말을 해주는 전문가를 좋아한다.

대중 연설의 달인이었던 히틀러는 '뛰어난 연설가는 청중들이 듣고 싶어 하는 말에서, 자신이 할 말을 암시 받는다'라는 요지의 말을 했다. 현대의 각종 전문가들은 정부든 기업이든 대중이든, 그들이 듣고 싶은 말을 해주는 변사다. 지은이는 당부한다. '커피를 마시면 수명이 늘어난다', '반려동물을 키우면 심장병에 좋다'는 식의 짧고 듣기 좋으면서, 광범위한 효과를 제시하는 전문가의 조언은 반드시 의심하라! 'G20회의 경제 효과 450조원' 처럼 국제행사를 빌미로 경제 효과를 뻥튀기하는 것도 가짜 전문가들의 상투적인 거짓말이다.

과학자 이외의 비공식적 전문가가 대거 출현한 시기는 19세기 초로,

대중매체가 늘어나면서 대중의 흥미에 호응하는 가짜 전문가도 늘어났다. 이런 상황은 종이 신문에서 인터넷으로 언론 환경이 변하면서 쓰레기 정보도 늘어난 오늘의 언론계와 흡사하다. 마침 『거짓말을 파는 스페셜리스트』와 동시에 번역된 『빌 코바치의 텍스트 읽기의 혁명』은 넘쳐나는 정보 홍수 속에서, 제대로 된 '뉴스에 대한 소양'을 기르는 다양한 기술을 소개한다. 인터넷 이전에는 '나를 믿어 줘'라는 일말의 언론 윤리가 있었지만, 인터넷 시대에는 빠르고 많은 정보 제시에 사운을 건다. 이제 시민들은 스스로 뉴스의 진위를 가리고 가치를 분류하는 능동적인 '뉴스 편집자'가 되어야 한다. 지은이들은 그 능력을, 민주주의 시민의 교양이라고 부른다.

과학이여, 부디 생명 앞에 겸손하길

『생명의 윤리를 말하다』
마이클 샌델, 동녘, 2010
『우생학』
앙드레 피쇼, 아침이슬, 2009

2005년에 벌어진 황우석 파동은 온 나라를 떠들썩하게 만들었고, 사건은 현재도 재판 중이다. 황우석 파동은 대한민국 국민을 줄기세포 전문가로 만들고 과학 논문 검증가로 만들었지만, 아쉽게도 '생명 윤리'에 대한 논의는 불러일으키지 못했다. 황우석 파동은 '과학자의 불성실'이 문제였지, 그가 가지고 있다는 개벽할 원천기술과 생명 윤리에 대한 사회적 합의 여하가 문제된 것이 아니었다.

초등학생 무상급식이나 고위 공직자 자제의 특채 관행이 윤리 문제를 드세게 환기했던 것에 비추어 보면, 생명 윤리는 푸대접 받았던 게 맞다. 까닭은 무상급식이나 특채가 공공의 피해로 직결될 수 있는 문제임에 비해, 생명 윤리를 부각시킨 유전공학은 그만큼 실감하기 어려운 추상적 문제일 뿐 아니라, 오히려 공공의 선으로 여겨지는 탓이다. 하지만 과연 그럴까? 2010년 출판계의 가장 큰 이변으로 꼽힐 『정의란 무엇인가』의 저자 마이클 샌델은 『생명의 윤리를 말하다』에서, 생명 윤리는 공상과학 소설처럼 먼 미래의 문제가 아니라 알게 모르게 우리가 당면하고 있는 현안이면서, 공동체 윤리와 밀접한 연관을 갖는다고 말한다.

유전공학의 획기적인 발전은 우수한 유전자만을 골라 신체적·육체적으로 뛰어난 아이를 만들 수 있다. 이런 '유전학적 강화'를 지지하는 자유주의자들은, 원래 교육은 평등하지도 자율적이지도 않았다고 말한다. 실제로 모차르트나 베토벤은 자식을 음악가로 만들려는 부모에 의해 반강제적인 '영재 교육'을 받았다. 자기 자식을 예능과 스포츠 분야의 스타로 만들려는 부모들의 극성은 이제 허다하게 볼 수 있지만, 그렇다고 해서 요요마나 타이거 우즈의 부모를 비난하지는 않는다.

마찬가지로 부모가 2세의 지능이나 학습 능력, 또는 음악적 재능이나 운동 능력을 위해 특정 유전자를 선택하거나 강화하는 것이 왜 나쁘다는 말인가? 그게 정정당당하지 못한 조작이기 때문에 경멸받아야 한다고 여긴다면, 우리는 너무 현실을 모르는 거다. 많은 운동선수들이나 예능 스타들은 법적으로 허용된 여러 종류의 약물을 사용하며, 그들만을 위해 개발된 첨단 장비들로 훈련을 한다. 이런 정정당당하지 못한 특권은 교육에서 더욱 일반적이어서, 미국의 최상류층 자제들은 유치원에서부터 대학 입학에 이르기까지 값비싼 진로 상담을 받는다. 우리나라에서도 강남에 거주하는 학생이 소위 명문대 인기학과에 입학하는 비율이 급증했으며, 시험을 앞두고 주의력을 높여주는 각성제를 처방받는 학생들도 많다. 이처럼 교육에서 아이의 선천적인 능력보다 후천적인 투자가 차지하는 비중이 더 크고 그것이 자연스럽게 용인되는 사회에서라면, 애초부터 '슈퍼 베이비'를 만들려는 시도가 지탄받아야 할 이유도 없지 않은가?

존 롤스의 자유주의적 정의론의 반대편에 위치해 있으면서 공동체주의 이론가로 명성을 얻은 마이클 샌델이 유전학적 강화에 반대하는 우선적 논거는, 인간에 대한 철학적 해명에 기초한다. 지은이에 따르면 유전학적 강화는 인간의 주체성을 침식하며, 자유와 도덕적 책임을 회피하게 만든다. 이제 한 인간의 능력이나 판단 유무는 그의 부모가 유전적 처방을 얼마만큼 했는지의 유무에 따른다. 이런 사태에 이르게 되면, 인간의 능력은 향상되었을지 모르지만, 인간의 자율성은 사라진다. 개인의 노력과 재능과 운의 조합이었던 스포츠가 약물에 의해 단순한 '볼거리'로 타락하듯이, '선물로 주어진 삶'은 미리 '디자인된 미래'로 바뀐다.

지은이가 치료 목적 이외의 유전공학에 반대하는 또 다른 논거는 그의 정치철학적 입장이 고스란히 반영된 공동체적 관점에서다. 부모가 원하는 대로 아이의 유전자를 골라 아이의 미래를 확실하게 만들 수 있는 세상에서는, '할 일을 안 하고 넘어가는' 부모의 책임이 증폭하는 반면, 수혜자인 아이는 겸손이란 덕목을 잃게 된다. 나아가 태어나면서부터 유전자 조작으로 구비된 월등한 신체적·정신적 능력에 대한 과신은, 실패와 불확정이 인도하는 사회적 안전망이나 보험제도를 불신하게 한다. 삶이 우연히 '주어진 선물'이 아니라, 인위적으로 디자인된 것이라면, "부자가 부자인 이유는 가난한 자보다 더 가질 자격이 있기 때문에 부자가 된 것"이라는 확신에 빠지게 되며, 연대 의식도 소멸한다.

『우생학: 유전학의 숨겨진 역사』(아침이슬, 2009)를 쓴 앙드레 피쇼는 나치 이후, 유전학자들은 우생학을 왜곡된 이데올로기로 치부하면서 그것과 자신들의 과학적 순수성을 분리시키는 전략을 써왔지만, 실제로는 나치의 우생학과 구분되지 않는다고 지적한다. 마이클 샌델 역시 과거의 우생학이 국가의 강제인 반면, 오늘의 우생학은 시장의 요구에 부응하는 자발적인 특색이 있지만, 결국은 국가가 부모에게 아이들을 학교에 보내는 것을 의무화하듯이, 유전적 강화 또한 얼마든지 국가에 의해 의무화 될 수 있다고 경고한다.

사족이다. 『정의란 무엇인가』에는 숱한 '딜레마 사례'가 나오는데, 그 책은 하버드 대학에서 사용한 지은이의 강의록이다. 그런데 강의록이 아닌 이 책에도 딜레마가 사례가 무수한 것을 보면, 샌델은 '딜레마로 사고하기'를 즐기는 사람이거나 '딜레마로 철학'을 하는 학자다. 이런 특징이 대학에서 철학을 가르치는 훈장 노릇에 길들여진 탓이라고 한다면 과장된 것일까? 학생들에게 던져준 딜레마야말로 훌륭한 산파술의 재료다.

본문에서는 미처 밝히지 못했지만, 이 책은 조지 W. 부시 대통령 시절, 지은이가 대통령생명윤리위원회 위원으로 수년간 일하면서 줄기세포 연구를 금지시킨 결정에 한몫한 경험을 모태로 하고 있다. 『정의란 무엇인가』를 먼저 읽은 독자라면, 지은이의 신념인 공동체주의 이념과 종교적 정체성이 '딜레마에 빠진 국가 정책'에 어떻게 원용되는지를 생생하게 볼 수 있다.

또 아주 흥미롭게도 이 책에는 김선욱의 해제가 실려 있는데, 그의 『정치와 진리』(책세상, 2001)를 감명 깊게 읽은 독자라면(내가 그런 독자다), 해제를 읽기 전에, 단단히 실망할 준비부터 하는 게 좋다.

그들은 맥도날드와 함께 우울증도 팔았다

『미국처럼 미쳐가는 세계』

에단 와터스, 아카이브, 2011

『미국처럼 미쳐가는 세계』의 제목은 추측과 달리 원제 그대로였다. 의역된 것은 '미국식 정신 건강의 세계화'라는 원래의 부제가 '그들은 맥도날드만이 아니라 우울증도 팔았다'로 바뀐 것. 그러나 지은이의 서론에 따르면, 한국판 부제가 전혀 엉뚱한 것도 아니다. 전 세계 곳곳에서 만날 수 있는 맥도날드 매장이 지구인의 위장을 정복했듯이, 미국식 정신질환 매뉴얼과 치료법은 세계인의 마음마저 평평하게 만들어 놓았다.

미국형 거식증은 다이어트와 날씬한 외모를 병적으로 추구하는 미국 대중문화에 의해 전 세계로 퍼졌고, 서구 페미니스트들은 거기에다 가부장 사회에 억눌린 여성의 표현 의지를 덧입혔다. 그렇다면 1994년을 기점으로 홍콩에 급증했던 여성들의 거식증도 마찬가지로 해석해야만 할까? 홍콩은 유행이 빠른 국제도시지만, 비만에 대한 터부가 없었던 중국 문화 속에서는 오랫동안 미국형 거식증이 틈입할 여지가 없었다. 하므로 거식증이 번졌던 그 사태에는, 코앞에 닥친 홍콩 반환(1997년)이라는 사회적 불안 요소가 고려되어야 했다.

2004년 인도양 연안 국가를 휩쓴 쓰나미가 25만 명의 사망자를 낸 직후, 생존자들의 외상 후 스트레스 장애를 치료하겠다고 미국인 심리치료사들이 스리랑카로 몰려 왔다. 이 치료는 외상에 붕대를 감듯이 심리적 외상을 받은 사람에게도 즉각 '심리적 붕대'를 감아 주어야 한다는 이론에 근거하지만, 이 치료법이 모든 문화권에 적용 될 수 있을까? 미국인 치료사들은 생존자를 상대로 '고통을 회피하지 말고 직면할 것'과 '기억 회상하기' 등을 주문했고, 똑같은 기법으로 현지인 상담사를 훈련시켰다. 하지만 이 기법은 근 30년 넘게 민족·종교 분쟁을 치르면서 스리랑카 민중들이 서로를 보호하기 위해 고안한 '완곡 어법'을 파탄 냈다. 미국인 치료사들이 외상 후 스트레스 장애를 치료한답시고 권장한 '직설 화법'은 스리랑카 사회의 또 다른 쓰나미가 됐다.

동아프리카의 탄자니아에서는 정신병을 질병이 아니라, 신의 은총이나 속죄의 기회로 받아들인다. 하지만 정신병을 화학적 불균형이나 뇌의 기형에서 생긴다고 간주하는 서구의 생의학이 제3세계에 침투하면서, 환자를 그 사회의 '문화적 서사'로부터 분리한다. 이제 가족이나 사회는 환자에 대한 호의도를 떨어뜨리며 가혹하게 다룰 뿐 아니라, 정신병자를 거의 다른 생물로 여기게 된다. 현지의 역사와 문화를 무시하는 현대의 정신의학은, 예전에 인류학이 범했던 제국주의의 바통을 고스란히 넘겨받은 것처럼 보인다.

2000년께만 해도 일본에서는 우울증이 질병으로 분류되지 않았고, 심한 정신질환만이 치료와 격리를 필요로 했다. 미국의 약품 업계는 우울증을 삶의 예술(?)로 여기는 일본을 공략하기 위해 치밀하게 준비한 끝에, 1990년 초 일본 공황과 함께 부쩍 늘어난 과로사로부터 '과로사=자살=우울증'이란 등식을 완성했다. 자살의 증가와 우울증 사이에는 큰 연관성이 없을 뿐더러 과로사가 속출하는 기업 환경을 더 문제 삼아야 했으나, 우울증은 '마음의 감기'라는 식으로 친근하지만 방치하면 안 되는 가벼운 정실질환으로 만드는 데 성공한 것이다.

이 책의 후반부는 약을 팔기 위해 새로운 정신질환 범주를 늘려 가려는 약품회사와 미국정신의학협회의 은밀한 결탁을 상세히 폭로한 크리스토퍼 레인의 『만들어진 우울증』(한겨레출판, 2009)과 직결된다. 자칫 '미국 까기'로 독해가 축소될 염려가 없지 않은 이 책은, 프로이트 없는 정신 의학, 다시 말해 모든 정신병 증상을 뇌와 유전자 결함으로 몰아야만 '알약'을 팔

수 있는 대형 약품회사들의 생의학적 관점과 인간의 마음이 다양한 종교적·문화적 믿음으로 연결되어 있다는 교차문화적 정신의학의 날카로운 대결장이다.

그 어떤 쥐에게도 자유를

『미친 세상에 저항하기』

에이미 굿맨, 데이비드 굿맨, 마티, 2011

존경하는 재판장님!

저는 소설가 장정일입니다. 저는 'G20 홍보물'에 그라피티 작업을 한 혐의로 재판을 받고 있는 박정수, 최○○ 피고인의 선처를 호소하기 위해 이 탄원서를 제출합니다.

존경하는 재판장님.

피고인 박정수는 'G20 홍보물'에 그라피티 작업을 하여, 공공물건 훼손에 관한 법률을 위반했음을 시인하였습니다. 비록 그는 공공물건을 훼손하는 법률을 저촉했지만, 피고인의 그라피티 작업이 개인적인 심리 배설에서 나온 행동이 아니라는 것을 헤아려 주십시오.

재판장님이 더 잘 알고 계시듯, 민주주의 사회는 왕정시대와 달리 왕명이나 국명이 전체 시민의 의견을 일거에 소거시킬 수 있는 시대가 아니라고 합니다. 다시 말해 온갖 자유로운 의견이 제시될 뿐더러, 그것들이 서로 상충하기까지 하는 시대가 민주주의 사회고, 우리나라의 초·중·고등학교 교육은 그런 사회를 바람직하게 가르치고 있습니다.

그런 뜻에서 'G20' 행사가 선진조국 창조에 필요불가결하지 않다고 여기는 사람들이 소수나마 있었다는 사실은, 우리나라의 민주주의가 제대로 작동되고 있다는 반증이 될 수도 있다고 감히 생각합니다.

존경하는 재판장님.

피고인 박정수는 언론인도 아니고 그렇다고 해서 저와 같은 작가도 아닙니다. 만약 그가 언론인이나 작가였다면, 'G20' 직전에 나왔던 허다한 반대론자들의 글이 그랬듯이, 매우 강한 어조로 'G20'을 비판할 수 있었을 것입니다. 하지만 그는 언론인도 작가도 아니었기에 글이나 말로 자신의 의사를 밝힐 기회가 주어지지 못했습니다.

대신 동네 놀이터의 공터를 미술 실험장 삼아 설치 미술을 선보인 바도 있는 박정수 피고인은, 그라피티 작업을 자신의 표현 수단으로 삼았습니다. 공범으로 고소된 최○○은 함께 공부하는 인문학 연구실의 선배인 박정수로부터 그라피티 작업을 할 것이라는 언질을 들었을 뿐, 실제 작업에는 참여도 하지 않았다고 합니다.

존경하는 재판장님.

흔히 낙서라고 불리는 그라피티 작업은 왕왕 개인적인 심리 배설과 동일시됩니다. 하지만 박정수의 그라피티 작업이 명료한 의식의 산물이면서 공공의 목적을 띠고 있다고 믿을 만한 충분한 근거가 없지 않습니다.

그 일례로 그는 'G20'에 반대하는 의도를 드러내기 위해 자신의 그라피티 작업을 'G20 홍보물'에 국한했습니다. 관공서나 일반 건물에 무작위로 행하지 않고, 자신의 메시지를 전하기 위해 'G20 홍보물'에만 대상을 확정한 것은, 그가 감정적이거나 무정부적인 (반사회적)충동에 휩싸이지 않았던 좋은 증거라고 생각합니다.

만약 피고인이 관공서나 일반 건물에 무작위로 자신들의 분노를 방사했다면, 용서하기 어려웠을 것입니다. 자신이 전하고자 하는 메시지(내용)를 정확한 용기(G20 홍보물)에 최소화했던 이 점에, 피고인 박정수의 양심과 공공성이 있다고 저는 감히 생각합니다.

존경하는 재판장님.

박정수 피고인의 죄와 그에게 내려질 법률적 처분에 대해 많은 사람들은 상식적으로 판단하고 있지만, 당연 피고인의 죄는, 대한민국 법률에 따라 처분됨이 또한 법치주의에 마땅할 것입니다. 하지만 저와 같은 법에 문외

한들은, 재판장님이 법률적 처분을 하는 데 있어, 피고인의 사정을 헤아릴 수 있는 커다란 자율적인 권한이 있다는 것을 알고 있습니다.

민주주의 사회가 다양한 의견의 사회라는 것은, 국가가 시민들의 다양한 의견을 억압하지 않고 보장해 줄 수 있을 때 비로소 완성되는 이상이라고 합니다. 재판장님의 현명하신 판단과 넓은 혜량으로 박정수 피고인과 무리하게 공범으로 기소된 최○○을 선처해 주시길, 두 손 모아 빕니다.

사족이다. 굿맨과 데이비드 굿맨이 지은 『미친 세상에 저항하기』(마티, 2011)를 보면 9/11 이후 급조된 애국법이 시민의 자유와 민주주의의 기회를 얼마나 무참히 압살하고 있는지를 볼 수 있다. 이를테면 영어와 아랍어로 "우리는 침묵하지 않을 것이다"라는 문구가 씌여진 티셔츠를 입은 승객은, 강제로 티셔츠를 갈아 입고서야 비행기에 탑승할 수 있었다. 시민의 의사와 저항을 금지하고 억압하는 것은 이명박 정권만의 전매특허가 아니다.

참고로 2011년 5월 13일에 이루어진 서울중앙지방법원의 선고 공판에서 두 피고인은 각기 200만원과 100만원의 벌금형을 받았다.

시대가 달라도 인간 문제에서는 늘 보편주의를 찾는다

악은 통치자의 전유물인가

『막스 베버: 소명으로서의 정치』

최장집, 폴리테이아, 2011

『막스 베버: 소명으로서의 정치』는 정치학자이자 '민주주의 이론가'인 최장집이 구상하고 있는, 12명의 서구 정치철학자에 대한 강의록 가운데 한 권이다. 시대 순이나 기원을 좇자면 당연히 플라톤이 앞서야 했으나, "우리 현실에서 좀 더 시급하게 읽혔으면 하는 정치철학자를 먼저 고려"한 탓에, 베버가 선두 주자가 되었다. '일석이조' 형식으로 편집된 이 책의 앞부분에는 최장집이 쓴 베버의 『소명으로서의 정치』에 대한 해제가, 뒷부분에는 박상훈이 옮긴 베버의 원저가 딸려 있다. 옮긴이는 올해 초에 『정치의 발견』(폴리테이아, 2011)이란 정치학 입문서를 출간했는데, 그 기저에 깔린 것도 베버다.

베버의 『소명으로서의 정치』는 국가에 대한 정의로부터 시작한다. 그에 따르면 국가란, 폭력/강권력을 독점적으로 행사하는 정치 결사체다. 물론 그것이 통상적이거나 국가가 의존하는 유일한 수단은 아니지만, 폭력/강권력은 국가를 국가이게 하는 유일한 원천이다. 국가의 탄생에 초석적 폭력이 있다는 이런 주장을 수긍하기 위해서는, 홉스와 루소를 비롯한 숱한 계몽주의자들의 어슷비슷한 사회계약론을 단순화하고 변조할 필요가 있다. 즉 사회계약론이란, 인민들 사이의 폭력을 제어하고 공동체의 평화를 유지하기 위해 국가라는 권력에 물리적·사법적 폭력의 권리를 반납하는 것이다. 그러고서야 사회는 야수들 간의 쟁투를 멈춘다.

국가에 대한 베버의 정의는 그리 낯설지 않지만, 민주주의에 대한 그의 정의는 민주주의에 대한 우리들의 상식을 깨고도 남는다. 소위 민주주의란 국가를 구성하고 있는 시민이 주권을 갖는 체제다. 이런 수사야말로 시민이 국가를 통치하고 있는 듯한 기시감을 불러일으키는데, 베버는 시민이 주권자인 민주주의는 없다고 잘라 말한다. 민주주의는 데마고그(선동)의 힘과 카리스마와 대의(열정)를 갖춘 후보가 선거에서 당선된 다음, 투표자였던 시민을 통치하는 제도다. 베버는 이런 통치권자를 용납하는 대의민주주의 체제를 "대중적 정서를 최대한 활용하는 것에 기초한 독재"라고 표현한다. 여느 정치 제도와 마찬가지로 민주주의 체제에서도 "국가가 존속하려면 피지배자는 그때그때의 지배 집단이 주장하는 권위에 복종"하지 않을 수 없다는 것이다.

최장집의 해제도 이와 다르지 않다. "베버는 국가나 정당 같은 자율적 정치조직이 인민주권, 인민의 이니셔티브를 통해 운영되고 그로 인해 작동한다고 생각하는 것은 비현실적이라고 본다. 민주주의도 어디까지나 정치 엘리트에 의해 통치되는 것이고, 인민은 엘리트를 선출하는 수동적 역할 이상을 갖지 못한다는 것이다." 이런 민주주의를 가리켜 '최소 정의적 민주주의'라고도 하고, '지도자 민주주의'라고도 한다는데, 최장집과 박상훈은 이런 민주주의에 가감 없이 동의한다. 2008년 촛불시위를 달구었던 '대한민국은 민주공화국이다, 공화국의 주권은 시민으로부터 나온다'는 구호는 민주주의에 대한 그릇된 환상의 산물이라는 것이다.

『소명으로서의 정치』의 첫머리가 국가에 대한 베버의 정의로 시작했다는 것은 앞서 말했다. 국가란 독점적이고 배타적인 폭력/강권력을 행사할 수 있을 때 바로 국가일 수 있다는 베버의 정의는, 어떤 지도자에게 안심하고 권력을 맡길 수 있을 것인지에 대한 베버 식의 문제의식으로 이어진다. 그런 뜻에서 이 책은 상당히 수미일관한 구조를 가지고 있다. 베버에 따르면, 국가라는 폭력/강권력을 소유할 지도자는 어떤 수난도 마다하지 않는 열정(대의)과 대의에 대한 책임감, 그리고 균형 잡힌 차가운 판단을 할 수 있는 기본적 자질을 갖추어야 한다. 이때 대의나 판단을 내리면서 윤리를 내세우는 사람은, 정치 낙오자다.

자신의 영혼이나 타인의 영혼을 구제하고자 하는 사람 혹은 국내 정치나 국제 외교에서 윤리를 내세우고 싶은 사람은 "정치라는 방법으로 달성하고자 해서는 안"되며, 차라리 "소박하고 순수하게 사람들 사이에서 형제애"나 도모하는 게 좋다. 왜냐하면 누누이 말했듯이 국가의 운용이나 정치는 애초부터 한쌍의 악을 통해서만 이루어지기 때문이다. 그렇다고 해서 베버는 윤리를 완전히 팽개치라고 말하지는 않았다. 도덕적 당위에 해당하는 신념 윤리와 세속적 현실에서 정치가가 감수해야 할 책임 윤리를 구분하고 있는 그는, 두 윤리 사이의 조합과 균형이 여의치 않을 경우에 정치가는 후자를 택해야 한다고 말한다.

마키아벨리의 『군주론』이 이탈리아 통일에 대한 지은이의 포부와 무관하지 않듯이, 베버의 『소명으로서의 정치』는 제1차 세계대전의 패전국인 독일의 재건과 상관 있다. 덧붙여 1919년에 발표된 이 책에는 러시아 혁명과 독일 사회주의 세력에 대한 베버의 대항 의식도 짙게 투영되어 있다. 이런 난세에 구상된 두 사람의 정치철학은 정치 지도자의 설득력(언어 구사력)을 중시한 것 말고는, 그 어느 것도 온화하지 않다. 두 사람이 400년의 시간을 두고 당도한 사상은, 현대의 예언가인 정치가는 무장해야 한다는 것과 정치에서는 악이 더 능률적일 수 있다는 거였다. 그러나 마키아벨리와 베버를 묶어주는 최대의 공통점은, 다름 아닌 두 사람의 발화 위치다. 마키아벨리와 베버는 모두 군주(통치자)의 자리에서 자신들의 정치학을 펼쳤다. 당연히 그들의 정치학에는 피통치자가 들어설 자리가 없다.

통치자의 입장에 선 베버는 끊임없이 "정치에 관여하려는 사람, 즉 권력과 폭력/강권력이라는 수단에 관여하려는 사람은 누구나 악마적 힘과 거래를 하게 되며, 그의 행위와 관련해 보면 선한 것이 선한 것을 낳고, 악한 것이 악한 것을 낳는다는 것은 사실이 아니다. 차라리 그 반대인 경우가 더 많다. 이를 인식하지 못하는 자는 실로 정치적 유아에 불과하다"고 말한다. 그의 말이 옳다면, 과두정이 버젓이 행세하는 오늘의 대한민국에서 왜 피통치자는 그 악을 고스란히 감당하면서 피통치자 나름의 악마적 행동을 해서는 안 된다는 걸까? 그게 직접행동이든 가두시위든, 하다못해 주민 소환 제도든 말이다.

베버는 경제적 토대가 없는 계층이 정치를 하는 것은 위험하다고 우려했던 만큼, 자신이 부르주아라는 것을 숨기지 않았다. 하지만 그는 나치와 같은 반동이나 볼셰비키에 맞서기 위해, 오로지 정당과 의회만을 신뢰했던 사람이기도 하다. 이 점이 정당을 혐오하고 선거에 무관심한 우리들을 부끄럽게 한다.

정치와 정치적인 것

『정치의 발견』

박상훈, 폴리테이아, 2011

박상훈의 『정치의 발견』은 작년 말, 진보정당의 직업 정치가들과 정당원을 대상으로 했던 강의록이다. 그래서 진보적(?)인 이야기가 꽤 담겨 있겠거니, 라고 생각한다면 오산이다. 지은이는 정당과 의회가 민주주의의 귀결이라고 간주하는 '최장집 스쿨'의 일원으로, 정당과 의회를 불신하고서는 민주주의가 작동하지 못하고, 그 바깥에서는 어떤 정치도 이루어질 수 없다고 믿는다. 이런 논리는 대개의 진보파들이 '운동성'과 '저항성'을 강조하면서 제도 정치는 물론 정치 자체를 혐오하는 태도와 매우 다르다.

현대 국가와 같은 대규모 공동체에서 정당은 "민주주의, 보통선거제, 대중 동원 및 대중 조직의 필요성 그리고 지도부의 고도의 통일성"을 가능하게 해준다. 그런데 지은이가 보기에 진보인사들은 정당을 키우고 대의 민주주의의 산실인 의회 정치를 구사하기보다, '광장'을 선호한다. "내가 민주주의에 대한 우리 사회 진보파의 일부 내지 세칭 좌파들과 차이가 커져서, 이제는 그 차이를 드러내는 데 주저하지 말아야겠다고 결심하게 된 데에는 2008년 촛불집회 때의 경험이 결정적이었다. 당시 그들은 직접 행동과 직접 민주주의를 말하고 대의제와 선거를 지배의 도구로 여겼다. 물론 내가 동의할 수 없는 주장이었다."

현재 이명박 정권이 강행하고 있는 방송 장악, 인터넷 족쇄 채우기, 표현과 의사의 자유 축소, 각종 시위법 개악, 전교조 죽이기, 시민운동 무력화 등은 정권 출범 초기에 촛불에 덴 트라우마와 상당한 관련이 있다. 그런데 앞서의 긴 인용을 보면, 데인 것은 현 정권뿐이 아니었던 모양이다. 박상훈은 대의 민주주의에서 가장 중요한 것은 선거가 영향력 있는 정치과정으로 자리 잡는 것이며, 그때의 핵심은 좋은 정당을 만드는 것이라고 말한다. 이 주장을 반박할 장사는 없다.

권력을 쟁취할 수 있는 좋은 정당을 키우자는 요청에는 이의가 없지만, 촛불집회에 참여했던 사람들이 고작 3만 명 규모의 아테네가 운용했던 고릿적의 '직접 민주주의'를 대의 민주주의의 대안으로 떠받들었다는 설은, 지은이의 과장된 해석이다. 그는 이런 과장된 의미 부여를 통해, 자신이 주장하고자 하는 '운동이냐 정당이냐'라는 이분법적인 논리를 확장하고, 우리에게 선택을 강요한다. 과연 이게 '아빠가 좋아, 엄마가 좋아' 식으로 어느 한 쪽을 선택할 문제인가?

선가의 돈점頓漸 논쟁을 빌려 쓰기가 퍽 어색하지만, 깨닫고 수행하는 일이 동시에(돈오돈수) 또 순환적으로(돈오점수) 일어날 수 있는 것처럼, 우리의 삶의 조건을 바꾸기 위한 전략도 그와 다르지 않아야 한다. 운동과 정당제도(의회)가 동시에 또 순환적으로 사회적 의제를 떠맡는 게 불가능하지 않은 것이다. 예컨대 2008년 촛불의 경험은 휘발되지 않고 2010년 6/2 지방선거의 밑거름이 되었다. 시민운동이나 대중의 정치적 욕구 분출을 민주주의 발전을 가로막는 악순환으로 보는 것은, '전체주의적 의회주의' 내지 '전체주의적 정당주의'이면서 여의도를 보편적이 아닌 예외적이고 초월적인 정치 공간으로 만드는 일이다.

지은이가 더 잘 알듯이, 정당은 대규모의 대중을 동원하기 위해 정치적 의제(선거 공약)를 선별한다. 이때, 잘려져 나가는 것은 의제뿐이 아니다. 프로크러스테스의 침대에 눕혀진 길손처럼, 이 시대의 평균에 속하지 않는 사람은 대의 민주주의로부터 보호받지 못하는 오물이 된다. 수수께끼 같은 '계급 배반 투표'의 진실은, 오물이 되고 싶지 않다는 '의제 바깥 사람들'의 절규다. 한정된 의제를 가지고 다투기 때문에 정당들 간의 변별력이 상실되면서, 신념에 찬 카리스마형 지도자보다는 기득권이 다루기 좋은 탤런트형

지도자가 더 많은 표를 얻는 꼴불견은 현대 정치의 그늘이다. '정치적인 것'을 정당과 의회에만 국한하면, 정치는 발전하기보다 답보한다.

쓰나미는 불신지옥의 증거

『신의 이름으로』

존 티한, 이음, 2011

『거룩한 테러』

브루스 링컨, 돌베개, 2005

지진해일(쓰나미)이 일본 동북부를 강타하자 조용기 목사는 이 엄청난 자연재해가 "일본 국민에 대한 하나님의 경고"라며 "일본 국민은 신앙적으로 하나님을 멀리하고 우상숭배, 무신론이 팽배해 있어 이 같은 지진이 일어났다"고 말했다. 천재지변이 불신앙의 대가라는 개신교의 편벽이 드러난 것은 이번이 처음이 아니다. 2004년 인도양 연안 국가를 덮친 지진해일로 25만 명의 사상자가 났을 때, 김홍도 목사 역시 무슬림과 불교도가 많은 지역에 내린 "하나님의 심판"이라는 설교를 마다하지 않았다.

우리는 타 종교에 대한 불관용의 한계마저 훨씬 상회해버린 두 목사의 폭언 앞에서, 황급히 하나의 안전한 답을 찾아 나선다. 곧 저런 망발은 '똘끼' 있는 개인의 잘못이지, 기독교는 그와 무관하다고 선을 긋는 것이다. 십자군 전쟁에서부터 9/11에 이르기까지, 종교의 폭력성이 도마에 오를 때마다, 사람들은 피에 굶주린 권력이나 광신으로부터 순수한 종교를 분리해왔다. 하지만 『신의 이름으로』를 쓴 존 티한은 기독교를 비롯한 모든 유일신교의 원천에는 종교적 폭력이 자리한다고 말한다.

『신의 이름으로』보다 일찍 나왔으며 이 책에도 언급되고 있는 브루스 링컨의 『거룩한 테러』 역시, 모든 종교는 자신의 교리 속에 폭력을 성스러운 의무로 둔갑시키는 요소를 가지고 있으며 종교 담론은 비폭력에서 폭력으로 도약하는 것을 용이하게 해준다고 논증한다. 이런 면에서 브루스 링

컨뿐 아니라 모든 종교학자들은, 종교의 은닉된 폭력성을 우리보다 더 자세히 안다. 그런데 대개의 기독교 신학자나 르네 지라르와 같은 기독교 인문주의자들은 기독교만은 여타의 유일신교가 내장한 폭력으로부터 벗어나 있다고 강변한다. 예수가 '원수를 사랑하라'고 했고, '오른뺨을 때리면 왼뺨도 내어주라'고 했던 때문이다. 과연 그럴까?

존 티한의 주장은 숱한 종교학자들의 주장을 반복하는 것처럼 보이지만, 그가 근거로 삼는 것은 종교학이나 인접한 인문학이 아니라 진화심리학이다. 진화심리학에 따르면 인간은 자신의 유전자를 널리 퍼뜨리는데 유리하고 합당한 심리적·문화적 사전事前 경향을 마음속에 축적시켜 왔는데, 한 집단이 친족 범위를 넘어선 더 큰 사회를 이루려면 반드시 도덕 체계가 필요하다. 도덕은 사회에 필요한 결속과 협동을 장려하고 희생을 보상하며, 배신자와 사기꾼이 생겨나는 것을 막을 뿐 아니라 그들을 처벌한다. 인간의 진화에서 도덕은 이처럼 중요하며, 종교는 인간으로 하여금 친사회적인 행동을 하게 만드는 가장 강력한 문화적 제도다.

지은이에게 신이란 한 집단이 영속하기 위해 만들어낸 '도덕적 주형' 이다. 지극히 인격체에 가까운 이 주형에 초인격적 특성이 부여된 까닭은, 보지 못하거나 모르는 게 없는 존재가 있다고 상정하는 게 공동체의 결속·협동·희생·처벌을 손쉽게 해주기 때문이다. 문제는 이 도덕적 주형이 항상 내부와 외부를 구획한다는 점이다. 애초부터 종교는 한 집단의 유전자를 널리 복사하기 위한 심리적 필요에서 생겨난 것이며, 때문에 모든 유일신교는 "외부 집단을 악마화"한다. 이게 종교의 초석에 깔린 폭력성이다.

앞서 말한 것처럼, 기독교 예외주의들은 이런 논리를 거부한다. 예수가 모든 인종(민족)에게 복음을 개방하고 인류의 희생양이 됨으로써, 유대인의 선민의식은 물론이고 이기적 유전자의 복사라는 진화의 윤리마저 초월했다는 것이다. 하지만 두 목사의 용렬한 망언이 가르쳐주듯이 기독교 보편주의는 유대조차 시도하지 않았던 훨씬 광범위한 외부 집단을 새로 만들어

낸다. 유대인에겐 고작 사마리아인이 외부였으나, "기독교 보편주의는 가장 자유롭고 자비로운 상태에서조차 동일화에 대한 강제적 담론을 형성하는 강력한 힘"이다. 기독교의 외부는 없다는 보편주의가 바로 기독교의 가공할 폭력인 것이다.

켤 수는 있어도 끌 수는 없는 불

『원전을 멈춰라』

히로세 다카시, 이음, 2011

『아톰의 시대에서 코난의 시대로』

강양구, 프레시안북, 2007

『체르노빌의 아이들』

히로세 다카시, 프로메테우스, 2006

지난 3월 11일, 일본 동북부 해안을 강타한 지진해일(쓰나미)이 덮친 지역은 하필 10기 이상의 원자로가 밀집된 후쿠시마 현을 포함하고 있어, 해일이 물러난 지금 천재天災는 하찮게 되고 인재人災라고 해야 할 원전 폭발 위기가 오히려 천재를 뛰어넘는 상수가 되었다. 이런 재앙이 벌어지기 훨씬 전부터 원자력 발전소의 안전성과 효율성에 대한 이의 제기는 있었지만 쇠귀에 경 읽기였다. 원자력은 절대 안전하다는 '안전 신화', 어떤 발전보다 싸다는 '가격 우위', 그리고 줄어드는 화석 연료를 대체할 수단이 없다는 '대안 부재'가 주술이었다. 그래서 많은 사람들이 반핵 운동을 하면서도 반원전 운동은 돌아보지 않았다. 과연 원자력은 그 어떤 기술보다 안전하며 값싸고, 더 낳은 대안이 없을 만큼 유일무이한 발전 수단인가?

세 가지 의문의 답을 구하고자 1987년에 출간된 히로세 다카시의 『원전을 멈춰라』를 읽었다. 이 주제의 책이 귀하지 않은 터에 굳이 이 책을 택한 것은, '1인 대안언론'이라는 평가를 받고 있는 지은이의 노고가 너무 극적이어서이다. 20년도 더 전에 지은이는 예견했다. "후쿠시마 현에는 자그마치 10기가 있죠. 여기서 해일이 일어나 해수가 멀리 빠져나가면 10기가 함께 멜트다운 될지도 모릅니다. 그렇게 되면 일본 사람뿐만 아니라 전 세계를 말기적인 사태로 몰아넣는 엄청난 재해가 일어날 것입니다."

이 책의 원래 의도는 1986년, 구소련에서 일어났던 체르노빌 원자력 발전소 참사를 분석하는 것이었으나, 그 분석으로부터 지은이는 향후 일본에도 반드시 체르노빌과 같은 원전 사고가 일어날 것이라는 결론을 끌어냈다. 마침 필자가 이 글을 쓰기 하루 전(4월 12일), 일본의 원자력안전보안원은 후쿠시마 원전 사고 등급을 5등급에서 7등급으로 상향했다. 이 등급은 국제원자력사고평가척도(INES)에서 정한 원전 사고 등급 가운데 가장 높은 등급이자, 체르노빌 원전 사고와 동급이다. 그러나 외양으로는 일단락 난 것처럼 보이는 체르노빌과 달리, 후쿠시마 사태는 아직 진행 중이다. '등급'이 모자랄지도 모르는 이 사태야말로, 현대 문명을 운용하는 인간들의 위기 감지 능력이 얼마만큼 경화되었는지를 증명한다.

원전을 감독하고 허가하는 국가나 원전 산업의 관계자들은 누구나 할 것 없이 원전만큼 안전한 것은 없다면서, 원전 사고는 '2만 년에 한 번' 일어날 정도라고 자신한다. 그러나 지은이는 전 세계에 가동 중인 원자로가 200기 가량이므로(현재는 439기), 100년에 한 번씩 일어날 수 있다는 논리를 펼친다(20,000÷200=100). 그의 논리를 농담으로 되돌리더라도, 세계의 원전이 노후되면서 작고 큰 사고가 빈발하리란 것은 누구나 예상할 수 있다. 거기다가 과학의 시대인데도 불구하고, 원전에 대한 감독이나 조사는 늘 비밀에 부쳐진다. 그것이 한 나라의 대통령 입에서 나온 "우리 원전은 세계에서 가장 안전하다"는 허언의 진실일 것이다.

또 원전은 가장 값싼 발전이라고 선전되지만, 실제로는 우라늄 채광에서 정제와 운전에 이르기까지 막대한 석유 자원이 들어간다. 그리고 수명이 40년인 원자로를 해체하고, 반영구적인 고준위 폐기물을 관리하는 데 드는 비용은 천문학적이다. 이런데도 원전을 짓는 기업들은 현재의 자기 이익만 계산할 뿐, 미래나 공동체의 손실은 고려하지 않는다. 원전이 개인 기업일지라도, 사고가 나면 공적 자금과 인력이 투입된다. 후쿠시마에서도 핵연료 수조에 물을 채워넣고 주변을 정리하기 위해 자위대와 탱크가 투입됐다. 그렇다면 천문학적인 피해 보험은 어떻게 될까? 재난을 이유로 국가가 사기업을 구제할 가능성도 없지 않다.

이 책이 출간되었을 당시, 일본의 전력 수급은 화력과 수력 발전소가 도맡고 있었고, 원자로를 전부 중지해도 30%의 초과 전력을 생산할 수 있다는 수치를 내어 놓았다. 문제는 그렇더라도 화석연료는 언젠가 동이 난다는 것이다. 이때 우리가 계산에 넣어야 하는 것은 화석연료든 원전이든, 여하의 방식으로 생산된 대부분의 에너지를 산업과 수송(자동차)이 다 잡아 먹는다는 것이다. 그래서 지은이는 "속도를 줄이는 일"과 "한 곳에 좌정하고 인생을 장대한 꿈속에서 명상"하는 일을 해결책으로 제시하며, "조급하지 않으면 인류는 반드시 자원을 재생산하는 수단"을 갖게 된다고 충고한다. 현재 우리나라는 에너지 생산의 30페센트 정도를 원자력 발전소에 의존하고 있는데, 강양구의 『아톰의 시대에서 코난의 시대로』는 그 30퍼센트를 포기하고 대체 에너지를 얻는 방법을 구체적으로 제시하면서, 일종의 '개종'이 필요하다고 역설한다. 두 사람은 명상과 개종이라는 이름으로, 발전이 불러오는 위기에 귀 기울이면서, 지속가능한 세계를 모색하고 있는 것이다.

윤동주는 시가 쉽게 쓰이는 것을 부끄러워했지만, 『원전을 멈춰라』가 쉽게 읽히는 것마저 부끄러워 할 필요는 없다. 원전이 구구법처럼 쉬워서가 아니라, 절실한 이야기를 절실하게 하고 있기 때문에 쉬운 것이다. 지은이가 체르노빌 참사를 청소년들에게 알리기 위해 쓴 소설 『체르노빌의 아이들』의 후기에 썼듯이, 우리가 원자력 발전소에 대해 알려고 하는 이유는 "원자력공학자가 되기 위함이 아니"라, "그저 자신과 가족을 지키고 싶은 마음" 때문이다.

나아가 이 책이 진정 쉬운 이유는, 소위 전문가들이 어렵게 말하기 때문이다. 원전 산업을 장악한 독점 기업과 그들을 비호하는 국가는 대중들이 원전의 악취 나는 비밀에 접근하는 것을 바라지 않는다. 이때 당근을 받아먹은 전문가들은 원전 산업의 훌륭한 방호벽이다. 더 재미난 것은, 전문가들조차 원전 사고의 전모에 대해 알지 못한다는 것이다. 체르노빌의 경우 국가는 피해자들을 분산시키고 의사들에게 함구령을 내림으로써, 원전 사고와의 관계성을 영영 알 수 없게 만들었다. 지은이는 점점이 흩어진 단서들로, 국제 원전 산업을 독점하고 있는 초국적 기업·언론·엘리트 정치가들의 결탁을 밝힌다. 국제연합 산하의 국제원자력기구가 모든 원전 사고를 은폐하고 조작하는 배후다! 이 책을 음모론의 영역으로 유인하는 것처럼 보이는 이 주장을 확인하는 것은, 독자들의 임무다. 이때, 지은이의 『제1권력』(프로메테우스, 2010)도 필히 함께 읽어야 한다.

원자력은 미래가 될 수 없다

『글로벌 아마겟돈』

정욱식, 책세상, 2010

『원자력은 아니다』

헬렌 칼디코트, 양문, 2007

『야수의 허기』

르네 바르자벨, 문학동네, 2004

정욱식의 『글로벌 아마겟돈: 핵무기와 NPT』와 헬렌 칼디코트의 『원자력은 아니다』는 제목 그대로, 핵무기와 원자력 발전소에 관한 책이다. 두 책은 따로 읽어도 좋지만 가능하다면 함께 읽는 게 좋다. 원전과 핵무기를 핵의 평화적 이용과 군사적 이용으로 대별하는 사람들도 있지만, 원전에서 이루어지는 우라늄 농축에서 원자폭탄 연료에 적절한 고농축 우라늄 생산까지, 또 사용 후 핵연료를 원자폭탄 연료로 적합한 플루토늄으로 재처리하는 데까지는 짧은 단계가 있을 뿐이다. 다행히 원전을 핵무기 가공 기술과 완전히 절연한다손 치더라도, 1986년의 체르노빌 참사와 이 순간에도 진행 중인 후쿠시마 사태는 원전 자체가 일종의 핵무기 역할을 한다는 것을 증명한다.

『글로벌 아마겟돈: 핵무기와 NPT』는 북핵과 한미동맹에 대한 저술을 꾸준히 내왔던 정욱식의 책으로, 그의 경력 속에서 이 책은 그 동안의 작업을 중간 결산하는 쉼표가 아닌가 한다. 알다시피 핵무기는 제2차 세계대전 중에 미국이 최초로 개발하여, 교전국인 일본에 사용했다. 민주주의 국가가 파시스트 국가들보다 앞서 핵 개발에 성공했다는 것, 그리고 핵무기를 사용한 민주주의 국가가 파시스트 세력을 패망시키고 2차 세계대전을 승리로 이끌었다는 사실이, 오랫동안 핵무기를 지구의 평화를 지키는 '선'으로 여기게 했다. 핵무기가 평화를 지키는 역할을 해왔다는 핵무기주의는 그렇게 우리들의 뇌리에 각인됐고, 미국에 뒤이어 소련이 핵무장에 성공하게 되면서 서방 민주주의 국가의 일원인 우리는 다시 한 번 동맹국의 핵우산으로부터 안전을 보장받으려고 했다.

1945년 미국이 핵 실험에 성공하고 1949년에 소련이 그 뒤를 따르면서부터, 미소는 핵 우위를 유지하기 위한 본격적인 '핵 경쟁'에 돌입했다. 그 결과 1952년에 미국은 원자폭탄보다 수십 배나 강력한 수소폭탄 개발에 성공했고, 이듬해엔 소련도 수소폭탄 실험에 성공했다. 미소 간의 핵무기 개발 경쟁에 의해, 이른바 '핵 도미노'가 시작됐다. "미국이 핵을 개발하고 사용하자 소련이 그 뒤를 이었고, 소련의 핵 개발은 영국과 프랑스가 핵무기 보유를 추진하는 자극제가 되었다. 또한 한국전쟁 때부터 미국의 핵 위협에 직면해 온 중국도 곧이어 핵클럽에 가입했고, 중국이 핵 실험에 성공하자 인도가 핵 개발에 박차를 가했으며, 인도가 핵 개발에 성공하자 파키스탄이 그 뒤를 따랐다. 이른바 '핵 도미노' 현상이다. 이스라엘의 경우는 주변에 핵보유국이 없다는 점에서 다른 속성을 지니고 있지만, 홀로코스트 경험과 이슬람권의 섬과 같은 지정학적 위치는 이스라엘로 하여금 핵 보유를 가장 확실한 안보 수단으로 여기게 했다. 북한 역시 미국의 핵 위협이 자국이 핵을 보유하려는 가장 큰 이유라고 말한다."

미소 간의 체제 경쟁으로 시작했던 핵 경쟁은 주변 국가의 상호 견제 심리를 발동시키면서 영국, 프랑스, 중국, 이스라엘, 인도, 파키스탄으로 퍼졌다. 여기에 북한, 이란, 알제리, 사우디아라비아, 시리아가 핵 보유를 추진하고 있거나 추진이 의심되는 국가로 가세한 형국인데, 지은이는 위에 거론된 모든 국가를 포함하여 지구상에서 총 35개국이 핵무기 개발을 추진했던 것으로 파악하고 있다.

이처럼 많은 나라들이 핵무기에 매력을 느끼는 것은, 경쟁국에 대한 상호 견제 심리에 '핵무기 보유=강대국'이라는 집착이 더해지기 때문이다. 그러나 그런 심리적·과시적 이유가 전부는 아니다. 비핵국이 핵을 보유하려는 가장 절실한 요인으로, 핵 무장국의 핵 공격 위협을 들지 않는다면 불공정한 처사일 것이다. 그 예로, 한국전쟁 때 맥아더가 북한과 중국에 핵무기 사용을 고집하다가 트루먼 대통령으로부터 해임당한 사실과 '한국전쟁 종식'을 대선 공약으로 내세운 아이젠하워가 신속하고 유리한 휴전 조건을 얻고자 가했던 핵공격 위협을 들 수 있다. 휴전 이후에도 위협은 계속됐다. 1976년부터 시작된 팀스피릿 훈련에서는 매번 핵미사일을 탑재한 잠수함이 동원되었는데, 이 역시 비핵 국가에 핵 위협을 가한 보기 좋은 사례다(미국은 베트남전 때도 핵무기 사용을 검토했다).

우수한 무기에 대한 욕망은 인류사를 설명하는 방법 가운데 하나다. 철제무기와 활의 등장, 총과 대포의 발명, 탱크와 잠수함 개발과 로켓과 항공기를 실전에 투입하기 시작했을 때, 개별 전쟁의 양상은 물론이고 문명이 요동을 쳤다. 그게 인류사라면 핵무기는 왜 안 된다는 것일까? 핵무기는 전쟁의 두 가지 원칙인 '구별의 원칙'과 '비례의 원칙'을 무시한다. 전자는 전투원과 민간인을 구별해 무기 사용에 따른 피해가 민간인에게 미치지 않아야 한다는 것이고, 후자는 군사적 목적 달성 이외의 피해가 발행해서는 안 된다는 것이다. 하지만 핵무기와 함께 대량살상무기로 분류되는 화학무기와 생물무기 등은 그런 전투의 원칙이 지켜지지 않는다. 핵무기는 대량 살상과 함께 인간의 유일한 거처인 지구를 재생 불능으로 만든다.

기가 막힌 역설이지만, 인류와 지구를 절멸시킬 수 있는 핵무기는 그 가공할 파괴력 때문에 오히려 국제 사회의 공인을 받았다. 서로 공멸하지 않기 위해 보유하기만 할 뿐, 사용하지 않는다는 '핵 억지력'이 그것이다. 그러나 무기의 역사를 보면 이미 만들어진 효율적인 무기가 창고에서 녹슨 적은 없다. 철궁이 인류 역사에 처음으로 등장한 1139년 바티칸은 철궁 사용을 금지했지만, 그럼에도 소총이 등장하기 전까지 계속 사용되었다. 또 소총은 등장하는 순간부터 악마의 무기로 불렸고, 소총 사수는 일단 붙잡히면 처형당했다. 그래서 소총은 사라졌던가?

핵무기의 역사 또한, 철궁이나 소총처럼 핵 억지력이란 고삐가 점차 헐거워지는 쪽으로 진행됐다. 미국과 소련 같은 핵 선진국은 "다양한 핵전략을 개발하면서 실전 사용의 부담이 덜한 전술 핵무기 개발"에 박차를 가했다. 수백만 명의 사상자를 낼 수 있는 전략 핵무기가 아니라, 사상자를 크게 줄이면서 적의 핵무기 격납고나 군사 시절을 타격하는 전술 핵무기(저출력 핵무기)의 개발은, 핵무기를 사용 가능한 일반적인 무기로 바꾸어버렸다. 그럼에도 불구하고 아주 흥미로운 사실은, 핵보유국들이 화학무기와 생물무기의 사용과 생산 금지는 물론이고 폐기까지 추구하는 화학무기금지협약(CWC)과 생물무기금지협약(BWC)을 비핵국에 강제하면서, 이보다 훨씬 무서운 핵무기에 관해서는 아무런 협약이 없다는 것이다. 앞서 말했던 것처럼, 비핵국의 핵무장 의욕을 불태우게 하는 중요한 요인은 이런 것이다.

북핵 위기가 거론될 때마다, 단골로 나오는 용어가 핵확산금지조약(NPT)이다. 이 조약은 1964년 중국의 핵 실험으로 핵 확산 징후가 뚜렷이 나타나자 당시의 핵보유국이었던 미국·러시아(소련)·영국 등이 서둘러 핵 확산을 막기 위해 만들어진 국제 조약이다. 거의 대부분의 유엔 회원국이 비준한 이 조약은 핵보유국을 8개국으로 묶어 두었다는 공도 있지만(북한을 포함하면 9개국), NPT가 핵무기를 '가진 자'와 '못 가진'자를 나누고 의무를 차별적으로 부과하는 불평등 조약이라는 점 또한 분명하다. 핵보유국이 '핵무기 사용 및 위협을 하지 않는다'는 소극적인 안전 보장과 핵보유국 간의 선제 사용 금지법을 국제법으로 만들자는 제안이 NPT 내부에서 제기되었지만, 핵보유국의 반대로 성사되지 못했다. 또 CWC와 BWC에 필적하는 핵무기금지조약(NWC)을 통해 핵무기를 아예 금지하자는 제안은 논의조차 되지 못했다.

4장으로 이루어진 『글로벌 아마겟돈: 핵무기와 NPT』의 마지막 장은 북핵 문제를 다루고 있으나, 「한반도 핵 문제와 '3박자' 비핵화」라는 제목에 주목할 필요가 있다. 지은이에게 '북핵' 문제는 남북을 아우르는 '한반도' 전체의 문제며, 거기엔 한국과 미국 간의 '핵동맹'이 깊이 연루되어 있다. 그런데 이런 고리야말로 지은이에게는 60년 넘게 지구촌을 공멸의 위협으로 떨게 한 핵무기로부터 '핵무기 없는 평화', '핵무기 없는 세계'로 가는 교두보이다. '한반도→동북아→세계'로 연결되는 '3박자 비핵화론'이 바로 우리 땅에서 시작할 수 있다는 것이다. 미국·러시아·중국과 같은 핵 강국과 핵을 보유했거나 핵능력을 가진 북한이 얽혀 있는 이곳에서 비핵화가 시작된다면, 한반도뿐 아니라 동북아와 세계 전체로 비핵화 효과가 연계·확대되리라는 게 2009년부터 지은이가 해왔던 주장이다. 만약 그의 청사진대로 핵무기 없는 평화, 핵무기 없는 세계가 이루어진다면, 소설가이자 명석한 에세이스트였던 르네 바르자벨이 쓴 『야수의 허기』의 일절은 농담이 되리라. "독사에게서 독이 나오듯 인간에게서는 핵폭탄이 생겨 났다. 독사는 아무리 독이 없고자 해도 그렇게 될 수 없다. 그리고 독사가 된 것이 그의 잘못도 아니다."

원전과 핵무기는 등을 맞대고 태어난 샴쌍둥이나 같지만, 반핵운동가들 가운데는 원자력의 평화적 이용만은 수긍하는 사람들도 없지 않다. 반갑게도 지은이는 맺음말에 이르러 원전에 대해 언급하면서 "원전을 신성장 동력이나 수출 주력 산업으로 삼는 정책을 지양하고 원전의 에너지 의존도를 줄여나가"야 한다고 말한다. "원자력은 근본적으로 이중 용도의 기술이고 사고가 발생하면 치명적인 피해"를 낳을 수 있으므로 "지속 가능하고 재생 가능한 에너지를 원자력의 대안"으로 삼아야 한다는 것이다.

이 주제는 자연스럽게 헬렌 칼디코트의 『원자력은 아니다』로 화제를 돌리게 한다. 이름난 반핵운동가가 쓴 이 책은 원자력 산업이 주장하는 '청정신화', '가격신화', '안전신화', 그리고 화석 연료의 고갈을 대체할 더 낳은 방법이 없다는 '대체불가능 신화'를 조목조목 반박한다. 곧 살펴볼 테지만, 원자력산업이 핵무기 확산에 일조한다는 지은이의 비판은 "원자력은 근본적으로 이중 용도"라고 썼던 정욱식의 우려와 한목소리다. "원자력 발전소는 본질적으로 원자폭탄 제조공장이다. 1,000메가와트의 원자로는 1년에 500 파운드의 플루토늄을 생산한다. 그러데 하나의 원자폭탄을 만드는 데는 10 파운드의 플루토늄이 필요할 뿐이다. (…) 전 세계의 원자력 산업계는 '지구 온난화를 방지한다'는 그들만의 전매특허적인 거짓말로 개발도상국에게 불법적인 상품을 강매한다. 그 결과 핵무기가 확산될 것이며, 결국 이 상황은 이미 불안정한 세계를 더욱 불안정하게 만들 것이다."

그러면 차례대로 네 개의 원전신화를 해체해 보자. 먼저 청정신화이다. 원자력은 원자력산업이 주장하는 것처럼 환경친화적이거나 청정하지 않다. 막대한 화석연료가 원자로 운영에 필요한 우라늄을 채굴하고 정련하는 데 사용되며, 육중한 발전소를 건설하고 핵반응과정에서 생성되는 방사성 폐기물을 운송하고 저장하는 데 사용된다. 우라늄을 농축하는 동안 금지된 프레온가스가 방출될 뿐 아니라, 방사능에 오염된 공기와 냉각수가 대기와 바다로 방류된다. 원자력 분야에서 일하는 노동자들이나 인근 주민이 심각한 질병에 노출되는 것은 더 말할 필요도 없다.

다음으로 가격신화를 보자. 원자력 산업계는 원전이 1킬로와트 당 가장 싼 비용이 든다고 선전하지만, 그들의 가격 산정 방식은 원자로의 건설, 보수, 관리비용을 모두 누락시킨 것이다. 실제의 건설비용과 운영비용을 합하면, 오염, 사고, 보험 경비를 포함하지 않아도 가스화력 발전소의 원가보다 훨씬 높아진다. 그런데도 원전이 활발하게 건설될 수 있는 것은, 정부의 보조금 때문이다. 국민의 세금이 정치엘리트, 원전 산업, 건설사, 투자자들의 호주머니를 불려주기 위해 낭비되고 있는 것이다.

이어서 안전신화이다. 원전의 안전성은 환경오염과 각종 방사선 질병을 퍼뜨리는 것만으로도 충분히 안전하지 못하지만, 원전 자체가 높은 사고의 위험성을 가지고 있다. 1979년 미국 스마일리 원자력 발전소의 원자로 용해 사고나, 1986년의 체르노빌 원자력 발전소의 폭발은 원전의 안전신화가 무너진 예다. 지은이는 설계 오류, 노화, 계기조작, 테러, 지진과 쓰나미 등의 위험 항목을 분석하고 있는데, 원자력산업이 안전신화에 매진하면서 크고 작은 사고나 사고의 가능성을 은폐하거나 축소하는 까닭에는 투자자들을 놓치지 않으려는 목적도 있다.

마지막으로 대체불가능 신화를 살펴보자. 원자력 산업은 고갈되어 가는 화석연료와 치솟는 유가를 무기 삼아 더 많은 원전 건설만이 지구를 암흑에서 구해낼 것이라고 을러댄다. 하지만 원자력 산업에 지원되는 정부 보조금을 대안적인 재생에너지 쪽으로 옮기고자 하는 정부 지도자의 의지만 있다면, 원전을 더 짓지 않고서도 부족한 에너지 수요를 충족시킬 수 있는 방법은 많다. 풍력, 태양열, 수력, 지열 등이 지구가 쓸 수 있는 무진장한 비화석 에너지다.

『원자력은 아니다』의 기저에는 정치엘리트들이 원자력 산업의 이해와 로비에 밀착되어 있기 때문에, 원전에 대한 전향적인 정책이 나오지 않는다는 비판이 깔려 있다. 특히 "사실 지나친 특권적 소유를 자랑스러워하는 미국의 민주주의는 분명히 탐욕스럽게 작용되고 있다. 국민의 대변인인 정치가들은 기업들에 의해 조작되고 조정되지 않도록 이 지구행성을 위해 올바른 일을 해야 한다"는 언급이 그러한데, 이보다 먼저 읽은 히로세 다카시의 『원전을 멈춰라』도 기저는 같았다. "원전 건설에는 흑막이 있는데 이를테면 철강이나 토목·건설 등 일본의 기간산업에 있어 원자력 발전소 건설이 자기들의 큰 일거리가 되니까 원전 건설을 응원한다든지 하는, 실제로 에너지나 전력 문제가 아닌 측면이 건설의 최대 요인이 되고 있습니다. 이러한 건설 공사에서는 건설비의 3퍼센트가 정치가에게 리베이트로 나가는 것이 업계의 상식으로 되어 있습니다. 5천억 엔의 3퍼센트면 실로 원자로 1기로 150억 엔이 정치가의 주머니 속으로 굴러들어 갑니다. 요컨대 정치가를 조종하는 것은 일본의 기간산업, 즉 전력회사라는 이야기입니다."

핵무기는 물론이고 원전은, 개체로서의 인간은 뛰어나지만 종으로서의 인간은 우둔하다는 잠언을 실감하게 만든다. 원전은 인류와 지구의 지속가능성을 묵시록적으로 바꾼다. 하지만 모든 예언은 조건부다. 그렇더라도 묵시록을 조건부로 바꾸기 위해, 어느 날 갑자기 만국의 정치엘리트들이 원자력 산업과 단절하기까지 기다릴 수는 없다. 헬렌 칼디코트는 『원자력은 아니다』의 마지막 문장을 이렇게 맺는다. "결국 도덕적 삶을 사는 것은 개인의 결정이다. 그것은 당신이 방을 나갈 때 불을 끄고 밤에는 컴퓨터를 끄며 집을 단열하고, 겨울에는 더 많은 스웨터를 입고 집안의 열을 내리도록 조정하며, 여름에는 땀을 흘리더라도 지구온난화를 일으키는 에어컨을 끄고 지내는 것을 의미한다. 자기희생과 책임감은 대다수 사람들이 동경하는 고상한 특성이다. 또한 이것들은 세계를 공정함과 지속적인 생존으로 이끄는 자질이기도 한다."

좋은 말이다. 여기에 한 마디 덧붙인다. 헬렌 칼디코트가 권하는 저런 행동은 도덕적 개인이 되는 것에 멈추지 않는다. 저런 행동은 개인의 도덕적 삶으로 수렴될 뿐 아니라, 오래 지속하면 필경엔 무수한 기업과 결탁한 정치엘리트를 향해 '너 그만해!'라고 소리칠 수 있는 덕(힘과 용기)으로 화한다. 내가 먼저 저렇게 해보지 않으면, 끝내 그런 말은, 목구멍에 막혀 나오지 않게 된다. 이게 중요하다.

집 앞에 텃밭을 가꿔볼까?

『에콜로지와 평화의 교차점』

C. 더글러스 러미스, 쓰지 신이치, 녹색평론사, 2010

『에콜로지와 평화의 교차점』은 『경제성장이 안되면 우리는 풍요롭지 못할 것인가』(녹색평론사, 2002)로 널리 알려진 환경 평화 운동가 더글러스 러미스와 『슬로 라이프』(디자인하우스, 2005), 『슬로우 이즈 뷰티풀』(일월서각, 2010)을 쓴 문화인류학자 쓰지 신이치의 대담집이다. 주로 쓰지가 묻고 러미스가 대답하는 이 책의 주요 주제는 제목에서 드러나듯이 평화와 환경이다.

일본의 헌법 제9조는 일본이 전쟁을 영구 포기하고 타국과의 교전권을 인정하지 않으며, 어떤 전력도 보유하지 않는다는 내용으로 이루어져 있다. 지구상에 이런 헌법을 가진 나라가 얼마나 있는지는 확인해 보지 못했지만, 국가는 '군사력을 갖는다'는 게 온갖 정치 이론의 당연한 상식이기 때문에, 일본의 헌법 9조는 파격적이다. 국가는 군사력을 가져야만 국가일 수 있다는 상식이 얼마만큼 위력을 가졌으면, 헌법 9조를 뜯어 고쳐 군사력과 교전권을 확보하려는 일본 우익들의 구호가 '보통국가' 내지 '정상국가'일까?

하지만 『경제성장이 안되면 우리는 풍요롭지 못할 것인가』에서 러미스는 우리가 따르고 있는 근대화, 성장, 민주주의, 군대에 대한 상식이 모두 '상식이라는 가면을 쓴 이데올로기'에 불과하다고 말한 바 있다. 특히 당면한 주제인 헌법 9조와 군대를 아울러 논했던 제2장 「'비상식적'인 헌법」에서 그는 군대가 평화를 지킨다고 믿는 것은 불가능하다면서, 헌법 9조를 폐기하려는 자칭 현실주의 세력을 향해 이렇게 묻는다. "일본 역사를 가지고 생각해봅시다. 일본정부는 언제 가장 큰 군사력을 가지고 있었던가. 군사적으로 가장 강했던 시대는 몇 년부터 몇 년까지였던가. 그리고 폭력에 의해 죽은 일본국민의 수가 가장 많았던 것은 언제였던가? 완전히 같은 시대였습니다. 그러한 것을 생각하는 것이 현실주의가 아닐까요. 이번에는 괜찮다, 라고 말할 수 있는 근거는 어디에 있습니까?"

일본 우익은 군대와 교전권이 없는 나라는 비정상 국가이기 때문에 헌법 9조를 폐기하고 정상국가를 이루고자 한다. 반면 그것을 지키고자 하는 일본인들은 헌법 9조를 내세워 일본의 평화주의를 선전하고자 한다. 그런데 러미스는 헌법 9조를 폐지하건 유지하건, 이 조항은 이미 '식물 조항'이 되었다고 본다. 그는 앞서 언급한 『경제성장이 안되면 우리는 풍요롭지 못할 것인가』의 2장에서 신新가이드라인 관련법안, 자위대법 개정, 주변사태법 등의 유사법안이 헌법 9조의 기본 정신을 어떻게 침식했는지를 밝혔다. 예컨대 일본 자위대의 미군에 대한 후방지원은 국제법상 교전국에 가담하는 것이며, 자위대의 해외 파병은 교전권을 뜻한다는 것이다.

러미스는 이번 대담에서 그의 단독 저서에서 주장했던 것보다 더 날카롭게 헌법 9조를 둘러싼 일본인들의 이중성을 해부한다. 일본은 태평양전쟁에서 패전한 뒤인 1951년 일미안보조약을 맺고, 본토(요코스카, 요코타, 사세보)와 오키나와에 미군기지를 허용했다. 그런데 많은 일본인들은 물론이고 '헌법 9조를 지키는 모임'이나 평화운동가들조차 헌법 9조와 일본 내 미군기지가 상존하는 모순성을 살피지 않고, 미군의 항공모함이 된 오키나와의 고통을 함께 느끼려고 하지 않는다.

러미스: 2년 전에 이런 일이 있었어요. 도쿄에서 국제연합대학 심포지엄에 참석했는데, 끝난 후 두 명의 여성이 찾아와 이렇게 말하더군요. "러미스 선생님, 9조를 세계유산으로 지정하자는 이야기가 있던데, 멋진 생각 같아요. 정말 그렇게 될 가능성이 있을까요?

전 이렇게 대답했습니다. "일미안보조약이 존재하는 한 불가능하지 않을까요? 생각해보세요, 일본에는 미군기지가 있고 일본은 미국의 핵우산 밑에서 실제로 미국의 군사력으로 보호받고 있잖아요. 그런 상태에서 평화로운 일본을 칭찬해달라는 것은 너무 억지스러운 얘기 아닐까요?"

그녀들은 깜짝 놀라 묻더군요. "어머, 일미안보조약을 없애나요? 다른 나라에는 군사력이 있는데, 그럼 위험하지 않을까요?"

쓰지: 그거 참 재미있네요. 9조와 안보가 완전히 따로따로군요!

러미스: 맞아요. 9조가 문화유산이 되길 바란다면서, 그 말을 한 지 1분도 채 안 돼서 미국의 군사력으로 보호받고 싶다고 하니, 원. 어떻게 그런 의식을 가질 수 있는지, 참 궁금합니다. 거기에 모순이 있다는 것을 왜 모르는 걸까요? 그 대답은 오키나와라고 생각해요. 그러니까 '미군기지=오키나와 문제'가 될 수 있는 거죠. 9조의 이상적인 세계와 불쌍한 오키나와를 따로따로 생각하는 것이 가능한가 봐요. (…) 본토에서는 9조를 지키는 운동이 꽤 왕성하게 이루어지고 있어서, 9조를 위한 모임이 6,000개 이상 있다고 해요. 하지만 일미안보조약을 없애기 위한 조직은 거의 없어요. 왕성하지도 않고, 그러한 의식 자체가 보통사람들에게는 거의 없다고 할 수 있어요.

이런 지적을 통해 러미스가 말하고자 하는 진실은, 일본 헌법 9조는 일본인들이 세계에 자국의 평화 이미지를 선전하기 위해 내세운 '얼굴 마담'이라는 것이다. 또 그는 거기서 더 나아가, 9조가 세계에 자랑하고 싶은 명실상부한 '평화 헌법'이 되기 위해서는 일미안보조약이 해체되어야 한다고 주장한다.

『에콜로지와 평화의 교차점』의 대담자들은 한국과 일본이 각기 미국과 안보조약을 맺은 나라이며, 향후 한국과 일본이 안보조약을 맺을 높은 가능성에 대해 우려하지 않았다. 만약 그렇게 된다면, 헌법 9조는 폐기 유무를 떠나 이미 돌입한 '식물 조항' 상태에서 산소 마스크마저 떼어낸 상황이 될 것이다.

두 사람의 대담은 일본 헌법 9조에서 마하트마 간디가 생각한 국가와 민주주의에 대한 고찰을 지나, 두 사람의 공통 주제인 환경에 당도한다. 환경주의자의 면모를 확연하게 보여주었던 『경제성장이 안되면 우리는 풍요롭지 못할 것인가』에서 러미스는 자본주의나 마르크스주의가 다른 것 같지만, 문명과 인간의 삶에서 근대화와 기계 기술에 대한 의문이나 견제가 없다는 점에서 크게 다르지 않다고 말한다.

> 마르크스의 말을 들어보면 하부구조, 즉 생산수단과 제관계가 가장 아래에 있기 때문에 그것이 기초입니다. 그것이 더욱 현실적이고 객관성이 있다는 것입니다. 그러나 20세기가 되어 밝혀진 것은 마르크스가 말하고 있는 하부구조는 역시 타이타닉호의 가장 아랫방, 기관실에 지나지 않았다는 것입니다. 그보다도 더 깊은 하부구조가 있는데, 곧 자연환경 그 자체가 그것입니다. 타이타닉호의 바깥에는 바다가 있습니다. 바닷물이 없으면 타이타닉은 뜰 수 없고, 앞으로 나아갈 수 없습니다. 그와 같이 마르크스가 말하고 있는 하부구조는 경제제도입니다만, 경제제도 바깥에는 역시 자연환경이 있습니다.
> 경제제도, 즉 생산수단, 생산의 제관계는 절대적, 근원적으로 환경에 종속되어 있습니다. 환경이 바뀌면 경제제도의 하부구조는 틀림없이 바뀝니다. 환경이 파괴되면 경제제도도 파괴됩니다. 아무리 자연환경을 무시하고자 해도 인간이 생물인 이상 그 영향으로부터 벗어날 수 없습니다.

러미스는 근대화와 발전에 대한 환상이 인간의 갑주인 환경을 파괴해 왔다면서, 벌써 돌이킬 수 없을 만큼 때 늦지만 이제라도 근대화와 성장에 대한 환상에서 깨어날 것을 주문한다.

오래전부터 우리는 이런 경고를 들어 왔지만, 계속해서 발전해야 한다는 근대화 논리와 경제발전을 하지 못하면 패잔병이 된다는 공포가 '환경의 신음'을 외면했다. 그러면서 우리들의 태도를 '현실주의'라고 애써 믿고 '상식'이라고 굳게 따랐다. 여기에 대해 러미스는 우리가 알고 있는 상식은 국가와 기업이 합세한 '패권', 즉 헤게모니와 다르지 않다며, 우리들의 현실주의에 곧 빙산과 부딪치게 된다는 뜻에서 '타이타닉 현실주의'라는 끔찍한 이름을 붙여준다.

이 대담집은 제목에 드러나 있듯이, 환경운동과 평화운동의 접점을 확인하고, 여러 사람에게 두루 알리기 위한 목적을 가지고 있다. 그러나 본문 가운데 쓰지가 걱정하고 있듯이, 환경운동과 평화운동이 연결되어 있지 않은 경우가 많다. 예를 들어, 원전반대운동과 반핵운동이 지구(환경) 대 민족(평화)이라는 이질적인 관점으로 구획되기도 하는 것이다. 이런 단견에 대해 러미스는 "국가가 전쟁상태일 때에는 엄청난 환경파괴"가 발생한다면서, 전투기가 한번 이륙할 때마다, 폭탄이 한 번 폭발할 때마다, 군대가 한 번 훈련을 할 때마다 엄청난 환경 파괴가 벌어진다고 말한다.

그는 이 대담에서 실제로 전투가 벌어지고 있는 전쟁뿐 아니라 항시적인 '전쟁상태'도 마찬가지로 환경을 파괴한다고 말하면서, 아주 놀랍게도 구미와 일본 등이 주도적으로 벌이고 있는 경제 성장 정책(활동)을 항시적인 전쟁상태라고 부른다. 경제활동이 전쟁의 변조거나 연속이기 때문에(태평양 전쟁 패전 이후 일본인들이 미국과 벌였던 경제전쟁) 그런 상태에서는 기술의 발전과 물질의 풍요에도 불구하고 노동시간이 줄지 않고(과로사) 불필요한 욕구가 생겨나며(사치와 낭비), 경쟁적인 성장과 효율이 부르는 환경 파괴가 일어난다(지구 온난화, 원자력 발전소).

실제로 벌어진 전쟁뿐만 아니라, 각 나라가 벌이고 있는 '경제전쟁이 이미 자연과의 전쟁'이라고 말하는 러미스는, 해결책으로 간디의 지역 자치와 개개인이 노동이 활성화 되는 자립사상을 꼽는다. 지역과 개인이 자급자족이라는 간디의 이상과 실험을 통해서만, 우리는 근대화와 성장은 물론이고 그것이 불러온 세계화라는 주박에서 풀려나게 된다는 것이다. "간디의 이상적인 사회는 그런 사회입니다. 각각의 마을이 거의 수입을 하지 않고, 먹을 것도 약도 마을 단위에서 생산하는 것. 오늘의 세계에서는 많은 사람이 도시에서 살고 있기 때문에 이것이 금방 이루어질 수는 없겠지만, 그 과정을 일단 시작이라도 하자는 것이 폴란(도시에서 텃밭 가꾸기를 제안한 미국의 작가이자 환경운동가)의 뜻이라고 생각해요. 자급자족의 경제가 커다란 효과를 낼 때까지는 시간이 걸리겠지만."

두 사람이 대담을 마쳤을 때, 미국 발 2008년 경제공황이 시작됐다. 러미스는 책의 후기에 "지금은 무엇이 진정한 경제활동(노동)인지, 무엇이 허상의 경제활동인지를 진지하게 분별하기에 적합한 시기라 할 것이다. 그런 뒤 이 경제제도로 인해 왜곡되었던 진정한 노동을 어떻게 그 제도로부터 독립시킬 것인지, 그 방법"을 생각하자면서, 이 책의 마지막 문장을 "예를 들어(이것은 아주 작은 예에 불과하지만) 자기가 살고 있는 집 근처에 만일 공터가 있다면, 채소가 됐든 과일이 됐든 일단 심어보는 것이다"로 마쳤다.

이런 결론이 순진하고 소박하다는 것을 두 대담자가 모를 리 없다. 하지만 이 권면으로부터 깨닫게 되는 사실은 역설적이게도, 평화운동이든 환경운동이든 어느 것 하나 쉬운 게 없다는 것. 두 가지 것은, 우리가 상식으로 맹신해온 기준과 열망이 바뀌지 않고서는 어느 것도 실행하기 힘들다. 게다가 마음이 바뀌고 나서는, '텃밭 가꾸기'와 같이 좀스럽고 돈 안 되는 힘든 일에 몸과 시간을 바쳐야 한다지 않는가?

광해군이 뜨게 된 까닭

『조선의 힘』

오항녕, 역사비평사, 2010

조선을 자랑스러워 할 수 있는가? 편은 두 패로 나뉜다. 한 편은 망했기 때문에 부끄러운 역사라고, 다른 한 편은 500년이나 유지되었으니 뭔가 있었다고 주장한다. 『조선의 힘』을 쓴 오항녕은 이런 흑백논리를 타박할 것이다. 역사는 '콩쥐 팥쥐'나 '좋은 편 우리 편'으로 나뉠 수 있는 게 아니지만 한국인들이 조선을 평가하는 잣대인 '근대'는 꼭 그런 결론을 내고야 만다.

> '근대주의' 역시 우리의 눈을 왜곡시키는 데 일조하고 있다. 그렇지만 근대의 어떤 현상을 비판하면 곧바로 전통주의자로 보는 견해도 있다. 참 단순하다. 근대주의에는 목적론과 진보주의가 깔려 있다. 인류 사회는 근대자본주의사회를 향해 진보해 왔다는 관점이다. 분명 근대사회에는 신분 해방, 민주주의, 의료 혜택 등 사람들의 삶을 더욱 편안하고 쾌적하게 만든 성과가 있다. 문제는 그 근대를 절대화하는 데 있다. '근대=선'/'조선=전통=악'이란 도식이다. 과장이 아니다. (8~9쪽)

민주주의·인권·평등·자유·선거·대중 교육·시장·남여평등·헌법과 법치 등의 가치를 내면화한 근대인들은, 왕조 시대나 중세와 같은 전근대를 도덕주의적으로 포폄한다. 근대인들의 이런 믿음은 '진보'를 기준으로 역사 발전을 판단하는 근대역사학 담론과 결합되면서, 근대는 '좋은 편', 전근대는 '나쁜 편'이라는 선악 구도에 가닿고야 만다. 그런 구도 속에서 역사 공부는 더 할 게 없어진다. 이 구도는 ①과거의 역사에서 보편주의를 길어 올리지 못함으로써 역사와의 대화를 아예 필요 없게 만들고 ②근대 자체를 완전무결한 역사의 종결자로 만든다.

하지만 근대를 절대시하는 근대역사학 담론과 거리를 두고자 한다는 지은이는, 아무리 시대가 달라도 인간이나 인간 문제에서는 늘 보편주의를 찾아낼 수 있으며, 크로마뇽인 이후 인간의 육체나 욕망은 크게 달라지지 않았다고 말한다. "인간은 다른 시대에 살지만 같은 인간이라는 사실, 결국 그들이 산 흔적을 살펴보면 내가 살 흔적도 알게" 된다는 것이다. 또 "반성되지 않은 근대는 또 다른 질곡"일 뿐이라며, 근대의 억압성과 획일화를 비판의 눈으로 보고자 한다.

도합 8개의 장으로 구성된 『조선의 힘』은 과거를 재단하는 손쉬운 계몽주의 서사를 벗어나 근대를 대타화하고, 조선시대의 "범례적, 교훈적" 경험을 내부에서 이해해보고자 하는 작업의 산물이다. 앞부분에 실린 「문치주의의 꽃」「실록, 그 돌덩이 같은 저력」「헌법과 강상」은 조선이 다른 어떤 왕정이나 정치 체제와 달리 문치라는 가치를 중시했던 나라였다는 것을 강조한다. 임금을 성인으로 유도하기 위한 경연과 '나라는 망할 수 있어도 역사는 없을 수 없다'는 대역大逆의 모순 어법을 가진 실록(왜냐하면 실록은 나라가 망하지 않고서는 누구도 볼 수 없는 문서로 상정되어 있으므로, 실록을 집필하는 자체가 대역일 수밖에 없다), 그리고 예와 법이 조화를 이룬 통치 구조는 서양의 왕정이나 정치 문화에서 찾아볼 수 없는 것들이다.

또 「오래된 미래, 조선 성리학」「당쟁과 기에 대한 오해」는 조선 500년을 버티게 한 근저에 사림과 성리학이 있었음을 새삼 논하고 있다. 사상적으로는 불교를 극복하려는 고투 속에서, 정치적으로는 왕과 훈구 세력의 전횡과 사리사욕에 응전하면서 완성된 성리학은, 중국에서는 금지된 학문僞學之禁으로 출발했고 조선에서도 처음부터 주류는 아니었다. 하지만 중국의 경우 관료(만다린)가 조정에서 황제를 가르친다는 따위는 상상도 할 수 없는 일이었으나, 조선에서는 그게 가능했다. 그것도 무력이 아니라 오로지 문文의 힘으로! 흔히 조선을 쇠약하게 한 원인으로 사림과 당쟁을 꼽는데, 사림은 세조의 왕위 찬탈과 연산군 이후 거듭된 사화로 말미암아 집현전이 해체된 탓에 생겨났다. 이것은 로마제국이 멸망한 뒤 유럽 각지에 수도원이 우후죽순으로 생겨난 것과 같은 이치다.

조선시대를 부정적으로 이해하거나 해석하는 대표적인 관점이 앞서 말했던 당쟁이다. 고작 '상복을 몇 년 입을 것인가'로 온 조선의 지식인들이 공리공담하면서 조선사회를 발전시킬 탄력성과 외부 정세에 대한 판단력을 상실했다는 것이다. 여기에 대해 지은이는 당쟁의 폐해를 완전히 부정하지는 않지만, '근대=선'/'조선=전통=악'이라는 지나친 도식에 집착하게 되면 '조선은 당쟁 때문에 망했다'는 일제 식민사학자들의 식민사관에 매몰될 뿐 아니라, 현대인들이 역사를 판별하는 기준인 '전근대/근대', '지배계층/민중'이라는 이분법을 아무런 실증 없이 휘두르게 된다고 경고한다. 대동법이나 인조반정, 북벌론 같은 굵직한 정치적 사건들은 당쟁 대립구도가 아닌 정책과 그 시대의 진정성이라는 시각으로 접근해야 한다는 것이다.

일제 강점기 동안, 일본인 학자들이 우리나라 사람들에게 잘못 심어준 가장 큰 오해 가운데 하나가, 우리나라의 성리학을 퇴계의 주리론과 율곡의 주기론으로 단순화한 것이다. 거기에 대해서는 앞서 언급했던 「당쟁과 기에 대한 오해」에 소략하게 설명되어 있다. 그런데 일본인 학자들이 조선 유학사를 주리론과 주기론의 투쟁으로 간단화한 것보다 더 큰 해악은, 오늘의 한국인들이 광해군을 명과 후금(청) 사이에서 실용주의 노선을 취하다가 쫓겨난 비운의 왕으로 숭앙하는 것이다.

「부활하는 광해군」에서 지은이는 '광해군의 귀환'이 어제 오늘의 일이 아니라, 일본 식민사학자 이나바 이와키치가 최초로 "광해군을 '실용주의 외교로 백성들에게 은택을 입힌 군주'라고 해석"하면서 부터라고 주장한다. 1908~14년까지 만주철도회사에서 만주사를 연구하고, 1915~22년까지 육군참모본부와 육군대학에서 동양사를 강의했으며, 1922~37년까지 조선사 편수회의 간사로 활동했던 이나바가 『광해군시대의 만선관계』를 저술하면서 광해군을 띄운 까닭은 왜였을까?

이나바의 연구 요점은 명의 원병 요청을 거부하고 후금과 화친하려고 했던 광해군의 외교를 현실적인 정책으로 예찬하는 거였다. 지은이는 이런 관점의 연구야말로 일제 학자들의 전형적인 타율성론으로, "조선사의 변화 및 규정성이 중국이나 일본의 외부 조건에 의해 좌우된다는 식민사관"이라는 것이다. 조선사는 중국사의 변동에 따라 결정된다는 타율성론은 조선의 정체성론과 연결되면서 성리학의 공리공담론·사대주의론·당쟁론·명분론과 같은 왜곡된 담론을 끌어 모은다. 즉 이나바의 의도에 따라 광해군이 실리주의자로 높이 평가되면, 그를 폐위시킨 반정 세력은 자연히 '명분론=사대주의자'들이 되어버린다. 이런 논리는 식민지 지식인과 대중들에게 다음과 같은 신호를 주었다. "이나바의 메시지는 무엇이었을까? 앞으로 실리주의 외교를 펴면 식민지 조선이 잘 살게 될 것이라는 충고였을까? (이나바는) 그것이 곧 식민지인으로 전락한 사람들을 골수부터 일본제국주의에 투항시키는 유력한 수단이라는 것을 간파했던 것이다. '만선사관'의 자주성을 부인하는 실제 논리적 메커니즘이 여기에 있다."

1931년 만주사변을 일으킨 일본은 만주를 점령하고, 1932년에는 청나라의 마지막 황제 푸이를 불러 들여 만주국이라는 괴뢰국을 세웠다. 이런 사정에서 일본은 '일본-조선-만주'를 팔굉일우八紘一宇로 엮는 동질적인 역사 해석이 필요했는지도 모른다. 1933년에 출간된 이나바의 연구는 확실히 조선 민중의 저항 의지를 꺾고, 기회주의적(실리적)이 되라고 유인한다. 이나바가 제시한 광해군 해석은, 이후 이병도의 '중립외교' 해석으로 이어졌고, 지금은 교과서에까지 명맥을 잇고 있다.

물론 이나바의 광해군 해석이 오랫동안 만주와 만선(청과 조선)을 연구했던 그의 학문적 결과일 수 있다. 하지만 지은이가 「부활하는 광해군」을 통해 말하고자 하는 것은, 우리가 근대라는 잣대로 조선 시대를 평가하면 할수록 일제의 식민사관에 포박되고 만다는 역설이다. 즉 오늘날의 국제외교처럼, 근대 국가 사이의 '평등'이라는 기준으로 조선의 명에 대한 사대나 중국에 대한 조공 체제를 평가하고자 할 때, 조선은 타율적이고 정체에 빠진 나라로 폄하된다는 것이다. 바로 이런 대목에서 근대역사학 담론과 거리를 두고 싶다는 지은이의 문제인식이 두드러지게 빛을 발한다.

지은이는 책을 여는 프롤로그의 첫 문장에 "이 책은 500년 이상 지속했던 문명의 저력을 찾는 글들로 엮여 있다"고 썼고, 책을 닫는 에필로그의 마지막 문장을 "조선시대는 선택 가능한 오래된 미래 중 하나일 것이다"고 맺었다. 하지만 지은이의 전공에 한참 문외한이라고 해야 할 나의 지극히 개인적 소감은, '조선 문명의 저력'을 느끼지도 못했을 뿐 아니라 돌아가야 할 미래라고는 더더욱 생각하지 않는다. 지은이는 "조선은 문치주의 사회였다. 학맥을 통해 정치세력을 형성했고, 그 사상과 이념에 따라 정책과 노선이 결정되었다. 그리고 그 정책과 노선을 통해 백성들의 삶 속에서 검증을 받고, 그 검증을 통해 권력을 차지하느냐 못하느냐가 결정되던 시대였다"고 예찬하는데, 나라를 다스리는 데 학자가 더 잘 한다는 논리도 퍽 의심스럽지만, 전형적인 사대부의 논리라는 함정을 피할 수 없다. 아래와 같은 논리로 덧칠해 봤자다.

> 흔히 유가의 학문을 치자의 학이라고 하기도 하고, 그렇기에 지배층의 이데올로기라고도 이해하는 경우가 있는데, 나는 생각이 다르다. 인간에게는 보편적인 이상이 있다. 그런데 현실사회에서 그 이상의 실현을 저해하고 빗나가게 하는 존재는 치자이지 피치자가 아니다. 물론 일반 인민들도 종종 다른 사람들의 삶을 상하게 하는 일을 저지르지만, 그런 일의 파장이나 범위는 일회적이거나 부분적이다.
> 반면 권력이든 부든 학식이든 가진 자들이 저지르는 폐해는 일반 인

민들의 그것과는 비교되지 않는다. 이는 따로 실례를 들지 않더라도 늘 보는 일이다. 그러므로 관리 대상은 일차적으로 가진 자들에게 맞춰져야 한다는 유가의 상식은 말 그대로 상식적이다.(33쪽)

웃음을 머금게 하는 위의 인용은, 글의 중층적인 성격이 글쓴이의 의도를 종종 배반하고 마는 적확한 예라고 생각한다. 오항녕은 저 논리를 통해 '유가의 학문이 치자나 지배층 이데올로기가 아니다'고 주장하려고 했지만, 저 말들은 고스란히 자신이 부인하려는 것을 입증하고 있다.

사족이다. 마지막 문단에서 내가 머금은 웃음은 '비웃음'이 아니다. 인용된 문단뿐 아니라, 『조선의 힘』은 그 어느 대목도 비웃음을 당할 데가 없다. 저 웃음은 내가 웃는 게 아니고, '글'이 웃는 것이다. 무릇 모든 글들은 글쓴이의 의도와 달리, 글쓴이의 주장이나 논리의 결핍을 드러내고 배반한다. 그것은 글 쓰는 사람이 매번 겪는 운명으로, 그 올무를 피해갈 수 있는 사람은 없다. 글 쓰는 사람들은 자신이 글을 부린다고 생각하지만, 실제로는 글이 사람을 잡아먹는다. 나는 그것을 짓궂은 '글의 웃음'이라고 명명하고 싶다.

아비의 그늘을 아들이 삼키다

『연산군』

김범, 글항아리, 2010

구축함에 급수가 있듯이 폭군에게도 급수가 있다면, 최상급엔 누구의 이름이 붙게 될까? 서양에서라면 '네로'급, 중국에서는 '진시황'급, 우리나라에서는 단연 '연산'급이다. 세 사람은 악정과 함께 패륜도 마다하지 않았다. 네로는 생모 아그리피나를, 진시황은 생부라고 여겨지는 여불위를 죽였다. 다행히도 연산군은 부왕을 죽이는 패덕을 범하지 않았지만, 18세에 즉위하여 12년 동안 치세하면서 상징적 '아비 죽이기'에 골몰했다.

조선은 이성계와 정도전이 쌍끌이로 완수한 무력적인 역성혁명으로 만들어진 왕조다. 거사 직후 정도전은 재상 중심의 군신공치를 설계했으나, 곧바로 태종 이방원에게 제거됐다. 개국과 창업기엔 강력한 왕권이 요구되기 때문이다. 하지만 성종과 그 대에 완성된 『경국대전』은 국왕 중심의 조선을 원래의 설계로 되돌려 놓았다. 성종은 왕과 대신(의정부·육조)을 간쟁하고 탄핵하는 삼사(사헌부·사간원·홍문관)의 위상을 높여, 기존의 국왕과 대신이 운영하는 국정의 한 축으로 삼았다. 그가 정립한 유교정치의 구도는 대신과 삼사가 서로 견제와 균형을 유지한 상태에서 국왕이 최고의 결정권과 조정력을 행사하는 거였고, 그것이 제대로 작동하기 위해서는 국왕이 삼사의 탄핵과 언로를 보장해 주어야 했다.

연산군은 소설이나 연극, 영화, 텔레비전 드라마를 통해 가장 많이 등장하는 역사상 인물이지만, 그에 대한 묘사와 평가는 하나같은 점이 있다. 모성에 굶주린 미치광이 폭군. 그러나 김범의 『연산군: 그 인간과 시대의 내면』은 그런 해석을 거부한다. 연산군이 즉위했을 때 대간으로 통칭되기도 하는 삼사의 위상은 대단했다. 연산군대의 조선왕조실록인 『연산군일기』를 보면, 연산군이 가장 많이 내뱉은 말 가운데 하나가 능상凌上이다. '윗사람을 능멸한다'는 뜻의 이 말에는, 그만큼 대간들에 의해 왕권이 존중받지 못하고 있다는 국왕의 열패감이 녹아 있다. 연산군은 부왕이 만들어놓은 국왕·대신·삼사의 정치적 분립을 왕권의 퇴보이자 조정의 폐단으로 여겼다.

왕권을 절대화하겠다는 욕망은 모든 왕들의 공통 관심사로, 그걸 위해 연산군이 벌인 게 조선 최초의 사화인 무오사화다. 즉위 초기부터 그 무렵까지는 왕과 대신이 한 편이 되어 삼사와 대립하는 구도였는데, 왕과 대신이 삼사를 공격한 게 무오사화였다. 이런 해석은 각종 사화를 훈구 대 사림의 대결로 보는 한국사의 중요한 통설을 뒤집는다. 지은이에 따르면, 조선왕조처럼 강고하고 조밀한 혈연·가문 사회에서는 훈구 대신과 사림 세력이 분리되지 않는다. 사화의 본질적인 요소는 원로한 대신과 젊은 대간이 각기 따로 맡았던 세대 간, 직능 간 대결이었다.

무오사화로 삼사의 기세를 꺾은 연산군은 강화된 왕권을 국정에 쏟지 않고, 사치·사냥·연회·음행 같이 말초적인 욕망을 만족시키는 데 허비했다. 지역과 시대를 막론하고 "뛰어난 지도자와 그렇지 못한 지도자를 구분하는 가장 중요한 기준의 하나가 본질적인 것과 비본질적인 사안을 정확히 구분"하는 능력인데, 연산군은 능상의 척결을 자신의 욕망을 채울 자유로 곡해했다. 사태가 이렇게 되자, 앙숙이던 대신과 삼사가 가까워지고 국왕은 고립됐다. 이제 연산군은 삼사에 대한 경고였던 무오사화와 달리, 대신과 삼사를 아우르는 무차별적인 숙청에 착수했으니, 바로 조선 최대의 비극이라는 갑자사화였다.

김범의 이 책은 갑자사화가 친모의 원한을 풀려고 했던 연산군 개인의 복수극이 아니라, '경국대전 체제'를 거부하고 왕권을 강화하려고 했던 사정에서 비롯되었다고 말한다. 하지만 결과는 조선조 최초의 반정을 맞아 연산군이 폐위되는 것으로 종결됐고, 여러 변형 과정에도 불구하고 '경국대전 체제'는 조선왕조가 멸망할 때까지 그 기본 형태를 유지했다.

상상력이 사라진 시대의 비극

『정조와 불량선비 강이천』

백승종, 푸른역사, 2011

1797년 11월, 정조는 의금부에서 취급해야 할 사건 하나를 일반 범죄를 다루는 형조로 이첩했다. 그 사건은 천안에 사는 진사 강이천이 해랑적海浪賊에 대한 유언비어를 퍼뜨린 일이다. 해랑적은 얼핏 해적을 가리키는 듯하지만, 실은 『정감록』에 나오는 '해도진인'海島眞人을 뜻한다. 영조 때부터 유포되기 시작한 『정감록』에 따르면 섬에서 진인이 나타나 조선을 멸망시키고 새 나라를 세운다고 했으니, 강이천은 역모를 선동한 것이다.

『정조와 불량선비 강이천』을 쓴 백승종은 이 사건을 "또 하나의 정감록 역모사건"이라고 부르기를 주저하지 않는다. 이미 지은이는 앞서 출간되었던 『정감록 역모사건의 진실게임』(푸른역사, 2006)에서, 정조 6년(1782년)과 정조 9년(1785년)에 있었던 황해도 평민 문인방과 충청도 평민 문양해의 역모 사건을 『정감록』과 연관시킨 바 있다. 하므로 두 차례의 정감록 역모사건을 겪었던 정조가 해랑적을 모를 리도 없겠지만, 뒤따른 증거들은 더 심각했다. 비밀결사를 만들어 은밀히 회동하면서, 국가의 변란과 국운을 이야기하는 것은 그 시절에 누릴 수 있는 '사상의 자유'가 아니었다. 게다가 강이천을 중심으로 모였던 무리들은 금지된 서학(천주교)을 논하고, 청나라에서 온 주문모 신부와도 접촉했다.

사건을 축소한 것은 정조의 동물적인 자기 보존욕과 정치 감각이다. 강이천과 연루된 김건순이 당대의 실세였던 노론 명가의 종손이라는 점과, 청나라가 허용한 천주교를 탄압함으로써 직면하게 될 외교문제를 정조는 피하고 싶었다. 대신 정조는 강이천 등을 유배 보낸 직후, 자신의 미진했던 처리를 합리화하고자 1791년부터 시작된 문체반정에 새로 불을 지핀다. 강이천 무리가 해도진인설과 같은 예언서와 천주교에 미혹된 원인이 다 올바른 경전을 익히지 않고, 경전이 가르친 문장을 쓰지 않으며, 삿된 글을 짓기 때문에 벌어진 일이라는 것이다.

정조는 조선의 문예부흥을 이끈 개혁군주로 평가되지만, 지은이는 "문체의 자유까지 억누를 정도였다면 그가 과연 '문예부흥'을 일으킬 수 있었을까"라고 묻는다. 일례로 정조가 그토록 질색을 했던 소품문(에세이)은 단순한 신변잡기가 아니라, 분출하는 사회적 상상력이었다. 외국 서적의 수입마저 금지했던 문체반정은 그 싹을 제거하고, 성리학만으로는 더 유지하기가 힘들었던 18세기 조선 사회의 역동성을 '살처분'했다. 그 결과 과거를 통해 최상층으로 오른 사대부들일수록 사회적 상상력은 순치되었고, 19세기 이후 조선 사회의 근본적인 개혁은 상상력은 있으나 정치력은 부족한 평민들의 몫이 되었다. 지은이는 "19세기 말에 전개된 독립협회운동이나 동학농민운동의 실패"를 그런 맥락에서 재해석한다.

서양 왕실은 이웃나라 왕실과 결혼하면서 왕족들만의 결혼동맹을 맺을 수 있었지만, 조선은 명문 사대부 집안과 결혼을 하면서, 안 그래도 조선 사회를 장악하고 있는 사대부들의 힘을 키워 주었다. 때문에 정조가 했던 문체반정은 변화를 원치 않는 사대부들의 이익에 합치했다. "조선의 왕들은 보수 성향을 띨 때만 비로소 큰 힘을 발휘"할 수 있는 구조 속에 있었으니, 정조 혼자 아무리 뛰어났대도 별 수 없었다. 그리고 이런 상황은 현재의 청와대 주인은 말할 것도 없고, 고 노무현 대통령이 맞닥뜨렸던 진실이다.

앞서 언급했던 지은이의 전작과 이번 책에는 『정감록』이 나란히 등장한다. 정조 시대에 예언서나 후천개벽 사상이 유행했던 것은 사회 저변의 변화 욕구 때문이지만, 성리학이라는 철통 같은 국가 이념이 고증학이나 양명학과 같은 이설을 일절 허용하지 않았던 폐쇄성 탓도 크지 않을까? 『정감록』을 따르는 '도꾼'들과 초기 천주교의 집단의 활발한 인적 교류 가능성을 제시하고 있는 이번 책은, 후속작을 기대하게 만든다.

스스로 거세한 남자를 슬퍼하다

『유배지에서 보낸 편지』

정약용, 창작과비평사, 1991

28세 대문과에 급제했던 정약용(1762~1836년)은 정조의 총애를 받으며 관직의 요로를 두루 거쳤다. 그러나 둘째형 정약전과 셋째형 정약종이 나라에서 금한 천주학을 했던 죄로 각기 유배형과 참수형을 받았고, 바람막이가 되어 주었던 정조가 승하하자 그 자신도 강진으로 유배된다. 이 책은 40세부터 57세까지 무려 17년간 유배생활을 했던 다산이 그의 두 아들에게 보낸 편지를 중심으로, 다산 연구가 박석무가 엮은 서간집이다.

수십 년 만에 이 서간집을 다시 읽는 이 기회에, 나는 다산의 '폐족' 廢族 의식에 집중했다. 조선의 사대부는 '수기치인'修己治人이라는 서로 분리되지 않는 이중적인 삶의 목표가 있었다. 경학을 통해 수양을 닦고(수기), 배움으로써 세상에 봉사하는 것이다(치인). 이때, 과거는 수기를 마친 사람에게 치인의 자격을 부여하는 선별 형식이다. 덧붙이자면, 관직 생활(치인) 말고 경학을 공부한 사대부들이 할 수 있는 유일한 활동은 후학을 가르치는 일이다. 과거에 실패하거나 관직에서 물러난 사대부는 모두 고향으로 돌아가 후학을 길렀다.

말한 것처럼 정약용은 40세에 국사범이 되어 언제 풀려날지 모르는 유배길에 오른다. 거기서 그는 폐족이 되어버린 자신의 가문을 생각하면서, 두 아들의 장래를 노심초사한다. "이제 너희들은 망한 집안의 자손이다. 그러므로 더욱 잘 처신하여 본래보다 훌륭하게 된다면 이것이야말로 기특하고 좋은 일이 되지 않겠느냐? 폐족으로 잘 처신하는 방법은 오직 독서하는 한 가지 방법밖에 없다."

조선 시대엔 국사범이나 그 자식들에게 과거를 허용하지 않았다. 하므로 사대부 집안에서 과거 시험을 못 보게 되면, 저절로 폐족이 될 수밖에 없다. 『유배지에서 보낸 편지』를 보면 아버지 다산은 애끓는 마음으로 면학을 채근하지만, 두 아들은 애끓는 아버지의 뜻을 다 충족시키지 못했다. 물론 두 아들은 한다고 했으나, 워낙 뛰어난 아버지의 눈에 차지 못했던 것도 맞다. 하지만 폐족이라지 않은가? 과거를 보지 못하고 관직에 나갈 수 없다는데, 무슨 수기를 한다는 말인가? 다산이 두 아들을 걱정하며 질타하는 편지를 보면, 두 아들은 어렸을 때부터 사귀었던 사대부 집안의 친구나 대대로 관직에 나갔던 친가와 외가 친지들을 찾아다니며, 신세한탄을 하고 술을 얻어 마시는 잡객雜客이 되어 갔던 모양이다.

그런 두 아들을 염려하는 부정은 안타깝기 그지없다. 다산은 벼슬에 나갈 길이 끊긴 두 아들에게 온갖 방법으로 독서와 저술하기를 설득한다. ①나는 스무 살 무렵부터 과거 공부를 하고, 그 후로 규장각에서 10년간 글귀만을 다듬다보니 관에서 쓰는 관곽체館閣體가 박혀, 좋은 문장을 쓸 수 없게 됐다. 그런데 너희들은 "과거에 응시할 수 없게 되었으니 과거공부로 인한 그런 걱정은 안 해도 되겠구나. (…) 가문이 망해 버린 것 때문에 오히려 더 좋은 처지를 이룩할 수 있다는 게 바로 이런 것이 아니겠느냐" "비록 벼슬길은 막혔다 하더라도 성인聖人이 되는 일이야 꺼릴 것이 없지 않느냐". ②너희들이 공부를 하여 내 책을 정리해 놓지 않으면, "후세 사람들은 단지 사헌부의 계문啓文과 옥안獄案만 믿고서 나를 평가할 것이 아니냐. 그렇게 되면 나는 어떤 사람 취급을 받겠느냐?" "너희들이 독서하는 것은 내 목숨을 살려 주는 것이다." ③"평민으로 배우지 않으면 못난 사람이 되고 말지만 폐족으로 배우지 않는다면 마침내 도리에 어긋지고 비천하고 더러운 신분으로 타락"하게 된다. 그러면 벼슬길에 못나가는 게 아니라, 아예 집안이 영영 끝장난다.

굳이 설명을 달자면, ①벼슬길이 막혀도 성인의 길은 열려 있다는 것을 강조하면서 두 아들에게 공부의 또 다른 목표를 제시하고 있고, ②두 아들이 학문을 지속한다면 후세에 이르러 아버지의 명예가 구명될 것이고, 그러지 못하면 더러운 이름만 남게 될 것이라는 애소 띈 회유다. 또 ③두 아들이 천덕꾸러기가 될까봐 걱정하는 부모의 걱정과 함께, 가문의 중흥 방안은 독서밖에 없다고 강조한다. 풋나물을 먹더라도 독서를 게을리 하지 않으면 "폐족이라 하더라도 안목 있는 사람들이 부러워할 거고 이렇게 한두 해의 세월이 흐르다보면 반드시 중흥中興의 여망이 비치게 될 것"이라는 게 다산의 생각이었다.

다산의 두 아들인 학연과 학유는 유배지에 있는 아버지가 매번 "이제라도 용맹스럽게 뜻을 세워 분연히 향학열을 돋운다면 서른이 넘기 전에 응당 대학자로서의 이름을 얻을 것이다"라고 쓴 편지를 받고 무슨 생각을 했을까?

일제 강점기의 한학자이자 역사학자였던 정인보는 다산을 가리켜 "한자가 생긴 이래 가장 많은 저술을 남긴 대학자"라는 칭송을 바쳤다. 실제로는 800만 자를 쓴 명말청초의 철학자요 역사가인 왕부지가 500만 자를 쓴 다산을 압도하지만, 다산의 모든 저작은 유배지라는 열악한 환경과 마음의 괴로움 속에서 쓴 것이다. 그런데 그 초인적인 노력이 한글로 이루어지지 않았다는 것은, 실학을 설명할 때 무척 안타까운 일이다. 아울러 다산학茶山學이라고 불리는 다산 연구가 정약용의 폐족 의식을 어떻게 평가하고 있는지 나는 모르지만, 두 아들에게 독서 이외의 다른 살길을 찾아보라고 길을 터주지 못한 것도 실학을 좀 더 냉정하게 평가하도록 만든다.

실학은 다산의 저 엄청난 한문 저작이 웅변하고, 오로지 경학을 통해서만 수기치인에 다가갈 수 있다는 믿음이 보여주듯이, 조선조 질서 속에 한계 지워진 것이었다. 다만, 다산의 빼어난 시들을 보면 탐관오리에 대한 서슬과 학정을 당하는 백성에 대한 긍휼이 드러나는데, 다산의 그런 민중성이 "무릇 저서하는 법은 경전經傳에 대한 저서를 제일 우선"해야 한다는 제1원칙과 서로 배치되지 않았다는 점이 다산의 위대한 수기치인이다.

사족이다. 『유배지에서 보낸 편지』를 읽으며, 내가 다시 읽은 다산 시선은 저 오래된 창작과비평사 판 『다산시선』(1990)이 아니라, 최지녀가 편역한 『다산의 풍경』(돌베개,2008)이다. 이 판본에서 다산의 절창 가운데 하나였던 「애절양」哀切陽은 「스스로 거세한 남자를 슬퍼함」이란 우리말로 깔끔히 번역되었다.

독서일기

지성인이라면 거의 본능적으로 소설을 피한다

나는 서평가다

『코끼리를 쏘다』

조지 오웰, 실천문학사, 2003

조지 오웰은 소설가로 유명하지만 마흔일곱 살이라는 많지 않은 나이로 타계하기까지, 많은 양의 에세이와 서평을 썼다. 이 책은 생전에 다 출간되지 못했을 만큼 많은 그의 에세이 가운데 일부를 가려 뽑은 선집이다.

편역자는 이 선집을 다섯 개 부로 나누었는데, 2부와 5부는 문학을 주제로 한 글들을 모았다. 이 가운데 「소설의 옹호」라는 에세이는 흥미로운 글이 아닐 수 없는데, 우선 제목과 내용이 온전히 합치되지 않기 때문이다. 「소설의 옹호」라는 제목을 역자가 의역했을 가능성을 염두에 두더라도, 묘한 것을 발견한 우리의 흥미는 줄어들지 않는다. 이 에세이의 서두는 아래와 같이 시작한다.

> 요즈음 소설의 위상은 극도로 낮아져 "나는 결코 소설을 읽지 않는다는 말이 10여 년 전에는 변명하는 말로 들렸지만, 요즈음에는 의도적으로 자랑이라도 하듯 말해진다는 사실은 굳이 지적할 필요조차 없다.

이 에세이를 다 읽어보면, 역자가 제목을 의역했을 가능성은 거의 '제로'다. 그렇다면 이어지는 내용은 제목이 가리키는 임무에 따라 '나는 결코 소설 따위는 읽지 않아'라는 사람들을 설득하거나, 낮아진 소설의 위상을 변호하는 것이어야 할 것이다. 그래야 한다는 것은 오웰 자신도 알고 있다.

> 어쨌든 나는 소설의 가치를 높일 필요가 있고, 그러기 위해서는 지식층 사람들이 소설을 진지하게 받아들이도록 설득해야 한다고 생각한다. 그러면 소설의 위상을 떨어뜨린 중요한 원인 중 하나—내 생각으로는 '주된 원인'—를 분석해 보자.

이제 우리는 잔뜩 기대하지 않겠는가? 소설의 위상을 떨어뜨린 주된 원인이 무엇인지에 대해? 그런데 앞의 인용에 이어지는 다음의 문단을 보면, 부풀었던 기대가 맥없이 꺼지고 만다.

> 분별 있는 사람을 찾아가 '왜 절대 소설을 읽지 않는가?'라고 물어보라. 그러면 그 이유가 광고 목적으로 고용된 삼류 서평가들이 써놓은 형편없는 단평 때문이라는 것을 알게 될 것이다.

이 글이 처음 발표되었을 것으로 추측되는 1940년대에, 작금의 우리나라에서만 그런 게 아니라 영국에서도 "만일 당신이 이 책을 읽고 비명을 지르지 않는다면, 당신의 영혼은 죽은 것이다"와 같은 '광고성 서평'이 횡행했던 모양이다. 그러나 이런 '주례사 서평' 탓에 소설 독자가 떨어져 나가고 소설의 위상이 떨어졌다고 진단하는 것은 무리다. 만약 오웰의 판단이 옳다면, 소설 독자를 다시 불러 모으고 소설의 위상을 바로 세우는 것도 그렇게 어려운 일은 아닐 테니까.

오웰은 스물일곱 살부터 죽기까지 서평쓰기를 멈추지 않았다. 그 일은 젊은 오웰의 생계이자 작가 수업의 일환이었고, 훗날 『동물농장』으로 생전 처음 풍족한 생활을 하게 되었을 때도 스스로 즐겼던 일이다. 그러므로 그에게 나름의 '서평관'書評觀이 있었을 것이라고 간주하는 것은 당연한데, 제목이야 어쨌든 아직 다른 글을 발견하지 못한 나로서는 잘못된 전제로 시작하는 서두만 뺀다면, 이 글이 충분히 오웰의 서평관이 될 수 있다고 생각한다.

오웰은 서평가를 출판사에 고용된 '아부꾼' 내지 '매춘부'로 본다. 왜냐하면 악평을 늘어놓는 서평가를 출판사는 좋아하지 않기 때문이다. 그러다보니, 서평자는 일거리를 놓치지 않기 위해 의도적으로 짜 맞춘 광고문을 쓰게 된다(영국의 서평 관행은 우리나라와 좀 다른 모양이다. 우리나라는 매체가 서평자를 선정하는 데 반해, 영국은 출판사가 서평자를 매체에 소개하는 식).

출판사나 출판사와 연계된 매체가 서평가의 밥줄을 쥐고 있다면, 해결책은 무엇일까? 가장 좋은 방법은 출판사와 매체로부터 자유로운 다른 장을 만드는 것이다. 하지만 그걸 하자고 나설 서평자를 찾기란 쉽지 않다. 대신 오웰은 몇 가지 해결책을 든다. 하나, 서평가들이 서로 찬사를 자제할 것. 그렇지 않으면 끝없는 수사의 사다리로 내몰리게 되어, 마지막에는 아무 쓰레기에나 대고 광적인 찬사를 터뜨리게 된다. 둘, 잡지는 많은 소설을 서평 대상으로 삼으려 하지 말고, 1년에 12권 정도만 다룰 것. 그러면 선정 과정에서부터 옥석이 가려진다. 셋, 출판사나 매체에 오염된 직업 서평가보다 차라리 아마추어 서평가를 쓸 것. 오웰의 해법은 이렇듯 순진 소박하지만, 이런 제언조차 우리나라 문학계나 서평가에게는 버겁기 짝이 없다.

앞서 말했던 것처럼, 나는 삼류 서평이 소설의 위상과 독자를 떨어뜨리는 주된 원인이라는 오웰의 진단에는 동의하지 않는다. 하지만 "'치킨'하면 '튀김가루'가 자동적으로 생각나듯, '소설'이라는 용어를 생각하면 '삼류 단평'"이 머리에 떠오르는 한, "지성인은 거의 본능적으로 소설을 피한다"고 말하는 오웰의 일침에는 동감한다.

사족이다. 『나는 왜 쓰는가』라는 오웰의 에세이집에 「소설의 옹호」와 거의 흡사한 「어느 서평자의 고백」이 들어 있다. 그의 신랄한 어투를 흉내 내자면, 한마디로 '서평자란 서평을 쓰는 동안 도덕성이 마비되는 사람'. 오웰은 제대로 된 서평이 작성되기 위한 조건으로 최소한 분량이 확보되어야 한다고 말하는데, 나도 거기에 동의한다. 서평자가 서평을 의뢰받은 책이 말하고자 주제에 정통하다고 간주했을 때, 적어도 200자 원고지 기준으로 15매는 주어져야 한다. 다시 오웰의 표현을 빌리자면, 책 뒤에 들어가는 원고지 1~2매 분량의 추천글은 다 '날조'고 본질적으로 '사기'다.

밑바닥으로 내려간 작가

『위건부두로 가는 길』

조지 오웰, 한겨레출판, 2010

『나는 왜 쓰는가』

조지 오웰, 한겨레출판, 2010

큰 의미는 없지만, 작년은 오웰이 마흔여섯이라는 한창 나이에 세상을 떠난 지 60주기가 되는 해였다. 그래서 아직까지 한 번도 번역이 되지 않았던 르뽀 『위건부두로 가는 길』과 에세이 선집 『나는 왜 쓰는가』가 나란히 출간 되었다. 오웰은 『1984년』과 『동물농장』이 워낙 유명해서 우리들에게는 소설가로만 각인되지만, 그는 당대의 가장 훌륭한 에세이 작가였으면서 위대한 영국의 마지막 에세이스트로 평가받는다. 또 그의 스페인 내전 참전기인 『카탈로니아 찬가』(민음사, 2001)는 에드가 스노우의 『중국의 붉은 별』(두레, 1995), 존 리드의 『세계를 뒤흔든 열흘』(책갈피, 2005)과 함께 보고문학의 3대 걸작으로 손꼽힌다. 나는 여기에 김수영 시인이 질투로 극찬했던 찰스 라이트 밀스의 『들어라 양키들아』(아침, 1988)를 더하고 싶다.

이번 독후감의 대상이 되는 『위건부두로 가는 길』은 1936년 오웰이 '레프트 북클럽'이라는 좌익 출판문화 단체로부터 영국 북부 탄광 지대에 대한 르뽀 집필 의뢰를 받아, 서른셋에 쓴 르뽀다. 오웰은 청탁을 받고 냉큼 탄광 지대로 달려갔는데, 그에게는 남다른 보고문학적인 감각과 아울러 현장에 대한 친화력이 있었다. 앞서 언급했던 『카탈로니아 찬가』도 그랬거니와, 그의 여러 에세이들은 유랑노동자들과 호프 열매를 땄던 경험이나 구빈원과 유치장 체험을 즐겨 다루고 있다. 이처럼 하층민이 있는 밑바닥으로 달려가기를 마다하지 않았던 때문일까? 그와 이튼 칼리지를 함께 다녔던 학우들은 오웰을 가리켜 "우리가 만난 사람들 중에 신에 가장 근접한 사람"(폴 존슨, 『위대하거나 사기꾼이거나』, 이마고, 2010, 221쪽)이었다고 하며, "성인의 자질"이 있었다고도 한다.

오웰이 어떤 현장을 즐겨 찾았고 그 현장을 통해 말하고자 한 게 무엇인지를 아는 것은 오웰을 파악하는 데 매우 중요하다. 그러기 위해서는 오웰의 약력을 잠시 살펴봐야 한다. 그의 외할아버지와 아버지는 대영제국의 인도 식민지를 관리하는 식민 관료였고, 그는 아버지의 근무지인 인도에서 태어났다. 이후 교육열이 높은 어머니를 따라 영국으로 귀국한 그는 왕실 장학생으로 상류층 명문인 이튼 칼리지에 다녔으나 졸업 성적이 좋지 않아 대학 진학에는 실패했다. 대신 인도 제국경찰에 지원하여, 5년간 버마에서 경찰 간부 생활을 한다. 그때 나이가 19~24세.

식민지 경찰은 물론이고 식민주의 전반에 대한 염증을 오웰은 「코끼리를 쏘다」라는 에세이에서 뛰어나게 기술했는데, 그는 제국주의의 충견 노릇을 하는 자신의 양심을 무마하지 못하고 결국 사표를 낸다. 그러고 나서 속죄의 의미로 3년간 부랑자 생활을 시작했다. 그 경험이 자전소설 또는 수기로도 분류되는 『파리와 런던의 밑바닥 생활』(삼우반, 2003)로 정리되었으니, 오웰의 첫 책이다. 『위건부두로 가는 길』의 한 귀퉁이에는 그가 대우 좋은 식민지 경찰 간부직을 팽개친 심경이 꽤 자세하게 피력되어 있다.

> 나는 5년 동안 압제의 일원으로 복무했고, 그만큼 양심의 가책이 컸다. 잊히지 않는 숱한 얼굴들 때문에 얼마나 시달렸는지 모른다. (…) 내가 느낀 죄책감은 너무 엄청나서 속죄를 하지 않고서는 벗어날 수 없을 것 같았다. 과장처럼 들릴지도 모른다. 하지만 스스로 도저히 인정할 수 없는 일을 5년 동안이나 해본 사람이라면 누구나 비슷하게 느낄 것이다. 번민 끝에 결국 얻은 결론은 모든 피압제자는 언제나 옳으며 모든 압제자는 언제나 그르다는 단순한 이론이다. 잘못된

이론일지 모르나 압제자가 되어본 사람으로 얻을 수밖에 없는 자연스러운 결론이었다. 나는 내 자신이 단순히 제국주의에서 벗어나는 것뿐만 아니라 인간에 대한 모든 형태의 지배에서 벗어나야 한다고 느꼈다.(200~201쪽)

제국주의의 하수인 시절을 속죄하고자 3년간의 부랑자 생활을 하는 동안 그는 버마가 아닌 자기 나라 안에, 버마인과 같은 '내부 식민지'가 있다는 사실을 알게 된다.

내 마음이 영국의 노동자 계급에게로 향한 것은 이런 맥락에서였다. 내가 노동 계급을 제대로 인식하게 된 것은 그때가 처음이었고, 무엇보다 그들에게서 유사성을 발견하기가 쉬웠기 때문이다. 그들은 불의에 당하는 상징적 희생자였으며 버마에서 버마인들이 하는 역할을 영국에서 하고 있었던 것이다. 버마에서는 문제가 비교적 단순했다. 백인이 위에 있고 유색인은 밑에 있기 때문에, 당연히 유색인에게 동정심을 느낄 수 있었다. 그러다 영국에 와보니 압제와 착취를 찾아보기 위해 버마까지 갈 필요가 없다는 것을 깨달았다. 바로 영국에, 바로 자기 발밑에, 다르긴 해도 어느 동양인 못지않게 비참한 생활을 하는 밑바닥 노동 계급이 있었던 것이다.(201쪽)

오웰이 있고자 한 곳은 피압제자와 노동계급의 곁이었다. 그런데 이런 현장에 대한 친화력은 그냥 생긴 게 아니다. 오웰 스스로가 실토하고 있는 바, 부랑 생활을 통해 "'하류 가운데 최하류' 사이에, 서구 세계의 밑바닥"에 있게 되기 이전에 그는 "노동 계급의 처지에 대해 아는 게 전혀 없었고, 실업에 대한 통계를 본 적은 있었으나 그게 무엇을 뜻하는지 알지 못했기" 때문이다. 제국주의에 대한 깊은 반성과 속죄의 부랑 생활을 하면서 최하층 계급과 뒹굴기 이전에 그런 것들은 "내 경험 밖에 있는 일"이었다.

오웰이 속한 계급은 상류 중산층 가운데 하급이라고 하지만, 실제로는 밑바닥에 가까웠다고 한다. 그럼에도 불구하고 그는 한 번도 자신이 영국 계급 체계 속에서 하위에 속한다는 것을 바로 보지 못했다고 말한다. 까닭은 계급 체계를 돈만으로는 다 설명할 수 없었기 때문이다.

> 유감스럽게도 계급 차별이 없어지기를 바라는 것만으로는 아무 진전이 있을 수 없다. (…) 직시해야 할 사실은, 계급 차별을 철폐한다는 것은 자신의 일부를 포기하는 것을 뜻한다는 점이다. 여기 중산층의 전형적인 일원인 내가 있다. 내가 계급 차별을 없애기를 바란다고 말하는 것은 쉬운 일이다. 하지만 내가 생각하고 행하는 거의 모든 것은 계급 차별의 산물이다. 나의 모든 관념은(선악에 대한, 유쾌와 불쾌에 대한, 경박과 경건에 대한, 미추에 대한) 어쩔 수 없이 '중산층'의 관념이다. 책과 옷과 음식에 대한 나의 취향, 명예에 대한 나의 감각, 나의 염치, 나의 식사예절, 나의 어투, 나의 억양, 심지어 나의 독특한 몸동작도 전부 특정한 훈육의 산물이며, 사회 위계의 윗부분에 있는 특정한 지위의 산물이다. 그런 사실을 이해할 때, 나는 프롤레타리아의 등을 두드려주며 그가 나와 다를 바 없는 사람이라고 말해봐야 아무 소용이 없다는 걸 이해하게 된다.(217쪽)

사회적 계층과 경제적 계층이 정확히 일치하지 않기 때문에, "중산층 가운데 상당수가 서서히 프롤레타리아로 변해가고" 있음에도 불구하고, 그들은 스스로를 프롤레타리아라고 여기지 않는다. "경제적으로는 노동 계급에 속하지만 내 자신을 부르주아의 일원이 아닌 다른 무엇으로 여긴다는 것은 거의 불가능한 일"일 뿐만 아니라, "중산층인 사람이 몰락하여 최악의 빈곤층으로 떨어진다 해도 노동 계급에 대한 매몰찬 감정은 그대로 남아"있다. 이런 사람들은 끝내 자신이 노동 계층이라는 것을 수용하기보다 "쉽사리 파시스트 정당에 동조"하는 편을 택한다.

이 책은 1937년 스페인 내전이 한창이고, 연이어 벌어질 제2차 세계대전을 목전에 두고 출간됐다. 하지만 중산층의 계급적 위선은 우리 시대에도 그대로 들어맞으며, 경제적 양극화의 밑변으로 굴러 떨어지면서 정치적으로는 도리어 보수화되는 중산층의 역설을 꿰뚫어 보여 준다.

『위건부두로 가는 길』은 내용이나 주제가 전혀 달라 보이는 두 개의 부로 구성되어 있다. 1부가 탄광 지역에 대한 사실적인 보고문이라면, 2부는 애초에 오웰이 맡았던 임무와 전혀 다른 내용과 주제를 담고 있다. 사회주의 진영에서 논란이 되었던 2부에서 오웰은 "계급이라는 지독히 까다로운 문제"를 규명해 보겠다면서, 사회주의자들이 육체노동을 이상시 하는 경향 탓에 실제로는 광부나 부두 노동자보다 더 열악한 수많은 사무원과 점원들이 자신을 프롤레타리아라고 생각하지 못하게 만들었다고 비판한다.

> 아무튼 프롤레타리아는 육체노동자뿐인 듯 대하는 잘못된 습성은 버려야 한다. 사무원, 엔지니어, 출장 판매원, '영락한' 중산층, 마을 식품점 주인, 하급 공무원, 그 밖의 온갖 애매한 사람들에게 바로 그들 '자신'이 프롤레타리아란 사실을, 그리고 사회주의란 건설 인부나 농장인부 만큼이나 그들에게도 바람직한 체제라는 사실을 납득시켜야 한다.(305쪽)

방금 인용한 윗 대목은, 육체노동자와 사무직 혹은 자영업자 사이의 계급적 구분이 거의 뭉개지고 만 오늘날, 사회주의 운동가들의 절실한 전략 사항이 된 지 오래다.

또한 이 책의 2부는 프롤레타리아의 친구인 척하지만 마음속으로는 노동 계급을 경멸하는 지식인 사회주의자들의 이중적 행태를 고발하고 있다. 이들은 일상어와 동떨어진 전문용어나 정·반·합이라는 트릭, 그리고 정통(소비에트)을 내세우면서, 토요일 밤 아무 선술집에서나 마주칠 수 있는 노동자에 대해서는 관심이 없다는 것이다. 지식인 사회주의자들은 삶에 대한 상류층적, 중산층적 태도를 완전히 버리거나 나를 철저히 변화시키기보다 "책으로 단련된 사회주의자"에 지나지 않기 때문이다. 소위 우리나라의 '강단' 사회주의자들은 이 대목이 뜨끔할 것이다.

사족이다. 경멸해 마지않는 '지식인 파파라치'이면서 피노체트를 추앙하는 똥 덩어리 폴 존슨과 박홍규는 도저히 한 문단속에 이름을 거론할 수 없는 물과 기름 같은 저자들이다. 그런데 폴 존슨의 기념비적인 쓰레기 『지식인들』(한언, 1993)과 박홍규의 『조지 오웰』(이학사, 2003)에 나오는 한 구절은 조지 오웰의 복잡성에 대해 한목소리를 낸다.

> 1950년, 오웰이 세상을 떠날 당시 그의 궁극적인 정치적 입장이 불분명해서 막연히 좌익 지식인으로 간주되었다. 그의 명성이 높아짐에 따라 우익과 좌익은 오웰이 충성을 맹세한 이데올로기는 자기네 진영이라고 서로 우겼고 지금도 이 같은 다툼이 계속되고 있다.(『지식인들』하권, 254~255쪽)
>
> 오웰은 복잡하다. 그 복잡성은 그에 대한 다양한 신자를 낳는다. 우익도 있고 좌익도 있다. 노동자도 있고 지식인도 있다. 그러나 오웰은 어느 편도 아니었다. 우익은 물론 좌익도 아니었다.(『조지 오웰』, 54쪽)

두 사람의 말이 그럴듯하다는 것은, 25명의 현역 작가들이 자신이 좋아하는 작고 작가나 문학 작품 속의 인물과 가상의 인터뷰를 펼쳤던 『문학의 전설과 마주하다』(중앙북스, 2010)에 실린 복거일과 오웰의 가상 인터뷰가 증빙해준다. 악취를 풍기기로는 폴 존슨과 거의 막상막하라고 할 수 있는 복거일은 그 가상 인터뷰에서 한사코 공산주의와 전체주의를 성토하고, 민중주의와 민족주의를 경계하며 온갖 이념을 의심하는 자유주의 지식인으로 오웰을 각색해놓았다. 하지만 "빈곤이 무엇인지 아는 사람이라면, 압제와 전쟁을 진정으로 혐오하는 사람이라면 누구나 잠재적으로 사회주의 편"이라고 말했던 오웰의 사상적 좌표를 왈가왈부하는 것보다 불필요한 시간 낭비는 없을 것이다.

문학이란 이렇게 하는 거요

『칠레의 밤』

로베르토 볼라뇨, 열린책들, 2010

2010년 노벨문학상은 페루 작가 바르가스 요사에게 돌아갔다. 하지만 작년에 우리나라 독자들이 발견한 외국 작가는 단연 칠레 작가 로베르토 볼라뇨다. 지도를 보면 페루와 칠레는 국경 한 모서리를 겨우 맞대고 있는데, '라틴아메리카 문학'이란 관점에서 보면 사정은 그와 다르다. 브라질을 제외한 라틴아메리카는 거의 에스파냐어를 공용어로 삼고 있어, 통째 하나의 문학권인 것이다. 이 흥미로운 사항이 지닌 장점에 대해서는, 볼라뇨의 『칠레의 밤』에 대해 다 쓰고 나서 재론해 보겠다.

『칠레의 밤』은 주인공 이바카체의 자서전이다. 그러므로 "나는 지금 죽어 가고 있건만 아직도 하고픈 말이 너무도 많다. 내 자신과는 평화롭게 지냈는데. 그저 묵묵히 평화를 누렸건만. 그런데 느닷없이 이 일 저 일 떠올랐다"는 서두로 소설이 시작되는 것은, 자서전 형식으로서는 자연스럽고 꾸밈없는 시작이다. 그렇기는 하지만, 우리는 이바카체의 저 말을 온전히 믿지 못한다. 무릇 자서전이란 자신의 실체를 드러내기보다는, 당사자가 일생동안 추구했던 꿈(염원)을 적는다. 하므로 제대로 된 자서전은 그 염원에 다가가지 못했던 실패의 기록이며, 나쁘게는 변명으로 점철된다. 게다가 이 소설과 함께 읽었던 『부적』(열린책들, 2010)의 여주인공이 "역사는 짧은 공포물 같다"고 했던 말을 상기해보라. 공포시대에 혼자 평화를 누리려는 사람은, 영혼을 팔거나 적어도 타협하지 않으면 안 된다.

세바스티안 우루티아 라크루아가 본명이었던 이바카체의 이 자서전은 그가 신학교에서 사제 서품을 마친 50년대 후반부터, 아옌데의 집권(1970

년), 피노체트의 쿠데타(1973년)와 이어진 17년간의 독재, 그리고 피노체트의 실권(1991년)과 과거사 정리에 이르는 칠레의 현대사를 망라한다. 이바카체는 신학교를 갓 졸업한 직후, 칠레 제일의 문학 비평가이자 네루다의 친구였던 페어웰을 만나게 된다(두 사람은 정치적 이유로 곧 결별하게 된다). "장갑을 낀 것처럼 자신의 생각에 찰싹 달라붙는 정확한 표현"을 쓰는 노 비평가에게 반한 그는, 즉흥적으로 문학 비평가와 시인이 되기를 원한다. 당대의 '문학권력'인 페어웰은 남색에 대한 은밀한 욕망을 품은 채 풋내기 문사 이바카체를 지원한다.

바티칸의 보수적인 사제 단체 오푸스 데이의 회원이기도 한 이바카체는 칠레 문학을 명쾌하게 밝히려는 이성적이고도 합리적인 노력, 해안가를 밝히는 등대처럼 겸허하고 화합적인 어조, 시민적 가치와 문명화에 대한 옹호를 자신의 글에 쏟아부었다(고 자평한다). 비록 시인으로서는 실패했지만, 비평가로서 그의 경력은 순조로웠다. 그의 이름은 신문의 서평란을 장식하게 되고, 좌우파 가리지 않고 작가들이 자신의 책에 서문을 써주기를 바라는 유명 비평가가 된다. 그는 자랑스럽게 회고한다. "1950년대 소설가들 모두에 대한 비평"을 썼노라고!

비평과 시 쓰기에 권태를 느끼던 그에게, 오데임(Odeim, 공포를 뜻하는 miedo를 거꾸로 한 작명)과 오이도(Oido, 증오를 뜻하는 odio를 거꾸로 한 작명)라는 낯선 방문객이 찾아온다. 각종 권력자들의 수상쩍은 임무를 대리하는 이들은 이바카체에게 대리석으로 된 성당 건물을 똥으로 부식시키는 비둘기를 처치하는 방법을 연구하라면서, 그를 유럽으로 보낸다. 연구 결과 이탈리아·독일·프랑스·스페인의 모든 성당에서는 비둘기를 퇴치하기 위해 매를 기르는 신부가 있었고, 이바카체는 성당 건물을 보호하기 위해 '매의 이용'을 권장하는 보고서를 쓴다. 『칠레의 밤』에 대한 서평을 남긴 외국인들 평자들은 이 일화의 상징성을 눈여겨보지 않고, 그저 볼라뇨의 눈부신 상상력 정도로 치부한다. 하지만 이 일화는 작품의 주제와 밀접한 상관이 있다.

1년 넘는 유럽 생활 끝에 고국으로 돌아 왔을 때, 칠레엔 선거철이 왔고, 아옌데가 승리했다. 세계 최초로 선거를 통한 사회주의 정권이 수립된 것이다. 이바카체는 수도 산티아고를 바라보며 "칠레, 칠레, 너는 어찌 이리도 많이 변해버릴 수 있는가?"라고 한탄하며 자신이 사랑하던 나라가 "아무도 알아보지 못할 괴물"로 변했다고 생각한다. 그리고 그날부터 서재에 틀어박혀 그리스 작가들을 다시 읽기 시작한다. 호메로스·사포·헤시오도스·탈레스·아이스킬로스·소포클레스 등, 볼라뇨는 이바카체가 숱한 그리스의 저작을 읽는 사이사이에 아옌데 정부를 전복하려는 우파 군대와 다국적 기업의 공세를 몽타쥬로 끼워 넣었다. 이윽고 이바카체가 아리스토텔레스와 플라톤을 읽기 시작했을 즈음, 피노체트의 군사 쿠데타가 일어나고 아옌데는 쿠데타군의 전투기로 폭격을 당한 대통령궁에서 자살한다.

> 모든 것이 끝났다. 그때 나는 읽고 있던 페이지에 손가락을 대고 평온한 상태로 생각했다. 참 평화롭군. 나는 일어나 창밖으로 몸을 내밀었다. 정말 조용하군. 하늘은 파랬다. 여기저기 구름이 표식을 해 놓은 그윽하고 깨끗한 하늘이었다. 멀리 헬리콥터 한 대가 보였다. 창문을 열어 둔 채 무릎을 꿇고 기도했다. 칠레를 위해, 모든 칠레인을 위해, 죽은 자들을 위해, 산 자들을 위해. 그리고 페어웰에게 전화를 걸었다. 기분이 어떠신지요?, 내가 물었다. 춤이라도 추고 싶을 정도네. 그가 답했다.(99~101쪽)

쿠데타에 성공한 피노체트의 군부 정권은 칠레 전역에서 좌파를 솎아냈다. 피노체트가 집권한 직후, 수천에서 수만에 이르는 사람들이 이때 처형되거나 납치되어 행방불명되었다. 하지만 이바카체는 평온을 찾았고, 또한 번 오데임과 오이도의 방문을 받는다. 그들이 그에게 맡기려는 임무는 조국을 위한 봉사며, 그가 무덤 속까지 가져가야 할 비밀이다.

그렇게도 미묘한 일이 무엇입니까?, 내가 말했다. 그저 몇 시간 마르크스주의 강의를 하는 일입니다. 우리 모든 칠레인이 크게 신세를 진 몇몇 신사분이 마르크스주의가 무엇인지 알 수 있을 정도면 됩니다, 오데임 씨가 머리를 바싹 들이대고 하수도에서나 날 법한 연기를 내 코에 뿜어 대며 말했다. 미간을 찌푸릴 수밖에 없었다. 내 불쾌한 기색에 오데임 씨는 미소를 지었다. 머리 싸매지 마시죠, 수강자가 누구인지 결코 알아맞힐 수 없을 테니까요, 그가 말했다. 제안을 받아들이면 언제 수업이 시작됩니까? 사실 지금 일이 엄청 쌓여 있거든요. 내가 말했다. 어리석은 소리 하지 마십시오, 거절할 수 있는 일이 아니니까요, 오이도 씨가 말했다. 거절하고 싶은 생각이 들지 않는 일이죠, 오데임 씨가 조정자 역할을 하듯 말했다. 나는 위험이 지나갔으니 이제 세게 나갈 때라고 생각하고 물었다. 학생들이 누구죠? 피노체트 장군입니다, 오이도 씨가 말했다. 나는 숨을 들이마셨다. 또 누가 더 있죠?, 내가 물었다. 당연히 라이 장군, 메리노 해군 사령관, 멘도사 장군이지 누구겠습니까?(106~107쪽)

이 일화는 실제다. 피노체트는 사회주의자들의 최종 목표와 자신의 최종 목표를 견줘보기 위해, 쿠데타 직후 동료들과 함께 마르크스주의 기초를 공부했다고 한다. 실존했던 사제이자 우파 문학 비평가였던 호세 미겔 이바네스 랑글루아를 모델로 삼은 작중의 이바카체는, 일주일에 한 번씩 쿠데타 주역들에게 중요한 마르크스주의 저작과 사상가에 대해 강의를 하면서, 자신의 불운을 슬퍼하며 울었다. 산티아고에 이 소문이 퍼지면 비평가로서의 자신의 평판은 산산조각나지 않을까? 하지만 모든 동료들이 그 사실을 알게 되었지만 누구도 그를 비난하거나 거부하지 않았고, 페어웰은 노골적으로 그를 질투까지 했다. 이바카체는 자신을 찾았다. “이 땅에 거주하는 사람들은 그저 아련한 햇빛과 번개와 연기가 어렴풋이 보일 뿐인 미지의 잿빛

지평선을 향해 묵묵히 가고 있는 중이었다. (…) 그래서 내 마르크스주의 입문 강의는 아무런 반향이 없는 게 당연했다. 조만간 모두가 권력을 다시 공유하게 될 참이었으니까. 우익, 중도, 좌익 모두가 한통속이니까."(123~124쪽)

열 번의 강의를 끝마친 이바카체는 다시 비평가 자리로 돌아와 부지런히 신문에 서평과 평론을 썼다. "아무도 내게 뭐라고 하지 않았다. 그 철권통치와 침묵의 시절 오히려 많은 사람이 서평과 평론을 끈질기게 계속 발표하는 나를 예찬했다. 많은 사람들이 내 시를 칭송했고! 여러 사람이 내게 접근해 부탁을 했어! 나는 추천, 칠레식 호의, 소소한 경력 포장 등을 남발했고, 덕을 본 사람들은 내게 영원한 구원을 얻은 듯 감사했어."(124쪽) 그 공포물 같던 시기에 그가 공들여 쓴 것은 "그리스인과 로마인, 프로방스인, 돌체·스틸·노보(12세기 중엽에 활동한 시칠리아풍의 시인들)로 된 작품들을, 스페인과 프랑스와 영국의 고전을 읽으라고, 휘트먼과 파운드와 엘리엇, 네루다와 보르헤스와 바예호, 위고를 읽으라고, 제발 톨스토이를 읽으라고, 더 많은 문화!, 더 많은 문화! 하고 소리 높이 요구하고 심지어 애걸하는 평론들이었다."(127쪽)

『칠레의 밤』은 몇 개의 일화 단위로 나눌 수 있는데, 마지막 일화가 3류 소설가인 마리아 카날레스의 저택에서 벌어진 일이다. 작가와 예술가들은 쿠데타 이후에도 살롱을 열었는데, 그 가운데 인기 있던 모임은 일주일에 한두 번씩 마리아 카날레스의 집에서 벌어지는 파티였다. 마리아 카날레스의 미국인 남편은 어느 미국 기업의 칠레 지사장이었는데, 칠레의 예술인들은 쾌적하고 인심 좋은 그들의 교외 저택에서 벌어진 파티를 한껏 즐겼다. 그러던 어느 날, 파티에 온 손님 가운데 한 사람이 화장실을 찾아 나섰다가 저택 안에서 길을 잃었다(길을 잃었다는 이 손님의 성별과 직업은 소문마다 다르다. 극작가 혹은 배우라고도 하고, 전위 연극 이론가라고도 한다).

그 사람은 복도 여러 개를 지나고, 이 방 저 방의 문을 열어 보고 (…)

마침내 다른 복도보다 좁은 복도에 접어들어 마지막 문을 열었다. 철제 침대 같은 것이 보였다. 불을 켰다. 침대 위에는 손발이 묶인 벌거벗은 남자가 있었다. 그 남자는 잠들어 있는 것 같았지만, 붕대로 눈을 가려 놓았기 때문에 확인 가능한 이야기는 아니다. 술이 확 깬 그 길 잃은 남자 혹은 여자는 방문을 닫고, 왔던 길을 조심스럽게 되돌아갔다. 응접실에 도달했을 때 그 사람은 위스키를 한 잔 또 한 잔 청했을 뿐 아무 말도 하지 않았다.(144쪽)

마리아 카날레스의 미국인 남편 지미 톰슨은 CIA와 칠레 국가 정보국을 위해 일하는 핵심 인사로, 그는 자신의 교외 저택을 심문 장소로 이용했다. 그는 이곳에서 피의자들을 심문하고 비밀 구치소로 보냈다. 이 일화 역시 피노체트 일당에게 마르크스주의 입문을 강의했다던 미겔 이바네스 랑글루아의 일처럼 실제다. 지미 톰슨은 CIA와 칠레 국가 정보국을 위해 일했던 미국인 마이클 타운리였고, 마리아 카날레스는 산티아고에 본부가 있는 유엔 산하 라틴아메리카 경제위원회의 직원이었다고 한다. 이 부부의 집 지하에서 피의자들은 고문을 받고 숨졌으며, 피의자들이 고문을 당할 때 칠레의 예술인들은 그 위에서 파티를 벌였다.

훗날 피노체트가 실권하자 파티의 단골 출입자들은 모두들 그 사실을 부정했고, 마리아 카날레스를 전혀 모르는 사람이라며 시침 뗐다. 우리의 주인공 이바카체는 만약 자신이 그날 저택에서 길을 잃고 '고문당한 그 남자를 발견하게 되었다면 어떻게 했을까?'라고 자문한다. 대답은 이렇다. 다른 사람들은 겁을 먹고 말하지 못하겠지만, "나는 겁을 먹지 않았다. 뭔가 말을 할 수 있었다. 하지만 나는 아무것도 보지 못했고, 너무 늦게 그 사실을 알았다."

비둘기 똥에 부식하는 성당 건물을 지키기 위해 신부들이 은밀하게 사냥용 매를 기른다는 믿거나 말거나한 일화는, 라틴아메리카의 허다한 군부 독재를 비호해 온 가톨릭에 대한 은유다. 성당 건물을 부식시키는 비둘기를 잡는 게 바로 매이듯, 라틴아메리카를 공산주의자들의 무신론('똥')으로부터 지켜내는 게 바로 '우익 군부'라는 것을 바티칸은 알고 있었다. 볼라뇨의 이 작품에 따르면, 피노체트 치하의 공포시대는 우익 군부와 오푸스 데이의 합작물이었다.

이 글의 첫머리에, 라틴아메리카는 하나의 문학권이라고 썼다. 우리가 알고 있는 에스파냐어 권 작가들은 같은 연맹전에서 뛰는 선수들이다. 워낙 리그가 크다보니 심심찮은 잡담거리도 많은데, 일례로 이번의 노벨상 수상으로 '노벨 클럽'에 들게 된 요사는 그보다 먼저 노벨상을 수상했던 마르케스와 '절친'이었다가 원수가 된 사이다. 두 사람이 30년 넘도록 견원지간이 된 이유는 사생활에서부터 정치적 이견에 이르기까지 매우 복잡하기까지 하다지만, 애초에 같은 문화와 언어권에 속하지 않았다면 생겨날 리 만무한 일들이다.

덧붙이자면, 이 지면의 주인공인 볼라뇨는 대체로 그 두 사람 모두를 경멸했다. 2003년에 있었던 어느 인터뷰에서 그는 "가브리엘 가르시아 마르케스는 많은 대통령과 대주교들과 친하게 지낸다고 감격하는 남자였다. 그보다는 점잖지만 마리오 바르가스 요사도 똑같다"(『볼라뇨, 로베르토 볼라뇨』, 열린책들, 2010)고 혹평했다.

인터뷰엔 더 자세하지 않지만, 이런저런 해설을 종합해 보면, 볼라뇨가 두 사람을 비난하는 진짜 이유는 라틴아메리카의 문학을 바라보는 관점의 차이 때문이다. 볼라뇨 세대는 이른바 '마술적 리얼리즘'으로 알려진 두 대가들의 '붐'소설이, 라틴아메리카를 종종 신화적·상상적으로 묘사한다고 여겼다. 그래서 마르케스 세대에 반대하는 볼라뇨 세대는 『맥콘도』라는 작품집으로 결집했는데, 맥도날드·매킨토시·콘도미니엄을 암시하는 '맥콘도'는 라틴아메리카 문학의 부흥을 세계에 알렸던 마르케스 『백년 동안의 고독』에 나오는 가상의 마을 '마콘도'에 대한 비꼬기다.

볼라뇨는 칠레에서 태어나 스페인의 바르셀로나에 살면서, 청소년기를 보냈던 멕시코에 대한 소설을 자주 썼다. 우리에게는 낯설게 보이지만, 이런 현상은 에스파냐어 권에 속하는 작가들에게는 거의 일상이랄 수 있다. 만약 라틴아메리카 문학이 다양하면서 높은 수준을 보여주고 있다면, 이렇듯 작가층이 두터운 것도 이유가 될 수 있을 것이다. 그들은 동료 경쟁자를 공유하는 것은 물론이고, 대가들에 대한 질투마저 공유한다. 이런 광활한 문학사가 한국어라는 우물 속에 갇힌 우리 작가들에게는 주어지지 않았다. 애써 동시대의 외국 작가들을 의식한다손 치더라도, 그들과 우리 사이에는, 다른 언어라는 두터운 막이 늘어져 있다.

다시 『칠레의 밤』이다. 피노체트가 실권하고 온갖 소송에 당면한 마리아 카날레스는 자신을 위로하러 온 이바카체에게 "칠레에서는 이렇게 문학을 한다"고 냉소한다. 이바카체는 돌아오는 길에 그녀의 말을 되뇐다. "어디 칠레에서만 그런가. 아르헨티나, 멕시코, 과테말라, 우루과이, 스페인, 프랑스, 독일, 푸르른 영국과 즐거운 이탈리아에서도 그런걸. 문학은 이렇게 하는 거라고."

볼라뇨는 말한다. 칠레에서뿐 아니라 세계 어디서든, 문학이란 작가들 자신의 명예와 자기만족을 위해 하는 것이라고! 이처럼 냉소적인 전언을 제대로 음미하기 위해서는, 작중에 두 번 반복된 '길 잃음'의 모티프에 주목해야 한다. 마리아 카날레스의 저택에서 길을 잃었던 예술가의 두 번째 사례는 이미 말했고, 첫 번째는 신학교 졸업생인 이바카체가 지주 출신의 비평가인 페어웰의 초대를 받고 그의 농장으로 외유를 갔을 때다. 이바카체는 저녁식사 전에 농장 정원으로 산책을 나갔다가 길을 잃고, 농장 일꾼들이 저녁식사를 하는 남루한 오두막을 방문하게 된다. 하지만 그는 고흐의 「감자 먹는 사람들」의 풍경과 같았던 일꾼들의 오두막을 곧 잊어버리게 되는데, 일꾼들의 초라한 식사는 페어웰의 식탁에서 벌어진 호화스러운 만찬과 대극을 이룬다. 이바카체는 지주에게 빚을 지고 노예처럼 살고 있는 소작농들을 만나고 난 뒤 "다들 추했다"고 평가한다. 무거운 짐을 진 자들에 대한 이런 혹평은, 신부이자 문학가인 그로서는 이중의 배신이다.

두 번씩이나 되풀이 된 '길 잃음'의 모티프 속에서 문학가와 예술가들은 하나같이, 노예와 같은 소작농과 고문 받는 희생자를 외면했다. 저 '길 잃음'이 제대로 의미를 갖게 되자면, 피억압자들의 고통에 대한 발견과 공감으로 이어졌어야 할 것인데, 『칠레의 밤』에 나오는 문학가와 예술가들은 그러지 못했다. 피억압자들과의 대면은 그저 외면되고 망각되거나 침묵해야 할, 재수 없는 일회용 사건이었다. 그게 세계 어디서든 "문학은 이렇게 하는 거"라는 의미였다니!

하므로 그 대열에 우리도 뒤처질 수 없다. 브레히트 풍으로 물어보자. 이승만에게 생일축시를 바친 사람은 누구였나? 국민교육헌장은 누가 썼나? 박정희 시절, 독재자의 영부인에게 시를 가르친 사람은 누구였던가? 그 시인은 영부인에게 시를 가르치기 전에, 질식한 민주주의에 대해 하소연도 했을까? 반란군 괴수 전두환에게 생일축시를 바치고 그에게 '단군 이래 최고의 미소'라는 아부를 한 사람은 누구였던가? 또 전두환의 자서전을 쓴 사람은 낫 놓고 기역자도 모르는 필부였던가?(소설가였다!) 역대 대통령 가운데 최고의 무능력자로 판명될 공산이 큰 이명박의 연설 원고는, 지금 누가 쓰고 있는 걸까? 모두 이바카체 같이 허다한 책을 읽고, 글을 갈고 닦은 자들임에 분명하다.

사족이다. 볼라뇨의 또 다른 장편 『부적』에 적혀 있듯이, "글쓰기와 파기, 숨는 것과 발각되는 것"은 서로 연관되어 있다. 때문에 이바카체의 자서전은 자신의 '변명'을 완전히 감추지 못하고, 숨기고 싶었던 누빔점을 곳곳 드러내고 만다.

그 공허에서 어떻게 존재할지

『아버지와 아들』

이반 세르게예비치 뚜르게녜프, 열린책들, 2010

중학교 때 읽은 이 책을 다시 읽게 된 까닭은, 열린책들에서 새로운 번역본이 나왔기 때문이기도 하지만, 갑자기 체홉의 『벚꽃나무』와 연관하여 반드시 이 소설을 읽을 필요가 있겠다는 생각이 들어서다.

이 작품을 읽지 않은 사람들도, 1862년에 발표된 이 작품이 철학사와 문학사에 '니힐리스트'라는 이름을 처음 등재시킨 공로를 기억하고 있다. 허무주의자로 번역되고 있는 탓에, 사람들은 말 그대로 '여하한 가치는 물론이고 신마저 믿지 않는 사람'들로 니힐리스트를 이해하기 십상이다. 실제로 바자로프를 놓고 그의 친구인 아르까디와 아르까디의 아버지인 니꼴라이, 그리고 큰아버지 빠벨이 나누었던 한 토막의 대화는, 그런 불필요한 오해를 불러일으키고 있다.

> 빠벨 뻬뜨로비치는 콧수염을 쓰다듬으며 잠시 입을 다물고 있다가 다시 물었다. "그런데 바자로프는 어떤 사람이냐?"
>
> "어떤 사람이냐고요?" 아르까디가 가볍게 웃었다. "제 친구가 어떤 사람인지 정말로 알고 싶으세요, 큰아버지?"
>
> "그래, 말해다오."
>
> "바자로프는 니힐리스트예요."
>
> "뭐라고?" 니꼴라이 뻬뜨로비치가 되물었다. 날 끝에 버터 한 조각이 올라앉은 빠벨 뻬뜨로비치의 칼이 잠시 허공에 멈췄다.
>
> "니힐리스트라고요." 아르까디아가 재차 말했다.

"니힐리스트라……." 니꼴라이 뻬뜨로비치가 말을 이었다. "무無를 뜻하는 라틴어 '니힐'nihil에서 나온 말이로구나. 그러니까 니힐리스트란 아무것도 인정하지 않는 사람이라는 뜻이냐?"
"아무것도 존중하지 않는 사람이지." 빠벨 뻬뜨로비치가 덧붙이고 다시금 빵에 버터를 바르기 시작했다.
"모든 것을 비판적 시각으로 바라보는 사람이라는 뜻입니다." 아르까디가 설명했다.
"결국 마찬가지 의미 아닌가?" 빠벨 뻬뜨로비치가 물었다.
"아니, 마찬가지는 아닙니다. 니힐리스트는 어떤 권위 앞에서도 고개를 숙이지 않고 제아무리 존중받는 원칙이라 해도 받아들이지 않는 사람이지요."(36~37쪽)

인용된 대화에서 니힐리스트는 '아무 것도 인정하지 않는 사람'(니꼴라이), '아무 것도 존중하지 않는 사람'(빠벨), '모든 것을 비판적으로 보는 사람' 내지 '어떤 권위나 원칙도 받아들이지 않는 사람'(아르까디)으로 간주된다. 하지만 니힐리스트를 자임하는 바자로프의 신념과 행동을 관찰해 보면, 니힐리스트는 '~을 믿지 않는 사람'의 모습이기 보다 '~을 믿는 사람'이다. 이게 흥미롭다.

그러면 니힐리스트는 대체 무엇을 믿는 사람일까? 바자로프는 "중요한 건 2곱하기 2는 4라는 거지. 나머지는 다 하찮은 거야"라는 말한다. 이게 니힐리스트다. 그는 여하한 가치는 물론이고 신마저 믿지 않지만, 유일하게 '과학과 기술'만은 믿는다. 이건 매우 중요하다. 바자로프는 저 말 한 마디로, 우리들 모두를 니힐리스트로 개종시켜 버렸다. 내가 온갖 사상과 종교를 믿지 않을 수는 있지만, '2곱하기 2는 4'라는 것마저 믿지 않을 방법은 없다. 그런 의미에서 우리는 모두 니힐리스트다. 어느 누구라서 '2곱하기 2는 4'라는 수학적 세계를 거부할 수 있겠는가?

수학으로 상징되는 과학·기술에 대한 무조건적 신뢰와 기대는, 반세기 남짓한 세월만에 우리나라 신지식인들의 사고마저 점령했다. 이광수의 『무정』(문학과지성사, 2005) 461쪽을 보자.

> 저들에게 힘을 주어야 하겠다. 지식을 주어야 하겠다. 그리하여서 생활의 근거를 안전하게 하여 주어야 하겠다. "과학! 과학!"하고 형식은 여관에 돌아와 앉아서 혼자 부르짖었다. 세 처녀는 형식을 본다.
> "조선 사람에게 무엇보다 먼저 과학을 주어야 하겠어요"하고 주먹을 불끈 쥐며 자리에서 일어나 방안으로 거닌다.

니힐리스트를 알기 위해서는 '~을 믿지 않는' 사람이라고 간주하고 거기에 계속해서 ~을 추가하기보다, 그가 '~을 믿는' 사람인가를 확정하는 게 낫다. 그런 뜻에서 바자로프와 형식은, 과학과 기술이 이상적인 세상을 만든다는 것을 추호도 의심치 않고 믿었던 동류들이다.

과학·기술에 심취한 바자로프는 의학도이기도 했다. 하지만 그는 역설적이게도 장티푸스로 죽은 농부의 시체를 해부하다가, 장티푸스균에 감염되어 죽는다. 그는 과학·기술의 권능을 털끝만치도 의심치 않는다고 앞에 썼지만, 바자로프의 이 석연치 않은 죽음을 나는 자살이라고 본다. 그는 자신의 믿음과 달리, 새로운 시대정신으로 동터 오르는 과학·기술을 완전히 믿을 수 없었다. 설령 자살이 아니었더라도, "너희가 그 공허에서, 그 진공의 공간에서 어떻게 존재할지 지켜보겠다"는 빠벨 뻬뜨로비치의 저주는, 니힐리스트의 머리 위에 회전문처럼 돌고 있는 칼이다.

어릿광대가 된 댄디

『오스카 와일드』

페터 풍케, 한길사, 1999

2010년 9월의 가을장마로 책 30여 권과 알토란같은 레코드판 40여 장이 빗물에 젖었다. 난생 처음, 물에 젖은 책갈피를 한 장씩 뜯어가며 페터 풍케의 『오스카 와일드』를 읽었다. 우리들에게 오스카 와일드는 『도리언 그레이의 초상』이란 소설로 알려져 있는데, 실제로 그를 폭죽과 같은 성공 가도에 올려놓은 것도 이 소설이다. 하지만 그는 시·평론·동화를 거의 동시에 집필했고, 워낙 한국 독자들이 희곡에 문외한이라 그렇지 다섯 편의 희곡을 쓴 극작가이기도 하다.

1854년 아일랜드 더블린의 의사 집안에서 태어난 와일드는 고향에서 좋은 교육을 받은 뒤, 장학금을 받고 옥스퍼드로 진학했다. 그 시기는 '예술을 위한 예술'이라는 신사조가 영국을 술렁이게 하고 있을 때로, 젊은 와일드는 단번에 이 교리의 전도사가 되었다. 까만 비단양말과 반바지 차림에 끝부분이 레이스로 처리된 비단조끼, 넓은 칼라가 달린 하얀 와이셔츠에 눈에 띄는 초록색 넥타이, 그리고 단춧구멍에 백합이나 해바라기를 꽂은 그의 모습은 여태도 예술을 위한 예술이나 댄디를 설명하는 일화로 등장한다.

1884년에 결혼해서 두 아들을 낳았던 와일드가 동성애 성향을 갖게 된 원인과 시기는 수수께끼다. 감옥에서 친구에게 보낸 편지를 보면 결혼 생활의 반복적인 일상과 단조로움, 지적인 자극의 부족이 그의 정신과 기질에 전혀 맞지 않았던 것으로 보이기도 하지만, 동성애 성향은 결혼 이전부터 있었던 것으로 보인다. 아마 결혼을 하고 두 아들이 태어날 때까지는 인습의 틀 속에서 자기 성향을 누르려고 했지만, 도리어 결혼 생활의 권태가 잠재되어 있던 동성애 성향을 추동했다. 차라리 독신으로 마음껏 살았다면 어땠을까?

와일드의 재판은 동성애 처벌 조항에 저촉된 당사자가 원인을 제공하긴 했지만, 그것이 와일드가 2년간의 강제 노역형이라는 가혹한 처벌을 받게 된 배경은 아니다. 지은이에 따르면 그것은 빅토리아 시대가 "동시대 전체의 타락을 단죄하는 본보기식 재판"이었다. 당시의 예술가와 시민의 정신 자세는 크게 달랐다. 이를 테면 당시의 교양과 상식은 가브리엘 로제티와 스윈번의 시를 보들레르의 『악의 꽃』에 영향 받은 음탕한 시로 여겨 비난했고, 월터 페이터는 그의 성가를 높여주었던 『르네상스』에 썼던 후기를 2판에서는 삭제해야 했다. 고작 예술 자체에 대한 사랑을 부추겼을 뿐인 그 후기는 "새로운 형태의 위험하고 감각적인 향락 추구를 선포"한 것으로 엄청난 비난을 샀다.

와일드를 박해했던 광신주의는 자기 시대와 사회가 공격받고 있다고 여긴 시민들의 불안감에서 나왔다. "그것은 와일드 개인을 겨냥했다기보다는 그 뒤에 있는 원칙을 겨냥한 박해였다." 단 하루의 사면 혜택도 받지 못했던 와일드는 형기를 마치고, 프랑스로 건너갔으나 작가로 재기하지 못했다. 계획대로였다면 우리는 『살로메』와 같이 파라오·이세벨·아합 등 성경을 소재로 한 일련의 희곡을 볼 수 있었을 텐데.

절치부심, 와일드가 더 글을 쓰지 못한 이유는 이 책 말미에 자세한데, 바로 그 부분이 지은이의 와일드에 대한 평가와 직결되어 있다. 관심 있는 독자의 일독을 바라면서, 최근에 나온 아주 모범적이고 월등한 서평집 『반대자의 초상』(이매진, 2010)에 테리 이글턴이 쓴 와일드에 대한 평가를 소개하고자 한다.

와일드에 대한 이글턴의 평가는 "상류 계급의 기생충"이라는 굉장히 냉소적인 기조 위에, 양성을 오가는 성 정체성과 영어의 관습을 해체하는 재기발랄 언어유희, 삶에서 보여준 자기파괴적인 연기와 댄디즘 등 와일드의 모든 특징을 "식민지적 역위"로 단정 짓는다. 즉 와일드는 영국 식민지였던 아일랜드인으로서 영국인의 위선과 성실을 조롱하고자 스스로 "공식 어릿광대"가 되었다는 것이다.

언어를 강탈당한 여성들

『레이스 뜨는 여자』

파스칼 레네, 예하, 1989

어쩌다 세 번째 읽게 된 이 소설의 줄거리는 간단한다. 파리의 미용실에서 견습생으로 일하고 있는 열여덟 살 난 뽐므와 명문가 출신의 파리 고문서학교 재학생인 스무 살의 에므리가 바캉스 시즌의 해변 휴양지에서 만났다. 피서지에서의 만남은 파리로까지 이어져 두 사람은 동거 생활에 들어가지만, 계층 간의 사회적·문화적 차이로 인해 그해 크리스마스 휴가를 앞두고 헤어진다. 뽐므는 거식증에 걸려 정신병원에 입원하게 되고, 죄책감을 느낀 에므리는 그녀를 주인공으로 하는 소설을 쓴다.

이 소설의 주인공은 뽐므인가? 아니다. 이 소설에는 숱한 뽐므가 나온다. 자신의 몸을 사는 신사들을 향해 마음속으로 항상 "당신 마음대로 하세요"라는 말을 준비하고 있던 뽐므의 어머니. 남자들의 정부노릇에서 행복을 찾는 마릴렌느. 남자 미용사의 손을 기다리는 숱한 "암탉들"(부인네들). 이 긴 목록 속에 에므리의 어머니도 넣어야 한다. 이 소설은, 레이스 뜨는 여자'들'에 관한 이야기다. "그녀는 자신의 의사를 표현할 만한 그 어떤 언어도 가지고 있지 않았다"는 말이 정확하게 가르쳐주듯이, 남성 사회의 타자인 그녀들에게는 자신을 표현할 언어가 없다. 여자들은 남자의 눈과 손이 만드는 피조물일 뿐이다. 그렇다고 해서, 이 소설이 페미니즘으로 직행하는 것은 아니다.

뽐므의 두드러지는 특징인 침묵과 그녀가 맺었던 여러 인간관계에서 볼 수 있는 수동성은, 먼저 그녀의 성장 환경을 떼놓고 설명될 수 없다. 그녀에게는 아버지가 없었고, 어머니는 "술집에서 갈보짓"을 하는 자신의 직업을 아무 거리낌 없이 어린 딸에게 얘기해 주곤 했다. 뽐므를 자아 존중감이 모자라는 수동적인 여성으로 만든 것은 어머니의 이런 부주의였다. 작중의 두 모녀에 관한한, '딸은 어머니를 닮는다'는 속설이 틀리지 않았다. 아버지가 부재한 상태에서 생계를 위해 몸을 팔게 된 어머니와 함께 살았던 뽐므는, 어린 아이가 자신의 자아를 귀중하게 가꾸는 데 필요한 안정감과 목표(역할 모델)를 누구로부터도 제공받지 못했다. 이 책 11쪽에 나오는 괄호 속의 말이야말로, 이 소설을 읽는 중용한 향도다.

미래의 국립박물관 관장감인 명문학교 학생과 거기에 어울리는 희망을 갖지 못한 전직 창녀의 딸이 동화처럼 살기는 힘들었을 것이다. 에므리의 말처럼 "그들은 길을 잘못 들어섰다. 그녀는 그와 함께는 행복해질 수가 없었다. 요컨대 그들은 동일한 세계에 속해 있지 않은 것이었다." 그런데도 영불해협 근처의 해안가에서 에므리는 뽐므에게 반했다. 약간 통통할 뿐이었던 그녀에게 무슨 큰 매력이 있었을까? 어쩌자고 그는 피서지에서의 만남을 파리로까지 연장했을까? "분명히 그녀는 가장 흔해빠진 처녀들 중의 하나였다. 에므리에게나, 이 책의 저자에게나, 대부분의 남자들에게나, 그런 여자들은 그저 우연히 마주치게 되는 존재로서 우리가 그녀들에게서 발견하는 아름다움, 평온함이란 우리가 자신을 위해 상상했던 아름다움과 평화가 아니기 때문에, 우리가 발견하리라고 기대하지 않았던 곳에 그런 아름다움과 평화가 있기 때문에, 우리는 한순간, 다만 한순간, 그런 여자들에게 애착을 가진다. 인생에 두세 번 이런 죄를 저지르지 않는 남자가 어디 있겠는가?"

위에 인용된 구절은, 잔혹하게 비틀린 심리극이다. 프랑스 소설 속의 파리 고문서학교 학생과 미용실 보조원을 우리식으로 약간 비틀자면, 지식 청년인 '학삐리'는 노동의 세계에 살고 있는 '공순이'를 꿈꾼다. 지식 청년은 자신의 세계에서 찾지 못한 노동 세계의 아름다움과 평화에 반한다. 관념적인 지식 세계의 청년은 단순하고 말이 없는 세계인 노동자의 내면과 몸짓에서, 자신에게는 없는 평화와 아름다움을 발견한다. 이제 '먹물'은 장난감을 갖고 노는 어린 아이처럼, 노동의 세계를 침탈한다. 『레이스 뜨는 여자』는 분명 이런 이야기이지만, 이 소설이 여기서 그쳤다면, 세 번씩 읽을 필요가 없다. 무엇이 이 소설을 세 번씩 읽도록 하는지를 말하기 전에, 바보 같은 뽐므 '들'에 대해 부연할 필요가 있다.

이 소설의 마지막은 뽐므의 완치나 퇴원 여부에 대해 언급하지 않는다. 내 생각에 그녀는 결코 병원을 벗어나지 못했을 것이다. 뽐므가 실연을 이기지 못하고 거식증 환자가 된 데에는, 앞서 말했던 것처럼, 그녀가 자아 형성에 필요한 안정감과 목표를 제공받지 못한 채 유년 시절을 보낸 탓이 크다. 이만 헤어지자는 에므리의 통보에 그녀는 "아! 좋아요! 잘 알고 있었어요"라고 했을 뿐, "가시 돋힌 말" 한 마디는 고사하고 "울지도 않았다." 실연이라는 간단치 않은 사태 앞에서 당연히 있어야 할 "말썽"과 "저항"과 "방어"가 없는 것은, 그녀에게 지켜야 할 자아가 없었기 때문이다. 이런 자아 부재 상태는, 실연을 하고 돌아온 딸을 대하는 어머니의 태도에서도 드러난다. "뽐므의 어머니, 그녀는 아무 말도 하지 않았다. 너의 잘못은 아무 것도 없다고 딸에게 말할 수 있었다면 얼마나 좋으랴! 그러나 그녀는 어떻게 해야 자신의 뜻을 이해시킬지를 알지 못했다. (…) 예를 들어 자기 딸이 언젠가는 분명히 그녀와 같은 세계에 속하는 청년을 한 명 만나게 될 것이라는 얘기를 어머니는 할 수 있었을 것이다. 그들은 결혼하게 될 것이다. 뽐므가 수수하니까 그도 대학생이 아닌 수수한 청년일 것이다. 다른 것을 꿈꾸지 말았어야 했다." 앞서 말했듯이, 뽐므의 어머니는 자신을 부른 신사들에게 늘 "당신 마음대로 하세요"라고 순종했었다.

『레이스 뜨는 여자』는 자신의 허약함을 인지한 한 세계(지식 세계, 부르주아 세계)가, 자신의 허약함을 보충하기 위해 다른 세계(노동 세계, 하층 세계)를 침탈하는 이야기다. 하지만 그 침탈은 죄의식을 동반한다. 에므리가 뽐므 앞에서 느끼는 불안과 분노와 불면과 질투는, 끝내 그가 이해하지 못했던 세계의 벽 앞에서 느끼는 겁에 다름 아니다.

> 그는 잠을 자지 않는다. 그는 그녀가 잠자는 모습을 바라본 후로 잠을 잘 수가 없다. (…) 그녀는 꿈을 꾸지 않는다. 그녀는 아무것도 꿈꾸지 않음에 틀림없다. 그녀는 무(無)에게 미소를 짓고, 마치 애인에게 자신을 내맡기듯이 무에게 자신을 내맡긴다. 여러 번이나 그는 그녀를 깨워서 감히 자기가 거기에 대해 질투를 느낀다고는 생각하지 못하는, 자기가 없는 그녀의 고독과 그녀의 평화의 절정으로부터 그녀를 흔들어 떨어뜨릴 뻔한다.

뽐므에게는 꿈이 없었다. 뜨개질하는 사람의 시간과 정열이 한 필의 직물로 화化하듯이, 그녀는 "노동에 의한 집요한 경배"를 통해 "자기 일의 수행 속에서 사라지려고" 애쓰는 것처럼 보였다. 나의 시간과 정열을 투자해서 그것(생산물)이 되는 게, 뽐므가 처한 노동 계급의 즉물적인 꿈이었다. 반면, 에므리는 항상 미래의 꿈과 함께 묘사된다. "어쨌든 그는 언젠가는 큰 국립 박물관의 관장이 될 것이다" "미래의 박물관 관장은" "테니스 경기를 끝내고 난 미래의 박물관장은" "오후에는 미래의 박물관장이" "미래의 박물관장은 방금 되찾은 행운을 믿으면서" "미래의 박물관장은 소심하게 보일까봐" "어느 날, 미래의 박물관장은" "미래의 박물관장에게 있어서" 등등.

에므리의 꿈은, 꿈 없이도 행복한 뽐므의 식물 같은 수동성을 이해하지 못할뿐더러, 뽐므의 견고성 앞에서 질투를 느낀다. 그래서 그는 자신의 불안한 정체성을 확고히 하기 위해, 기표(사회적 위치)에 의지한다. "그는 파리 고문서학교의 학생이었다" "고문서학교 학생에게는" "고문서학교 학생은 그것을 받아들일 줄 몰랐을 것이었다", "그러자 고문서학교 학생은" "고문서학교 학생은" "그들은 파리에 있는 고문서학교 학생의 방에서" "토요일 밤이면 고문서학교 학생과 함께"에서 보듯이, 에므리가 소개될 때마다 그의 이름보다 '고문서학교 학생'이라는 사회적 위치가 더 자주 강조되는 것은, 그런 이유에서다.

이질적인 두 세계의 조우는 끝이 좋지 못했다. 뽐므는 "자기에게 그렇게 조금밖에 주지 않은 세상에 대해 더 이상 아무것도 요구하지 않기로 작정"하듯 더 이상 먹지 않기로 결정했고, 에므리는 뽐므가 인도했던 말없는 '사물의 세계'(노동의 세계 내지 그들의 생산물)와의 싸움에서 승리하기 위해 글을 쓰게 된다. 하지만 그 방법은 또 얼마나 자기중심적이고 조야한 것인가!

> 그러던 어느 날 저녁, 그는 불현듯 어떤 계시를 받았다. 그 자신이 세계의 사물들과 벌이던 싸움을 종결지을 방법을 찾아낸 것이었다. 그는 글을 쓸 것이다! 그는 작가(위대한 작가)가 될 것이다. 뽐므와 그녀의 사물들은 마침내 그의 뜻대로 처분될 것이다. 그는 그것들을 자기 마음대로 이용할 것이다. 그는 뽐므를 자기가 꿈꾸어 왔던 것, 즉 하나의 예술작품으로 만들 것이다.

사족이다. 이 글을 다 쓰고 나서, 우연히 『독서일기』 5권에 실려 있는 『레이스 뜨는 여자』에 대한 독후감을 보았다. 2001년 8월 28일에 쓴 이 글은 297~301쪽에 걸쳐 있다. 짧다고 할 수 없는 그 독후감의 주장은, 뭍 오해와 달리 연애소설은 여자가 아닌, 남자가 쓰는 것.

가부장제가 전제된 대부분의 남녀 관계에서 남자는 가해자고 여자는 피해자다. 이때 남자는 자신의 죄책감을 벗기 위해, 일종의 반성문이거나 성명서를 쓰게 되는 데, 그것이 연애소설의 기원이다. "그러므로 남성이 연애소설을 읽지 않는 것은 당연하고, 남성의 반성문이나 변명으로 상처를 치료하고 사랑을 기억해야 할 사람은 여성이다. 연애 소설은 남성이 낳고 여성이 기른다. 그것을 통해 상처를 입힌 사람은 자신의 수치와 회한과 약점을 위장하고, 가해자로서의 죄책감에서 벗어난다."

내가 읽은 예하출판사 판은 절판되었고 현재는 부키에서 재출간된 책이 팔리고 있다. 출판사가 바뀌었고 개정을 했다고는 하지만, 번역의 문제는 끝내 개선되지 않았다.

세계문학전집의 허와 실

『포스트맨은 벨을 두 번 울린다』

제임스 M. 케인, 민음사, 2007

『세계문학사의 허실』

조동일, 지식산업사, 1996

집 앞에 있는 서점에 뭘 찾아보러 갔다가, 제임스 M. 케인의 『포스트맨은 벨을 두 번 울린다』가 민음사 판 '세계문학전집 169'번으로 출간 된 것을 보았다. 언제 나왔는지 판권란을 보고자 책을 뽑았는데, 표지를 감싼 빨간 띠지에 적힌 두 줄의 글이, 나를 빙긋이 웃게 한다.

"나는 이 소설에서 영감을 받아 『이방인』을 썼다." - 알베르 카뮈

판권란을 보니 이 작품이 민음사판 '세계문학전집' 속에 들어간 것은 2007년으로, 이제까지 이 책은 여러 명의 번역자와 출판사를 전전했다. 그 가운데 어느 번역본을 읽고 쓴 독후감이 지난 『독서일기』 어디에 있을 테지만, 오늘은 이 소설에 대한 얘기가 아니라 세계문학전집에 대한 얘기다.

언젠가 재미난 글감이 될 듯하여, 지금까지 한국에서 출간된 세계문학전집의 목록을 모두 모아 놓아야겠다는 생각을 한 적이 있다. 집에 돌아와 옛날 노트를 찾아보니, 1965년 을유문화사에서 나온 전 60권짜리 세계문학전집의 목록 일부가 적혀 있다(일부뿐인 까닭은, 60권 모두를 베껴 쓰기가 힘들어서였을 것이다. 이 생각을 한 때는 1997년이었는데, 지금도 크게 나아진 건 없지만, 그때는 인터넷을 전혀 할 줄 모를 때였다. 원하는 독자는 간단한 검색을 통해 이 목록 전체를 인터넷에서 볼 수 있다).

그 가운데 단연 우리 고개를 갸웃 거리게 하는 것은 월터 스콧트의 『아이반호』와 대만의 여성 작가 사빙영의 『여병자전』 같은 책이다. 『아이반호』야 초등학교 시절에 흔히 읽는 소설이라 누구라도 세계문학전집감인지 아닌지 알 테지만, 열혈 문학 독자 가운데도 사빙영의 『여병자전』을 읽은 사람은 아마 손꼽을 정도일 것이다. 내 기억이 정확하다면 1970년대 말, 여성잡지인 『주부생활』에서 매달 외국 '명작 소설'을 단행본으로 만들어 부록으로 삼았다. 나는 표지가 온통 빨갛던 그 부록으로, 발자크의 『골짜기의 백합』과 고미카와 준페이의 『인간의 조건』 같은 소설을 읽었다.

부연하자면, 내가 살던 집과 외가는 한 동네였고, 『주부생활』은 세무서 과장의 아내였던 외숙모가 정기구독한 책이었다. 외가에는 나와 비슷한 나이의 이모가 있었는데, 이모가 사 보는 『여학생』이란 잡지에서도 『트리스탄과 이졸데』 같은, 『주부생활』 부록보단 좀 얇은 명작 소설을 부록으로 냈다. 독서대국! 아마 그때는 여성지가 그 임무를 맡았나보다. 농담이 아니라 윌리엄 골딩이 노벨문학상을 받았던 해, 어떤 여성지는 그의 중편인 「황제특명전권공사」를 본문 가운데 별도의 페이지를 만들어넣기도 했다. 요즘의 여성지는 어떤지….

사빙영의 『여병자전』은 젊은 여성 문인이 장개석의 국민당 병사의 일원으로 중국 대륙을 종횡하며 공산당과 싸웠던 종군일기다. 다시 말해 반공문학인데, 이런 작품이 세계문학전집의 한자리를 버티고 있었던 것은, 반공을 국시로 삼았던 1960년대의 시대 상황과 아무 관련이 없다고 할 수 없다. 하지만 『여병자전』 류의 책은 이제 개도 물어가지 않는다. 이것이 뜻하는 바는, '어떤 책을 읽을 것인가 말 것인가?'내지 특정 목록에서 '어떤 책이 권장되거나 거부되는 것'은 그 시대의 지배적인 기준을 따른다는 것이다. 그래서 해방 이후, 우리나라에서 나온 세계문학전집의 목록은 한국의 사회와 지적 전통을 검토하는 귀중한 자료가 되는 것이다.

서론은 이쯤에서 마치고 본론이다. 『포스트맨은 벨을 두 번 울린다』

를 읽은 독자라면, 이 작품이 '세계문학전집에 들만한가?'라는 의문을 가질 것이다. 이 작품의 역자도 그런 기우가 있었던지, 작품 해설의 첫 문단을 이렇게 시작한다(①②③④는 인용자가 붙였음).

> ①제임스 케인의 『포스트맨은 벨을 두 번 울린다』가 세계문학전집의 일부가 될 수 있는지 질문하지 않을 수 없다. 미국 문학의 고전이라는 점이 하나의 근거요, 대중문학을 차별하는 모더니즘 세계관에 의문을 제기하는 포스트모던 시대라는 점이 또 다른 근거다. ②알베르 카뮈가 『포스트맨은 벨을 두 번 울린다』(이하 『포스트맨』)에서 실존주의 문학의 대표작인 『이방인』의 영감을 얻었다고 말했을 만큼 케인은 프랑스에서 가장 중요한 미국 작가 중 하나였다. ③『오디세이』나 『천일야화』도 당대의 싸구려 통속소설이었다. 하지만 근대적 학교 제도의 확립과 문맹률 감소로 인한 독자 대중의 확대, 윤전인쇄기와 제본기의 발명으로 인한 서적과 신문의 대량 생산, 여기에 우편 서비스와 철로를 통한 보급 체제의 확대로 인쇄 분야에 산업 자본이 유입됐고 그로 인해 서적의 가격이 적당하게 저렴해진 것은 19세기였다. ④『포스트맨』은 실존주의의 대표작에 직접적인 영향력을 미칠 만큼 심미적 깊이가 있는 미국의 대표적인 하드보일드 소설이다.

별 중요한 것은 아니지만, 내가 이 책의 편집자였다면, 위에 인용된 역자 해설의 첫 문단을 이렇게 수정하자고 제의했을 것이다.

> ①제임스 케인의 『포스트맨은 벨을 두 번 울린다』가 세계문학전집의 일부가 될 수 있는지 질문하지 않을 수 없다. 미국 문학의 고전이라는 점이 하나의 근거요, 대중문학을 차별하는 모더니즘 세계관에 의문을 제기하는 포스트모던 시대라는 점이 또 다른 근거다. ③(알고 보

면)『오디세이』나 『천일야화』도 당대의 싸구려 통속소설이었다. 하지만 근대적 학교 제도의 확립과 문맹률 감소로 인한 독자 대중의 확대, 윤전인쇄기와 제본기의발명으로 인한 서적과 신문의 대량 생산, 여기에 우편 서비스와 철로를 통한 보급 체제의 확대로 인쇄 분야에 산업 자본이 유입됐고 그로 인해 서적의 가격이 적당하게 저렴해진 것은 19세기였다. ④『포스트맨』은 실존주의의 대표작에 직접적인 영향력을 미칠 만큼 심미적 깊이가 있는 미국의 대표적인 하드보일드 소설이다. ②(실제로) 알베르 카뮈가 『포스트맨은 벨을 두 번 울린다』에서 실존주의 문학의 대표작인 『이방인』의 영감을 얻었다고 말했을 만큼 케인은 프랑스에서 가장 중요한 미국 작가 중 하나였다.

역자 해설의 첫 문단은 중학생들의 '바른 글쓰기' 훈련을 위한 좋은 악문 사례이다. 우선 제기되는 문제는, 첫 문단의 서두인 ①이 참 어렵다는 것이다. 문제제기가 부정적이었으므로(『포스트맨은 벨을 두 번 울린다』가 어떻게 세계문학전집의 일부가 될 수 있는가?), 부정적인 선입견을 가질 수밖에 없었던 이유들이 뒷받침되어야 했는데, 역자는 부정적인 질문을 꺼내놓고 오히려 긍정적인 사례를 제시하고 있으니, 평범한 독자는 도무지 따라갈 수 없다. ①을 무난하게 시작하고자 했다면, "제임스 케인의 『포스트맨은 벨을 두 번 울린다』가 세계문학전집의 일부가 될 수 있는지 의아해 하는 독자에게 두 가지 변호를 하고 싶다"가 되었어야 했다.

어쨌건, 역자는 『포스트맨은 벨을 두 번 울린다』가 세계문학전집 속에 들어갈 수 있는 이유로 '미국 고전'이란 점과 '대중문학의 귀환'을 들었다. 그런데 이 두 가지 이유는 제임스 M. 케인 따위의 작가를 같은 전집 속의 호손·헨리 제임스·포크너·헤밍웨이·피츠제럴드와 같은 위대한 미국 작가의 반열에 끼워넣어도 좋을 만큼 설득력 있는 이유가 되지 못한다(이럴 때 미국 고전이란, 동어반복에 지나지 않는다). 그럼에도 불구하고 이런 부실한 통속소설이,

유수의 출판사가 지속적으로 내고 있는 세계문학전집 속에 들어갈 수 있는 학문의 구조나 문학장은 어떤 것일까?

8개 언어로 출간된 37종의 세계문학사를 검토했던 조동일의 『세계문학사의 허실』은, 주로 서양인이 시도한 세계문학사가 서양을 역사발전의 중심으로 삼는 헤겔의 역사철학을 앵무새처럼 되풀이하고 있다고 말한다. "아프리카인은 역사를 창조하지 못했으며, 아시아에서 시작된 인류역사가 유럽에서 발전되었다고 하는 헤겔 역사철학에서 표명된 서양 중심의 역사관이 제1세계 세계문학사에 광범위하게 나타났다. 그래서 아프리카문학은 논의의 대상에서 제외해야 하고, 아시아문학은 고대문학 또는 중세까지의 문학으로나 그 의의가 인정되고, 고대에서 시작해서 근대까지 일관된 발전을 보인 문학은 유럽문명권문학뿐이라고 하는 서술 체계를 무리하게 고수했다." (446쪽)

바로 그런 때문에 세계문학의 중심은 항상 세계사의 불한당들이 차지해 왔다. "영문학을 중심에다 놓고 영문학과 친소관계에 따라 세계명작을 논의하는 관점 선택이 당연하다고 한 것도 그 자체로 그릇되었다 하기 어렵다. 다른 나라에서 자기네 관점에서 세계문학을 정리하는, 거기에 대응하는 작업을 했으면 형평이 이루어진다. 그런데 그렇게 하지 않았으며, 이 책(리차드 물턴, 『세계문학사 및 그것이 일반문화에서 차지하는 위치』, 국내 미간) 같은 것들을 읽고 숭상하고 번역해 받아들이는 것을 자랑스럽게 여기거나 한다. 그래서 영문학은 세계문학의 중심에 자리 잡고 있으며, 세계명작으로서 최고의 가치를 가진 작품을 가장 많이 산출한 최고의 문학이라는 데 기꺼이 동의한 것이 문제다. 그렇게 해서 제국주의 옹호의 숨은 의도가 간파되어 저지되지 않고 관철되었다."(144쪽)

세계문학사가 지난 몇 세기동안뿐 아니라 아직까지도 제국주의자들로 불릴 만큼 힘을 지닌 유럽 혹은 영미를 중심으로 기술되어 왔기 때문에, 한국과 같은 제2세계나 제3세계는 서구인들이 "문학의 다섯 가지 성서"라고 떠받드는 기독교 성서, 고대 그리스의 서사시, 셰익스피어, 단테와 밀튼, 여러 형태의 『파우스트』와 같은 것들을 세계명작이라고 추켜 올렸고, 우리나라의 세계문학전집은 자연 유럽과 영미문학 작품으로 채워졌다. "세계문학은 세계명작으로 이해해야 하고, 세계문학사는 세계명작의 역사여야 한다는 생각이 그런 데 근거를 두고 마련되어, 밖으로 널리 퍼졌다. 세계명작 운운하는 말은 일본에서 크게 성행해서 한국에도 수입되어 세계문학 이해를 그릇되게 하는 편견을 조성하는 구실을 지금까지 하고 있다. 유럽문명권의 문학이라야 세계명작일 수 있다는 생각이 널리 통용되고 있어 세계문학에 대한 오해를 자아내고, 세계문학전집을 그런 기준으로 선정해서 엮어내는 작업이 계속되어 세계인식의 편향성을 고착화한다."(142~143쪽)

민음사판 세계문학전집의 목록은 유럽과 영미 문학 중심으로 짜여져 있고, 여타의 출판사가 기획한 세계문학전집 역시 그런 한계를 크게 벗어나지 못한다. 그런데도 불구하고 세계문학전집이라는 용어를 출판사마다 채택하는 것은, 그 주술적인 명명이 출판사에겐 지속적이고 안정적인 수입을 창출해주는 '황금알을 낳는 거위'가 되고, 책을 선택하는 독자들에게는 '문화 자본'을 챙겨주기 때문이다. 그렇다면 세계문학전집은 앞으로도 계속, 한국인이 서구를 해바라기하는 악습으로 존재해야 하는 걸까?

조동일은 "세계 각처의 모든 문학의 총계"를 보편문학이라고 하고, "그런 보편문학을 어느 관점, 특히 민족적인 관점에서 이해한 것"을 세계문학이라고 구분한다(엄밀하게 말하면 이 구분은 조동일의 것이 아니다). 거론된 세계문학의 개념은 이해하기가 어렵지 않은데, 세계사가 항상 그것을 기술한 민족의 입장에서 구축된 세계사이듯, 세계문학 역시 그것을 기술한 민족의 입장이 관철된 것이라고 보면 된다. 이 구분론에 따르면, 세계 각처의 모든 문학을 총괄하는 보편문학은 이론적 추상이 되기 쉽고(불가능하고), 그렇다고 보편문학에 비해 한정적인 세계문학으로 관심의 범위를 좁혀버리면 보편문학으로 가는 길이 막혀 문학을 통일체로 파악하는 데 차질이 생긴다. 때문에 저자는 각자의 관점에서 세계문학을 이해하는 게 당연하지만, 각자의 "관점이 세계문학에 관한 보편적인 이해를 위해서 얼마나 타당한가 끊임없이 반성해야 시야가 열리고 의식이 각성될 수 있는 전향적인 자세"를 갖출 수 있다고 주장한다.

세계문학전집이 명실상부한 세계문학전집이 되기 위해서는, 세계사와 세계문학을 바라보는 우리만의 관점이 있어야 한다는 말이다. 그런 뜻에서, 미국 고전이기 때문에 당연히 세계문학전집 속에 수용되어야 한다는 앞서의 역자 해설은 영미 중심의 학문의 구조나 문학장을 대변할 뿐, 다른 의미를 찾기 힘들다.

민음사판 세계문학전집은 유럽과 영미 문학의 비중이 컸다 뿐, '대중문학의 귀환'에는 나름의 방어를 해 왔다. 적어도 범우사에서 나오고 있는 범우비평판세계문학선이 미우라 아야코의 『빙점』이나 A. J. 크로닌의 『성채』를 넣어서 비웃음을 당했던 전력은 여태까지 없었다. 그렇기는 하지만, 민음사판 세계문학전집은 제거되지 못한 불안 요소가 있다. 적어도 한 출판사의 세계문학전집이 자신만의 관점을 갖추고 또 세계문학을 소개하는 문화의 통로가 되고자 한다면, 먼저 역자의 전문성이 뒷받침 되어야 하고, 관점을 지니고 통로의 역할을 감당할 수 있는 권위 있는 해설이 따라 붙어야 한다. 그런데 민음사 판의 역자는 전문성을 갖추지 못한 경우가 허다하고, 전문성을 갖춘 역자라도 해설이 부실한 경우가 많다. 민음사판 세계문학전집 중에는, 가격이 싸다는 장점밖에 없는 역본들이 꽤 있다.

앞으로 제3세계의 관점으로 기술될 세계문학사를 써보겠다는 조동일의 포부와 달리 『세계문학사의 허실』의 말미는 "세계문학사라는 표제를 가진 책이 더 나오지 않고, 기간본도 재출간되지 않고, 고서점에서마저 자취를 감춘 형편"임을 보고하고 있다. 혹시나 싶어 인터넷 서점에 들어가 검색을 해보니, 정말로 세계문학사는 종수랄 게 없었다. 세계문학사가 의미를 잃은 시대는 제국주의의 쇠퇴라는 점에서는 환영할 만하지만, 근대문학의 쇠

락도 동반한다. 그 어느 나라에서도 '민족/근대국가'라는 입각점을 지닌 세계문학은 실종되어버리고, 상혼으로 기획된 '세계 각국의 유명 작품 모음(세계문학전집)'이라는 '패키지 상품'만 남게 된 것이다.

어쩌다 세계문학전집에 대한 글이 되고 말았지만, 세계문학전집에 대해 쓰기로 했다면, 반드시 이 서물이 가진 '수집병적인 독서'에 대해 얘기해야 한다. 세계문학전집은 여기 속한 책들이 그야말로 '세계에서 가장 뛰어난 것'이라는 맹신 탓에 읽게 되기도 하지만, 세계문학전집을 독파한다는 수집병적인 독서도 상당한 위력을 발휘한다. 그것은 인간의 편집증을 건드리기 때문에, 학생들에게 이런 전집을 권하는 것은 굉장히 효과적이다.

자료를 찾으러 서점에 갔다가 우연히 보게 된 『포스트맨은 벨을 두 번 울린다』를 보고 애초에 쓰고자 했던 얘기는 따로 있었다. 표지를 감싼 빨깐 띠지의 두 줄이, 나를 빙긋이 웃게 했던 것이다. 독자들께, 다시 상기시켜 드린다.

"나는 이 소설에서 영감을 받아 『이방인』을 썼다." - 알베르 카뮈

사실 여부를 더 추적할 수는 없지만, 알베르 카뮈가 『포스트맨은 벨을 두 번 울린다』를 읽고서 『이방인』을 썼다는 저 말을 나는 얼마든지 믿는다. 그런데 저 말에는 못 다한 얘기가 있다. 얼핏 보면, 저 띠지는 카뮈가 『포스트맨은 벨을 두 번 울린다』를 높이 평가한 것으로 여기게 만들지만, 내가 보는 진실은 다르다. 사람들은 최고의 영감은 응당 최고의 작품에서만 얻을 수 있다고 알고 있지만, 왕왕 최고의 영감은 최악의 작품을 접하고 얻어진 것이다(그렇다고 해서 제임스 M. 케인의 이 작품이 최악이라는 뜻은 아니다. 비유다).

그런데 그런 횡재는 눈썰미 좋고 혜안을 가진 최상급의 작가에게만 얻어 걸린다. 최상급의 작가들은 3류 작가가 충분히 개진시키지 못한 아이디어와 더 나아가지 못한 어설픈 작품으로부터, 자신만의 영감과 완벽성을

찾아낸다. 진실로 카뮈가 『포스트맨은 벨을 두 번 울린다』로부터 『이방인』을 쓰게 만드는 무엇인가를 얻었다면, 그것은 최상급의 작가가 3류 작가의 쓰레기 더미에서 자기 쓸 거리를 발견했던 좋은 증거가 된다(나는 이미 어느 책에서, 이런 의견을 자세히 설명한 바 있다).

소설의 제목이 그런 것처럼, 세계문학전집 속에 안착한 『포스트맨은 벨을 두 번 울린다』를 보면서 한 번 더 웃게 되는 것은, 글을 쓰고자하는 작가 지망생을 생각하면서다. 대개 선생들은 학생들에게 최고의 작품을 읽히고자 노력한다. 결코 자신도 그렇게 쓰지 못하면서, 예컨대 카프카나 베케트를 읽으라고 주구장창 채근하는 것이다(여기에도 이유는 있다. 처음부터 만만한 작가가 아니라, '넘지 못할 산'을 제시해 준다는 것. 만만한 작가를 읽히면 고작 만만한 작가보다 나은 작가가 되거나 그보다 못한 작가로 머물지만, 초일류급 작가를 소개해 주면 그를 뛰어 넘지 못해도 최소한 일류는 된다). 그런데 이렇게 닦달하면 대개의 학생들은 절망한다. 그들처럼 쓰기는커녕, 이해조차 안 되는 문학! '저렇게 어렵게 써야만 하는 게 문학이라면, 나는 못해!' 혹은 '나는 죽어도 안 돼!'

그래서 1년에 두 번 정도는 아주 진지하게 상찬하면서 『넌 가끔가다 내 생각을 하지 난 가끔가다 딴 생각을 해』와 같은 시집이나 『그 놈은 멋있었다』와 같은 소설을 읽으라고 하고 리포트를 써오게 해야 한다. 그러면 곧바로 화색이 돈다. '이 정도는 나도 할 수 있어!' 정도가 아니라 '아니 나는 이것보다 더 잘 할 수 있어!' 나는 3년 동안 훈장 노릇을 하면서 그걸 모르다가, 문예창작학과를 떠날 때쯤에서야 이 사실을 알았다. 『포스트맨은 벨을 두 번 울린다』 같은 소설은 그런 작품이다. '세계문학, 별 거 아니네!' 세계문학전집이란, 그 자체로 문학을 구성하는 일종의 환상이다. 말하자면 문학장에서 기독교인들의 천국과 같은 게 세계문학전집인 것이다.

사족이다. 세계문학전집의 허실과 '세계문학'이라는 허구적 이상에 대한 앞선 지적은, 문학교육연구회의 연구 결과물인 『삶을 위한 교육: 현장

교사들이 분석한 국어교과서』(연구사, 1987)에 간략히 나와 있다. 이 책에 실린 「세계문학전집은 과연 읽을 만한 것인가」는 우리나라에서 출간된 세계문학전집의 '미국/유럽' 편향성과 '지금/여기'의 독자와 유리된 교양주의를 비판하고 있다. 그러면서 이 글은 '보편'을 내세운 세계문학이라는 허구적 이상에 대해, 날카로운 비판을 하고 있다.

흔히 셰익스피어의 『로미오와 줄리엣』은 '사랑'이라는 보편적인 가치를 담고 있기 때문에 세계문학의 유산이 되고, 세계인의 고전이 될 수 있다고 말한다. 그렇다면 사랑이라는 보편 가치를 이야기하고 있는 『춘향전』도 세계문학의 유산이 되고, 세계인의 고전이 되어야하지 않는가?

이 책의 지은이들은 보편을 내세운 '세계문학의 이상'은 허구이며, 『춘향전』이나 『로미오와 줄리엣』이 중요한 것은 "사랑이라는 고귀하다는 인류 보편의 가치를 드러냈기 때문이 아니라 그 당시 시대 속에서 사랑의 문제를 다루었기 때문"이라고 주장한다. 이게 '민족문학이라야, 세계문학이 될 수 있다'는 뜻이 아니고, 무엇이란 말인가?

용서받지 못할 자들

『노인을 위한 나라는 없다』

코맥 매카시, 사피엔스, 2008

『로드』

코맥 매카시, 문학동네, 2008

『핏빛 자오선』

코맥 매카시, 민음사, 2008

코맥 매카시의 소설 세 권을 읽고 쓰는 이 글은 그의 소설에 관한 독후감이라기보다는, 그의 소설을 낳은 미국 문화에 대한 짧은 논평이다. 가장 먼저 읽은 『노인을 위한 나라는 없다』의 줄거리는 간단하다. 조직 범죄자들의 돈가방을 우연히 차지하게 된 탐욕스러운 남자 모스와 그를 추적하는 청부 살인자 시거, 그리고 사건을 해결하려는 보안관 벨. 여기에 모스를 죽이기 위해 고용된 또 다른 청부 살인자 웰스가 더해지지만, 그의 비중은 그리 크지 않다. 이 간단한 이야기를 흥미롭게 하는 것은, 모스와 웰스가 베트남전쟁에 참전한 퇴역 군인이라는 것과, 벨 또한 2차 세계대전에 참전한 전력이 있다는 점이다.

정의로운 전쟁에서 목숨을 걸고 싸웠으나 귀국해서는 전쟁 범죄자나 머저리 취급을 당한 끝에, 참전 용사가 반영웅으로 변해가는 인물들은 미국 영화에 흔하디 흔하다. 걸프전쟁 이후에야 이라크 전쟁에 참전한 군인으로 바뀌는 추세지만, 베트남전쟁에 참전한 미국 병사들이 진짜 정의로웠을까? 마이클 매클리어의 『베트남: 10,000일의 전쟁』(을유문화사, 2002)을 보면, 베트남전쟁이 격화되던 1969년부터 미군들 사이에서 유행한 말이 "수류탄으로 해치워!"였다고 한다. 이 말은, 마음에 안 드는 장교를 사병들이 해치우는 가장 확실한 방법을 가리켰고, 실제로 1969~70년 사이에 83명의 장교가 수류탄 사고로 죽었다. 사병들은 인기 없는 장교를 살해하기 위해 여러 명이 돈을 모아 현상금을 걸기도 했는데, 액수는 50~1,000달러였다. 미군 지휘부는 "장교들이 수류탄으로 살해되고 있다는 사실을 알고 있었"고, "군대의 기강이 이 지경이 되었으니, 지상전에서의 승리는 처음부터 바라지도 않았"다고 한다. 이런 일화는 미국 영화에 곧잘 정의로운 반영웅으로 묘사되는 베트남 참전 병사에 대한 상투적인 이해를 경계하게 만든다.

2차 세계대전에 참전하여 훈장을 탔던 벨은 고향에 돌아온 스물다섯 살 때, 그 경력 덕으로 보안관 선거에서 보안관직을 꿰찬다. 그러나 그가 훈장을 타게 된 것은 적에게 포위된 근무지를 이탈하여 혼자 살아남았기 때문이다. 그는 그 부끄러움을 벌충하고자 무려 41년 동안이나 보안관직에 충실했다. 그가 얼마나 충실했는지는 그동안 자신의 구역에서 미해결 살인 사건이 하나도 없었다는 것과, 그동안 자신이 아무도 죽이지 않았다는 근무 성적표로 드러난다. 특히 후자에 대한 자긍심은 무척 커서 "나는 아무도 죽여야 한 적이 없었는데, 이 점을 아주 다행스럽게 생각한다"고 자찬하고 있다. 그런데 거기에 이어지는 "예전의 보안관들은 총을 가지고 다니지도 않았다, 많은 사람들이 믿지 않으려고 하지만 엄연한 사실이다"는 증언을 얼마나 신빙해야 할까?

폭력은 미국 문화에 깔려 있는 가장 기본적인 집단 무의식이다. 미국은 자신의 역사에서 가장 중요한 순간들을 모두 전쟁으로 해결했다. 개척자들이 북미 원주민(인디언)을 멸종시키고 식민지를 건설할 때는 물론이었고, 영국과 독립전쟁을 벌였을 때, 또 멕시코와의 국경 분쟁을 벌일 때나 노예 해방을 위해서 미국인이 최종적으로 의지한 방법도 전쟁이었다. 그래서 O. T. 넬슨의 『내일은 도시를 하나 세울까 해』에 나오는 13세 이하의 아이들은, 어른이 모두 죽고 없는 상태에서 만든 그들만의 나라를 찬양하며 「내가 처음 이 땅에 왔을 때」라는 노래를 지어 불렀다.

내가 처음 이 땅에 왔을 때 / 우린 전혀 행복하지 않았다네 / 우린 모두 군대를 만들었고 / 우린 이제 힘을 얻었네 / 우린 선포하지 이 땅을 / 그랜드 가의 땅으로 / 그랜드빌, 그랜드빌로.

많아 봤자 13세밖에 되지 않는 아이들이 '군대를 만들고서야 행복해졌다'고 노래하는, 이런 소설이 미국 청소년들의 애독서라니!

『노인을 위한 나라는 없다』는 매카시의 범작으로 치부되는 반면, 『로드』를 극찬하는 사람들은 의외로 많다. 그러나 '총이 곧 생명'이라는 미국식 미션에 사로잡혀 있는 이 작품이, 『내일은 도시를 하나 세울까 해』보다 더 낳을 것도 없다. 작가가 추상적으로 처리해 놓았지만, 이 작품은 핵전쟁과 같은 세계대전으로 문명이 완전히 파괴된 상태를 전제하고 있다. 물론 그 재앙이 핵전쟁이 아닐 수도 있지만, 자연 재해나 전염병 혹은 외계인의 습격 탓이 아닌 것은 분명하다. 이 작품에 묘사되는 추위로부터 핵겨울을 연상하는 것은 비단 나만이 아닐 것이다.

이 작품의 줄거리 역시 간단하다. 재앙으로부터 목숨을 건진 아버지와 아들이 기아와 강도들의 공격을 견디며, 무작정 생존 공간인 남쪽으로 향한다. 중요한 것은, 이 작품에서 총은 생존과 거의 동일시 되고 있다는 점이다. 작가는 핵전쟁이라는 재앙에도 불구하고, 재앙을 가져온 총(폭력·전쟁)에 대해 아무런 반성적 사고를 하지 않는다. 그러면서도 아버지와 아들은 '불', 즉 문명을 운반하는 임무를 맡았다고 자처하고 있으니, 그 문명은 어떤 것일까? 아버지가 자식을 보호하는 것은 본능이다. 이는 너무 자연스러워서, 새삼 그 주제에 눈길을 팔 이유가 없었다. 그보다는 미국 문화에서 총은 시민의 자유와 생존 조건을 뜻하며, 그런 규범이 핵전쟁과 같은 비극을 당하고도 아무런 의문 없이 유지된다는 게 흥미로웠다.

덧붙이자면, 이 소설의 아버지와 아들은 물론이고, 또 다른 생존 인물들이 살길을 찾아 남으로 내려가는 것도 마뜩치 않다. 상식적이라면 이렇게 생각해야 한다. 그 남쪽에도 누군가가 살고 있다고. 다시 말해 그들이 남쪽에 근착하기 위해서는, 이미 그곳에 살고 있는 누군가를 쫓아내거나 죽여야 한다. 대개의 독자들은 남쪽을 그저 '희망'을 나타내는 문학적 상징으로만 해석하는데, 문학 읽기를 도와주는 '상징'이 어떨 때는 미학적 폭력 말고는 아무것도 드러내는 게 없다는 것도 생각할 줄 알아야 한다. 미국인에게 텍사스를 비롯한 중서부를 빼앗긴 멕시코인들에게 『로드』의 주인공들이 감행하는 남행은, 그 자체로 재앙이다. '총과 이주'라는 두 동기에 주목해서 이 소설을 읽고 나면, 매카시가 '개척자 정신'이라는 미국의 건국 신화에 대해 정통할뿐 아니라, 그 관례를 벗어날 생각이 없는 것처럼 보인다.

앞의 두 작품은 잊거나, 내던져 버려라. 여기 매카시 최고의 걸작이자 미국 현대 소설의 성취라고 할 수 있는 『핏빛 자오선』이 있다. 1849~50년 사이, 텍사스 일대를 무대로 하고 있는 이 소설을 읽기 위해서는 약간의 사전 준비가 필요하다. 소설이 시작되기 한 해 전인 1848년 2월, 멕시코시티의 북쪽에 위치한 비야데 과달루페 이달고에서 미국과 멕시코 간의 '과달루페 이달고 조약'이 체결됐다. 1846년부터 2년간 멕시코의 땅이었던 텍사스를 놓고 양국사이에 전쟁이 벌어졌고, 결국 전쟁에 패한 멕시코가 미국과의 국경선을 리오그란데 강을 경계로 합의함으로써 텍사스는 물론이고 애리조나·캘리포니아·콜로라도 서부·네바다·뉴멕시코·유타 지역을 미국에게 넘겨주는 것으로 끝났다.

국경 분쟁에서 패배한 멕시코는 내란에 돌입했고, 아직 국경 개념이 명확하지 않은 텍사스 일대는 멕시코 반란군의 소굴이었다. 멕시코 정부는 반란군을 진압하기 위해 미국 용병을 고용하게 되는데, 멕시코 정부는 용병이 벗겨온 반란군의 머리 가죽 숫자에 따라 대가를 지불했다. 『핏빛 자오선』은 멕시코 정부에 고용된 미국인 '머리 가죽 사냥꾼'들 가운데 가장 악명이 높았던 글랜턴 일당의 원정기를 뼈대로 한다. 많은 머리 가죽 사냥꾼들이 그랬던 것처럼, 온갖 인종과 범죄자들의 조합인 이 소규모 부대는 멕시코 반란군과 싸우기 보다는, 무장하지 않은 아파치 마을과 멕시코 유민流民들을 닥치는 대로 살해해서 머리 가죽을 벗겼다.

저명한 문학 평론가인 헤럴드 블룸은 자신이 선정한 고전과 고전 읽기 비법을 소개한 『독서의 기술』(을유문화사, 2011)의 한 장을 매카시의 이 소설에 바쳤다. 그러면서 이 소설이 묘사하는 압도적인 학살 장면에 주춤한 때문에, 두 번이나 이 책을 읽는 데에 실패했다고 밝히고 있다. 야만성과 잔혹성을 기준으로 삼자면, 이 작품은 지금까지 내가 읽은 소설 가운데 가장 끔찍했던 모옌의 『탄샹싱』(중앙M&B, 2003)이나 쥴퓨 리반엘리의 『살모사의 눈부심』(문학세상, 2002)에 뒤지지 않는다.

글랜턴이 대장이지만 『핏빛 자오선』의 진짜 주인공은, 머리 가죽 사냥에서 유일하게 살아남았으며, 고유 명사로 불리는 숱한 등장인물과 달리 유독 '판사'와 '소년'이라는 별칭으로 불리는 두 사람이다(판사에게는 홀든이라는 이름이 있긴 하다). 열네 살 때 가출한 소년은 허클베리 핀처럼 자유와 인식을 찾아 유랑하는 존재다. 그는 열다섯 살 때 처음 총에 맞았고, 열여섯 살 때 글랜턴의 용병부대에 들어가서 만 1년 동안 지옥과 같은 학살극을 체험한다. 그 일이 끝났을 때, 그는 "노인"으로 보일 만큼 갑자기 늙어버렸다.

그러나 글랜튼 일당에 섞여 머리 가죽 사냥을 나섰던 1849~1850년에 이미 중년을 훨씬 넘었을 판사는, 그로부터 28년이 지나 1878년에 마흔다섯 살이 된 소년을 만났을 때도, 여전히 나이를 먹지 않았다. 매카시는 판사를 육체적으로나 정신적으로 특별한 인물로 조탁해놓았는데, 우선 그는 2미터 10센티의 키에 몸무게는 100킬로그램을 넘었다. 그리고 대머리일 뿐 아니라 수염이 난 흔적도, 눈썹도 속눈썹도, 콧털도 없다. 그런데다가 알비노(색소결핍증)인 그는 눈처럼 희다.(백색 야만인!) 5개 국어를 자유자재로 하고, 철학·식물학·지질학·고생물학에 정통하며, 전투가 끝나면 항상 스케치에 몰두한다.

글랜턴이 살인 기계라면, 판사는 살인 기계를 움직이는 혼이다. 그는

"인류가 태어나기 이전부터 전쟁은 인간을 기다렸"다고 주장하며 "전쟁이 계속되는 건 젊은이들이 전쟁을 사랑하고, 노인들이 젊은이의 전쟁을 사랑하기 때문이라네. 싸우는 자도 싸우지 않는 자도 전쟁을 사랑하지"라는 논리를 펼친다. 전쟁은 "가장 진실한 형태의 예언"이며, 인간의 의지는 전쟁이라는 "더 큰 의지"를 통해서만 드러난다는 것이다. 그런데 이 전쟁 기계와 짝지어 진 것이 "똥을 질겅질겅 씹"는 저능아라는 사실은 재미있다.

글랜턴 일당은 어느 개척민 마을(요새)에서, 한 사내가 미주리 주에 사는 어머니가 임종하면서 보내왔다는 저능아 동생(그냥 상자에 넣어 배에 실었는데, 5주 만에 도착했다)을 구경하게 된다. 동정이나 선행과는 담을 쌓은 판사는 그 저능아에게 세례식과 같은 의식을 치러 주고, 그 아이의 보호자가 된다. 이때 동료들은 판사가 저능아를 유사시에 자신의 '비상식량'으로 삼기 위함이라고 수근댔다. 소위 '건국의 아버지'로 불리는 미국의 위인 가운데 벤자민 프랭클린과 가장 흡사할 판사와 똥을 먹는 저능아의 조합은, 악에도 나름의 존재 이유가 있다고 여기는 미국의 초절주의 철학과, 미국 제국주의의 맹목성을 동시에 암시한다. 이쯤에서, 소년과 대결을 하기 위해 불쑥 자신을 드러낸 판사의 기이한 모습을 기억해두자.

> 기묘하게도 판사는 썩은 (짐승) 가죽을 (짐승의) 갈빗대에 펼쳐 가죽끈으로 묶어 만든 양산을 들고 있었다. 손잡이는 뭇짐승의 앞다리였다. 가까이 왔을 때 보니 옷이 커다란 체구에 조각조각 찢겨 마치 색종이를 군데군데 붙인 듯했다. 무시무시한 양산과 목줄을 한 저능아 때문에 그는 마치 분노한 주민들에게 쫓겨 달아나는 별 볼 일 없는 약장수 같았다.

소년과 판사의 첫 대결은 무승부로 끝났다. 그러나 28년 뒤에 우연히 만난 주점의 옥외 변소에서 판사는 소년을 살해하고 승자가 된다. 그런 직후 그는 주점의 무도장으로 돌아와 벌거벗은 채 괴물처럼 춤을 춘다. 소설은 이렇게 끝난다.

> 판사는 최고의 인기를 끈다. 모자를 휙 던지자 달덩이 같은 대머리가 램프 아래로 하얗게 지나가고, 활기차게 춤을 추다 바이올린을 빼앗아 들고는 한 발을 들고 빙그르르 돈다. 한 바퀴, 두 바퀴. 그는 춤을 추는 동시에 바이올린을 켠다. 발은 가볍고 민첩하다. 그는 결코 자지 않는다. 그는 결코 죽지 않는다고 말한다. 그는 빛과 어둠 속에서 춤을 추고 최고의 사랑을 받는다. 판사, 그는 결코 자지 않는다. 그는 춤을 추고, 또 춘다. 그는 결코 죽지 않는다고 말한다.

판사가 쉬지 않고 추는 저 흥겨운 춤이 "전쟁과 피에 자신을 오롯이 바친 사람", "저 밑바닥으로 내려가 생생한 공포를 맛보고 급기야 참된 영혼으로 공포와 이야기를 나누는 법을 배운 자"만이 출 수 있는 "전사의 권리"라는 것은 별도로 설명할 필요가 없다.

악이 존재하는 데에도 나름의 이유가 있다면, 자연은 악을 물리치기 힘들다. 그런 세계 속에서는 악이라고 해서 결코 없어져야 할 이유가 없다. 매카시의 작품이 염세적으로 보이는 것은 그 때문이다. 『핏빛 자오선』의 판사가 죽지 않는 것처럼, 『노인을 위한 나라는 없다』의 청부 살인자인 시거 역시 끝내 잡히지 않은 채 "불가사의한 남자" 또는 "유령"으로 명명되었으며 (그래서 보안관 부부는 『요한 계시록』에서 답을 찾고자 하며), 『로드』에서 아버지를 잃은 어린 아들의 운명은, 진짜로 저능아를 '비상식량'으로 간주하고자 했을지도 모르는 판사와 같은 길손에게 맡겨졌다.

그럼에도 불구하고, 세 소설의 공통점이 있다. 먼저 『노인을 위한 나라는 없다』의 마지막 문장.

(꿈속에서) 나는 아버지가 옛 사람들이 그랬던 것처럼 불을 머금은 뿔피리를 들고 있는 것을 보았다. 나는 그 안에 담긴 불빛으로 뿔피리를 볼 수 있었다. 달빛 색깔과 비슷했다. 꿈에서 나는 아버지가 계속 앞으로 나아가서 그토록 춥고 어두운 세상의 어딘가에서 불을 피우려고 한다는 것을 알았다. 내가 언제든 닿으면 아버지가 거기 있으리라는 것을 알았다. 그 순간 나는 잠에서 깨어났다.

다음은 아버지와 아들이 이별하는 『로드』의 한 장면.

함께 있고 싶어요.
안 돼.
제발.
안 돼. 너는 불을 운반해야 돼.
어떻게 하는 건지 몰라요.
모르긴 왜 몰라.
그게 진짜가요. 불이?
그럼 진짜지.
어디 있죠? 어디에 있는지 몰라요.
왜 몰라. 네 안에 있어. 늘 거기 있었어. 내 눈에는 보이는데.

마지막으로 『핏빛 자오선』의 본문 뒤에 붙은 반 페이지 분량의 에필로그.

새벽녘 사내 하나가 땅바닥에 구멍을 내며 평야를 나아가고 있다. 사내는 손잡이가 두 개 달린 도구를 쓴다. 그것을 푹 찔러 구멍을 내고는 구멍 속 돌을 강철로 부딪쳐 불을 지핀다. (…) 지평선 끝까지 이어지는 불구덩이를 따라 한 명씩 나아가지만, 그것은 추적의 연속이라기보다는 인과 관계라는 원칙을 확인하기 위함인 듯하다.

매카시가 매번 강조하는 불이 무엇을 뜻하는지는 솔직히 잘 모르겠다. 독자들은 그의 작품에 심심치 않게 나오는 잠언들로부터, 그가 꺼트리지 않으려는 불이 무엇인가를 가까스로 추측할 수 있을 뿐이다. 예컨대 『노인을 위한 나라는 없다』에 나오는 이런 대목.

> (기자가 물었다) 어떻게 보안관님의 담당 군에서 범죄가 그렇게 만연하게 되었을까요? 정당한 질문처럼 들렸다. 꽤 정당한 질문인 것이다. 아무튼 나는 이렇게 대답했다. 무례를 용납하게 될 때 모든 게 시작됩니다. 더 이상 존칭과 경어를 듣지 못하는 순간 눈앞에 종말이 보이는 거지요. (…) 그러다 보면 마침내 상업 윤리가 무너지고 사람을 죽여 차에 집어넣고 사막에 버려지는 일이 벌어지는 겁니다. 그때는 모든 게 너무 늦게 됩니다.

존칭과 경어가 문명을 지탱하는 따듯한 불이 될 수도 있다. 누가 그것을 부인하겠는가? 하지만 나는 『핏빛 자오선』에서 매카시가 보여준, 미국 건국 신화와 건국 서사에 대한 적나라한 직시가 더욱 뜨겁게 느껴진다. 『핏빛 자오선』은 공식화된 미국의 건국 신화와 건국 서사가 왜곡하거나 은폐한 비공식적 역사를 과감하게 드러냄으로써, 과거만 아니라 현재와 미래를 비추는 불이 되었다.

이 소설에 나오는 소년은 마크 트웨인이 창조한 허클베리 핀의 환생이라면, 판사는 허먼 멜빌이 창조한 에이허브 선장의 환생이다. 판사는 극히 개인적인 자신의 의지에 초자연적인 정의 개념을 부여했던 에이허브 선장과 같이, 전쟁이라는 집단적 의지에 정의라는 개념을 부여한다.

헤럴드 블룸은 앞서의 책에서 『핏빛 자오선』의 "과장된 풍부함과 강렬함"을 셰익스피어·멜빌·포크너의 스타일 속에 위치시켰다. 그러나 예로 들어 보인 몇몇 일화에서 맛볼 수 있었듯이, 입에 침이 마르도록 칭찬을 하고도 아홉 개의 입이 더 필요한 이 작품의 뛰어난 스타일은 마르케스의 그것을 연상케 한다.

『핏빛 자오선』의 무대인 텍사스, 특히 머리 가죽 사냥꾼이 날뛰던 그 시절의 멕시코-텍사스 국경은, 거의 라티노의 세계다. 내가 보기에 그 라티노의 세계에서, 물이 포도주로 바뀌듯이 미국 소설의 특별한 전통 가운데 하나인 로맨스가 남미 소설의 대표적 스타일인 마술적 리얼리즘으로 변전하고 말았다.

아프니까 청춘이다

『귀족』

마광수, 중앙북스, 2008

『나의 값비싼 수업료』

로라 D, 매직하우스, 2008

두 권 다, 대학생 매춘 이야기다. 『귀족』은 남자 대학생이 호스트바에 나가고, 『나의 값비싼 수업료』의 여자 대학생은 인터넷을 통해 고객과 만난다. 그들이 매춘을 하는 까닭은 섹스를 즐기기 위해서나 화대로 명품을 사기 위해서도 아니었고, 그 행위가 실존적 외로움의 발광이었던 때문은 더더욱 아니다.

> 아버지는 나에게 대학 진학을 포기하고 노동 현장에 뛰어들라고 하였다. 집안 형편상 도저히 등록금을 마련해줄 수 없다는 이유에서였다. (…) 나는 간신히 입학 등록을 했다. 그러고 나서 나는 서울로 올라왔다. 그 이후의 학비와 생활비는 몽땅 내가 책임지기로 했다.(『귀족』, 10~11쪽)
>
> 나는 궁지에 빠졌다. 장학금을 탈 수 있는 조건이 되지 않았고, 어떠한 기관의 도움도 받을 수 없었다. (…) 그러나 나는 학업을 중단할 수 없다.(『나의 값비싼 수업료』, 25쪽)

학비와 집세(하숙비), 생활비에 여러 가지 청구서 비용은 물론이고 용돈까지 얻어 받는 부유한 학우들과 달리, 부모로부터 아무런 지원을 받을 수 없는 상황에서 학업과 아르바이트를 병행하는 것은 남녀 주인공 모두에게 무리였다. 닥치는 대로 아르바이트를 해보지만, 학비와 생활비 모두를 충족시키는 것은 불가능했다. 턱없이 모자란 생활비에 따르는 고통 가운데 가장 큰 것은 배고픔이었다.

> 하루 두 끼만 먹었다. 거의가 라면이었다. 등록금이 마음에 걸려 한 푼도 허투루 쓸 수 없었다.(『귀족』, 12쪽)
> 내 찬장에는 먹을 것이 없었다. 남아 있는 것이라고는 2주전부터 굴러다니는 봉지에 든 파스타뿐이었다. 학교에서도 점심식사를 자주 거르곤 했다. 돈을 아껴서 한 주의 마지막에 샌드위치 하나를 사 먹는 정도였다. 자주 먹지 않는 덕분에 거의 배고픔을 느끼지 못하게 되었다. (『나의 값비싼 수업료』, 51쪽)

그래서 두 남녀 주인공은 매춘에 나선다. 하지만 두 사람의 행로는 다르다. 마광수의 주인공은 "아예 학교를 때려치우기로" 마음먹고 전업 매춘이란 통로를 거쳐, 페티시즘과 사도-마조히즘이라는 '마광수 디즈니'로 귀의해 버린다. 반면 로라 D의 주인공은 "단지 공부를 계속하기 위해 매춘행위"를 계속할 뿐이다. 2008년 프랑스에서 출간된 『나의 값비싼 수업료』는 2006년, 거의 4만 명에 가까운 여대생들이 학업을 계속하기 위해 매춘을 하고 있다는 대학생노조협회SUD의 발표를 지지하기나 한다는 듯, 2006년을 시간적 무대로 삼았다. 대신 『귀족』은 "1년 등록금 1천만 원 시대" "빈부 양극화는 점점 더 심해져만 가고 돈 있는 귀족만 떵떵거리며 살아남"는 시대, "잔인무도한 신자유주의" 시대라는 식으로 정확한 년도를 피한다. 왜냐하면 여기는, 여기는 너무 구체적이면 환상이 깨지는 디즈니 세계!

눈치 빠른 독자는 로라 D가 가명일 거라는 짐작을 했을 것이다. 실제로 그렇다. 『나의 값비싼 수업료』는 학비와 생활비를 벌기 위해 매춘에 나섰던 열아홉 살 난 여대생이, 잡지에 매춘에 관한 기사를 쓰기로 한 또 다른 여대생과 합작한 작품이다. 그런만큼 매춘에 나선 여대생의 상황과 심리가 사실적으로 묘사되어 있는데, 프롤로그에는 이런 말이 있다. "오늘날 불안정한 대학생들의 상황을 더 이상 덮어두어서는 안 된다. 현재 이 사회적 재앙의 실재를 아는 사람은 소수에 불과하다. 그러므로 이 증언의 목적은 사람들의 의식을 자극하여 상황을 바꾸려 함에 있다. 즉 가난한 여대생들이 학비를 위해 자신들의 몸을 더 이상 팔지 않게 하려는 것이 목적이다." 이 책 말미에는 사회과 석사 과정 중인 또 다른 여대생의 논문 「인터넷을 통한 여학생들의 매춘행위」가 실려 있어, 매춘이 가난한 여대생들의 유일한 대안이 되어버린 프랑스의 현실을 전한다.

이제 다시, '마광수 디즈니'로 돌아오자. 『귀족』이란 제목을 보면 저절로 마광수가 낸 출판물 가운데 첫 문학 출판물인 『귀골』(평민사, 1985)을 떠올리게 된다. 시집 제목인 『귀골』과 소설 제목인 『귀족』이 20년을 훌쩍 뛰어넘어 일치 상응하는 이 풍경은, 참 재미나다. 그런데 시집 『귀골』을 들여다보면, 재미를 넘어 어떤 '귀기'鬼氣, 즉 외곬으로 추구한 작가의 집념을 느끼게 된다. 이 시집에는 59편의 시가 실려 있는 데, 여기 실린 시 가운데 「나는 야한 여자가 좋다」와 「사랑받지 못하여」, 「왜 나는 순수한 민주주의에 몰두하지 못할까」는 각기 『나는 야한 여자가 좋다』(자유문학사, 1989), 『사랑받지 못하여』(행림출판사, 1990, 『왜 나는 순수한 민주주의에 몰두하지 못할까』(사회평론, 1997)라는 에세이집의 표제가 되었고, 또 「서울의 연가」에 나오는 "가자, 장미여관으로!"라는 싯귀는 『가자, 장미여관으로!』(자유문학사, 1989)라는 별도의 시집을 낳았다. 그러므로 시집 『귀골』은 '마광수 디즈니'의 원초며, 출발이다.

흔히 '마광수 디즈니'는 페티시즘과 사도-마조히즘으로 설명되지만 『귀골』을 읽어보면, 마광수가 자신의 디즈니를 건설하기 위해 얼마만큼 가차 없이 현실의 외부를 잘라내고, 혼자서만 전용 가능한 꿈의 터전을 건설했는지 알게 된다. 「죽음에 대하여」란 시를 보자.

아이들 둘이 잠자리에 나란히 누워 있었다. 둘은 누가 먼저 잠이 드나 내기를 하기로 했다.

잠시 후 첫 번째 아이가 말했다.

- 나 잠들었어.

두 번째 아이는 피식 웃으며 대답했다.

- 잠든 사람이 어떻게 말을 하니?

조금 있다가 두 번째 아이가 말했다.

- 나 잠들었어.

첫 번째 아이가 피식 웃으며 대답했다.

- 잠든 사람이 어떻게 말을 하니?

한참 뒤에 다시 첫 번째 아이가 말했다.

- 나 잠들었어.

두 번째 아이가 대답했다.

- 잠든 사람이 말을 해?

한참 있다가 두 번째 아이가 말했다.

- 나 잠들었어.

첫 번째 아이가 대답했다.

- 잠든 사람이 말을 해?

다시 얼마쯤 있다가 첫 번째 아이가 말했다.

- 나 잠들었어.

두 번째 아이가 희미한 목소리로 대답했다.

- 잠든 사람이 어떻게 말을 해?

또 다시 얼마 후 두 번째 아이가 말했다.

- 나 잠들었어.

첫 번째 아이가 희미하게 대답했다.

- 잠든 사람이 어떻게 말을 해?

이 우화시寓話詩가 말하는 것은, 인간은 삶에 대해서만 말할 수 있을 뿐 저승이나 현실 초월적인 것에 대해서는 알 수 없다는 것. 약간 공자 '필'이 나지 않는가?(공자는 '아직 산 것도 다 알지 못하는데, 귀신에 대해서는 말 할 수 없다'고 말했다) 실제로 「여우와 포도」라는 시에서 마광수는 "산속으로 숨어서" "한껏 세상을 조소하며 우주조차/내 발 아래 있는 양 신나게/고결해 한" 노자나 장자보다는, "차라리 공자가 낫다 맹자가 낫다/평생 벼슬살이하려고 안간힘 쓴/그들이 솔직하다"고 썼다.

페티시즘과 사도-마조히즘으로 가득한 '마광수 디즈니'는 도원경桃源境이나 파라다이스처럼 종교적인 것도 아니고, 유토피아처럼 정치적이거나 이념적이지도 않다. 그저 "뾰족구두는 섹시"하고 그것만 상상해도 "흥분과 쾌감"(「뾰족구두」)을 느낀다는 것, "네 뾰족한 손톱이/날카로운 비수처럼 요염하게 길어졌을 때", "핏빛 매니큐어칠"이 된 그 손톱에 "내 벌거벗은 몸뚱아리"가 사정없이 할퀴어지고 "나는 네 손톱으로 내 모가지를 찔러/아름답게 죽을 수 있게 되기를 바"(「사랑노래」)란다는 것, "네 발냄새를 맡고", "그 고린내에 취하고 싶다"(「서울의 연가」)는 것 등등이 도원경도 파라다이스도 유토피아도 아닌, 지상에 건설 가능한, 극히 사적인 '마광수 디즈니'였다.

시골 청년의 서울 상경기인 『귀족』이 추구하는 세계는, 어떻게 보면 주인공에게 근접이 허락된 유일한 디즈니이면서, 현실 가능한 최적의 정치적 유토피아일 수 있다. 신자유주의 시대라고도 부르지만, 그 보다는 더 피부로 와 닿는 이 '강부자+고소영'의 시대에, 귀족으로 태어나지 못했으면 "새장처럼 생긴 쇠둥우리에 갇힌 채 '먹고 싸고 먹고 싸고'를 반복"하는 성 노예가 되는 게 더 행복하지 않겠는가? 귀골스러운 외모 말고는 아무 것도 가진 게 없는 시골 청년은 또 생각한다. "여자보다 에너지 소모가 열 배 이상" 드는 "섹스는 확실히 남자에겐 '즐거운 놀이'가 아니라 '고된 중노동'"이라고! 그래서 그는 20여 년 전, 『귀골』에 실린 「여자가 더 좋아」란 시에서 "차라리 여자라면 좋겠다"고 외친 것처럼, 존재 이전을 감행한다. 여자로의 성 전환을 훨씬 뛰어넘어, 아예 상상 속의 한 마리 개로! 소설은 이렇게 끝난다. "나는 기쁜 마음으로 기어가다가 가끔 머리를 올려 허공에다 대고 섹시하게 짖어 보기도 한다. 컹, 컹, 커엉……."

우리 만난 적 있죠

『아주 사소한 중독』

함정임, 작가정신, 2006

특급호텔 전속 케이크 디자이너인 서른여섯 살 난 여자와, 러시아 문학을 전공하고 대학 강사를 전전하고 있는 서른세 살 난 유부남의 연애 이야기라면, 모두들 '알만한 이야기'라고 여긴다. 줄거리만 보면, 『아주 사소한 중독』은 그런 상투성을 벗어나지 못한다.

이 '사소한 이야기'를 흥미롭게 하는 것은 단연, 두 사람이 처음 만난 장소가 파리의 몽파르나스 공동묘지하고도 마르그리트 뒤라스의 무덤 앞이었다는 설정이다. 생면부지였던 두 사람은 서로를 탐색하는 암호로 『연인』 『롤 발레리 스텡의 황홀』 『복도에 앉은 남자』와 같은 뒤라스의 작품을 거론한다. 그 가운데서 가장 중요한 것은 단연 『복도에 앉은 남자』. 아래는 몽파르나스 공동묘지에서 아무 약속 없이 헤어진 두 사람이, 서울의 어느 아틀리에에서 우연히 재회하는 장면이다.

> "우리 만난 적 있죠?"
>
> (…)
>
> "『복도에 앉은 남자』?"
>
> 둘은 똑같이 복창하듯이 서로 얼굴을 마주보며 말했다. 그녀의 소리가 그의 것보다 조금 더 크게 울렸다. 멀찍이 테이블에 앉은 일원들이 놀라 둘에게 시선을 던졌다.
>
> "뒤라스!"
>
> 어이없다는 듯이 고개를 돌렸다가 또 입을 연 것이 역시 복창이 되었

다. 둘은 박수치듯이 서로 얼굴이 뒤로 젖혀지도록 유쾌하게 웃었다.

원래 「복도에 앉은 남자」는 뒤라스가 쓴 단편소설이다. 그래서 그 단편만을 지칭한다면 홑꺽쇠로 처리되어야 옳지만, 우리나라에서 출간된 뒤라스의 중단편집 제목이 또 『복도에 앉은 남자』(문학사상사, 1986)다. 그래서 『아주 사소한 중독』을 더 잘 읽기 위해서는 두 주인공들이 『복도에 앉은 남자』에 실린 작품 전체에 매료되었는지, 아니면 「복도에 앉은 남자」만을 특정해서 가리키는지를 밝힐 필요가 있다.

다섯 편의 중단편을 묶어 놓은 문학사상사의 『복도에 앉은 남자』에는 뒤라스에게 콩쿠르상을 안겨준 중편 「연인」이 포함되어 있다. 때문에 여주인공이 유독 「연인」만 빼놓고 읽은 게 아니라면, "그녀의 「연인」을 영화로만 봤어요. 아주 오래 전에 우연히 『복도에 앉은 남자』라는 소설을 읽었구요"라는 그녀의 대사는 어색하지 않을 수 없다. 하므로 작중의 두 주인공이 지칭하는 것은 『복도에 앉은 남자』가 아닌, 「복도에 앉은 남자」를 가리키는 거라고 봐야한다. 그렇다면 「복도에 앉은 남자」는 어떤 작품인가? 포르노그래피를 연상시키는 그 작품의 첫머리는 이렇다.

> 그 남자는 바깥쪽으로 열린 문과 마주보는 어두운 복도에 앉아 있었던 것 같다. 그는 몇 미터 떨어져서, 자갈길 위에 드러누워 있는 한 여자를 쳐다보고 있다. 그들을 둘러싸고 있는 정원은 아주 가파른 경사를 이루면서 평야와 나무가 없어 헐벗은 계곡과 강변을 따라 일구어 놓은 밭들과 이어져 있다. 시야에 들어오는 풍경은 그 강까지 펼쳐진다. 그 너머, 아주 멀리 저 지평선까지는 어렴풋한 공간인데, 그것은 무한히 넓은 바다일 수도 있는 항상 안개 자욱한 광대한 공간이다.
> 그 여자는 강을 마주보는 비탈진 언덕 꼭대기까지 산책 나갔다가, 지금 그녀가 있는 이 장소로 되돌아와 복도를 마주하고, 햇빛을 받으

며 드러누워 있다. 그녀가 그 남자를 볼 수는 없다. 그것은 여름 태양의 눈부시도록 따가운 광선에 의해, 그녀가 그 집 내부의 그늘진 곳과는 떨어져 있기 때문이다.

곧 저 두 사람은 한 차례의 정사에 돌입할 것인데, 두 사람의 사랑행위가 펼쳐지는 공간은 "어렴풋한, 무한히 넓은, 광대한"이라는 형용사가 암시하듯이, 사회나 역사의 제약을 받지 않는 원초의 공간이다. 그 원초의 공간에서 두 남녀는 한 차례의 정사를 나누었으며, 연이어 여자는 맞아서 죽고 싶다고 남자에게 매달리고, 언제가 그녀를 죽여 버리겠다고 마음먹기도 했던 남자는 그녀의 요구에 따른다.

남자의 손이 올라가는가 싶더니 다시 내려오면서 그녀의 뺨을 후려치기 시작한다. 처음에는 부드럽게 때리더니 이제는 냉혹하기 짝이 없다.

그 손은 그녀의 입술 언저리를 갈겼고, 그 다음에는 점점 더 세게 이빨을 후려친다. "그래요. 그렇게 해주세요"라는 여자의 목소리가 들린다. 더 매를 잘 맞을 수 있도록 얼굴을 쳐들고, 더욱더 얼굴의 긴장을 풀어, 남자의 손을 보다 더 제멋대로 놀릴 수 있도록 몹시 관능적인 모습을 보인다.

십 분 가량이 지나서 두 사람은 정확한 평행선을 이루며 나란히 자리를 하고 있었던 것 같다. 그는 점점 더 강하게 때린다.

이제 그의 손은 밑으로 내려와, 그녀의 젖가슴과 몸뚱아리를 치고 있다. 그녀는 "좋아요, 그렇게 해 줘요, 그래요"라고 말한다. 그녀의 눈에서 눈물이 흐른다. 계속 치고 때리고 하는 그 손은 매번 거세어져 이제는 기계적인 속도에 까지 도달할 지경이다.

그녀의 얼굴은 얼떨떨해진 채, 멍하니 아무런 표정도 없이, 기진맥진

하여 전혀 저항하는 기색도 없이 마치 시체처럼 목둘레에 간당간당 매달려 있을 뿐이다.

내 눈에는 그녀의 몸통도 마찬가지로 그렇게 얻어맞는 것이 보이는데, 그녀의 몽뚱아리는 모든 고통에 초연한 채 매질에 완전히 자신을 내맡기고 있다. 계속 남자가 욕지거리를 퍼부으며 후려치는 것이 보인다. 그리고 나서 별안간 비명을 지르는데, 그것은, 공포 바로 그 자체이다.

이제 보이는 것은 침묵 속에 잠긴 두 사람이다.

방금 보았던 가열한 사도-마조히즘은, 파괴하려는 의지와 그것을 수용하는 능력이 곧 사랑이라는 것을 암시하는 듯하다. 사랑에 관한 뒤라스의 이런 정의는 함정임의 소설에서도 유사하게 반복된다. 아래는 그녀의 두 주인공이 첫 번째 정사를 나누었던, 승용차 속에서의 장면이다.

그는 여러 가지 자세를 시험하며 무진 애를 쓴 다음에야 그녀에게 들어가는 데 성공했고, 그녀는 비정상적으로 뒤틀린 그의 몸뚱아리에 짓눌려 거의 숨도 못 쉬었다.

"죽을 것 같아요. 아, 당신!"

그녀는 천신만고 끝에 겨우 소리를 냈는데 그와는 달리 존댓말이었다. 그는 그녀의 존댓말에 한껏 사기가 올라서 레슬링 선수처럼 위에서 그녀의 몸을 더욱 세게 옥죄었다. 다음날 그녀의 몸은 온통 멍투성이였다.

성행위 중에 연상의 여인이 연하의 남자에게 쓴 존댓말이 연하남의 사기를 부추겼다는 지극히 한국적인 상황만 제하고 나면, 뒤라스와 함정임이 공유한 사항이 금세 눈에 들어온다. 하나는 성행위와 죽음이 상피 붙어 있다는 인식, 둘은 성교의 양식이 보여주는 가해자로서의 남성과 피가해자로서의 여성이라는 이분법.

『아주 사소한 중독』의 두 주인공이 「복도에 앉은 남자」를 암호처럼 주고받기는 했지만, 실제상 저 작품의 온전한 소유자는 여자 주인공이다. 그녀가 아주 오래 전에 우연히 『복도에 앉은 남자』라는 소설을 읽었을 때는 고등학교 시절이었으므로, 남자 주인공보다 세 살 연하인 남자 주인공이 그녀보다 먼저 이 소설을 읽었을 확률은 없다.

> 『복도에 앉은 남자』와 그것을 읽던 8월의 그 후끈한 여름이 그녀의 뇌리에서 맴돌고 있었다. 그녀는 아주 오랜만에 첫 섹스의 순간이 떠올라 순간적으로 얼굴이 불끈 달아올랐다.
> 문예반 선생의 자취방에 처음 들르던 날이었다. 8월인데도 선풍기는 없는 작고 밀폐된 방이다. 그때 그녀의 나이가 열여덟인가 열일곱이었고, 그 방에서 그녀가 나올 때는 더 이상 처녀가 아니었다. 그녀가 다시 그 방을 찾아갔을 때는 방문은 잠겨 있었고, 밤새 첫눈이 내렸다. 문예반 선생은 봄이 되자 철새처럼 다른 도시로 떠나가 버렸다.

문예반 선생이 '철새'처럼 사라지고 나서 그녀는 실성증失聲症을 앓았다. 그 후, 대학에 입학한 그녀는 이름난 운동권 출신 선배(전국적으로 유명한 수배인물)와 동거하면서 그 몰래 두 번의 임신과 낙태수술을 했다. 그 애인은 정권이 바뀌자 신진 국회의원의 보좌관이 되었고, 어느 날 갑자기 그녀가 생판 모르는 다른 여자와 결혼을 한다. 그녀는 그를 기억하지 않고, 그와 관련된 아주 사소한 기억조차 잊으려고 노력하는 과정 중에, 정작 잊지 말아야할 것까지 잊어버리는 건망증에 걸린다.

작중의 그녀는 이제 몽파르나스 공동묘지에서 만난 세 번째 남자와의 이별을 목전에 두고 있다. 두 남자와의 이별이 그랬듯이, 세 번째 이별 역시 그녀에게 이명증이라는 육체적인 상처를 안긴다.

> 우리 만난 적이 있죠? 그 소리는 그녀의 등 뒤에서 들려온다. 그녀가 돌아보면 매번 아무도 없다. 그녀는 옛날 심각하게 앓았던 실성증과는 또 다른 이명증耳鳴症으로 고생하고 있다.

이만하면 공동묘지와 「복도에 앉은 남자」가 이 작품에서 차지하는 상징성이 얼마만큼 큰지 알고도 남게 된다. 사랑은 '내가 죽는 경험'이며, 자기 파괴다. 뒤라스의 소설은 이렇게 끝난다.

> 그 보랏빛(노을-인용자)이 다가와서, 강의 하구를 물들이고, 안개로 덮인 하늘은 그 무한의 공간 쪽으로 향한 그의 느린 주행 속에 정지되어 있는 것이 보인다. 다른 사람들도 쳐다보고 있다. 다른 여자들도, 이제는 죽은 다른 여자들도, 무한히 넓고 깊은 바다 하구를 마주하고, 강줄기를 따라 일구어 놓은 논밭에서, 여름철의 계절풍이 이처럼 몰려와 한바탕 쓸어버리고 지나가는 것을 보았으리라. 지금 나는 여름철의 폭풍우가 그 보랏빛과 함께 다가오고 있는 것을 본다.
> 그 남자가 여자 위에 엎드려 울고 있는 것이 보인다. 그녀는 꼼짝달싹하지 않는다. 여자가 잠이 든 건지 아니면 깨어 있는 건지 나로서는 도저히 알 수가 없다. 정말 모르겠다. 내가 그것을 어떻게 알겠는가.

겉으로만 보면, 뒤라스의 소설에서 파괴된 것처럼 보이는 것은 "꼼짝달싹"하지 않은 채 "잠이 든 건지 아니면 깨어 있는 건지" 모를 여자다. 하지만 그녀의 잠 혹은 죽음이 "여름철의 폭풍우"를 불러 왔으며, 그녀의 잠과 죽음이 정체된 광막한 공간에 어떤 균열(시간성)을 냈다는 것은 분명하다. 남성 가해자는 얼핏 정복자처럼 보이지만, 그는 여성의 열망이나 명령 앞에 수동적이었으며, 여성의 포용력에 기생한다. 어두운 복도 안에 있는 남자를 햇빛 쏟아지는 바깥으로 유인해 내는 작중의 여자는, 파괴되지 않는 대지모신大地母神이다. 앞서 말했던 것처럼 뒤라스는 그것을 효과적으로 드러내기 위해, 남성 가부장으로 구조화 되어 있는 사회와 역사를 벗겨낸 태곳적 시공간에 두 주인공을 부려 놓았다.

『아주 사소한 중독』은 "그녀가 유일하게 믿는 건 혀다"로 시작해서, "그녀는 점이나 미신 따위는 믿지 않지만 자신의 혀만은 무시한 적이 없다. 그것은 거의 틀리지 않는다"라는 문장으로 끝난다. 육체와 관능을 절대시하는 그녀의 대척에 "책을 너무 많이 읽었고, 지식을 너무 많이 쌓"은 남자들이 있다. 그들은 차례대로 문학가(고등학교 문예반 선생), 혁명가(운동권 애인), 교수 지망생(러시아 문학을 전공한 세 번째 남자)이었으며, 그녀를 짝사랑하는 제4의 남자인 강철기 또한 음식평론가 겸 보석평론가다. 여주인공은 추상적인 능력의 화신이라고 할 수 있는 남자들에게 상처 받으면서도 자신의 영혼이나 정신을 날카롭게 벼리기보다는, 도리어 육체의 감각을 더욱 확신한다.

이 작품의 여주인공을 한 마디로 규정하라면, 그녀는 수유자授乳者다. 그녀는 자신의 혀를 남자에게 주며, 케이크를 만들어 먹이고, 사랑니 때문에 아이처럼 투덜대며 울먹이는 남자의 머리통을 자신의 가슴에 끌어안아준다. 그녀는 수유자고, 치유자이며, 대지모신이다. 바로 이 장면.

> 그녀의 가슴에서 분리된 그의 얼굴의 한쪽 볼이 (사랑니를 앓는 통에) 추악하게 일그러져 있다. 그녀는 서랍을 열고 소염진통제 두 알을 꺼내서 자기의 입에 넣었다가 물과 함께 그의 입으로 디밀어준다.

방금 함정임의 『아주 사소한 중독』에 나오는 여주인공을 수유자고, 치유자이며, 대지모신이라고 뻗대기는 했지만, 이런 명명에는 어폐가 없지 않다. 뒤라스의 「복도에 앉은 남자」가 애초부터 초현실적인 시공간에서 출발했다면, 앞서의 '존댓말 일화'가 보여주었듯이 함정임의 작품에는 굉장히 구체적인 남성 가부장 권력(제도)이 작동한다. 다시 말해 여주인공의 실성증·건망증·이명증은 가부장제도(권력) 속에서 이루어지는 연애와 성애가 남성보다는 여성에게 불이익을 주는 때문에 생기는 상처다.

그러므로 그런 불이익에 대한 여성의 항거가 이 소설에 깔려 있는 것도 놀라운 일은 아니다. 여성의 성애를 억압하거나 실연한 여성에 대해 가혹한 남성 가부장 제도와 권력에 대한 작가의 저항 전략은, 상처받고 파괴되는 여성 육체에 대한 무한한 긍정이다. 그것은 성애性愛와 애육愛肉의 제유인 '혀'에 대한 믿음에 이미 표명되어 있거니와, 거기에 이기주의적인 남성 성욕을 희화화하는 다음의 두 문단도 덧붙여야 한다.

> 그동안 그가 그녀에게 준 것은 한 무더기 정액 이외에 아무것도 없다. 그녀는 다가오는 남자를 미련 없이 물리치지도 않지만 그렇다고 방전된 배터리처럼 감정이 무뎌져서 떠나겠다는 남자를 구질구질하게 붙잡지도 않는다. 그녀에게 사랑은 일시적인 정신장애일 뿐 아니라, 신체적인 기능장애를 유발하는 일상적인 사소한 중독中毒일 뿐이다.

사랑은 "한 무더기의 정액"과 "신체적 장애"에 불과하다는 정의는 이기주의적인 남성 성욕에 대한 보기 좋은 냉소이면서, 이른 나이에 모든 남자는 떠나기 마련이라는 것을 알게 된 여주인공의 자기방어 기제이기도 하다. 역시, 내가 너무 뻗댄 것일까? 아무리 너그럽게 생각해도, 냉소와 자기 방어 기제를 벗지 못한 함정임의 여주인공이 수유자고, 치유자이며, 대지모신일 리 없다. 어디서부터 문제가 생겼을까? 원인은 탈역사화된 공간(「복도에 앉은 남자」)과 현실적인 공간(『아주 사소한 중독』)의 차이, 바로 그 때문이 아니었을까?

연애소설 쓰는 남자

『풍경의 내부』

이제하, 작가정신, 2000

이 책은 출간됐을 무렵 읽은 게 분명한데, 어디에 독후감을 남겼는지 모르겠다. 이럴 때는 독후감을 새로 쓰는 게 신경쓰인다. 예전의 독후감과 너무 다른 말을 하면 어떻게 되나? 그런 일이, 한 입으로 두 말을 하는 거짓말쟁이 행각을 보여주는 것인가, 아니면 똑같은 오솔길을 걸으며 새로운 감회를 표명하는 당연한 반응인가?

작가는 이 작품의 모티프가 서정주의 시 「신부」新婦에서 촉발된 것이라고 '작가의 말'에 밝혀 놓았다. 산문시인 「신부」는 두 개의 단락으로 구성되어 있다. ①결혼 초야에 신부의 방에 앉아 있던 신랑이 오줌이 급해져 방을 나가는데, 자신의 옷자락이 문돌쩌귀에 걸렸다. 신랑은 신부가 채근하여 자신을 잡는 줄 알고, "못 쓰겠다"며 뒤도 돌아보지 않고 도망갔다. ②그로부터 40년인가 50년 뒤, 달아났던 신랑이 옛 집을 찾아 신부의 방을 열어보니, 신부는 예전의 모습 그대로 앉아 있다. 안쓰러운 생각에서 어깨를 어루만지니 "재가 되어 폭삭 내려앉"았다. 이 작품의 첫 단락은 뭇 남성들의 신부의 처녀성에 대한 집착과, 무한하다고 여겨지는 여성의 성적 능력에 비해 왜소한 남성의 성적 불안을 나타낸다. 그러나 두 번째 단락은, 남성의 성적 이기주의를 조롱하고 있는 첫 번째 단락을 일부종사一夫從事하는 유교적인 정절로 봉합해 버리고 만다.

이제하가 「신부」의 모티브를 꽤 오래 만지작거렸을 거라는 짐작은, 『자매일기』(고려원, 1987)에 실린 같은 제목의 중편 소설이 증명해 준다. 「자매일기」 중간에, 명례가 상운사라는 절을 방문하는 대목에서였다. 그때 명례는 자신의 첫 남자(미스터 서)를 버리고 다른 남자(박교수)와 결혼을 결심하기 전에, 마음이 꽤 심산해져 있었다. 그녀가 절 구경을 하다가 혼자 외진 숲길로 들어가 가뭇히 잠이 들었다가 울면서 잠에서 깼어났을 때, 서너 걸음 건너에 한 스님이 환상처럼 앉아 있었다. 그 스님은 "아가씨, 내가 중이 된 내력을 들어 보시려오"라면서, 「신부」와 거의 비슷한 이야기를 한다. "신부가 과거를 고백하는 바람에 첫날밤에 나는 집을 뛰쳐나갔었지. 신혼여행은 절로 갔더랬는데, 이 절은 아니지만…… 절간 방에서 딴 남자 얘기를 들었단 말이야. 20년 전 일이야. 그대로 뛰쳐나와서 돌아가지 않았어."

「자매일기」를 발표한 게 1977년이었으니, 『풍경의 내부』가 나오기까지 「신부」의 모티브는 20여 년 넘게 또 한 번 숙성됐다. 이 작품의 주인공 '나'는 5년 전인 스무 살 중반 무렵 결혼을 했으나, 신혼 초야에 아내(희수)에게 애인이 있다는 사실을 알게 되어 곧바로 떠돌이 생활을 시작한다. 그러던 주인공은 서른한 살 때에, 야바위판의 바람잡이인 서례를 만나 동거에 들어간다. 이 작품은 주인공 '나'가 "스물여섯 살을 먹고, 방언 같은 소리들을 아무렇게나 지껄이고, 때로는 현자의 의젓한 표정이다가도 젓가락 하나 쥘 줄 몰라 번번이 손으로 반찬을 집고, 이상한 꿈을 곧잘 꾸고, 맨발을 좋아하던 한 가냘픈 여자와의 기억"을 되새긴 작품이다. 곁말이지만, 연애 소설은 여성의 전유물이 아니라 '뭔가 찔리는 데가 있는' 남자들이 쓰는 것이다.

방금 인용된 서례에 관한 묘사는 이제하의 전형적인 여성 주인공을 다시 한 번 보여준다. 작가의 대표작 가운데 하나인 「유자약전」의 유자가 그렇고 앞서 나왔던 「자매일기」의 자매들이 그렇듯이, 이제하의 여자 주인공은 다들 어디서 '호되게 한 방 맞은' 모습이다. 이제하가 묘사하는 호되게 한 방 맞은 여성은, 여성주의자들이 질색할 게 뻔한 '모성'을 주체하지 못하는 여성이다(모성이 자연스러운 미덕인 때는 갔다. 그래서 '호되게 한 방 맞은' 바보 같은 모습으로 비치는 것이다). 서례는 정신병원에 입원했던 경력이 있는 데, 그녀의 증세인 '관계망상'은 모성과 같은 성질의 증세다. 관계망상은 "모든 세상일이 자신과 직접 관련이 있다"고 믿는 증세다. 이를테면 서례는 광주사태를 보면서는 "아버지가 거기에 투입된 공수부대의 일원"이라고 어거지로 믿어버리고, 정신병원에서 만난 인후라는 창녀를 너무 동정하고 가슴 아파했던 나머지 "완치된 인후 씨의 인생을 상정하고 다시 한 번 대신 살아보겠다"며 정신병원을 나선, 강박증적인 모성의 소유자다. 그녀의 천진성은 한 눈에 '나'의 고통(과거)을 눈치채고, 야바위꾼에게 롤렉스 시계를 빼앗긴 '나'를 삐죽삐죽 따라왔던 것이다(야바위꾼 상환이는 서례가 정신병원에서 만났던 또 다른 환자. 그녀가 왜 그의 야바위질에 동참했는지는, 이제 누구라도 짐작이 갈 것이다. 서례는 상환의 사회 복귀를 도우기 위해 바람잡이에 나섰다).

'나'의 자취방으로 옮겨올 때 서례의 짐은 간단했다. 아주 무거운 가방 하나. 그 속에는 네모반듯하고 길쭉한 입방체의 검은 돌 하나가 들어 있었다. 서례가 "내 마스코트"라고 말한 오석烏石은 동강난 비석으로, 거기엔 도중에 끊어진 "육군 소위 최"라는 글자가 새겨져 있었다. 정신병원을 갓 퇴원한 여자가 동강난 비석을 마스코트 삼아 들고 다닌다? 이제하의 소설을 읽을 때마다 독자들은 이런 초현실적인 이미지에, 어디서 호되게 한 방 맞은 것처럼 어리둥절해진다.

주인공 '나'는 서례와 동거를 한지 보름이 되도록 발기불능인 채, 제대로 된 성행위를 하지 못한다. 논리적으로 말하자면 서례의 마스코트와 '나'의 임포텐츠는, 성적 무능력을 나타내는 등가의 상징물이어야 맞다. 그러나 어디서 주워 왔는지 알 수 없는 서례의 마스코트는, 상처 입은 것들에 대한 그녀의 포용력(모성)을 상징할 뿐, 그녀의 성적 무능성을 나타내는 마스코트가 아니다. 그 마스코트를 보고 성적 불능에 빠지는 사람은, 그녀와 아무런 상관없는 '육군 소위 최'를 무의식중에 서례와 관련짓는 '나'다. 이게 '나'를 음위로 몰아넣는다(5년 전, 신부의 부정을 알고 난 직후부터 그는 줄곧 음위였을 가능성도 배제할 수 없다). 말하자면 저 비석은 죽음의 상태(음위)에 빠진 '나'의 것이며, 정신분석적으로는 그 무거운 비석을 지고 있는 사람이 서례가 아닌 '나'

다. 서례는 자신의 십자가가 아닌 것을 대신 지고 있는 '바보 성자聖者'다.

'나'의 치료는, 옛 환우를 만나러 가는 서례를 따라 정신병원을 갔을 때 이루어졌다. 그날 밤, '나'는 방구석에 놓여 있는 돌을 집 앞의 하천에 버리게 되고("해방되라구…… 껍데기를 벗어버려…… 자신을 내던져…… 지금 그러지 못하면 너는 일생 불구의 신세가 될지도 모른다…… 벗어 던지라니까……"), 서례와 온전히 몸을 섞게 되며, 5년 전에 있었던 사건을 서례에게 고백하게 된다. '나'가 자신의 짐인 비석을 집 앞의 하천에 던졌을 때 서례는 "드디어 버렸군, 오빠"라고 말하고, '나'가 자신의 과거를 고백했을 때 서례는 "한 번 내려갔다와"라고 권한다.

드디어 '나'는 옛 신부의 가족들에게 사과를 하러 고향인 J시를 방문하게 되는데, 그것은 자기 치료의 과정이다. 고향에 내려가 장인에게 사과 전화를 하고(장인은 만나기를 주저했고), 혹시나 싶어 두 사람이 살게 되었을 신혼집을 방문했을 때, 담 너머로 재혼한 아내의 흐릿한 웃음소리를 듣게 된다. 앞서 서정주의 「신부」를 두 단락으로 나눠 분석하면서, 남성의 성적 이기주의에 대한 일종의 폭로물(①)이, 일부종사하는 유교적 정절의 강화로 끝나버린 한계(②)를 지적했다. 그런데 『풍경의 내부』에서 그런 일부종사 신화가 말끔히 가시고 없다.

> 대문이 닫힌 채여서, 담장을 끼고 나는 옆으로 돌아갔다. 나지막한 담 안으로는 몇 그루 관상수들이 짙은 윤곽을 드러내고 있고 희미한 티비 소리 같은 것이 들렸다. 창피한 느낌을 무릅쓰고 담 너머로 반쯤 몸을 엎어 기울이고 고개를 빼면서 나는 예감이 적중하기를 속으로 빌었다. 침엽수의 잎사귀들 사이로 거실의 반쯤이 드디어 환히 들여다보였다. 신부가 될 뻔했던 여자가 식탁 곁에 놓인 요람 속의 아이한테로 고개를 기울이고 있고, 맞은편엔 그 남편인 고교 동창이 저녁을 먹고 있었다. 식탁 너머에서 무슨 농담이 건너왔는지 희

수의 까르르 하는 웃음이 흐릿하게 묻어왔다…….

『풍경의 내부』가 가닿은 핵심이, 일부종사 이데올로기를 '한 큐'에 날려 버린 저 "까르르" 하는 웃음소리라고 한다면, 작가는 뭐라고 할까?

저 웃음소리와 함께, 신화이자 이데올로기로서의 「신부」 모티프에 마지막 쇄기를 박은 것은 이 소설의 결말이다. '나'가 하루 만에 집에 돌아 왔을 때, 서례는 집에 없었다. '나'를 고향으로 보내놓고 돌아오지 않을 까봐서 안절부절 하던 서례를, '나'와 허물없이 지내는 개도수꾼 박 선생이 건드린 것이다. 내 생각에 서례는 박 선생마저 남성이라는 비석을 짐처럼 지고 있는, 불쌍한 사람으로 보았던 것일까? 이제 방속에 갇혀 기다리는 사람은 '나'인 바, 서정주의 「신부」에서는 '기다리는 자/갇힌 자/버림받은 자'가 여성이었던데 반해, 이제하의 『풍경의 내부』에서는 '기다리는 자/갇힌 자/버림받은 자'는 남성으로 역전된다.

관계망상이든 포용력이든 모성이든, 서례를 서례로 인도하는 것은, 촉각과 감각에 대한 열중이다. 그녀는 젓가락을 싫어해서 초밥마저 맨손으로 집어 먹으며, 생식과 맨발로 걷기를 좋아한다. 한때 그 반대편에 있었던 '나'는, 좋지 않은 뜻에서의 '분별지'分別智의 세계에 속했다. "어느 책에선가 그런 소리를 읽은 적도 있었다", "싸구려 책들이 떠드는", "어디선가 그런 난폭한 글을 읽었던 적이 있다", "어느 책에서던가", "내가 가끔 머리에 떠올린 건, 언젠가 읽었던 그런 내용의 산문시였다"와 같은 '나'의 허두虛頭가 그것을 증거한다.

사족이다. 이제하는 상처받은 남자들을 거두는 여성의 능력을 '모성'으로 당연시하는 면이 있다. 「자매일기」의 경우 혁명의 이상과 교직이라는 생업으로부터 버림받고, 최후로는 7년 동안 사귀었던 약혼녀(명례)로부터 버림받은 미스터 서를, 동생인 경례가 거두어 들인다. 언니의 망가진 약혼자를 구원하기 위해 자신을 내던지는 경례야말로 '호되게 한 방 맞은' 모습으로 현현한 모성이 아닌가?

지옥 같은 도시의 축제

『낯익은 타인들의 도시』

최인호, 여백, 2011

최인호의 『낯익은 타인들의 도시』(여백, 2011)를 먼저 읽은 사람들은, 이 장편소설이 1977년에 발표했던 작가의 단편 「타인의 방」의 모티프가 확대된 것이라고 말한다. 이 글은 『낯익은 타인들의 도시』에 대한 짧은 독후감이면서, 널리 알려진 최인호의 초기 단편과 알려지지 않은 한 편의 장편 속에서, 이 작품의 생성 동기를 쫓아보고자 한다.

작가가 「견습환자」로 신춘문예에 당선 되었을 때는 스물세 살이었다. 이 작품은 작가의 초기 단편 뿐 아니라, 자신의 본령인 '현대소설'(『낯익은 타인들의 도시』에 쓴 '작가의 말' 참조) 가운데서도 단연 돋보이는 작품이다. 이 작품은 예문관(1972), 민음사(1983), 문학동네(2002)에서 나온 단편선집의 제목으로 중복 사용될 만큼 유명한 「타인의 방」으로 가는 입구이자, 이보다 훨씬 훗날 『구멍』(동화출판공사, 1991)으로 완성될 비극적 세계인식의 열쇠다.

"참으로 이상한 일이다. 나는 지금껏 그 사람들에게서 웃음을 본 일이 없다"라는 문장으로 시작되는 「견습환자」의 주인공은 늑막염에 걸린 이십대 청년이다. 그는 병원에 입원한지 꼭 열닷새가 되는 날, 의사와 간호사들에게서 한번도 '웃음'을 본 일이 없다는 것을 알게 된다. 이 명민한 관찰자에게 웃음이란 세계와의 거리두기이자 자기 객관화이며, 실존(저항)을 뜻한다. 그렇기 때문에 의사나 간호원이 웃는 일이란 애당초 불가능하다. 세계와의 거리두기와 자기 객관화를 게을리 하지 않으면서, 실존에 성공하기까지 한 '관리 권력'이란 존재하지 않기 때문이다.

병원이 관리 권력의 대리자이거나 관리 권력 그 자체라는 것은, "그러나 내가 정말로 아프기 시작한 것은 늙은 간호원이 병실 앞에 내 이름이 새겨진 문패를 걸어준 후, 수의囚衣 같은 환자복을 주었을 때였다"라는 주인공의 말에 적나라하게 드러나 있다. 환자복이 곧 '수의'라는 말 속에, 병원이 법원이나 학교, 군대와 같은 관리 권력이라는 확연한 암시가 들어 있다. 그러나 그보다 더 눈여겨 볼 대목은 '내가 환자가 된 것은, 환자복을 입고 나서'라는 반문화적인 저항 인식이다. 이 작품이 1967년 신춘문예 당선작이므로, 최인호는 적어도 그 이전에 '병원이 병을 만든다'는 이반 일리히의 반문화론을 간파하고 작품으로 형상화했다.

주인공은 관리 권력의 관리 기술에 균열을 내기 위해 몇 가지 책략(거짓말)과 실없는 농담을 준비한다. 하지만 병원은 그의 딴지를 번번이 무로 되돌렸고, 오히려 점점 초조해지는 것은 주인공이다. 퇴원 하루 전날 밤, 그는 "병동 전체가 달라질 것"을 추호도 의심치 않으면서 최후의 저항을 시도한다. 1병동과 2병동 입원실의 문패를 모조리 바꿔버린 것이다. 결과는 "아무것도 달라진 것이 없었다. (…) 나는 어젯밤 내가 기를 쓰며 가까스로 바꾸어놓았던 병실 문패가 제각기 제자리에 놓여 있는 것을 보았다. 어느 틈엔가 고등동물인 그들은 제 스스로 미로를 제거할 줄 알게 사육된 것이다. 나의 마지막 시도는 그들 앞에서 완전히 좌절되고 만 것이다."

관리 권력의 철옹성 같은 관리 기술은 그의 저항을 컴퓨터 프로그램이나 시스템의 '버그' 제거하듯이 간단히 제압해 버렸다. 퇴원을 하기 위해 동생이 불러온 택시에 올라탄 주인공은 차창 너머로, 그가 골탕을 먹이려고 애를 썼던 "그 젊은 인턴이 어떤 아름다운 여인과 파라솔 밑에서 콜라를 마시고 있는 모습"을 발견한다. 마치 "한 폭의 그림"같은 그 모습을 보면서, 주인공은 비로소 자신의 퇴원을 실감하게 된다. 철없던 주인공은 병원이라는 작은 세상에서 치료를 받고, 세상이라는 더 큰 병원의 환자, 다시 말해 '정상인'으로 다시 태어나는 것이다. 스물세 살에 이미 능란했던 이 작가는, '견습' 딱지를 뗀 '정식' 환자를 환영하듯이, "동생은 내게 유혹하는 목소리로 자기가 최근에 발견한, 술값이 싼 술집과 재미있는 영화를 하는 극장이 어디인가를 알려주었다"라는 의뭉스러운 문장으로 작품을 맺었다.

초기 단편으로 분류되는 「2와 2분의 1」 「사행」斜行 「예행연습」은 「견습환자」가 미리 보여주었던, 관리 권력에 대한 실존인의 도전과 투항을 변주하고 있다. 최인호의 전체 작품 속에서 하나의 경향을 차지하고 있는 이 작품군 가운데서 「타인의 방」은 투항해버린 실존인의 비극적 최후를 보여준다. 출장을 다녀온 주인공은 아내가 사라진 빈 집에서, 집안의 사물들이 낯설고 적대적인 모습으로 변해버린 것을 대면한다. 무기력과 소외가 두려워 사물과의 대화를 시도하기도 했던 주인공은, 스스로 사물이 되는 것으로 난국을 돌파한다. 자신의 방을 '타인의 방'으로 느끼다가 급기야는 자기 방의 이방인이 되어버린 주인공과 그가 감행했던 사물로의 변신은, 관리 사회 속에서 끊임없이 사물화를 강요받는 현대인의 궁색한 처지를 웅변한다.

관리 권력이 지배하는 관리 사회에서 인간의 주체는 해변의 모래사장에 쓴 덧없는 이름이나, 기계 장치 속의 한갓된 부품(사물)에 지나지 않는다. 아무리 해도 그 쇠우리를 벗어날 방도나 벗어나 살 방법이 없을 때, 실존하고 싶은 열망이나 주체에 대한 감각은 오히려 거추장스럽기만 하다. 「견습환자」의 주인공이 보여준 기꺼운 투항과 '기쁘다, 사물되었네!'를 수긍하던 「타인의 방」의 주인공은 모두, 그 거추장스러움을 팽개칠 수밖에 없었던 꽉 막힌 비극적 세계인식의 '막장'을 보여준다.

그 막장에서 최인호는 툭 던지듯, "이것 봐. 오히려 좀 광기가 있는 녀석들이 더 잘 사는 세상인 줄 나도 알고 있어"(「침묵의 소리」)라고 말한다. 최인호의 '광인 되기'는, 현대인들이 정상적으로 살기 위해서는 약간씩 광인일 수밖에 없는 궁색한 사정을 보여주는 동시에, 관리 사회의 쇠우리를 벗어나기 위한 필사의 고육책을 뜻한다. 정상적으로 살기 위해 광인 되기를 택하는 동시에, 정상적이라고 간주되는 비정상적인 세계로부터 벗어나기 위해 거듭 광인 되기를 택하는 최인호의 분열증적이고 악순환적인 세계 인식은, 좀

체 기억하는 이가 없는 그의 장편 『구멍』에 잘 묘사되었다.

'지옥'이란 제목으로 출간될 뻔했던 『구멍』은 일요일 저녁에서 월요일 새벽까지라는 짧은 시간 동안에 벌어지는, 도시의 연옥 체험담이다. 이 소설에서 광기를 보여줄 주인공은 중년 의사인데, 그는 저 옛날, 아름다운 여인과 파라솔 밑에 앉아 "한 폭의 그림"을 연출했던 「견습환자」의 젊은 인턴이 아니던가? 앞서 세계와의 거리두기와 자기 객관화에 게을리 하지 않고 실존에 성공하기까지 한 관리 권력 따위는 있을 수 없다면서, 의사를 관리 권력의 모범생으로 제시한 바 있다. 그러나 서서히 미쳐간 끝에 자신의 차 안에서 질식사한 『구멍』의 중년 의사를 보면서, 우리는 새삼 관리 사회의 외부는 없으며 관리 권력의 최상층 역시 자기 소외의 고통으로부터 벗어나지 못 했음을 알 수 있다.

자신의 입원 환자가 위급하다는 것을 알고 최루가스와 화염병이 난무하는 심야의 시위현장과 도로가 봉쇄된 등화관제 방공훈련을 뚫고, 병원을 향해 필사적으로 차를 질주시키는 『구멍』의 주인공은 겉으로 보면 직업의식과 윤리에 충실한 정상인이다. 그러나 그를 정상인으로 여기게 만든 저 직업의식과 윤리야말로, 시위현장(대항권력)과 방공훈련(국가)마저 간단히 제압하도록 만드는 상위(내면)의 관리 기제다. 현대 사회는 이 소설의 주인공처럼 잘 무두질된 끝에, '파블로프의 개'처럼 훈련된 내면의 관리 기제에 따라 가동한다.

관리 기제에 자율성이 침탈되고 내면이 식민화된 현대인이 억압된 자율성을 회복하고 평평하게 된 내면을 궐기시키는 가장 흔하고 쉬운 방법은 성적 일탈이다. 『구멍』의 중년 의사는 자신의 승용차에 켜놓은 라디오에서 성고문사건 뉴스를 듣고, 잠시 변태성욕적인 환상에 빠진다. 1986년, 전 국민을 공분에 떨게 만든 그 뉴스를 들으며 주인공이 뻔뻔스러운 성적 상상을 펼치게 된 맥락은 어떤 것일까? 권인숙이 쓴 『대한민국은 군대다』(청년사, 2005)에 딱 알맞은 설명이 나와 있다.

군인들은 입대하여 군복을 입는 순간부터, 자신의 육체를 타인에게 양도해야 한다. 군인은 무엇을 먹고, 입고, 언제 일어나고, 어디서 무엇을 할 것인지를 스스로 결정할 수 없다. 육체만 아니라, 명령에 죽고 사는 군대에서는 정신마저도 온전한 제 것이 아니다. 이처럼 육체와 정신의 자율성이 박탈된 군인이 휴가 때마다, 창가娼街를 찾는 것은 조금도 이상하지 않다. 거기서 사병은 자신의 육체를 한껏 방기하고 창녀에게 마음껏 명령하면서 군대에게 빼앗겼던 자율의 감각을 회복하며, 심리적 무력감을 떨치고 자신의 존재를 보강하게 된다.

이상은 군대 내 남성 간 성폭행을 설명하고자 했던 지은이의 논리를 사병과 매춘녀의 관계로 바꾸어본 것이지만, 자주 비정상적인 성적 일탈을 저지르는 최인호의 주인공들에게도 고스란히 적용된다. "모든 것에서 나는 도망치고 싶다"던 『구멍』의 주인공 역시 자신을 타율적으로 만드는 어떤 조건으로부터도 달아나지 못하는 대신, 거기에 대한 심리적 보상으로 성적 일탈을 저지른다. 그는 한 여인과 한 계절 동안 동거했으면서도 그녀의 이름을 비롯한 어떤 사항도 알려고 하지 않았다. 그의 성적 특이성은 그녀를 원격 조종할 수 있는 '애완용 인형'으로 취급한다는 점이다. 한밤중에 전화로 여자를 아파트 베란다에 불러 세운 다음 옷을 벗고 춤을 춰보라고 시키거나, 그녀를 움직이지 못하게 해놓고 혼자 수음을 하는 예가 그렇다. 이런 성적 기행은 상대방을 마음대로 조종하거나 포박함으로써 사회에 빼앗긴 자신의 자율성을 보상받으려는 행위로, 포르노 장르 가운데 인형섹스와 밴디지를 연상케 한다.

녹음테이프에 작별 인사를 남겨놓고 사라진 그녀의 말을 조합해 보면, 그는 그녀에게 "상상할 수도 없는 폭력"을 휘두르기도 하고 "물을 채운 욕조에 목을 꺾어 집어 처넣고 질식"할 때까지 누르기도 했다. 지극히 정상적인 중년 의사의 이면에 "당신은 미쳤어요. 당신은 정상이 아니예요"라고 불리는 또 다른 인물이 공존했던 것이다.

현대인은 완전한 비정상도 아니고 그렇다고 해서 정상도 아닌, 정상과 비정상이 혼거하는 이중인격이다. 현대사회에 대한 적응이면서 거부이기도 한 이 이중성은, 최인호의 작품을 악동소설로 해석하게도 만든다. 특히 이제 겨우 초등학생에 불과한 주인공들이 나오는 「술꾼」 「모범동화」 「처세술개론」은 말 그대로 어린 '악동'이 주인공이었다. 하지만 「술꾼」의 십대 소년에서부터 『구멍』의 중년 의사에 이르기까지, 최인호의 주목 받은 소설에 나오는 주인공들은 대부분 이중인격을 가진 악동들이라고 보아도 좋다.

『낯익은 타인들의 도시』는 『구멍』의 중년 의사와 비슷한 나이의 금융 계통 종사자가 주인공이다. "느닷없는 소음때문에 K는 잠에서 깼다"라고 시작하는 이 작품은, 주인공의 이름 자체가 이중성을 일깨운다. 다시 말해 독자들은 이 작품을 읽으면서 주인공의 이름이 K였던 카프카의 『성』이나 『소송』을 떠올리게 된다. 물론 『낯익은 타인들의 도시』의 K와 『성』이나 『소송』의 K가 얼마만큼 정합적인 친연성을 맺고 있는지는 별도로 살펴볼 문제다. 그럴 때, 불가항력에 빠진 주체의 속수무책과 미로를 더듬는 두 작품의 서사 구조가 비교되어야 한다. 하지만 내 생각에 『낯익은 타인들의 도시』의 K는 카프카와의 상호텍스트성보다, 작가의 어떤 각오와 더 연관된다. 알다시피 작가는 역사소설인 『잃어버린 왕국』을 쓰기 시작한 1980년대 중반부터, 자신의 본령인 현대소설과 멀어졌다. 최인호는 현대소설 가운데서도 가장 난해한 걸작을 쓴 카프카와 그 작품의 주인공들을 연상케 하는 영어 이니셜 K를 주인공의 이름으로 내세워, 독자들에게 자기 본령으로의 귀환을 알리고 있는 것이다.

출근을 하지 않아도 되는 토요일 아침, 설정해 놓지도 않은 자명종의 알람이 울리고, 목욕탕에 있는 스킨이 알지 못하는 브랜드로 바뀌어 있다. 이런 설정은 「타인의 방」의 주인공이 출장에서 돌아와 직면한 상황과 같다. 다행히도 『낯익은 타인들의 도시』의 주인공은 「타인의 방」에서처럼 아내가 '바람 난' 횡액은 당하지 않았지만, 15년 동안 살아온 아내가 "살의와 적의"를 느낄 정도로 낯설어졌다는 점에서는 그보다 나을 것도 없다.

이 작품에는 K가 정체성을 위협받고 분열증에 빠지기 직전의 심리와 상황을 돋보이게 하는 작명과 일화가 가득하다. 주인공이 금요일 밤에 술을 마신 술집은 '야누스'고, 그가 술집에서 나와 심야극장에서 홀로 관람한 영화는 주제 사라마구 원작의 〈눈먼 자들의 도시〉다. 그리고 토요일 정오에 올린 처제의 결혼식은 주인공으로부터 '가면무도회'로 명명되며, 주차장에 세워 둔 자동차의 와이퍼에는 인간 개체의 고유성을 조롱하기나 하듯 "간과 콩팥을 사고팝니다"라는 전단지가 끼워져 있다. 또 일요일에 누나의 전 매형인 영문과 교수 P와 만나기로 했던 수상쩍은 카페는 에오니즘(, 여성복장도착증)의 어원이 된 프랑스 외교관의 이름을 그대로 딴 '에옹'이고, 거기서 만난 옛 매형은 여장을 한 채 '올랭카'로 불리운다. 그 이름은 체홉의 「귀여운 여인」에 나오는 여주인공의 이름이다. 여기에 '뫼비우스의 띠' '지킬과 하이드', '도플갱어'와 같은 개념이 더해지고, 변신 소녀물인 〈달의 요정 세일러 문〉과 분신 합체물인 〈파워레인저〉까지 가세하고 있다.

『구멍』이 일요일 저녁과 월요일 새벽까지 벌어진 6~7시간 동안의 도시 연옥 체험담이라면, 『낯익은 타인들의 도시』는 약간 길어진 토요일 아침에서 월요일 아침까지의 이야기이다. K는 토요일과 일요일 양일간, 극심한 자기 정체성 혼란을 겪는다. 그러나 월요일 아침에는 마치 두통이 가시듯, 분열된 자아는 현실로 복귀한다. 행여 지각이라도 할까 봐 조바심을 치며 서둘러 출근 준비를 하는 K의 부산한 월요일 아침을, 작가는 비디오를 조작하는 리모트 컨트롤의 STOP, FF, PLAY, REW 기능을 이용해 묘사하고 있다. 먹이를 실어 나르기 위해 거대한 거미줄 같은 지하도를 바쁘게 내닫는 도시인의 쳇바퀴 행태는, 링반데룽 또는 환상방황環狀彷徨으로 명명된다.

K가 최인호 작품의 단골인, 이중인격을 가진 악동임은 분명하다. 그러나 토요일과 일요일 양일에 벌어진 K의 자아분열을 온통 정신병이나 광기로 치부해 버리는 것은 곤란하다. 원래의 서양력 속에서 일요일은 종교적 기

원을 가졌으나, 근대에 와서는 노동력 재충전으로 용도가 바뀌었다. K가 다른 요일도 아닌 주말에 한바탕 자아분열을 치르게 된 까닭은, 현대의 도시인이 자신의 억눌린 자율성을 방만하게 풀어 놓고, 상처입은 내면을 자유롭게 돌볼 수 있는 유일한 때가 곧 휴일이기 때문이다. K는 "휴일이 아닐 때 섹스를 나누는 것은 부담스럽고 피곤한 일"이라면서, 항상 휴일 전날 밤에만 아내와 섹스를 나누었다. 거기에 붙여진 이름이 '전야제'.

전야제라면 축제가 시작하기 전날이 아닌가? 이런 사실은, 주인공이 양일간 겪었던 자아분열마저 새로운 한주를 왕성하게 시작하기 위한 하나의 치료이고 연극이며 축제였다는 생각을 하게 만든다. 바로 이 지점이 『낯익은 타인들의 도시』를 「견습환자」와 접맥시킨다. 관리 권력에 대항했던 약 45년 전의 주인공이 '술집과 극장'에 선선히 투항했듯이, '견습'을 떼고 '정식' 환자가 된 지 한참인 K는 관리 권력이 허용한 주말을 이용해 '자기 돌봄'에 매진하게 된 것이다.

근대는 오는가, 왔는가, 도로 갔는가

천민이 있어야 천황도 있다

『일본부락의 역사』

일본부락해방연구소, 어문학사, 2010

고대 사회에는 어느 곳에서나 천민이 있었고 각 나라마다 천민의 기원은 조금씩 다르게 설명된다. 그 가운데 공통적으로 지지되는 설은, 외국인이거나 포로라는 설이다. 하지만 일본부락해방연구소가 펴낸 『일본부락의 역사: 차별과 싸워온 천민들의 이야기』는 귀화인歸化人 혹은 도래인渡來人 설을 단호히 거부한다.

이민족 기원설이 허구란 것은 이 책만의 특별한 주장이 아니라, 이미 전전戰前에 논파되었고 역사학계에서도 인정하지 않는 것이다. 한반도에서 건너온 도래인이 일반적으로 멸시당하거나 차별당하지 않았던 증거는, 그들이 진보된 문화와 기술을 가지고 있었기 때문이다. 오히려 그들은 당시 사회에서는 중용되었다. 그럼에도 불구하고 이러한 설이 지금까지도 남아 있는 것은 "현재 재일조선인을 멸시하는 의식이 광범위하게 존재하고 있고 이것을 부락 차별과 연결시키려는 심리가 작용하고 있기 때문"이다.

천민의 기원에 대한 또 다른 공통된 설명 가운데 하나가 직업기원설이다. 차별 부락의 선조들이 죽은 소나 말의 처리와 피혁업과 같은 부정한 직업에 종사하고 있었기 때문에, 주위의 사람들에게 소외·차별받게 되어 부락이 형성되었다는 게 직업기원설이다. 그런데 이 책은 그 논리를 반박하면서 차별부락은 "주위 사람들의 차별적인 언행에 의해 자연발생적으로 형성된 것이 아니라 영주 측의 일정한 정치적 작위作爲가 작용"하였다고 증명한다.

천민의 기원에 대한 이 책의 기본적 입장은, 1300년 전에 생겨난 천황과 국가를 사농공상이라는 강력한 신분질서로 구획하고자 했던 중앙집권적인 국가기구에 의해 천민이 만들어졌다는 것이다. 천황은 온갖 존재를 초월한 존재, 질적으로 다른 존재, 침범할 수 없는 존재라고 한다. 그런데 천황도 똑같이 밥 먹고 똥을 싸는 인간에 불과하지 않은가? 바로 이런 모순을 해결하기 위해 천민이 만들어졌다. 즉 천황의 존재 근거나 논리적 근거를 위해, 천민이라는 또 하나의 존재를 초월한 존재, 질적으로 다른 존재, 침범할 수 없는 존재가 필히 존재해야만 했던 것이다. 천민은 위와 아래라는 방향만 다를 뿐, 천황이 그러하듯 인간을 초월한 신분이 있다는 것을 신분 사회에 각인시키는 천황의 짝패다. 천민이 있어야만 천황의 존재가 비로소 가능하며, 천민이 없으면 천황의 존재는 위태로워지고 만다.

인간에게는 죄악이나 부정한 것을 피하려는 본능이 있고, 그게 관례화된 게 금기다. 역설적이지만, 죽음을 피할 수 없는 인간들에게 죽음이나 죽음과 연관된 것은 금기 중의 금기다. 천황이나 율령체제가 확립되기 이전인 고대 사회에서는 노예가 능묘를 지킨다거나 화장火葬을 한다거나 시체 만지는 일을 했지만, 그게 그들의 직능은 아니었다. 고대에는 그것을 담당하는 피차별 계급이 따로 없었다. 그런데 고대적인 신분제도가 붕괴되면서 노예가 해방되자 지배권력이 노예를 대신해서 만든 게, 일본식의 정화 관념인 '케가레'不淨를 담당할 피차별 계급이다. "고대의 '천민' 신분은 해체되었으며 중세의 피차별민의 계보와는 직접 연결되지 않는다는 것이 현재의 통설"이라는 이 책의 주장은 바로 그런 뜻이다.

일본에는 천민을 가리키는 무수한 천칭이 있고, 천민에 포함되는 무수한 직업이 있다. 그 가운데 대표적인 게 히닝非人과 에타穢多다. 히닝은 처음에 빈궁민을 뜻했으나 나병환자, 예능인이 그 이름에 포함됐고, 형집행, 경찰업무(끄나풀), 장송葬送이나 청소 등 부정한 것을 정화하는 업무를 도맡았다. 한편 에타는 소나 말을 도축하거나 피혁업, 신발 만들기에 종사했는데 이들은 자기 업무뿐 아니라 히닝이 하는 일부 업무를 함께 부담하기도 했다.

그런데 에타와 히닝은 위에 말한 기술이나 업무뿐 아니라, 사농공상에 들어가지 않는 모든 기술과 직업을 다 포괄했다. 예컨대 수렵, 어업, 짚신 만드는 사람, 문신사, 주술사 등 그 업종이 28개나 된다고 한다. 이것이 뜻하는 바는, 사농공상 이외의 기술이나 직업을 천시하고 차별함으로써 사농공상 위주의 질서를 확립하고, 천시와 차별은 자연 사농공상 이외의 것으로 쓸모있는 인력이 빠져나가는 것을 막는 장치가 되지 않았을까? 재미난 것은 "천황이 고급스러운 기술을 독점하기 위해 이들을 신분적으로 구속하고 여기에서 도망갈 수 없도록 한 것"이 세습이 의무화되고 비천하게 취급되었던 천민 기술자들이었다는 것이다.

흔히 평민들은 히닝이나 에타 계층을 향해 '피차별민들은 기피하는 것이 없다'고 손가락질 하지만, 그 말을 뒤집으면 '피차별민들은 다른 일을 자유롭게 할 수 없었다'는 뜻이 된다. 즉 히닝과 에타의 업무는 그들의 "본원적 직제라기보다는 오히려 중세라는 시대 속에서 사회적으로 부여된 기능에 지나지 않"으며, 그 기능을 하도록 강요된 것이다. 전국 동란을 거쳐 막부시대가 성립하면서 천민에 대한 각종 차별 법령이 강도 높게 정비된 것은, 피차별민이 중앙집권적인 국가기구의 의도적 산물이라는 것을 또 다시 입증한다.

피차별민과 평민의 사이는 크게 좋지 않았다. 흔히는 살생을 금하는 불교의 영향을 받아 백정을 부정하게 여기는 차별 의식이 평민에게 까지 깊이 파고들었기 때문이라고 하지만, 두 계층을 반목하게 만드는 지배층의 이간질도 만만치 않았다. 15세기 초부터 숱한 농민반란이 끊이지 않자 영주들에 의해 선봉에 세워진 게 피차별민 부대였다. 또 피차별민은 소작지를 놓고 일반 농민과 경합하기도 했는데, 높은 소작료 탓으로 일반 농민이 포기한 토지를 피차별민이 꿰차는 것도 평민들을 화나게 했다.

사족이다. 츠카모토 신야 감독의 〈쌍생아〉를 극장에서 본 게 1999년이다. 이 영화의 마지막 장면을 보고서야 '흠, 부락민에 대한 영화였군!'이라는 생각과 함께, 저릿한 감동을 느꼈었다. 그렇지만 영화를 본 사람들은 모두 엉뚱한 얘기들을 했다. 그만큼 허를 찌르는 영화였다. 영화 줄거리를 다 잊어버린 사람도 밥상보처럼 알록달록했던 '누더기 패션'을 기억하는 사람이 있을 것이다. 어떻게 거지에게 패션쇼에 입고 나가도 될 만큼 화려한 옷을 입혔을까? 나는 그게 늘 궁금했었는데, 이 책 82~83쪽에 그 답이 있다. 히닝의 일종이었던 호멘(放免, 범죄자 출신의 하급 경찰 끄나풀)은 화려한 옷을 입었는데, 당시 신분을 초월하여 화려한 복장을 하는 것은 범죄였음에도 불구하고 호멘이 축제에서 화려한 복장을 한 것은 그들이 '히닝'으로서 기피하는 것이 없는 인간이기 때문에 죄를 묻지 않았던 것이다.

〈쌍생아〉의 마지막 장면은 『일본부락의 역사』의 결론과 정확하게 일치한다. 기왕의 부락해방운동이 "부락 문제의 해결을 '국민적' 과제의 틀" 속에서 해결하고자 했다면, 이제는 그 성과를 바탕으로 "발상을 전환하여 그 '국민'의 이름에서 민족차별과 국적차별이 버젓이 통용되며, 인종차별이나 그 외의 다양한 차별과 인권침해가 존재하는 일본의 인권상황을 재고"하는 것으로 나아가야 한다는 게 이 책의 결론이라면, 아버지를 이어 의사가 된 아들이 아무도 가려고 하지 않는 부락으로 왕진을 가는 영화의 마지막 장면은 태평양전쟁에서 미심쩍은 역할을 했던 아버지의 잘못을 속죄하는 것이다. 〈쌍생아〉와 『일본부락의 역사』는 부락민을 통해, 인권이라는 보편적인 가치와 국제적인 연대에 눈뜬다. 가장 천한 것이 귀하게 된 것이다.

예수의 가면을 쓴 일본문학

『게르마늄 라디오』

하나무라 만게츠, 이상북스, 2010

의외의 글감과 재미난 글쓰기로 자꾸만 그의 글을 찾아 읽게 만드는 이경훈의 첫 평론집 『어떤 백년, 즐거운 신생』(이상북스, 2010) 가운데, 자국에서 왕성한 작품 활동을 하고 있으면서 우리나라에서도 익히 알려진 현대 일본 현대 작가들에 대해 촌평을 가한 글이 있다. 「어쩐지 파라노이악」이란 제목의 글인데, 글쓴이는 거기서 무라카미 류, 무라카미 하루키, 다니자키 겐이치로, 다나카 야스오, 사토 아유코, 야마다 에이미, 유미리, 마루야마 겐지, 요시모토 바나나와 그들의 알려진 작품을 나름 분석하면서, 이들의 특징을 '어리광'이라고 단정 짓는다.

일본 소설에서 흔하게 찾아볼 수 있는 서구 브랜드 상품의 나열이나 서구 대중문화에 대한 열중, 지나치고 잔인한 폭력과 사도-마조히즘이나 근친상간과 같은 일탈적인 성애, 그리고 스포츠신문에 더 잘 어울리는 쇄말적인 주제와 UFO나 심령술과 같은 초자연적 세계에 대한 호기심 등은 죄다 작가가 사회에 대해 할 말이 없기 때문에 나오는 어리광이다. 다시 말해 뚜렷이 감지되는 "사회적 관심의 결여"와 "자본주의 사회 시스템을 편집증적으로 숭상하고 즐기는" 일본 작가들의 일본 사회와의 이상한 공생관계가 어리광의 근저에 놓여 있다는 것이다. 그래서 오늘의 일본 문학은 다양한 편집증적 양태의 전시장이 되거나 일종의 고급(?) 소비재가 되었으며, 나아가 보들레르가 말했던 바의 '문학적 매춘'을 실현하고 말았다는 것이다.

일본 소설을 약간 읽어 보았던 나는 「어쩐지 파라노이악」을 읽으며 힘껏 글쓴이를 응원하는 한편 위태로움을 느꼈다. 앞서 열거된 일본 소설에 미만한 악덕은 물론 요령 있는 사용 설명서를 필요로 하지만, 자칫 과도한 단순화와 일반화로 일본 소설을 읽고자 하는 독자들에게 해악을 줄 수도 있었다. 실제로 글쓴이가 다카하시 겐이치로의 『우아하고 감상적인 일본 야구』를 평하면서 썼던 "삶의 모든 것들을 야구로 번역하는 말장난의 편집증적 예"는 이경훈의 글을 비껴가지 못한 채, 내겐 자꾸 '일본 소설의 모든 것들을 어리광으로 번역하는 말장난의 편집증적 예'로 되돌아왔다.

「어쩐지 파라노이악」에는 행인지 불행인지, 하나무라 만게츠에 대한 언급이 없다. 아마 글쓴이가 저 글을 쓸 때는 우리나라에 하나무라 만게츠의 작품이 하나도 소개되지 않았기 때문일 것이다. 그러나 저 글에는 없지만, 만약 글쓴이가 하나무라 만게츠에 대해 쓰기로 했다면, 그 내용을 짐작하기란 어렵지 않다. 일단 서구 브랜드 상품의 나열은 없지만 『게르마늄 라디오』에도 미국 대중문화에 대한 열광은 분명하다. 소설의 서두가 미군 부대에서 흘러나온 파이프 침대에 누워, 이어폰으로 미군 방송을 듣는 주인공에 대한 묘사로 시작되기 때문이다.

> 바로 그때 이어폰의 저 안쪽에서 「포 이스트 네트워크」라는 끈적끈적한 서양여자의 목소리가 들리더니 「블러드 스웨트 티어스」라는 피와 땀과 눈물의 노래가 흘러간 옛 노래가 흘러나왔다. 자정을 넘어선 미군 방송은 아메리칸 풋볼 아니면 그리운 옛 노래밖에 틀어주지 않는다. 너무도 상쾌하다.(18쪽)

그리고 근친상간이나 UFO, 심령술은 없지만 잔인한 폭력이 심심찮음은 물론이고,

> (수퇘지끼리 교접이 붙었을 때) 우가와는 돼지우리 안을 보고 사태를 즉각 파악하고는 가지 치는 정전용 가위를 가져왔다. 비켜, 하고 기타를

물리치더니 가위로 사정없이 잘라버렸다.(23쪽)

우가와의 입은 돌 때문에 불룩해졌다 (…) 나는 미리 준비한 테이프로 우가와의 입을 막았다. 이제 충격을 가해도 돌은 튀어나오지 않을 것이다. 간발의 틈을 주지 않고 발로 찼다. 나의 오른쪽 다리의 궤적은 제법 아름답다. 멋들어지게 휘어진다. 축구부 시절의 솜씨다.(76쪽)

불알을 노리고 찼기 때문에 생각대로 그것이 찢어져 내용물이 터져나왔다. 그러나 불알 자체는 파열되지 않았다. 내 눈앞에 드러난 것은 피를 흘리는 하얀 구체였다. 그 구체가 타원이라는 것은 내 물건을 만져봐서 충분히 상상하고 있었지만, 그 색채만은 도무지 예상 밖이었다. 그것은 가느다란 끈 같은 것에 의해 복부와 연결되어 있어서 그 구체만 따로 굴러 떨어지지 않았다.(183~184쪽)

흔히 정상적으로 간주되지 않는 성애도 그득하다. 특별나다면 이 작품에서 그것은 주로 동성 간에 벌어진다는 거랄까.

한 달 전에 나는 10대 초반에 신세를 졌던 수도원 겸 교정원으로 다시 돌아왔다. 돈 셀베라 원장은 나를 수도원 부속 농장에 숨겨주는 조건으로, 손으로 봉사해 줄 것을 요구했다.(17~18쪽)

실내로 들어가 뒤로 문을 닫는 순간 셀베라가 나를 세차게 안았다. 백인의 관습적인 인사로서 포옹을 연출하지만, 성적인 것이다. 검은 수탄 아래로 늘어진 신부의 음경이 서서히 비대해져간다는 것을 하복부의 감각으로 알 수 있다.(141~142쪽)

저녁식사 후에 미우라와 내가 사라지는 의미를 모두 알고 있을 터였다. 그래도 나는 들키고 싶지 않았다. 실컷 두들겨 맞고 미우라의 물건을 만져준다는 것을. 매일 밤 미우라에게 봉사한다는 사실을.(140쪽)

장의 고수머리가 흔들린다. 일사불란하게 움직이고 있다. 나의 촉수는 저항을 포기하고 장의 입 속을 가득 채워갔다. 쾌감을 느끼지 못했다고 한다면 거짓말이다.(238쪽)

하므로 이경훈식으로 보자면, 하나무라 만게츠의 『게르마늄 라디오』 역시 어리광에 빠진 무수한 일본 문학 가운데 일부일 것이다. 그런데 애초에 「어쩐지 파라노이악」은 본격적인 일본 현대 소설론이 아니라 촌평에 가까운 글이라서, '작가가 사회에 대해 할 말이 없기 때문에 일본 현대 소설은 어리광에 빠져들게 되었다'는 가정에 구체적인 설명이 뒤따르지 못했다.

흔히 일본 소설의 특징을 '사소설(적)'이라고 하는데, 작가가 사회에 대해 말하지 않는 대신 사회도 작가에 대해 간섭하지 않는다는, 작가와 국가(사회) 간에 이루어진 일종의 신사협정이 일본 사소설의 성립 배경이다. 그 협정이 이루어진 때는 메이지유신을 성공적으로 완수하고 일본이 제국주의로 향하던 어름으로, 서구식 근대소설이 일본에 착근하던 때와 겹친다. 즉 당시의 일본 작가들은 일본 제국주의에 침묵하기로 한 암묵적 협정과 서양에서 건너온 자연주의 원리를 혼합해서 '사회화 된 나'를 그리는 게 아니라, 말 그대로 나의 생활을 '리얼리티 쇼'처럼 보여주는 사소설의 영역으로 퇴행해 들어간 것이다.

약력에 따르면 하나무라 만게츠는 소설가 지망생이었던 아버지가 죽자, 초등학교와 중학교 시절 동안 가톨릭계 수도회의 복지시설에 수용됐다고 한다. 거기서는 수업이 없는 때에 목공소나 농장에서 작업을 해야 했고, 목공소에 비치된 향정신성 성분의 화학물질을 상용했다. 작가의 자전적 체험은 사소설 방식으로 『게르마늄 라디오』를 읽도록 유혹한다. 소설의 주인공인 로오는 초등학교 고학년에서 중학교 3학년까지 교정원을 겸한 수도원에 위탁되었고, 열다섯 살 때 수도원을 퇴원해 사회에서 온갖 악동짓을 하다가 살인을 저지르고 다시 수도원을 찾아온 스물두 살의 청년이다.

하지만 작가가 어느 대담에서 단호히 "젊었을 때의 정상적이지 못한 체험이 투영되어 있는 것 같다는 말을 듣곤 하지만, 자신의 체험을 쓴 적은 없다"(하나무라 만게츠, 『울』, 씨앤씨미디어, 1999, 409쪽)고 해명한 것을 존중한다면, 우리도 이 소설을 통해 작가의 사생활을 들여다보겠다는 관음증적 유혹을 뿌리쳐야 한다. 사소설에 대한 최근의 진전된 연구가 가르쳐주듯이 사소설은 창작가의 방법론이나 특정 문학 장르이기도 하지만, 또 그것은 한 사회나 역사가 사소설이라고 불리게 될 특정한 문서를 해독하는 제도화된 방식이기도 하기 때문이다. 다시 말해 어느 특정한 독자 집단이 한 편의 문서(소설)를 놓고, 양식이나 주제보다 그 문서와 저자의 사생활 관련 여부만 캐는 독법으로 편향되고 그렇게 연마된 독서 풍토 속에서는, 『젊은 베르테르의 슬픔』은 괴테의 사소설이고, 『변신』이나 『소송』도 카프카의 사소설이 되고 만다.

하나무라 만게츠의 『게르마늄 라디오』는 작가 스스로 밝혔듯이 사소설이 아니고, 앞서 나열된 일본 현대 작가들 또한, 작가의 노출증과 독자의 관음증이 공조할 여지로 팽만한 전통적인 사소설과는 상당한 거리가 있다. 게다가 이미 말한 것처럼, 사소설은 작품을 읽으며 작가의 사생활을 별나게 캐어온 일본식 소설읽기의 결과라지 않는가? 그럼에도 불구하고 일본 현대 작가들의 작품이 사소설을 비판할 때 요긴한 '어리광 정신'으로 무장해 있다면, 그것은 근대 일본문학 성립기에 작가와 국가(사회)가 체결했던 오래된 신사협정이 세대를 이어오며 갱신되고 있는 때문이 아닐까? 예를 들면, 다음 대목처럼 말이다.

> 나의 직감으로는 수도회가 우리들의 돈, 아니 일본의 돈을 착복하는 것 같은 느낌이 들었다. 하여간 한참 먹을 때인 우리가 그런 대로 발육하고 성장할 수 있었던 것은 그리스도교 정신 같은 것으로 무장한 재일미군 식량 덕분이었다. 단, 그 음식들은 유통기한이 한참 지난 폐기물이라는 주석을 달아야 한다.

> 즉 쓰레기였다. 나는 쓰레기를 먹고 자랐다. 나의 피와 뼈와 살과 기름은, 다시 말해 나의 몸은 쓰레기로 형성된 것이다. 집요하다할지 모르겠지만 다시 반복한다. 내 몸은 안전보장조약의 쓰레기로 만들어졌다.(154쪽)

자신이 먹는 음식으로부터, 수도원과 미군, 일미안전보장조약까지 한 줄에 꿰어 사고할 줄 아는 로오는 미국에 대해 상당한 반감을 내비치지만, 그것으로 끝이다. 마치 과부하에 걸린 변압기가 자동으로 차단되는 것처럼, 이의제기 이상의 천착으로는 나가지 않는 것이다. 까닭은 저 문장이 의식조작에서 나온 어리광에 지나지 않기 때문이다.

> 가만히 손바닥을 바라본다. 이 손으로 셀베라에게 봉사했다. 백인의 치구 냄새는 벌써 없어졌지만 두터운 레버를 감은 곤봉을 잡은 듯한 그 감촉만은 사라지지 않았다. 그것을 가볍게 처리하기 위해 의식 조작을 실시한다. 무리하게 말장난을 해본다. 무엇이 좋을까. 일본은 전쟁에서 졌다. 백인의 억압에 의해 일어나는 연상 때문인지, 그런 것밖에 떠오르지 않는다.(152쪽)

로오는 수도원장의 수음을 대신해 주고, 자신의 치욕을 잊기 위해 의식적인 말장난을 하는데, 그 말장난으로 불려 나온 게 바로 "일본은 전쟁에서 졌다"라는 말이다. 겉으로는 비장해 보이지만, 저 말장난은 아무런 역사적인 인식을 동반하고 있지 않다. 그저 자신의 소설을 읽어 줄 독자를 향해, 또 미국에 대해 어리광을 부려보는 것이다.

패전에 따른 미군 점령과 일미안보조약 등의 사항에 이런 어리광을 부리는 현상은 하나무라 만게츠뿐 아니라, 모든 일본 작가들에게 공통적인 현상이다. 미국에 대해 자주 말하는 무라카미 류와 하루키는 농담濃淡이 약간 다르긴 하지만, 미국 문화를 자신의 교양이나 기호를 시험하는 리트머스로만 받아들일 뿐, 일미안보조약 체제나 일본의 미국화에 대한 논의는 불문에 붙인다. 그것은 천황이나 아시아 침략과 같은 무거운 주제에 대해서도 마찬가지다. 이들이 비록 사소설 작가는 아니지만, 일본 근대문학 성립기에 선배 작가들이 국가와 맺었던 신사협정은 지금도 유지되고 있는 것이다.

재출간되는 『게르마늄 라디오』에 붙이는 발문의 서두치고는 꽤 산만했다. 게다가 거창해 보이는 이 서두 역시, 어쩌면 이경훈의 촌평에 또 다른 풍문 하나를 더 얹은 것에 불과한 것일 수도 있다. 그러니 이제 맡은 임무에 집중하자.

이 소설의 특색은 수도원이 무대며, 거기서 간혹 성행위가 벌어진다는 것이다. 수도원과 성적 난행은 어울리지 않는 것 같지만, 실은 한 쌍처럼 잘 어울린다. 영혼만 강조하는 수도원과 육체만을 강조하는 성행위는 서로 훌륭한 비교 대상이자, 상호 보완물로 작용한다. 에코의 『장미의 이름』에도 그런 일화가 나오듯이, 중세 시대의 수도원은 본능으로부터 면제된 진공의 장소가 아니었다. 오히려 폐쇄되고 규율이 중시되는 기숙사·병원·감옥이 포르노그래피가 애용하는 장소이듯, 성본능이 의도적으로 억제된 곳이기 때문에 수도원 또한 성적 환상과 기행이 돌출하는 장소이다.

때문에 저 멀리는 중세의 성인전설과 성인전에서부터 가까이는 사드와 바타이유 이래로 "수도원은 오늘날까지도 포르노그래피 문학에 자주 등장하는 장소이며 수도원의 금욕생활은 성적인 색채로 변모"(가브리엘 조르고, 『순교와 포르노그래피』, 지식의 날개, 2009, 205쪽)되곤 했다. 그렇다고 해서 이 작품이 포르노그래피인가하면, 그렇지는 않다. 내 판단으로는 작가는 단지 자신이 가톨릭계 수도회의 수용시설에 있으면서 관찰할 수 있었던 그 세계의 공공연한 주제나 은닉된 화제에 정통해 있으면서, 그것들을 여러 방식으로 소설에 활용했을 뿐이다.

나체와 피를 주제로 한 십자가상이 쉽게 변태 성욕을 연상시킬 수 있다는 사실을 교회는 생각지도 못했단 말인가. 나는 알고 있다. 이 예수의 모습에 성적 흥분을 느끼고 자위에 열중하는 여자가 있다는 것을. 여자뿐만이 아니다. 남자도 있을 것이다.(97~98쪽)

예컨대, 위와 같은 대목이 그렇다. 얼핏 작가의 독창적인 엽기사상(?)처럼 보이지만, 예수 그리스도나 성인들의 박해 현장과 처형 장면을 묘사한 무수한 순교도殉教圖가 묘하게도 인간의 도착 본능을 촉발해 왔다는 것은 익히 누설되어 있는 비밀이다. 이 사실을 일본 문학 속에서 하나무라 만게츠보다 먼저 포착한 사람은, 물론 미시마 유키오다.

미시마가 쓴 최고의 작품일 뿐더러 일본 전후 문학 가운데서도 최상의 작품으로 꼽히고 있는 『가면의 고백』에는, 구이도 레니가 그린 「성 세바스찬(세바스티아누스)」이라는 순교도가 작품의 주요 동기로 등장한다. 로마황제의 친위 대장이었던 세바스찬은 기독교 신앙을 버리지 않는다는 이유로 형틀에 벌거벗긴 채 화살을 맞고 곤봉으로 타살된 뒤에 가톨릭 성인으로 시성되었다.

구이도 레니의 「성 세바스찬」은 형틀에 벌거벗긴 채 화살을 맞은 서른 살 가량의 세바스찬을 그린 것으로, 『가면의 고백』에서 '고백하는 가면'인 미시마('코짱'이라는 애칭으로 나온다)는 그 그림을 보고 동성애와 사도-마조히즘과 시체애호증이 뒤섞인 도착적인 관능을 느낀다.

그 그림을 처음 본 순간에는 나의 전 존재가 어떤 이교도적인 환희에 떠밀려 휘둘렸다.
나의 혈액은 분노한 듯 끓어오르고, 나의 모든 기관은 분노의 색을 띠었다. 이 거대한, 곧 터질 듯이 부푼 나의 일부는 처음으로 격심하게 나의 행사를 기다리고, 나의 무지를 힐책하고, 분노에 헐떡이고 있었다. 나의 손은 나도 모르게 누구에게도 알려줄 수 없는 움직임을 시작하였다. 나의 내부로부터 어둡게 번뜩이는 것이 재빠른 발로 달려 들어오는 기척이 느껴졌다. 그와 동시에 그것은 핑그르르 아뜩한 도취와 함께 솟구쳤다. (『가면의 고백』, 동방미디어, 1996, 42쪽)

미시마는 성 세바스찬의 순교도를 보고 수음을 한 그 날, "이것이 나의 최초의 이제쿨라시오(ejaculatio, 라틴어로 사정[射精]이란 뜻)이며, 또한 최초의 서툴고도 돌발적인 '악습'이었다"고 인용문과 같은 쪽에 적고 있다.

하므로 독신瀆神을 연상케 하는 『게르마늄 라디오』의 몇몇 장면은 그렇게 놀라운 게 못된다. 진정 놀라운 게 있다면, 주인공 로오가 '탕자의 비유'의 행로를 그대로 밟으면서도, 성경이 가르쳐주는 탕자의 행로를 거꾸로 세우고 있다는 점이다. 원래의 탕자는 집을 뛰쳐나가 바깥세상에서 온갖 악행을 저지른 다음, 돌아와 회개하는 자다. 로오 역시 "열다섯 살 때 교정원(수도원)을 졸업하고 사회에 나가 하고 싶은 온갖 악동짓을 다 하다가 결국 두 사람을 죽이고 이곳으로 도망쳐" 왔다니, 성경에 나오는 비유 속의 탕자인 셈이다. 이제 그는 속죄하고 구원받을 일만 남았다.

논리적으로 생각하면 사회에서 온갖 악동 짓을 하고 살인까지 했다면, 그가 동정일리 없을 것이다. 그런데 참 신빙할 수 없게도 로오는 "스물두 살의 동정"인데다가 "한평생 동정으로 살아가도 자랑스럽게 여기리라"는 결심을 다졌던 인물이다. 아무리 소설이라지만 이런 인물을 '신빙할 수 없는 인물'이라고 하는데, 이런 무리를 하면서까지 작가가 로오를 동정 상태로 설정해 놓은 데는 분명 작의가 없지 않으리라.

평생 동정을 간직하리라던 로오는 작심과 달리, 수도원에 돌아온 직후 견습 수녀지망생에게 동정을 바친다. 이 대목이 흥미롭다. 로오가 동정을 바친 견습 수녀지망생은 창녀는 아니지만, 뜻하지 않은 임신을 해서 중절수술을 한 뒤, 아버지에 의해 강제로 수도원에 맡겨진 여성이다. 파우스트 전설에서 볼 수 있듯이 남성 탕자를 치유하는 여성은 대개가 순결한 여성인데 비해, 하나무라 만게츠의 작품에서는 동정 상태의 탕자가 부정한 견습 수녀 지망생을 만나는 것이다. 그것도 탕자를 구원으로 이끌어야 할 수도원에서! (덧붙여 나이 많은 테레시아 수녀도 로오의 유혹에 적극적으로 반응한다.)

성소이며 자궁에 다름 아닌 수도원은 세상이 시작하는 장소이다. 그러므로 이런 비틀려지고 도착된 설정을 통해 작가가 말하려는 것은, 세상은 시초부터 혼란하다는 걸까? 그래서 세상에 대한 근원적인 질문은 사회나 질서 따위가 아니라, 신에 대한 질문과 본능에 대한 추심부터 해야 한다는 것이었을까? 동정을 간직한 살인자라는 인물 설정과 수도원이자 매음굴이라는 장소는 이 작품이 도착과 혼종을 통해 안(수도원)과 밖(세상)의 중첩을 드러내는 것은 물론이고, 신의 자리와 인간 본능의 깊은 곳을 조명해보겠다는 시도로 여겨진다.

『게르마늄 라디오』에서는 엔도 슈사쿠 이래 일본 소설에서는 볼 수 없었던 기독교 신(신앙)에 대한 정면 승부가 시도된다. 이점, 천황과 신도에 대해서 자유롭게 말 할 수 없고, 미국이나 자본주의에 대해서 묵비권을 선택한 작가로서는 탁월한 선택이다. 전체 인구 1억 2,000만 가운데 일본 기독교 숫자는 신구교를 합쳐 200만 남짓 하다니, 작가의 "치밀한 우상파괴"(34쪽)는 안전거리를 확보하고 있는 셈이라고 말할 수도 있다.

마지막으로 이 작품에 빈번한 가래·침·정액·희멀건 죽과 같은 점액질에 대한 집착과, 신체부분 성애증이라고 볼 수 있는 탈장한 불알과 튀어나온 눈알에 대한 묘사, 그리고 발가락 사이의 때와 사이레지(가축에게 먹이는 저장 목초) 썩는 냄새와 오물에 대한 열광을 지적해야 한다. 위에 열거한 도착의 명세 가운데 가장 흔하게 나타나는 냄새에 대한 애호는 분변음욕증의 한 형태면서, 더 넓게는 삶 보다는 죽음을 더 친근하게 느끼는 시체성애증적 표현이거나 그 증상으로 전이되기 쉬운 도착 징후다.

아마 이 작품에서 냄새에 대한 일화나 묘사를 빼면, 책은 부피가 빈

약해 짐은 물론이고 작품의 풍부함도 많이 가실 것이다. 작중의 주인공이 "나는 죽음이란 것을 냄새로 배웠다"(136쪽)고 말하고 있는 만큼, 작가는 냄새에 대해 민감한 감각이 시체성애증적 증상과 통한다는 것을 알고 있다. 그러나 작가는 거기 머물지 않고, 또 한 번 전복을 시도한다. 셀베라 원장은 자신에게서 역겨운 냄새가 난다는 로오에게 '보고 듣고 만지고 맛보고 맡는' 인간의 다섯 가지 감각 가운데 보고 듣고 만지고 맛보는 감각은 대뇌피질까지밖에 전달되지 않으며, 유독 냄새만이 "뇌 가운데서도 가장 고차원적인 작용을 하는 부분, 창조나 사고를 주재하고 사람을 사람답게 하는 전두엽까지 전달"된다고 타이른다.

깨지긴 했지만 평생 동정으로 살겠다는 로오의 결심은 죽음의 의지를 나타내며, 실제로 그에게는 강한 파괴 성향이 있었다. 하지만 냄새만이 창조와 사고를 담당한 뇌의 가장 깊은 곳까지 들어간다는 원장의 말을 수긍하면서 로오는 죽음과 삶의 의지를 함께 섞는다. 왜 아닐 것인가? 후각은 날카롭지만, 가장 쉽게 무뎌지는 감각이다. 소설은 이렇게 끝난다.

> (발가락의) 때 냄새는 사이레지의 냄새와는 달랐다. 그것은 새끼 돼지의 사체에 충만한 부패의 냄새와 같았다. 나는 다시 한 번 코를 가까이 대고 확인했다. 그리고 나서 바닥에 닦았다. 나 자신을 향해 중얼거렸다. 냄새에는 선악이 없다고. 나는 이제부터 죽음과 부패의 냄새를 맡아도 구토하지 않을 것이다.(243쪽)

작가에 따르면 이 작품은, 종교를 다룰 세 편의 장편 가운데 하나라고 한다. 기독교 신앙과 신학에 대한 전통이 그렇게 깊지 못한 일본에서, 하나무라 만게츠가 하려는 작업은 의욕에 찬 도전이다. 그런데 언젠가 일본 출신의 세계적인 바흐 해석자 마사아키 스즈키가 지휘한 바흐의 「마태 수난곡」을 거금 5만 원을 들여 구입했다가 더 듣지 못하고 버렸듯이(어떻게 표현

할까? 스시처럼 너무 얇았다), 기독교 신앙을 주제로 한 일제 종교 담론은 대결과 극복의 역사가 장구했던 서구 기독교 문학에 비해 겉핥기나 흉내로 보일 수도 있다. 하지만 신은 누구나 번역할 수 있도록, 자신을 화육으로 인간에게 내맡겼다지 않은가?

> 신이 인간을 창조하신 진정한 뜻은, 인간이 신을 만드는 데 있는 게야. 창조주이신 신이 인간을 만들었으므로, 인간은 인간에 지나지 않아. 신을 알 수가 없지. 때문에 인간의 언어로 말하는 신은 인간의 척도에 맞게 왜소해질 수밖에 없는 것. 신의 언어를 인간의 언어로 번역하면, 그것은 벌써 인간의 언어일 뿐이지. 알겠느냐, 로오. 일본어로 번역된 소설은 당연히 일본어 소설이라는 사실을.(100쪽)

사족이다. 『게르마늄 라디오』라는 제목으로 재간된 이 작품은 『게르마늄의 밤』이라는 원제 그대로 씨앤씨미디어(1999년)에서 초간됐다. 위의 글은 재간본에 붙인 나의 발문이다.

어떤 책이 청소년에게 유해하다면, 거기에 대한 주의나 간섭은 국가가 해야 할까? 아니면 사회가 해야 할까? 내가 알고 있기로는 우리나라에서 기획된 세계문학전집 속에 단골로 끼어 있는 D. H. 로렌스의 『채털리 부인의 사랑』이나 J. D. 샐린저의 『호밀밭의 파수꾼』은 학부모들의 반대로 많은 미국 고등학교 도서관에서는 찾아 볼수 없다고 한다. 하지만 이 금서 처분에는 학부모회나 각종 종교·시민 단체가 개입되었지, 국가가 관여되어 있지는 않다.

『게르마늄 라디오』가 이상북스에서 재출간되자 간행물윤리위원회(이하 간윤)는 곧바로 이 책에 '청소년유해간행물' 처분을 내렸다. 이 처분을 받으면 '19세 미만 구독 불가'라는 빨간딱지를 달고, 비닐 포장을 해야 한다. 간윤은 이 처분이 청소년에게만 해당한다고 강변하지만, 성인의 볼 권리를 제한할 뿐 아니라, 실상은 판매금지 처분이다. 도서 판매의 대부분을 차지하는 온라인 서점에서는 성인 인증을 하지 않으면 내용 검색조차 못하게 해놓고, 대형서점은 서점의 평판을 위해 '19금 서적'은 아예 입고하지도 진열조차 하지 않기 때문이다.

우리는 이 문제를 더는 '예술이냐, 외설이냐'가 아닌, '국가냐, 사회냐'의 문제로 다루어야 한다. 내 아이가 무슨 책을 읽느냐는 일차적으로 부모가 간섭하고 각종 사회단체가 주의를 환기해야지 헌법에 명시된 여러 조항의 표현의 자유를 보장해야 할 국가가 하는 것은 모순이다. 설혹 그 표현이 공중도덕이나 사회윤리에 저촉된다면, 제재 과정은 피심사자가 자신을 보호할 수 있는 권리와 함께 그 과정이 투명하게 드러나야 한다. 그러나 현재의 간윤은 출판 진흥과 독서문화 증진이라는 '업무 세탁'에도 불구하고, 표현의 자유를 탄압하기 위해 만들어졌던 기구 본래의 성격을 하나도 바꾸지 않았다.

출판사의 재산과 작가의 영혼에 사형선고를 내리면서, 피고에 해당하는 출판사를 심의 현장에 불러 석명케 하지도 않고, 해당 도서를 변호할 기회조차 주지 않는다? 이건 저 끔찍했던 중세의 마녀재판보다도 못하다. 적어도 마녀 재판관들은 마녀의 자백을 받기 위해 고문이라도 하지 않았나? 게다가 모든 법정의 판결문은 판사가 기명으로 쓰고 시민이 열람할 수 있지만, 어떻게 된 영문이지 간윤은 누가 무슨 의견을 냈는지 기록조차 없다. '겨울 공화국'인가? 간윤의 처분 직후, 다행히도 『게르마늄 라디오』는 출판사의 재심 요청과 언론의 이의 환기가 주효했는지, '19금' 딱지와 비닐 포장을 하지 않아도 되는 '의견 제시' 처분으로 번복되었다. 해당 도서에는 다행한 일이지만, 국가의 출판물 검열기관 역할을 하고 있는 간윤의 업무가 획기적으로 변하지 한, 출판사의 중압감은 여전하다. (참고로 2009년에는 200종, 2010년에는 145권의 단행본이 청소년유해 처분을 받았다.)

역사를 읽는 두 개의 시선

『박정희 시대의 유령들』

김원, 현실문화연구, 2011

이 책은 그 제목 때문에 박정희나 그 시대에 대한 또 한 권의 연구서인 양 보인다. 그러나 이 책은 딱히 박정희나 박정희 시대에 대한 문제 제기보다는, 기왕의 역사학과 역사학 방법론에 대한 이의 제기가 더 흥미로운 책이다. 지은이는 기왕의 역사학에 불만을 표시하면서 자신의 역사학 방법론을 설명하기 위해, 한때 크게 인기를 모았던 텔레비전 드라마인 「하얀 거탑」과 「거침없이 하이킥」을 예로 든다.

「하얀 거탑」에서는 천재적인 수술 능력과 현실 적응력이 뛰어난 장준혁과 휴머니즘으로 무장한 최도영이 사사건건 대립하면서, 각기 선과 악을 상징한다. 그러나 이 드라마에 어딘지 보통 사람들의 입맛을 쓰게 만드는 것이 있다면, 어차피 두 사람은 한국 사회의 노른자위에서 기득권을 누리고 있는 주인공들이라는 점이다. 반면 「거침없이 하이킥」에서는 초라하고 무능력한 우리 주변의 인물들이 주인공이다. 어떤 드라마를 더 선호하고 말고는 개개인의 취향이지만, 두 드라마는 역사학에 대한 기막힌 은유로 치환할 수 있다. 즉 기왕의 역사학은 「하얀 거탑」의 주인공들처럼 잘난 위인이나 선과 악처럼 거대한 이야기를 다루면서, 「거침없이 하이킥」의 주인공들처럼 지지리도 못나거나 소소한 사건에 대해서는 무관심했다.

머리말과 본문에도 밝혔듯이 지은이가 원용하고 있는 역사학 방법론은 서발턴 연구다. 서발턴은 하위와 타자가 결합된 조어로, 우리말로는 하층민·하위 주체·하위 집단 등으로 번역된다. 김택현의 『서발턴과 역사학 비판』(박종철출판사, 2003)을 보면, 원래 서발턴 연구는 1980년대 초, 일군의 인도 역사학자가 영국의 식민주의 역사 해석과 인도의 주류 민족주의 역사 해석에 대항하기 위해 개발한 이론이다. 이들은 인도가 영국의 식민 지배 아래 근대화되었다는 식민주의 해석이나, 거기에 저항하는 인도의 민족주의 역사 해석이 엘리트주의적이기는 마찬가지라면서, '근대화'나 '민족'이라는 의미망에 포획되지 않고 오히려 그런 가치로부터 배제되었던 하위 계층에 주목했다.

지은이는 서발턴 이론을 빌려 오면서 서발턴이라는 용어를 '유령'으로 바꾸었다. 구두닦이·넝마주이·기지촌 여성·여공·호스티스·식모·북파공작원·독일 파견 노동자·월남전 참전 병사·무허가 주택 주민·소년원생 등은 기존의 역사학이 기피하거나, 지배 권력과 거기에 대항하는 민중주의자들 모두가 불길하게 여긴다는 점에서 유령이라고 할 수 있다. 지젝이라면 '살아 있는 죽음'이라고 부를 저 유령들은, 스스로를 설명할 언어나 증명할 수단이 없다. 그들은 '내가 살았던 이야기를 소설로 쓰면 열 권짜리 전집을 쓰고도 남아'라고 입버릇처럼 말하면서도, 단 한 줄의 글도 자기 손으로 남길 능력이 없는 까막눈 할머니와 같다. 그래서 서발턴 연구는 자주 그들의 구술에 의존하며, 간혹 구술사 그 자체로 오해되기도 한다.

한국 현대사가 박정희 시대를 살았던 유령(서발턴)에 대해 기술하거나 평가하는 기준은 크게 두 가지다. 하나는 그들이 국가 경제 건설에 기여한 '산업 역군(근대화 전사)'이었느냐의 여부와, 다른 하나는 그들이 민주화에 투신한 '깨어 있는 민중'(민중 전사)이었느냐의 여부다. 전자의 기준이 당시의 지배 권력층과 그들의 논리를 고스란히 따르는 뉴라이트 인사들의 역사관이라면, 후자의 기준은 거기에 반대했던 좌파 민중주의자들의 역사관이다. 얼핏 보기에 이 둘은 크게 다른 것 같지만, 서발턴을 근대화와 민중이라는 거푸집 속에 집어넣고 자신의 구미에 맞게 전유한다는 점에서 조금도 다르지 않다.

전자에 꼭 들어맞는 예가 베트남 파병 군인과 독일 파견 노동자(광부·간호원)들로, 뉴라이트 인사들의 『대안교과서』는 이들을 우리나라 경제를 흑자로 돌아서게 만든 공로자로 전유한다. 그러나 그 몇 줄의 기록은 박정희의 지도력과 개발독재를 추인하기 위한 공치사일 뿐, 파월 병사들이 전장에서 느꼈던 공포, 귀국 후 고엽제 피해자라는 사실을 숨기고 살아갈 수밖에 없던 고통, 그리고 이국땅에서 감수해야 할 해외 파견 노동자들의 고난은 깨끗이 소거되어 있다. 서발턴의 삶을 국가 경제에 대한 기여 여부로만 평가하는 뉴라이트 역사관은, 박정희 시대의 고위 공직자들이 미군 기지촌의 여성과 일본 관광객을 상대하는 호스티스에게 '달러를 벌어들이는 산업역군'이라고 칭송했던 인식과 동일한 것이다.

후자에 해당하는 예로 지은이는 1971년 경기도 광주대단지에서 일어났던 주민들의 봉기와 1977년 '무등산 타잔 사건'으로 알려진 박흥숙 사건, 그리고 박정희 정권을 끝내는 도화선이 되었던 1979년의 부마항쟁을 꼽는다. 민중주의자들은 하층민이 주동하거나 참여했던 세 사건을 정치적으로 각성되지 않은 자들에 의한 전정치적前政治的 사건으로 격하한다. 저항적 지식인들은 항상 민중을 앞세우지만 서발턴은 항상 '지식인-저항엘리트'의 계도를 받거나 자신들과 통합되어야만 의미를 갖는 존재다. 그래서 민중이나 계급으로 회수되지 않는 서발턴은 충동적이고 무모한 부화뇌동자로 간주되며, 결정적인 시기에 운동 역량을 왜곡시키는 분열분자로 배척된다.

박정희 시대는 오늘날 한국 사회의 지배담론, 제도 그리고 지식 체계의 모태가 형성된 시기라고 말하는 지은이는 우리가 사는 시대가, 국가나 경제 발전에 저해되는 사상을 억압하고 규범적인 국민 혹은 민족을 벗어나는 사람들을 배제했던 그 시대로부터 얼마나 벗어나 있는지를 묻는다. 양심적 병역 기피자·성적 소수자·도시 철거민·다문화 가정, 그리고 남과 북 어느 쪽도 선택하지 않겠다는 송두율과 같은 경계인에 대해 우리들은 얼마만큼 관대해졌는가? '박정희 정권'은 끝났지만, 박정희 시대의 세계관과 가치는 현재까지도 끈질기게 살아남아 아버지 노릇을 하고 있다는 주장은 비단 지은이만의 것이 아니리라.

근대 역사학은 민족과 근대화라는 서사로 이루어져 있다. 그래서 국민에 속하지 않거나 발전에 낙오한 사람들은 단호히 역사 기술로부터 제외하거나, 비국민 또는 비정상인이라는 낙인을 찍는다. 지은이가 유령이라고 고쳐 부른 서발턴 연구는 보이지 않는 인간을 재현하고 입이 없는 사람들의 침묵을 캐면서, 근대 역사학의 한계를 넘어서고자 한다.

실용이라는 물신에 바쳐진 합리주의

『이완용 평전』
김윤희, 한겨레출판, 2011
『이완용 평전』
윤덕한, 중심, 1999

최근에 『이완용 평전』을 낸 김윤희는 머리말에서 매국노 이완용은 "국가 또는 민족 구성원이라는 소속감을 지탱시켜주는 배제된 타자"였다고 말한다. 그러면서 자신은 국가 또는 민족의 정체성을 구상하는 데 이바지해온 근대 역사학의 한계에서 벗어나, "도구적 합리성" 내지 "합리적인 근대인"이란 기준으로 이완용을 다시 보고자 한다고 말한다. 지은이의 주장대로 이완용이 정말 도구적 합리성에 몰입한 합리적인 근대인이었는지는 차츰 밝혀지겠지만, 한 개인에게 을사조약과 한일합방의 죄과를 묻는 것은 확실히 과하다고 할 수 있다.

이 책보다 훨씬 일찍 출간된 윤덕한의 『이완용 평전』은 을사5적에게 망국의 책임을 전가하는 게 부당하다는 것을 미리 짚어놓았다. 윤덕한은 이완용 때문에 나라가 망했다는 것은 "역사의 이지메"라면서, "사실 한일합방은 어느 날 갑자기 닥쳐온 것이 아니다, 냉정하게 얘기해서 러일전쟁이 끝날 즈음에는 이미 대한제국의 운명은 돌이킬 수 없는 지경"이었다고 말한다. 국운이 기우는 기세가 확실해지자 나라를 보존하는 데 온 힘을 기울였어야 할 최상층부터 왕실을 이반하기 시작했고, 『대한매일신보』는 "세계 각국 사람들이여 매국노를 수입하려거든 대한으로 건너오시오. 황족 귀인과 정부 대관 가운데 매국노가 아닌 자가 없다"고 당시의 세태를 꼬집었다.

윤덕한의 춘추필법이 매섭게 지적한 것처럼, 망국에 이르기까지의 과정에서 "민비나 대원군이 역사와 민족 앞에 저지른 죄과는 이완용의 그것에 비교가 되지 않을 정도로 크고 무거"우며, 김윤희가 거듭 강조한 것처럼 "대한제국의 운명을 결정할 정도로 그가 고종보다 비중 있는 존재였는가라는 점에는 그 누구도 동의할 수 없을 것"이다. 그럼에도 불구하고 전통적인 왕조 체제에서는 절대적인 존재로 추상화된 왕에게 책임을 물을 수 없었기 때문에, 당대의 지배 엘리트와 유생들은 을사5적을 난신적자로 지목하여 고종의 책임을 덜어주었다. 이완용의 신원은 이렇듯 새로 풀게 없는 반면, 지은이의 또 다른 주장은 어떨까?

우봉 이씨 집안의 신동이었던 이완용은 25세 때인 1882년, 증광별시 문과에 급제했다. 증광별시란 나라에 큰 경사가 있을 때 이를 기념하기 위해 특별히 실시하는 과거로, 이때의 증광시는 그해 6월에 일어났던 임오군란을 평정하고 충북 장호원에 피신해 있던 민비가 무사 환궁한 것을 기념한 것이다. 하지만 임오군란을 제압하기 위해 청나라 군사를 불렀던 조선 왕실의 전철은 이후로 외국 군대에 의지하거나 외세의 견제를 받는 악순환에 빠지게 되었으니, 차례대로 갑신정변(1884년, 일본), 동학농민전쟁(1894년, 청나라), 을미사변(1895년, 일본), 아관파천(1896년, 러시아)이 그것이다.

"구한말에 이 나라 지배층 가운데 친청, 친러, 친일로 우왕좌왕하면서 변신하지 않은 자는 손을 꼽을 정도"였다는 윤덕한의 말처럼, 30세에 주미공사관 참사관으로 처음 미국 물을 먹은 뒤 2년 넘게 미국 생활을 했던 이완용은 훗날 정동파(친미파)로 정치 경력을 시작했다. 그런데 그는 특별하게도 서재필이나 윤치호 등의 다른 도미 인사들과 달리 공화(의회)주의자가 되지도 않았고, 기독교 신자가 되지도 않았다. 이런 특징은 이완용이 과거에 급제할 당시, 그와 비슷한 또래라고 할 수 있는 김옥균, 홍영식, 유길준, 서광범 같은 개화파의 동향에 무관심했던 태도와 일관된다.

김윤희가 이완용의 미국 체류 경험을 정리하면서 "무엇보다도 양반 관료로서 왕에 대한 충성심이 강했던 그는 조선의 정치체제를 크게 바꾸지 않은 채 미국과 같은 부강함을 얻을 수 있는 방법에 대해 크게 고민했을 것이다"라고 쓴 것은 아주 적절하다. 이런 모습에서 우리는 동도서기東道西紀가 가능하다고 믿은 점진적 개혁주의자와 충실한 근왕주의자의 면모를 엿볼 수 있다. 하지만 동도서기에 대한 이완용의 믿음은 곧 이토 히로부미의 동양평화론을 적극 지지하는 것으로 변질되고, 고지식한 근왕주의는 오히려 자신이 모시던 고종과 사직을 돌이킬 수 없는 파국으로 이끌면서, 일신까지 친일의 수렁에 빠트리게 된다.

이토가 고종에게 을사조약 체결을 겁박하자, 고종은 "짐은 스스로 이를 재결할 수 없다. 짐의 정부 신료들에게 자순諮詢하고 또 일반 인민들의 의향도 살필 필요가 있다"는 핑계를 댔다. 그러자 이토는 "귀국은 헌법 정치도 아니며 만기萬機 모두 다 폐하의 친재親裁로 결정한다고 하는, 소위 군주 전제국이 아닙니까? 그리고 인민의 의향 운운이라 했지만 필시 이는 인민을 선동하여 일본의 제안에 반항을 시도하려는 생각이라고 추측됩니다"라고 신랄하게 반박했다. 이를테면 조선은 전제정치를 하는 데 어찌하여 입헌정치의 규례를 모방하여 대중의 의견을 묻느냐는 것이었다.

이완용은 관료로 등용되어 왕의 총애를 받기까지 고종의 정치판을 뒤집는 행동을 한 적도, 고종이 펼쳐놓은 정치판의 테두리를 벗어난 적도 없다. 그는 서양의 근대 정치와 근대성의 요체인 자율을 충분히 체험하고도 공화제는커녕 입헌군주국이라는 청사진조차 그려본 적이 없다. 그 결과 왕과 인민은 괴리되었고, 조선은 겁 많고 줏대 없는 왕 하나에 나라의 운명이 송두리째 맡겨진 것이다. 김윤희는 막스 베버의 관료제 연구로부터 도구적 합리성이란 개념을 빌려 오고, 명분보다는 실리를 얻으려는 이완용의 성향에서 합리적인 근대인의 초상을 보았다. 특히 지은이는 이토가 제시한 조약문이나 현실을 어설프게 거부하는 게 아니라, 현실을 직시하고 조약문 수정을 통해 왕실을 건사하고자 했던 이완용의 실용성을 높이 산다.

하지만 12년 앞서 『이완용 평전』을 쓴 윤덕한은 후학의 책을 미리 읽은 듯이 "이완용의 제의는 언뜻 매우 현실적이고 합리적인 의견처럼 보인다. 그러나 이는 근본적으로 타협의 대상이 될 수 없는 일본의 보호조약 강요를 현실적으로 접근했다는 것 자체가 일제의 침략 야욕에 동조하는 결과가 되고 만다는 것을 간과한 것이다. 이것이 바로 현실주의자의 함정"이라고 비판했다.

이완용을 합리적인 근대주의자라고 부르는 것은, 합리주의와 근대라는 가치를 모조리 실용이라는 물신에게 바치는 행위다. 그보다는 베버가 『소명으로서의 정치』에서 분노도 편견도 없이 그의 직무를 수행해야 하는 게 관료라고 했던 것처럼, 이완용은 그 '영혼 없는 관료'를 더 빼닮았다.

사족이다. 봉건적 심성의 소유자인 이완용을 합리적 근대인이라고 부르는 것도 우습지만, 지은이가 문제틀로 내세운 '합리적 근대인'이 무엇인지에 대한 아무런 설명이 없었다는 게 더 큰 문제다. 머리말 두 문단에 베버의 개념이라면서 "도구적 합리성"이라는 말이 두어 번 나오고, 머리말과 본문을 통틀어 "근대적 합리성"이니 "합리적인 근대인"이니 하는 말들이 대 여섯 번 나온다. 그런데 이 개념들이 정작 무엇을 뜻하는지는, 머리말 두 문단에 하다만 설명 밖에 없다. 게다가 이 책 172족에 나오는 "유교적 합리성"은 또 뭘까? 이 책의 '데우스 엑스 마키나'deus ex machina나 같은 근대적 합리성이 너무 궁금해서, 책 뒤에 붙어 있는 '주요 저술 및 참고도서 목록'을 보았다. 그런데 이 색인 가운데는, 지은이 자신이 문제틀로 삼았다는 베버의 책조차 없다.

좀 다른 얘기지만, 『이완용 평전』 말미에 붙은 빈약한 색인을 보고 지식인의 겸손과 교만에 대해 생각하게 됐다. 지식인이 겸손하면 좋겠지만, 지식인에게 겸손을 요구하는 것은 이를테면 금욕이나 채식처럼 어렵다. 돈 많은 사람들이나 미남미녀들은, 어디가서 '체'할 필요가 없다. 돈 자랑을 하지 않아도, 그가 무엇을 먹고, 입으며, 어디서 자는지를 보면 부자인줄 안다.

또 원빈이나 김옥빈 같은 미남미녀들 또한 일부러 과시하지 않아도 잘나고 예쁜 줄 모두 안다(저 둘은 그냥 '빈'자 돌림이다). 눈에 보이기 때문이다. 그런데 지식인은 '체'하거나 자랑하지 않으면, 도대체 뭘 배우고 뭘 아는지 알 수 없다. 머릿속은 안 보이기 때문이다. 아니꼽지만 이것이 '체'하고 자랑하는 지식인을 참아야 할 이유다. 그런데 이 책의 지은이는 워낙 '맨탕'이라 그마저도 할 게 없었나보다. 애초에 「대한제국기 서울 금융시장 변동과 상업 발전」으로 박사학위를 받은 사람에게, 이완용이 적극 지지했다는 이토 히로부미의 동양평화론과 그가 신봉했던 동도서기론의 허실까지 파헤치기를 기대한 것은 난망한 일이었다.

안중근은 왜 이토를 쏘았나

『안중근 평전』

황재문, 한겨레출판, 2011

『안중근 평전』

김삼웅, 시대의 창, 2009

김삼웅의 『안중근 평전』은 안중근 의사義士의 하얼빈 의거 100주년(2009년)과 순국 100주년(2010년)을 기리기 위해 출간되었으나, 나는 미처 읽지 못했다. 그러다가 황재문의 새 평전과 함께 읽게 되었다. 김삼웅의 서문은 "안중근 의사가 안과 의사"인줄 아는 중학생과 안중근과 안창호를 구분하지 못하는 고등학생의 예를 들면서, 안중근 의사보다 "체 게바라에 대해 더 많이 알고 있는 우리의 실정"을 꼬집는다.

우리는 안중근 의사를 한일 병탄의 일본 실무자였던 이토 히로부미를 처단한 일로만 기억하고 있지만, 안 의사는 국채보상운동, 교육사업, 계몽운동의 연설가 등의 다채로운 활동을 펼쳤다. 하지만 을사늑약(1905년)과 한일신협약(1907년)으로 훼손된 2천만 동포의 자존심을 세우고, 세계에 일제의 식민 야욕을 널리 알린 하얼빈의 쾌거(1909년) 탓에 우리는 의사를 저격자로만 알고 있다. 두 권의 평전은 그러한 우리들의 협소한 시야를 교정해 준다.

안 의사의 이토 저격이 의사의 다양하고 일관된 독립운동의 정점에서 이루어진 것이라는 사실을 염두에 두고서, 우리나라 독립운동사에서 빠트릴 수 없는 이토 저격의 순간을 되새겨보자. 이토는 메이지 유신을 지휘한 설계자이면서, 을사늑약으로 설치된 조선 통감부의 초대 통감이었다. 이처럼 중요한 인사였기 때문에, 저격에 성공하기 위해서는 철저한 준비가 있었다고 믿기 쉽다. 그러나 단언컨대 007영화와 같은 치밀한 계획은 없었다.

그 엄청난 거사가 주먹구구식이었던 이유는 몇 명의 동지들이 함께 움직이는 데 필요한 자금과 작전에 필요한 정보가 태부족했기 때문이다. 안 의사 일행이 블라디보스토크에서 하얼빈으로 이동하는 데 쓸 수 있었던 활동비는 오늘날 우리나라 고등학생들이 수학여행을 가는 데 드는 경비 정도였고, 그들의 정보 수집력은 오늘날 인터넷 누리꾼들이 함부로 저지르는 '신상 털기' 수준도 되지 못했다. 안 의사 일행은 그저 이토가 하얼빈에 들른다는 사실 정도만 알고 있었을 뿐, 이토의 얼굴조차 몰랐다. 김삼웅에 따르면 안중근은 러시아 관리들의 호위를 받으며 기차에서 내린 일본인들 가운데 "가장 위엄이 있어 보이는 앞장선 자를 향해" 총을 쏜 다음 다른 사람을 쏘았을까봐 우려했다고 한다.

모든 게 미비한 속에서 안 의사가 맞닥뜨린 광경은 또 어떠했던가? 군악대 연주가 요란한 역전에는 러시아 경위병, 각국 영사단, 일본인, 구경나온 러시아인 등 수천 명이 인산인해를 이루었고, 특히 일장기를 높이든 일본인들의 만세소리가 진동했다. 이런 상황에서 보통 사람이라면 허방을 딛는 듯 발이 비칠거리고, 손은 떨리며, 눈알은 불안정하게 흔들렸을 것이다. 그럼에도 안 의사는 이토의 급소에 세 발의 총탄을 정확하게 맞추었다.

이미 거론한 악조건 속에서 거사를 성공시킬 수 있었던 안 의사의 담력과 사격술은, 안 의사 집안이 키운 것이다. 의사의 가문은 5대조 안기옥 대부터 조부 안인수 대까지 무과 급제자만 일곱 명이 나올 정도로 명망 있는 무반 가문이다. 안중근의 아버지 안태훈은 취흥이 일때면 중국의 병법서를 읊조렸고, 안 의사 또한 소년 시절부터 "글은 이름이나 적을 줄 알면 된다"면서 활쏘기와 말타기를 즐기고 사냥과 사격술을 익혔다. 안 의사는 이토를 토살한 직후 도망은커녕 대한독립만세를 세 번 외치고 곧바로 포박당했는데, 그는 현장에서 체포된 직후나 재판정에서 도주나 은사를 결코 생각하지 않았다. 이런 기개는 절대 하루아침에 생겨나지 않는다.

안 의사가 뒷날 의병이 되고 하얼빈 의거를 감행하게 된 것은 그의 가문이 조선시대의 양반들이 홀대했던 상무尙武 정신을 귀하게 여겼기 때문이다. 아주 일찍이 안중근 의사는 교육이나 계몽도 중요하지만 그것만으로는 국난을 극복하기 어렵다고 보고, 의병 항쟁을 통한 독립전쟁의 방략을 강구했다. 흔히 학계에서는 항일 의열투쟁의 기원으로 1907년 나철 등의 을사오적 처단시도를 꼽고 있지만, 김삼웅은 이보다 약 2년 앞선 "1904년 안중근의 하야시와 부일세력 처단 구상을 의열투쟁사의 효시"로 본다.

한국인 가운데도 이토의 동양평화론과 안 의사의 그것을 분간하지 못하는 사람이 있는데, 이름만 같을 뿐 그 내용은 절대 같을 수 없는 두 개의 동양평화론이 가진 차이를 두 권의 『안중근 평전』에서 확인할 수 있다. 안 의사의 어머니는 아들이 고등법원에서 사형선고를 받자 "만인을 죽인 원수를 갚고 의를 세웠으니 무슨 잘못을 저질렀단 말인가. 큰일을 하였으니 목숨을 아끼지 말라. 일본 사람이 너를 살려줄 까닭이 없으니 비겁하게 항소 같은 것은 하지 말라. 깨끗이 죽음을 택하는 것이 이 어미의 희망"이라고 써 보냈고, 의사는 어머니의 말에 따라 항소를 포기하고 유고가 될 『동양평화론』을 옥중 집필했다.

원래 동양평화론을 제창한 사람은 이토로 알려져 있고 거기에 안중근에 동조한 것으로 알려져 있는 경우가 많지만, 그것은 사실과 다르다. 우선 안 의사의 동양평화론은 이토의 영향이 아니라, 당대의 민족주의 산실인 『황성신문』이 빈번하게 제기한 삼국제휴론을 계승한 것이다. 이 대목에 대해서는 내일을 여는 역사 재단이 엮은 『질문하는 한국사』(서해문집, 2008)에 실려 있는 현광호의 「안중근은 왜 이토 히로부미를 저격했나」가 꽤 간명하게 설명하고 있다. 1897년 독일의 자오저우만 강점을 계기로 청국이 서구열강에 의해 분할될 위기를 목격하면서 그 해결책으로 우리나라의 동양 평화주의자들이 제시한 게 바로 삼국제휴론이다. 삼국제휴론자들은 중국이 분할되면 인접한 한국·일본이 침략 받을 가능성이 크다고 판단하고 『황성신문』은 "동양 삼국은 같은 대륙, 같은 인종, 같은 문자로써 연대가 가능하다. 청의 4억, 한국의 2,000만, 일본의 4,000만 국민이 힘을 합치면 황인종은 백인종에 대적할 수 있다. 지금부터 동양 삼국이 연합해야 동아 문명과 황인종 보호가 가능하다"고 주장했다.

내용적으로도 안 의사와 이토의 동양평화론은 매우 다르다. 이토의 것은 동양 삼국(한·청·일)의 상호 협력 아래 구미 각국 특히 러시아의 남진에 대항해야 한다는 논리와 대한제국의 국권을 보전해 줄 것이라는 논리로 포장되어 있지만, 침략주의의 속내를 숨긴 기만술에 지나지 않았다. 이토가 이런 논리를 펼친 데에는 러일전쟁을 목전에 하고 중국과 한국의 지원을 끌어낼 필요에서 였으며, 실제로 한국에도 러시아의 남하를 경계하는 인사들이 많았다. 이런 분위기에서 안 의사 역시 이토의 동양평화론을 조금도 의심하지 않았다. 그러나 러일전쟁을 승리로 이끈 일본은 곧바로 대한제국을 동양 화란禍亂의 근원이라고 지목하고, 한국 합병을 결정했다.

반면 안 의사의 동양평화론은 일본 천황을 옹호하고 이토만 비판하는 등의 사상적 한계가 없지 않지만, 지금 시점으로서도 굉장히 놀랍고 선구적인 제안들로 이루어져 있다. 안 의사는 당시의 국제적 분쟁지였던 여순을 중립화해 한·중·일이 공동으로 참여하는 동양평화회의 본부를 만들자고 제의했다. 또 동양평화의 구체적 실천 방안으로 삼국이 은행을 만들어 공동 화폐를 발행할 것과, 세 나라 청년들이 평화군을 만들고, 이들에게 2개국어 이상을 배우게 하여 서로에 대한 이해를 높일 것을 주장했다. 평화를 위한 상설회의·지역 경제 공동체·군축과 집단안보·문화 교환 등, 오늘날의 유럽 공동체를 연상시키는 이 제안들은 안중근의 독창적인 사상으로 고평된다.

안중근 의사의 쾌거 직후부터 현재까지, 일본에서는 안 의사를 우국충정 지사로 추모하는 편도 있지만 의사의 위대함을 비하하려는 왈패도 있다. 황재문의 평전과 『한겨레신문』에 「안중근을 찾아서」라는 연재를 하고 있는 안중근 연구자 최서면은, 의사를 비하하려는 의도에서 나온 일본 측의 대표적 왜곡 사례로 이토의 마지막 유언 '바카야로설'과 '제3자 저격설'을 똑같이 거론하고 있다.

바카야로설이란, 치명상을 입은 이토가 죽기 직전에 한국인이 범인이라는 보고를 받고서 "바카야로(바보 같은 놈)"라고 했다는 설이다. 이 설은 이토의 영웅적인 면모를 부각시키고, 안 의사의 쾌거를 이토의 동양평화론을 이해하지 못한 경거망동으로 폄하하기 위한 의도로 만들어진 거짓말이다. 김삼웅과 황재문은 공히, 이토는 어떤 말이나 유언을 남길 수 없을 만큼의 치명상을 입어 곧바로 절명했다고 쓰고 있다. 덧붙여 황재문은 바카야로설이 "이토의 죽음이 대한제국의 멸망을 앞당겼다는 설명"으로 이어질 경우, 사실 측면에서 접근하여 충분히 시비를 가릴 수 있다면서, 바카야로설은 "이토가 이미 병합에 찬성하고 있었기 때문에 설득력이 없다. 이러한 설명은 어떤 의미에서는 왜곡에 해당할 것이다"고 명토 박았다.

제3자 저격설은 이토의 수행원이었던 귀족원 의원 무로타 요시야의 증언이 시발이다. 이토가 안 의사의 총알에 맞아 죽은 것이 아니고 진범은 러시아인일 것이라는 제3자 저격설(러시아 개입설)을 주장한 무로타는 "이토가 맞은 탄환은 안 의사가 들고 있던 브라우닝 권총이 아니라 하얼빈역사 2층 식당에서 진범이 쏜 프랑스제 기마총(카빈총)에서 발사된 것이다. 이 때문에 이토의 몸에 박힌 총탄 세 발은 모두 위에서 아래 방향을 하고 있다"고 떠들었다. 황재문은 이 설이 거의 신빙성이 없는 일본인들의 재구성과 희망일 뿐이라고 일축하고 있는데, 안중근 연구자 최서면은 더 구체적인 반박 자료를 적시하고 있다.

『한겨레신문』 2011년 6월 14일자에 실린 「안중근을 찾아서」 6회분 연재에서 최서면은, 이토를 수행했던 주치의 고야마 젠이 그려서 검찰과 일본 정부에 제출한 주검 검안도를 제시했는데, "2층에서 제3의 범인이 쏜 총에 맞아 총알 3개가 모두 대각선으로 비스듬히 박혔다"는 무로타의 주장과 달리 총탄은 모두 수평으로 흉부를 관통했다. 당시의 일본 관계자들은 이토의 주검을 훼손하지 않기 위해 부검을 하지 않았는데, 대신 이토의 수행원이 맞은 총알을 통해 안 의사의 브라우닝 권총에서 발사됐다는 사실이 증명됐다. 덧붙여 최서면은 안 의사가 살상력을 높이기 위해, 혹은 독실한 천주교 신자였던 안 의사가 주술의 목적으로 총탄 끝 모서리에 십자 모양을 새겼다는 낭설도 이번 조사에서 속 시원히 밝혔다. 일제 재판부는 안 의사가 이토를 잔인하게 죽이고자 일부러 총탄 끝에 회전을 하면서 살을 헤집을 수 있도록 십자 표시를 냈다는 공분을 일으키려고 했는데, 실은 그 총탄은 안중근이 활약했던 연해주와 시베리아 일대에서 흔히 파는 '에소프레소'란 이름의 총탄이었다.

앞서 안 의사가 상무를 중시하면서 활쏘기와 말타기, 사냥과 사격술을 즐겼다고 했지만, 실은 안 의사는 시와 문장은 물론이고 서예에도 뛰어났다. 의사는 여순 감옥에 있으면서 60여 장이 넘는 휘호를 남겼는데, 그 가운데 보물 제569-2호로 지정되어 있는 휘호가 일일부독서 구중생형극一日不讀書 口中生荊棘이니, "하루라도 글을 읽지 않으면 입안에 가시가 돋는다"는 뜻이다.

최근 들어 준동하고 있는 '뉴또라이'들 가운데, 안 의사를 테러리스트로 간주하는 치들도 간혹 있다. 하지만 안 의사는 시종일관 일본의 재판을 거부하면서 "한국의 의병 참모중장으로서 독립전쟁을 하여 이토를 죽였고 또 참모중장으로서 계획"했으며, "전쟁 중에 붙잡혔으니 만국공법(국제법)에 따라 포로로 취급"하라고 주장했다. 의사가 죽음 앞에 당당했던 것은, 집안 내력인 상무 정신과 함께 독실한 천주교 신자로서 내세에 대한 확실한 믿음이 있었기 때문이다. 천주교 신자로서 살상이 금지되어 있음에도 불구하고 살인을 할 수밖에 없었던 그 시대의 고민과 의사의 결단을 헤아리지 못한다면, 뉴또라이들은 결코 '뉴라이트'가 될 수 없다.

조악하고 한심한 뇌 구조

『세계문학의 구조』

조영일, 도서출판b, 2011

가라타니 고진의 전문 번역자 조영일이 『세계문학의 구조』라는 새 평론집을 냈다. 가라타니는 근대문학이란 태고부터 있어왔던 게 아니라, 근대의 민족국가가 만들어 낸 것이라고 주장한다. 근대의 민족국가는 국가와 국민의 정체성을 만들기 위하여 문학을 필요로 했다. 근대문학은 '민족국가 만들기'에 능동적으로 참여하여 국가와 국민의 정체성을 주조(세뇌)하고 국어 확립에 일조하는 동시에, 국가에 대한 비판자 역할을 떠맡았다. 근대문학은 국가 만들기와 국가 비판이라는 이중의 임무를 치르면서, 가장 영향력 있는 근대의 신화가 됐다.

그런데 민족국가가 전 세계 규모에서 완수되고, 문학 자체가 대학(국가)이나 출판 제도(자본)에 포획된 오늘에도, 근대문학이 지탱될 수 있을까? 가라타니는 민족국가 체제의 지구적 성립과 더불어 문학의 정치적 구실도 소진했다면서, 근대문학의 종언을 선언했다. 그러고 나서 문학이 아닌, 자본·민족·국가를 넘어서는 '세계공화국'의 가능성으로 눈을 돌렸다. 하지만 조영일은 근대 민족국가와 근대문학이라는 짝패를 흉내 내어, 가라타니의 세계공화국 구상에 바치는 '세계문학'을 제안한다. 그러나 그는 이번 책에서 세계문학이라는 규제적 이념을 제시하기보다, 근대문학의 기원을 전복했던 가라타니의 작업을 조악하게 반복하는 데 그쳤다.

그가 펼친 논리의 한 대목을 보자. "근대문학이 발달한 나라와 그렇지 못한 나라를 판별하는 가장 쉬운 방법 중 하나는 국민작가의 유무라 하겠습니다. 왜냐하면 국민작가란 단순히 대내적으로 가장 존경받는 작가를 가리킨다기보다는, 대외적으로도 그 나라를 대표할 수 있는 작가를 의미하기 때문입니다. 사실 한국문학을 전공하는 사람으로서 가장 큰 아쉬움은 마음 놓고 비빌 언덕(국민작가)이 없다는 것이었습니다. 한국 근대문학사에 대표적인 작가가 없는 것은 아니지만(이를테면, 이광수, 김동인, 염상섭, 이상, 채만식, 박태원 등), 그들의 작품은 국외는커녕 국내에서조차 현재 거의 읽히지 않는 작가들입니다."

조영일은 국민가수, 국민배우, 국민투수에다 국민 여동생까지 있으니, 국민작가도 있는 줄 안다. 하지만 국민문학이 문학사나 이론서에 등재된 것인데 반해, 국민작가는 비평 용어가 아니다. 내가 아는 한 저 용어는 일본에서만 사용하는 용어로, 나쓰메 소세키가 죽자 신문들이 '국민적 작가'라고 떠들어댄 게 효시다. 메이지유신 이후 일본은 서양의 근대적 헌법, 군대, 교육, 의료체계 등을 모방하면서 '셰익스피어는 인도와도 바꾸지 않겠다'는 식의 문화적 상징물마저 갈구했다. 일본의 후진성에서 생겨난 국민작가가 근대문학의 '발달'을 가늠하는 기준으로 둔갑하다니, 이런 촌극이 없다.

더욱이 이 칭호는 '문학적 수준'의 획득 차원이 아니라, 국가의 정체성 확립에 기여한 작가에게 주어진다는 점이 중요하다. 예컨대 소세키가 그랬다. 그가 내세웠던 '자기본위'가 전쟁 동안에는 서양에 대항하는 일본 정신으로, 전후에는 국가에 대항했던 개인주의 사상으로 윤색되면서, 소세키는 일본의 국민작가가 되었다. 특히 패전 이후 그의 존재는 대외적으로 전쟁을 반성해야 하는 일본 정부나, 아무런 저항을 하지 못했던 자유주의 문학가들에게 두루 편리했다. 그러나 천황제와 제국주의 전쟁에 대한 그의 비판은 기껏 일반적인 회의에 지나지 않았다. 반면, 『게공선』을 쓴 고바야시 다키지 같은 작가는 그것에 맞서 싸우다가 옥사했지만, 전후에 어떤 교과서도 그를 다루지 않았다. 더욱이 자유주의 문학가들은 그들을 향해 '너희들은 문학이 아니라, 정치를 했던 것'이라고 지탄했다. 국민작가는 이런 배제의 논리 위에 탄생한다.

일본의 예에서 보았듯이 국민작가는 국가의 정전화 작업을 통해 만들어진다. 그러나 한국에서는 그게 불가능했다. 해방 직후의 이념 갈등과 한국전쟁, 그리고 여태껏 지속된 분단과 휴전은 남한이나 북한 어디에서도 국민작가가 만들어지는 것을 방해했다. 남한의 경우 80년대 전까지만 해도 월북 작가들은 학위 논문에서조차 공란으로 처리됐다. 지은이 또한 한국에서의 국민작가에 대한 상상력이 반쪽에 불과하다는 것을, 그 자신이 괄호 속에 거론한 작가들의 이름으로 증명했다.

이어지는 대목에서 조영일은 "한국근대문학이 발전하지 못한 이유를 굳이 찾는다면, 그것은 아마 '제국주의 적 전쟁'을 경험하지 못한 것(그리고 '식민지'를 가져보지 못한 것)에서 발견할 수 있을 것입니다. 이는 근대문학에 세계문학이라는 마술모자를 씌워 보편적인 것으로 간주한 후, 한국문학에 소세키와 같은 국민작가가 없다는 것을 한탄하고, 한국문학도 이제 유럽문학이나 일본문학처럼 되어야 한다(한국문학의 세계화)고 외치는 것은, 어떻게 보면 '때늦은' 제국주의 전쟁이라도 치러야 한다는 이야기일 텐데, 이처럼 바보 같은 주장이 또 어디 있겠습니까!"라고 주장한다.

국가를 국가답게 만드는 가장 뛰어난 서사가 전쟁서사라는 것은 상식이 된지 오래이므로, 위의 논리가 우승열패의 제국주의 논리라고 굳이 비난하지는 않겠다. 다만 모자란 것은, 정규군이 나서야만 전쟁이라고 생각하는 지은이의 순진함이다. 총포가 동원되지 않는 의식 속의 전쟁을 신채호는 '아와 비아의 투쟁'이라는 역사의 원리로 정식화했고, 소세키는 그것을 실제의 전쟁에 뒤지지 않는 '평화 전쟁'이라고 불렀다. 다시 말해, '나와 나 아닌 것'의 구별과 대치만으로도 근대국가나 근대문학을 조성하는 충분조건이 된다. 이것을 인정하지 않으면, 정규군을 동원하지 못한 투쟁은 모두 테러로 전락하고 만다. 안중근을 돈키호테로 여기고, 한국은 제국주의에 대항한 전쟁을 벌였던 적이 없다고 말하는 조영일의 궤변은 이러한 인식을 바탕으로 나왔다. 이 한심한 논리 가운데 가장 역겨운 것은, 허구로 판명된 소세키 신화(일본의 양심)를 시바 료타로에게 되풀이하는 것이다.

아직 번역되지 않은 파스칼 카자노바의 『세계문학공화국』은, 조영일과 달리 식민경험을 가졌던 나라에서 세계 주류문학의 판도를 바꾼 작가들이 나왔다고 한다. 제임스 조이스와 사무엘 베케트를 낳은 아일랜드가 그런 예로, 아예 가라타니는 "우리가 보통 영문학, 영문학 하지만, 어떻게 보면 영문학이란 실은 아일랜드 문학입니다"라고 말하기도 했다. 언제 아일랜드가 제국주의적 전쟁을 일으키고, 식민지를 거느렸던가? 여기에 대독일 지배하의 카프카, 미국의 속국이나 다름없었던 라틴 아메리카 작가들을 더해보라. 이 책을 땅바닥에 패대기치지 못한 것은 도서관에서 빌려왔기 때문이다.

사족이다. 가라타니 고진의 종언론을, '근대' 문학의 종언으로 볼 것인지, '문학'의 종언으로 볼 것인지는 아직 불씨로 남아 있다. 프란시스 후쿠야마의 '역사의 종언'이 쩨쩨하게 '근대' 역사의 종언이 아니었듯이, 가라타니 고진에게 역시 '근대'란 그저 문학 앞에 붙여진, 사소한 접두어였지 않을까? 문제의 논문을 발표하고 여태까지 '근대문학' 이후에 대한 어떠한 구상도 없는 것이야말로, 그의 의도가 근대문학의 종언을 훨씬 뛰어넘는, '문학'의 종언을 의도했다는 확실한 증거다.

'문학과 국가(민족)'의 야합은 확실히 근대의 현상이지만, 따지고 보면 더 넓은 의미에서의 '문학과 권력'은 그보다 오래전인 고대적 부터 상피相避 관계였다. 그러므로 둘 사이의 야합이나 상피 관계로 고대와 근대를 구분할 확연한 차별점도 없는 것이다(있다 하더라도, 그것은 같은 현상의 심화와 연속으로 파악해야 한다. 혈연으로 유지되던 종족국가에서, 상상의 공동체인 민족국가로의 변화처럼). 말하자면 항상 공동체적이고 사회적인 목적을 가졌던 문학이라는 긴 역사 속에서, '근대문학'이란 짧은 한 때일 뿐이다. 개인적인 생각이지만, 고작 그것을 말하기 위해 종언가를 자처할 사람은 없다. 누구나, 통 크게 놀고자 하는 것이다.

동백이 새마을운동과 상극이라니

『동백나무에 대해 우리가 말할 수 있는 것들』

남상순, 하늘재, 2007

하느물 명물은 동백나무다. 이 동백나무는 단순한 가로수가 아니다. 긴급조치에 따른 휴교령으로 고향에 내려온 대학생 현규의 말을 들어보면 "하느물이라는 마을을 하나의 거대한 저택으로 보면 동백나무 가로수는 그 집의 중심을 향해 뻗어 있는 영락없는 정원수의 형상이라요. 세상의 좋은 기운, 지혜로움이 동백꽃 가로수 길을 통해 하느물로 들어오고 이곳 사람들의 뜻이 세상으로 뻗어나가는 것도 동백나무 길을 통해서"다. 때문에 "이런 나무를 뿌리째 뽑아버린다는 거는 하느물의 기운을 죽이는 것이나 마찬가집니다. 모두 죽어버리자는 것이나 다름이 없"다. 하느물의 동백나무는 "흙이 만병통치약"이라고 여기며 살아가는 전통적인 농경사회(의식)와 하늘을 연결하는 우주목宇宙木이다.

하지만 하느물 사람들은 몇 백년째 마을 입구를 지켜온, 백 그루도 넘는 아름드리 동백나무를 모조리 베지 않으면 안 된다. 바로 "그 어른이 온다"는 소문 탓이다. 그 어른은 그러면 누군가? "그 어른이란 군인 출신으로 이 나라 최고 실력자가 된 사람을 두고 하는 말이었다. 그는 역사상 가장 위대한 영웅이었고 이 나라를 가난에서 구해준 민족의 은인이었다. 그런데 그가 두어 달 후에 고향을 방문할 예정이고 내친 김에 남쪽 땅을 죽 둘러본다는 것이다. 그때는 어쩔 수 없이 하느물 앞을 지나가게 되어 있다고 했다. (…) 그러니 그가 지나가는 길목마다 새마을운동의 흔적과 성과가 성공적으로 드러나 있어야 한다는 것이다."(30쪽)

『동백나무에 대해 우리가 말할 수 있는 것들』은 이야기를 서술하는 어린 화자가 자기 가족을 소개하는 1장을 지나, 동네 사람들이 시끌벅적하게 상여집을 허는 논의로 시작되는 2장으로 이어진다.

> 정오가 조금 못 된 시각, 지난번 비에 무너진 곳을 손보기 위해 마을 사람들이 모여 부역을 하고 있었다. 젊은 사람들이 보막이 공사를 하고 있는 틈에 끼어 이것저것 잔소리를 일삼던 노인들이 이 빠진 소리를 내며 처음으로 그 이야기를 꺼냈다.
> "그런데, 참, 상여집이 헐린다민서?"
> "예, 보기에 이렇게 좋지가 않아서……."
> 마을 이장이 대답했다.
> "이만하면 됐지, 상여집이 뭔 대궐 겉애야 되나?"
> 노인의 이마 한쪽에 새겨진 넓적한 흉터가 도드라지며 주름이 잡혔다. 기분이 언짢다는 뜻인 것 같았다. 그까짓 추레하고 으스스하기만 한 상여집이 어찌 되든 무슨 상관이라고 저러는 걸까. 옆에서 듣고 있던 나는 이해가 되지 않았다.
> 마을 앞 산기슭 쪽에 있는 상여집은 정말 허름하였다. 죽은 사람을 장사지낼 때 사용하는 장례 도구들을 그 안에 보관하다가 필요한 집이 생기면 언제든지 가져다 썼다. 마을의 공동재산인데도 관리는 소홀한 편이었다.
> 새마을운동이랍시고 집집마다 빚을 내어 지붕에 기와를 올리고 슬레이트를 이었지만 상여집만은 여전히 초가였다. 벽도 여기저기가 패이고 갈라져 곧 허물어질 것 같은 형상이었다. 가끔 너구리 같은 짐승들이 그 안에서 튀어나와 산을 향해 달아날 때도 있었다. (…) 그런데 마침 그 상여집이 헐릴 위기에 처하다니, 나는 옆에서 듣는 것만으로도 속이 후련하였다. 해묵은 체증이 가라앉는 것 같았다.(23~24쪽)

이 소설의 시대적 배경은 새마을운동이 한창이던 1970년대 초다. 소설 말미에 붙은 해설 가운데 "새마을운동이 한창이었던 1960년대에 국가부역에의 동원이 얼마나 강제적이었는지는 따로 말할 필요가 없으리라"는 대목이 나오는데, 그것은 해설자의 착각이다. 새마을운동은 1971년부터 시작됐다. 위의 인용을 보면 하느물 마을도 초가지붕을 기와나 슬레이트로 바꾸고 상여집을 허무는 등, 국가 주도의 새마을운동에 부응하기 위해 애쓰고 있다는 것을 알 수 있다. 그런데 하느물에 들를지 안 들를지도 모르는 '그 어른'에게 보여주기 위해, "이 동네의 자랑이고 우리나라의 자랑"인 마을의 동백나무 가로수를 베어내야 한다니? 그것도 "동백은 새마을운동에 어긋나는 거"라니? 마을 노인의 말을 빌자면 "허 참. 뭔 새마을이 그래, 동백나무도 안 된다는 새마을이 다 있나 그래?"

> 동백나무는 마을의 위안이었고 개인의 이해를 넘어서는 것이었다. 그런데 이제 그 동백나무가 진정한 위기를 맞은 것이다. 사람들의 반응도 상여집이나 나무다리 때와는 사뭇 달랐다. 목소리에는 불만이 배어 있었다.
> "동백나무가 우째서 거기 있시만 안 된다는 것인가?"
> "그 어른이 지나가다가 볼 거 아니라요?"
> 조합에 다니는 상식이 아버지는 뻔한 걸 뭘 물어보냐는 투였다. 그 어른이라는 말에 듣고 있던 몇 사람이 찔끔 놀라면서 새삼스레 자세를 가다듬었다. 나 역시 가슴이 덜컥 내려앉았다. 동백을 없앤다는 것은 분명히 말도 안 되는데 그 어른이라는 말에는 기가 질리는 느낌이었다. 속수무책 할 말이 없는 것이다. 그런데 노인들은 조금 다른 것 같았다. 꼬치꼬치 따지면 물고 늘어졌다. 누구보다도 그 어른을 반기는 입장인데도 그랬다.
> "그 어른이 보면 우때서?"

"그 어른 기분이 상할 테니까요."

"왜? 그 어른이 꽃을 싫어하시나?"

이도 없는 노인 입에서 그런 말이 흘러나왔을 때 몇 사람이 키득거리며 웃었다.(64쪽)

고작 국민(초등)학교 5학년에 불과한 이 소설의 화자 이선민이 생각하기에도 새마을운동과 하느물의 동백나무를 베는 건 별 상관이 없어 보인다. 동백나무 베는 것을 반대하는 마을의 노인들에게 상식이 아버지가 드는 이유는 두 가지다. 그 하나는 나라의 방침이 "가로수는 뿌라따나스"로 정했기 때문이라는데, 두 번째는 "아이 참, 이미자가 부른 「동백 아가씨」를 봐요. 그것도 나라에서 부르면 안 된다고 해서 요새는 텔레비전에도 안 나옵니다. 동백은 새마을운동하고 상극이라요"라니, 엉뚱하기 짝이 없다. 아무리 '그 어른'이 「동백 아가씨」를 혐오해서 금지처분을 내렸다지만 동백나무와 무슨 원수가 졌더란 말인가?

거기에 대한 궁금증은 어느 날 저녁에 이장이 나누어준 「군민의 소리」라는 신문에 잘 나와 있다. 이 소설 120~121쪽에 실려 있는 기사의 제목은 「일본 관리가 심은 하느물의 동백나무, 과연 이대로 두어도 좋은가?」이다. "그동안 무릉군의 자랑거리로 알려져 온 하느물의 동백나무가 실은 일제시대 때 일본인 관리가 고향에 대한 그리움을 달래기 위해 심은 것으로 드러나 파문을 일으키고 있다. 한국대학교 식물학과 염모 교수에 따르면 지금까지 알려진 내용과는 달리 하느물의 동백나무는 순수한 대한민국산이 아니라 일본산일 가능성이 높다고 했다. 한일합방 전후하여 한 일본인이 고향에서 동백나무 20그루를 배로 직접 실어와 하느물에 심었다는 것이다. (…) 염 교수는 지금이라도 민족정기를 바로잡는다는 의미에서 하느물에서 자라고 있는 일본산 동백나무를 어떻게 할 것인지 심각히 재고해보아야 한다는 견해를 밝혔다."

여기에 대해 이 소설의 해설자는 "동백나무는 박정희의 정치적 전략의 하나였던 새마을운동 속에서는 쓸모없는 '왜색'倭色 나무에 지나지 않는다. 하느물의 동백나무는 일본에서 들여온 것이어서 제거해야 하며, 이미자의 「동백 아가씨」가 금지곡이 된 이유 역시 같은 맥락에서 마을 사람들의 입에서 회자된다. 나무가 왜색이라고 해서 모두 잘라야 한다는 것은 일본 엔카戀歌와 곡풍이 비슷하다는 이유로 이미자의 「동백 아가씨」를 금지한 처사와 하등 다를 바 없는 경직된 정치적 상상력일 뿐이다. 그러나 1970년대의 정치적 분위기는 국가적 통제가 국민정신 개조라는 미명 하에 이루어졌으므로, 비논리적 정치적 상상력의 현실화는 비일비재했다. 「동백 아가씨」가 금지곡이 된 진짜 이유가 독일 간첩단 조직사건이었던 동백림사건을 연상시키기 때문이라는 말도 있고 보면, 권력자에게서 분출되는 정치적 상상력은 그 자체가 국가적 규율로 작동했던 셈이다. 동백림사건, 동백아가씨, 동백나무, 빨갱이 등 이런 '비논리적' 연상 작용에 의한 정치적 상상력 역시 '논리적'으로 통했던 것이 당시의 정치적 상상력이었으니 말이다"라고 쓴다.

해설자는 박정희의 정치적 상상력이 비논리적이라고 말하지만, 꼭 그렇지만은 않다. '그 어른'은 일본군 장교라는 자신의 반민족적인 전력 앞에 떳떳하지 못했으며, 그것을 떨쳐버리기 위한 강박이 그의 '민족주의' 정책이고, 그가 전력했던 '반동적 민족주의'의 논리적인 끝이 '한국적 민주주의'라는 유신체제다.

이 소설의 화자는 국민학교 5학년생인 여자 아이이다. 그래서 역사가 전경화 되어 있지 않은 대신, 해설자가 '물활론적인 시선'이라고 칭한, 때묻지 않은 어린 아이의 윤리적 직관이 두드러진다. "저 동백은 몹쓸 꽃나무"라는 이장 아들의 말에 이선민은 속으로 "동백이 더 이상 순수하지 않다는 말도 견디기 힘든데 몹쓸 꽃이라니, 그렇다면 그곳을 놀이터 삼아 놀던 우리는 누구고 거기에 대고 사랑을 맹세한 사람은 무어란 말인가"라고 저항하며, "설사 마을 앞의 동백을 정말 일본인이 심었다고 하더라도 그것을 문제 삼는 것은 지나치게 옹졸한 처사"라고 생각한다. 이 어린 화자의 속마음에 화답하는 마을 어른의 한 마디는, 박정희식의 배타적이고 자기기만적인 민족주의와는 완전한 대척점에 이 소설을 갖다 놓으면서, 엘리트 역사학자들의 일제청산론(또는 지배찬양론)과는 완전히 다를 수도 있는 일반 민중의 일제 식민지관을 엿보게도 해준다. "일본 사람이 심었는지 안 심었는지는 알 수 없으나 그게 사실이라면 고마운 일이지 뭐라. 그 사람들이 여기 와서 해코지한 것은 해코지한 것이고 잘한 일은 잘한 일이지 않은가? 나는 백 번 고마워해야 할 일이라고 생각하네. 그렇지 않은가?" 이런 태도는 "나무는 그저 나무일 뿐 일본 나무, 한국 나무가 따로 있을 수 없다"던 대학생 현규에게서도 보여진다. 그 시절, 대부분의 대학생들이 사로잡혀 있던 또 다른 반일 민족주의 풍조와 전혀 다른 의견이다.

화자는 아니지만, 이선민과 함께 이 소설을 때 묻지 않은 어린 아이의 윤리적 직관의 세계로 채색하는 또 다른 등장인물이 이선민의 또래인 두섭이다. 약간 '둔박한' 아이인 두섭의 생모는 하느물 마을과 장터에 자주 나타나곤 하던 떠돌이 광녀였다. 그녀는 산일이 되어 하느물 상여집에서 두섭을 낳은 채 죽었고, 마을 사람들에게 우연히 발견된 두섭은 산 밑에서 무당 흉내를 내며 살던 여자가 데려다 키웠다. 벌레가 갉아 먹은 나뭇잎 구멍을 통해 사람과 사물을 보면서 이해되지 않는 말들을 하기도 하는 두섭은, 하느물 구성원 가운데 가장 적극적으로 동백나무를 지키고자 했다. 이 어린 소년은 마을 사람들이 술과 고기를 가지고 온 군수의 회유에 넘어가 동백나무 뿌리를 괭이로 파헤치기 시작하자 양팔을 벌리고 나서며 "도, 동백이 없으면 이 동네는 망합니다"라며 저지한다.

동백이 모두 뽑혀져 나가자 두섭은 며칠째 찌그러진 주전자로 봇도랑의 물을 퍼서 메마른 그루터기에 뿌린다. 새살림을 차린 아버지의 집으로 이사를 가게 될 이선민이 두섭을 도우기 위해 주전자를 가지고 갔을 때였다. "녀석은 물을 주지는 않고 넋 나간 듯 길바닥에 퍼드러진 채 앉아 있었다. 땀이 흙먼지로 얼룩진 얼굴은 가관이었다. 손톱 새에도 흙먼지가 끼어 있었다. 주전자가 워낙 작아서 자주 물을 뜨러 가야만 하는 게 번거로웠을 텐데도 두섭이는 큰 주전자를 든 나를 보고서도 별로 반가워하는 기색이 아니었다." 그러고 난 며칠 뒤, 두섭은 동백나무 가로수가 있던 도로에서 죽은 채 발견된다. 화자는 그 상황을 "그런데 사람들을 놀라자빠지게 한 것은 두섭의 손가락이었다. 녀석의 손가락 몇 개는 끝 부분의 살점이 예리하게 베어져 나간 상태였다. 피를 얼마나 흘렸는지 두섭이의 얼굴은 온통 핏기가 사라진 창백한 모습이었다"고 묘사하는데, 두섭이 단지斷指를 한 까닭을 아는 사람은 이선민밖에 없었다. "옛날에 오래 누워 있던 환자에게 마지막 방편으로 단지를 하여 핏방울을 입 안에 떨어뜨려 넣었듯이 두섭이가 손가락을 베어 죽어가는 동백나무에다 한 점 한 점 마음을 다해 뿌리고 있는 모습이 우중충하고 빛바랜 사진의 한 조각처럼 눈앞에 펼쳐졌다."

두섭의 생모는 동백을 유난히 좋아했다고 한다. 마을로 들어온 여자가 주로 시간을 보낸 곳은 동백나무 아래였다. 거기서 동네 사람들의 나눠준 음식을 먹고 잠을 잤을 뿐 아니라 노래도 부르고 춤도 추었다. 그러자가 기분이 내키면 말끔하게 풀을 뽑아 가로수 길을 깨끗하게 단장했다던 부연이 그렇다. 그러나 그것이 동백나무에 대한 두섭의 애착과 동백나무 가로수 길에서의 죽음을 온전히 설명해 주지는 못한다. 또 이선민은 몸이 허약한 이모와 대학생 현규가 사랑을 맹세했던 동백나무가 모조리 뽑혀 나가면 "두 사람의 사랑이 어떻게 온전할 수 있겠는가"라는 조바심 때문에 어른들이 지키지도 못하는 동백나무에 그처럼 애착을 갖게 된 것으로 보인다. 하지만 두 주인공이 동백나무에 애착을 품게 된 까닭은 그들에게 아버지가 없다는 사실과 관련되며, 그것은 다시 하느물에 동백나무가 심겨진 전설과 상관된다.

인근 시나 읍에도 없는 동백나무가 하느물에만 있다는 것을 궁금히 여긴 이선민이 외할머니에게 "동백나무를 심은 사람은 누구라요?"라고 물었을 때, 외할머니는 "옛날에 아주 잘난 선비", "공부도 많이 하고 벼슬도 높았던 어른"이라고 대답한다. 물론 그것은 확인되지 않은 전설이라서, 하느물 사람들은 "선비가 누구냐"는 대목에서 "저마다 자기 조상을" 들먹였다. "지조 있고 올곧은 성품을 지녔던 선비는 말하는 아이에 따라 박씨가 되기도 하고 윤씨가 되기도 했으며 또 어느 틈엔가 김씨로 돌변"했다.

바람을 피워 배다른 형제를 낳은 아버지를 미워한 이선민은 "바른말 하다가 억울하게 귀양살이"(109쪽)를 했던 선비가 심었다는 동백나무를 공상의 아버지로 삼는다. 그게 이선민이 동백나무에 애착을 보인 이유라면, 두섭은 더 말할 나위도 없다. 아비 없는 고아인 그에게 동백나무는 든든한 방풍림防風林의 모습을 한 신화적 아버지였다.

하느물에서 동백나무를 지키고자 했던 세력은 이선민이나 두섭처럼 어리거나, 연로한 노인들뿐이다(여기에 정치적으로 거세된 대학생 현규까지 더하면 그들의 전선이 얼마나 초라한지 알 수 있다). 그런데 동백나무를 지키려는 사람들이 연로한 노인들이었다는 사실만큼, 새마을운동의 사회적 단면을 잘 보여주는 것도 또 없다. 새마을운동은 노인들이 마을의 어른 역할을 하던 전통적인 공동체질서를 완전히 전복하고, 상대적으로 젊은 청·장년층이 마을의 주도권을 쥐게 된 계기가 되었다. 또 국가의 행정력이 미치지 못하던 농촌에까지 국가권력이 파고들게 된 것도 새마을운동의 성과로, 작중에 나오는 이장이 행한 역할이 그런 것이다.

'그 어른'은 끝내 하느물을 지나쳐 가지 않았다. 공연히 동백나무만 잘라낸 거였다. 마을 아이들은 옛날, 임금의 사약을 피해 하느물에 숨어들었던 선비(역적)가 결국은 사약을 받은 거라고 조잘거렸다. "임금님이 내린 사약을 선비가 마시지 않아서 동백나무가 이제야 대신 받은 거라고." 동백나무와 사람의 동일시가 명백히 드러나는 바로 이런 대목들이 해설자로 하여금 이 소설을 물활론적인 세계라고 부르게 한다. 그리고 사람이나 같았던 동백나무의 베어짐을 목격하면서 아이들은 물활론적 세계로부터 쫓겨나 성인의 세계로 입사하게 된다. 하지만 아이들은 아직 모른다. '사약'을 받은 것은 동백나무만이 아니라는 것을! (그런데 이건 아이들만 모르고 있을 뿐인, 논리의 반복이다. 동백나무를 함부로 베는 세계란, 사람을 여사로 죽이는 세계이기도 하니까.) 상여집을 허물기 직전에 하느물에서는 재래감자(자주감자)대신 면에서 나누어준 개량종 감자씨를 심었던 일이 있는데, 면의 독촉으로 바꿔 심은 개량종 씨앗은 움도 트지 못한 채 땅 속에서 다 썩어버렸다. 이모의 약혼자인 대학생 현규는 감자밭에 망연자실해 있는 이선민의 외삼촌을 사진기로 찍어 어느 잡지에 사진을 발표했는데, 그게 사단이 되어 여지껏 행방불명인 것이다.

소설은 이선민이 "나는 어른들이 얼마나 희한한 사람들인지를 깨달았다"고 말하듯, 불가해한 어른들의 세계를 마주한 채 암울하게 끝난다. 하지만 희망이 없지는 않다. 동배나무를 두고 사랑의 맹세를 했다는 이모의 말을 듣고 "땅도 있고 별도 있고 달도 있는데 어째서 하필이면 동백나무였을까"라고 묻는 조카에게 스물다섯이 넘은 이모는 이렇게 대답했다. "동백은 하나가 죽어도 잔뿌리에서 다른 나무가 나서 또 자란단다. 가지를 잘라 꺾꽂이를 해도 되고. 그러니 안심해도 돼."

작중의 '무릉군'은 "그(박정희)의 고향이 하느물에서 멀지 않는 곳"이라고 묘사되어 있는 만큼 경상북도 구미 근처라고 유추할 수도 있지만, 실제로는 없는 지명이다. 작가는 이런 작명을 통해 무릉도원과 같은 유토피아에서 일어난 '끔찍한 이야기'라는 반어를 전달하는 한편, 박정희 시대를 무릉시대로 기억하는 종박주의자들에게 숨겨진 '끔찍한 이야기'를 건넨다. '작가의 말'에 따르면 작가는 이 작품을 쓰기 십여 년 전에, 고산 윤선도의 유적이 있는 보길도를 방문했다가 고산이 손수 가꾸었던 세연정의 동백나무 가로수를 "새마을 운동한답시고 다 뽑아버렸다"는 주민의 말을 들었다고 한다. 그리고 몇 년 뒤에 통영에서도 비슷한 일이 있었다는 이야기를 연거푸 들었다. 이 작품은 '조국 근대화'라는 이름으로 애꿎게 베어져나간 동백나무 가로수에 대한 '위령제'다. "이 이야기를 마음속에 넣어둔 채 10여 년이 흘러버렸다. 그 사이에 세상은 더 많이 바뀌었고 풀 한 포기 나무 한 그루에 관해 말해야한다는 것이 왠지 조금 더 부담스러워진 세상이 된 것 같다. 아무튼 이제라도 그때의 이야기 빚을 갚게 되어 다행이다."

작가 남상순은 첫 장편이자 제17회 오늘의 작가상 수상작인 『흰 뱀을 찾아서』(민음사, 1993)에서부터 유년 시절에 맞닥뜨린 아버지와의 갈등을 서사의 줄거리로 삼아왔다. 이번 작품에서 작가는 한 편으로는 아버지와 화해하는 듯하면서, 국가라는 또 다른 상징적 부권에 파괴당하는 유년을 그리고 있다.

그 냄새가 그리 좋더냐

『심청』

황석영, 문학동네, 2003

얼쑤! 해설자는 이렇게 썼다. "『심청』과 더불어 한국문학사 전반은 이제 새로운 단계로 진입하게 된 것이다."

완전 돌겠군. 얘는 죽기 전에 수전증부터 걸릴 거고, 그 다음엔 손목에 관절염으로 고생할 거야. 그러다가 죽고 나면 시뻘겋게 달군 집개로 혀뿌리가 뽑히는 고문을 억날겁이나 당할 거고. 얘야, 한국문학사의 전반이 어땠느뇨? 전반이 어땠길래 이 소설이 한국문학사를 새로 '업글'시킨다는 말이냐? 어쩌자고 원고지에 이런 똥칠을 하며 살까?

아해는 『심청』을 가리켜 "우리 문학사 전체에서도 볼 수 없었던 풍부하고도 무시무시한 현존을 포착해낸 소설"이란다. '빨기'대장님, 어떻게 하면 이렇게 잘 빨아줄 수 있죠? 이제 해설자는 자신이 쓴 『심청』의 찌라시를 꼭 자식들에게 읽혀야 할 것인데, 그 자식들이 아둔하지 않다면 반드시 이렇게 물을 것이다. '어이, 빨기대장, 비평이 뭐야?'

비평은 객관성을 가져야 한다. 그리고 그 작품이 무엇을 말하려고 했는지를 밝히는 것과 동시에, 그 작품이 말하고자 했으나 말하지 못했던 것까지 함께 밝혀야 한다. 전자가 공감이라면 후자는 비판이다. 이런 균형과 각오가 없는 비평은 제 정신을 가지고 쓴 비평이 아니다. 먼저 아해는 이 작품을 일컬어 "작가 자신의 분명한 의도 하에 전면적으로 재구성된 심청전", "다시 씌어진 이전의 심청전들과도 다르다"는데 뭐가 다르다는 걸까? 심청이 '창녀 만들기'는 최인훈의 희곡 「달아 달아 밝은 달아」를 날것으로 쪄 쪄 먹은 건데. "심청은 눈을 감고는 한번 빙긋이 웃었다. 오물조물한 입이 조금 움직였을 뿐, 실컷 울고 난 사람의 웃음처럼 그건 아주 희미했다"는 『심청』의 마지막 구절은, 할머니가 되어 고향으로 돌아온 심청이 "교태를 지으며/환하게 웃는다/갈보처럼"이라는 지문을 끝으로 막이 내리는 「달아 달아 밝은 달아」에 대한 오마주다.

해설을 쓰면서 아해는 '모더니티'를 그야말로 아낌없이 사정한다. 차례대로 "모더니티의 악마성/한계에 직면한 모더니티의 어떤 가능성/심청에게 모더니티 그것은/세상은 이처럼 모더니티의 높은 파고/모더니티의 거대한 파고/모더니티라는 높은 파고/모더니티의 가장 큰 희생양/모더니티의 거센 파고/모더니티의 위력/잔혹한 모더니티의 파고/모더니티의 파고/이 지독한 역설이 모더니티의 속성/모더니티의 악마성/모더니티의 지옥도/모더니티가 구축한 욕망의 모델/동아시아 모더니티의 살풍경과 모더니티 전체의 아이러니와 광기/광기의 모더니티/모더니티의 세계/모더니티의 시공간/모더니티 그것이 호명해주는 대로/모더니티의 대행자들/모더니티의 질서 바깥/견고한 모더니티의 세계/모더니티의 대행자/모더니티 체제는 극도의 공포 그 자체/모더니티의 악무한적인 연쇄/모더니티가 안고 있는 모순/모더니티의 가장 커다란 희생자/모더니티를 끊임없이 재생산하는/인간 자신을 철저하게 상품화하는 모더니티/자기만을 배려하는 모더니티"…… 그러면서 아해는 이렇게 빨아준다. "심청전에서 심청을 길러낸 수많은 어머니들의 이타성이 이처럼 모더니티 전반을 가장 선명하게 비추는 거울로 다시 살아난 셈이니, 이것 하나만으로도 황석영의 『심청』은 한국문학사에 의미 있는 새로운 전통을 일궈낸 일종의 문학적 사건이라 할 만하다."

그래, 저 소설이 네 눈엔 사건으로 보인다는 말이지? 내겐 저 소설보다, 오히려 네가 쓴 해설이 더 사건으로 보인다. 우리나라의 문학 비평이 얼마나 '망쪼' 났는지를 절단해서 보여주는, 스캔들로서의 사건. 아니, 아니야! 개도 웃고 지나가는 '주례사 비평계'에 아직도 스캔들이 가능하다니? 비평이 스캔들 아니라 '스컹크'가 된 지는 오래지. 맡아 봐라. 뒷표지에 추천사를 쓴 웬 노추한 양반의 글, 벌써 몇 십 년째 스컹크로 건재하고 계시는 쉰내 나는 '작것'의 글을. 얼쑤!

비아그라라도 낫게 삼켰나, 이 노인이 일필휘지한 것 한 번 보소. 황석영 선생의 『심청』이 "동아시아문학에 도달한 한국문학의 새 경계"란다. 황석영 선생이 그려 놓은 심청이를 보고 "성창"이란다. 그런데 이 노인네는 성창이란 말을 최인훈 희곡집 『옛날 옛적에 훠어이 훠이』(문학과지성사, 1979)에 붙은 이상일의 해설에서 베껴왔군. 봐. "「달아 달아 밝은 달아」의 심청이 청루에 팔렸다가 풀려나는 것처럼 보이는 그 구도의 이면에는 성스러운 추악의 다른 일면인 성창聖娼의 어슴푸레한 흔적이 있다." 참 지독하지? 그런데도 냄새를 맡지 못한다면, 소위 비평가란 것들끼리 매일 '비역 파티'를 해서가 아닐까? '피 방귀'를 뀌면서 말이야.

해설 전문을 통해 유일하게 정직했던 증상(모더니티 타령)이 보여주었듯이, 모더니티든 모더니티의 비극이든, 『심청』이 그 어떤 모더니티와도 관계되지 않는다는 게 아해에겐 난관이었다. 애초에 『심청』은 어떻게 시작했던가? 심청은 원래 하늘나라에 살던 남해관음南海觀音이다. 그 관음보살이 죄를 짓고 지상으로 정배당한 게 심청이다. 다시 말해 심청은 죄속을 하기 위해 창녀가 되었어야 할 팔자였으니, 그녀는 자신의 의지가 환멸과 만나는 모더니티의 세계와는 별 상관없는 설화 속의 주인공이다. 게다가 심청은 또 왜 중국으로 팔려갔던가? 성난 바다의 제물이 되기 위해서다. 그러므로 혹여 이 작품이 비극이라면 그 기원은 비현실적이고 환상적인 구비설화의 모티브를 황석영 선생이 잘못 집어 삼킨 데 있지, 열다섯 살 난 소녀가 모더니티와 조우한 데 있지 않다. 심청은 모더니티가 아니라 기원전 2000년 전, 아브라함 대代에서 끝난 인신공양의 희생자다.

심청은 중국 난징, 진장, 대만, 싱가포르, 일본의 류큐, 그리고 나가사키의 집창촌(혹은 화류계)을 주유한다. 아해는 그 기계적이고 반복적인 심청의 삶으로부터 모더니티의 발톱이 동아시아를 침탈하는 현장을 생생하게 체험했던 모양인데, 내가 보기에 심청은 동아시아의 정세를 관찰할 수 있을 만한 위치에 있지 않다. 황석영 선생은 그저 우리나라의 '큰 마담'들 몇 분을 가까이서 흠향했던 모양인데, 육전·해전·공중전을 다 치룬 요정 마담이 남한 정도는 '카바'할 수 있을지 몰라도, 서세동점에 흔들리는 동아시아 역사를 감당한다는 건 어불성설이다. 어이, 황구라, 당신은 주인공 설정을 잘 못한 거야.

아해는 모더니티를 형용사처럼 나열했다. 그런데 저 잡다한 모더니티 가운데 아해가 꽤 공들여 설명을 시도했을 뿐더러, 심청이란 인물과 밀착된 것으로 여겨지는 모더니티는, 모더니티와 여성의 성 상품화 현상이다. "근대화의 모순은 여성, 혹은 여성의 상품화에 집중적으로 관철된다. (…) 상대적으로 비교적 오랜 훈련이나 전문성 없이도 자신을 상품화시킬 수 있는 것이 바로 여성이다. 그렇게 그들은 여공으로, 매춘부로 살아가게 되며 아직도 자본주의적 상품으로서의 가치를 지니지 못한 다른 가족 구성원들을 부양하게 된다. 그러므로 가족을 위해 자신의 몸과 인격을 상품화하는 여성은 주변부 모더니티의 가장 큰 희생양이자 그것이 만들어낸 가장 큰 위험이다." 얼쑤!

서양 열강에 의한 갑작스럽고 강제적인 동아시아의 자본주의화는 여성을 상품, 즉 매춘부로 만들었다니, 그게 심청이 맞닥뜨렸다는 모더니티의 높은 파고란다. 아해는 그러니까, 매춘부는 자본주의나 산업화 시대의 산물이라고 주장하고 있는 형국인데, 이건 매춘에 대한 기초적인 오해다. 매춘은 자본주의나 산업화 이전부터 존속했던 가장 오래되고 손쉬운 여성의 직업이었다. 그걸 새삼 증명할 필요는 없는데, 자본주의나 산업화가 매춘과 관련한 유의미한 사항은 매춘부의 증가가 아니라, 가정을 보호하기 위해 매춘을 엄격히 '관리'하기 시작했다는 것이다. 하므로 근대화나 서양 열강에 의한 강제적인 동아시아 개항이 대다수 식민지 여성의 성을 상품화했다는 논리는 문사의 헛소리다.

모더니티는 아해의 헛소리와 달리, 동양 여성에게 자아를 교육시키고 자신의 육체에 자긍을 갖게 했다. 예컨대 아해가 인용해 놓기도 한 "나는 힘이 좋아. 힘을 가지고 싶어요. (…) 힘 있는 것을 꾀어서 가지면 되잖아요. (…) 나는 유혹할 거예요. 그러다가 내 맘대로 그만두면 지들이 어쩔 거야"같은 대목은, 아해에 의해 악마화되고 악무한으로 규정된 모더니티 '밖'으로 나가기 위한 지혜가 아니라, 오히려 그 '속'에서 자신을 배려하고 보존하는 기술로 얼마든지 바꾸어 해석할 수 있다. 실제로 작중의 심청은 오늘날 '슬레이브걸'이라고 일컬어지는 육체적 매력을 이용해서 전근대적 세계로부터 근대적인 세계로 무단 횡단을 감행하고, 아해가 '가부장적인 모더니티 세계'라고 썼을 게 뻔한 현실을 발아래 굴복시킨다. 바로 심청은 모더니티가 선사해준 자신감과 자긍심으로 무장했기에 유곽을 벗어날 기회가 있는데도 번번이 유곽 생활을 수긍한 것이다.

소설의 대미에 나오는 수수께끼 같은 "빙긋이 웃었다"와 "웃음처럼"은, 심청이 개인적으로 경험했던 모더니티가 그렇게 나쁘지 않았다는 방증이다. 그녀는 중국으로 팔려간 뒤 동아시아를 떠돌면서 한 번도 아버지를 그리워하거나 고향으로 돌아가야겠다는 결심을 하지 않았다. 왜 아니란 말인가? 아버지(심봉사)는 저 혼자 살겠다고 어린 딸을 청나라 선원들에게 제물로 팔았고, 선원들은 그녀의 가슴께에 동아줄을 동이고 바다에 빠트린 후 혼절할 때서야 건져냈다.

다시 말해 저 아해의 '모더니티' 인식은, 동양을 수탈당하고 능욕당하는 여인의 위치에 놓고, 모더니티를 강간범(남성)으로 간주한 지극히 이분법적이고 민족주의적이면서 동시에 오리엔탈리즘적인 모더니티 이해다. 모더니티 해석에 대한 나의 이견이 근거 없고, 아해의 말이 더 설득력 있다면, 안 그래도 별 볼일 없는 『심청』은 더욱더 허접한 작품이다. 그렇거나 말거나, 정신줄을 놓은 아해는 좋겠다. 황가의 소설에서 "항상 청춘의 욕동"을 느낀다니! 많이 하시도록!

사족이다. 이 허접한 소설은 '미모의 여성'에 대한 환상, 혹은 무한한 성적 능력(오르가즘 능력)을 가지고 있다고 여겨지는 여성에 대한 남성들의 질투가 투사된 '포르노'의 일종이다. 황구라뿐 아니라, 남성 구라꾼들은 이렇게 생각한다. '여자? 얼마나 좋아? 예쁘게만 태어나면 무슨 문제가 있어? 나 같으면 돈도 벌고 재미도 보고, 평생 창녀로 살거야!' 그런데 이런 판타지는 식상하지 않나? 그러니 『심청』을 쓴 작가는 '남창' 얘기도 한 번 써주면 좋겠다. 제목은 『석영』·『보선』, 어느 것이나 좋다.

가족이면서 가족이 아닌 가족

『박근형 희곡집 1』

박근형, 연극과 인간, 2007

그리 길지 않은 5편의 작품으로 구성된 이 두껍지 않은 희곡집은, 누구도 흉내 내지 못할 독특하고 일관된 작가의 개성으로 발광發光하고 또 발광發狂한다. 우리나라 극작가 가운데 박근형만큼 '엽기적'인 개성이 어디 있었던가? 그는 자기증식하듯 비슷한 일화와 주제가 반복되는 5편의 작품을 통해, 가족과 멜로드라마라는 우리 시대의 환상과 관습을 무참히 깨트린다.

극작가로서 박근형의 이름을 인상 깊게 알린 첫 작품은 「청춘예찬」이다. 화사한 제목과 달리 주인공 박해일은 잦은 결석과 비행(?)으로 2년째 학교를 '꿇고' 있는 고등학교 2학년생. 그의 아버지는 한 번도 돈을 벌어 본 적이 없는 허풍선이 건달인데다가, 부부싸움 중에 대드는 아내에게 염산을 부어 실명시킨 전력이 있다. 맹인이 된 해일의 어머니는 남편과 이혼하고 현재는 안마시술소에서 안마사로 일하는데, 아버지는 걸핏하면 전처의 일자리를 찾아가 술값을 뜯어온다.

어려서부터 한 번도 가장노릇 하는 걸 보지 못한데다가 개구신이기까지 한 아버지를 아들이 존경할리 없다. 그래서 아들은 아버지에게 여사로 대들고, 아버지는 그런 아들을 구슬리거나 가끔씩 손찌검도 해보지만, 어쩔 수 없이 아들의 '니나돌이(말을 까는 것)'를 수락하고야 만다. 아버지가 아버지가 아니고, 아들이 아들이 아닌 부자관계의 노골적인 파탄은 뒤에 나올 「푸른 별 이야기」에 삽입된 카페 장면에서 다시 볼 수 있다.

다시 「청춘예찬」. 어느날 해일은 '고삐리' 친구들과 어울려 술도 팔고 여자도 파는 다방에 놀러 갔다가, 거기서 주방일을 하는 못생긴데다가 간질까지 있는 다섯 살 연상의 여자를 만나 집으로 데려온다. 아버지는 명색이 아버지라, 학교도 졸업 못한 아들이 다방에서 쫓겨난 여자와 함께 살겠다고 하니, 쉽사리 허락하지 않는다. 아들은 이죽이며 어깃장을 놓은 아버지를 들이 받는다.

해일: (술상을 들러엎으며)
그래서 뭘 잘해서 병신 새끼처럼.
내가 안 죽이고 데리고 사는 게 고마운 줄 알아야지.
사람이면 안 그래 꼴에 애비라고 지금 폼 잡는 거야.
아버지: 앉아라.
해일: 까지마!
아버지: (따귀를 친다.)
정신 좀 드냐. 너는 미쳤어 새끼야.
해일: 그래 나는 미쳐서 그런다 근데 정신은 안 든다.
아니, 아냐 아주 맑아지는데.
아버지: 맨 정신에 이러면 몰라도 술 쳐먹구 이러면 개야 개.
개 되면 그 순간에 인생 끝나는 거야.
이 불쌍한 새끼야.
해일: 너나 개 되지 마라 이 불쌍한 아버지야. 이걸 그냥!

첫날부터 부자가 싸우는 꼴을 보고 그것을 말리던 여자는 간질을 일으키며, 바지에 똥을 싼 채 쓰러진다. 그제서야 부자는 싸움을 멈추고, 화해 아닌 화해를 한다. 이런 찝찝하고 개차반스러운 얘기 어디서 들어나 봤나?

박근형의 대표작으로 꼽는 「대대손손」은 잠시 미뤄두고, 「쥐」를 먼저 얘기해야 한다. 이 작품의 첫 머리엔 "무대는 허름한 라디오 방송국 안./ 그곳에는 사람이 사는 듯 간단한 가재도구가 놓여 있다./ 낡은 방송 시스템 일부와 난로와 침대가 놓여 있다./ 벽에는 멈춰 있는 시계와 2000년을 표시한 달력이 걸려 있다"라는 지문이 나와 있지만, 여기 나오는 시·공간은 전혀 현실적이지 않은 동화나 민담의 세계다. 큰아들은 집에서 방송을 하고 어머니와 임신한 며느리는 집안일을 한다. 저녁 무렵이 되자 사냥을 나갔던 작은아들과 여동생이 낯선 소년을 데리고 돌아온다. 허탕을 치고 돌아오는 길에, 빈사 상태에 빠진 길 잃은 어린 소년을 발견한 것이다.

> 작은아들: 근데 조금 빠삭한 게 맛이 없어 보이죠?
> 어머니: 빠삭하기는? 내가 보기엔 제법 실하다.
> 그리고 맛이란 건 먹어보기 전에는 모르는 법이다.

집안에 무수히 널려 있는 주인 없는 신발로 짐작컨대, 이들은 인육을 먹는 일을 버릇해 왔고, 아마 그게 이 가족의 생존 수단이었을 것이다. 『헨젤과 그레텔』에 나오는 '숲 속의 집'이 그렇듯이, 비록 인육을 먹지는 않았지만 김지운 감독의 영화 「조용한 가족」에 나오는 산장이나, 이강백의 『황색여관』에 나오는 허허벌판 위에 세워진 황색여관, 그리고 똑같이 외딴 들판에 위치한 것이 분명한 이 작품 속의 허름한 라디오 방송국(방송국 이름이 '라디오 파라다이스'란다)은, 동화나 민담에 자주 나오는 '숲 속의 집'이자, '죽음의 집'이다.

가족들이 저녁식사를 마치자, "여기가 방송국 맞나요?"라며 초췌한 방문객이 찾아온다. 집 나간 아이를 찾기 위해 방송을 부탁하러 온 소년의 어머니다. '죽음의 집'의 식구들은 허기진 소년의 어머니에게 천연덕스레 자신들이 먹고 남은 국을 주고, 소년의 어머니는 연방 "고소하네요"라며 자식의 살로 만든 음식을 먹는다.

5편의 작품 가운데 「푸른 별 이야기」는 그나마 엽기성이 가신, 익숙한 얘기에 속한다. 주인공은 오매불망 '입봉'을 꿈꾸는 예비 영화감독. 작중 설명은 부족하지만, 처제(여동생)와의 불륜을 감지한 아내는 자신의 병을 방치하는 방식으로 자살을 선택한 듯하다. 아내의 죽음 이후 외국으로 출국했던 처제가 돌아와 도저히 잊지 못하겠다며 함께 살기를 요청한다. "원한다면 집에 같이 가요. 엄마한텐 제가 말씀 드릴게요. (…) 내가 다 준비할게요. 우리가 함께 살집하며, 또 제가 일 할 만한 곳도요. 알아보면 몇 군데 있어요" 라고 애원하는 처제에게 툭 던지는 감독의 대꾸가 재미나다.

> 감독: 아직도 날 몰라?
> 이건 영화가 아니야
> 신경숙 소설이 아니라니까
> (사이)
> 우린 같이 살 수 없어

박근형의 희곡은 두 개의 특징을 가지고 있는데, 그 가운데 하나가 '의사 가족성'이다. 「청춘예찬」이나 「푸른 별 이야기」에 잠시 등장하는 패륜적 부자가 보여주듯이, 그들의 관계는 사람이라면 마땅히 그러해야 할 인륜적인 부자관계를 체현하고 있지 못하다. 「쥐」에 나오는 며느리는 남편(큰아들)이 아닌 시동생(작은아들)의 아이를 임신한 게 분명하고, 막내딸 역시 작은아들(작은오빠)과의 근친 행위로 임신을 했다(박근형의 희곡에서는 부권이 그랬듯, 장자 또한 실추되어 있다). 또 「푸른 별 이야기」에서는 끝내 함께 살기를 거부하는 형부(감독)를 처제가 칼로 거듭 찌르며 "사랑해요, 같이 살아 달라"고 애원한다. 그래서 두 사람은 죽음도 뛰어넘는 사랑으로 맺어진 것일까? 방금 든 이런 예들로 보아, 애초부터 이들은 가족이 아니었을지도 모른다. 그들은 가족을 흉내 내고 있는 것이다. 뒤에 살펴볼 「대대손손」의 비밀이 거기 있다.

가족이 아니면서 가족이라는 '끈끈이'에 묶여 사는 의사 가족성을 잘 드러내 주는 사이가 「청춘예찬」의 아버지와 어머니다. 그들은 이혼을 했으면서도, 의사 가족성이라는 허위의 울타리에 여전히 구속되어 있지 않은가? 뿐만 아니라 「쥐」에서는 '죽음의 집'의 가족들은 가출한 아들을 찾는 방송을 부탁하고 집으로 돌아가려는 방문객에게 이렇게 말한다.

어머니: 에미 싫다고 지발로 나간 자식 찾으면 뭐하나요.
그런 자식은 없느니만 못해요.
돌아오면 또 뭐하나요. 지발로 또 나갈텐데.
그냥 엿 바꿔 먹었다 생각하세요.
이참에 여기서 그냥 우리랑 삽시다! 이모!
얘들아 뭐하니, 이모님께 인사 올려라!

박근형의 작품을 본 누군가가 착취와 이용을 위해 급조되는 이런 가족(왜냐하면 그들은 가족이라는 이름으로 서로를 포획한 다음, 실컷 부려먹다가 서로를 먹어치울테니)은 가족이라고 부를 수 없다고 말한다면, 그 사람은 역설적이게도 오늘날의 가족을 너무 신성시하고 있는 것이 아닐까? 카프카의 『변신』이 적나라하게 보여주었듯이 자본주의 문명하의 가족이란 사회적 침탈에 대한 자경(自警, 방어벽) 역할만 아니라, 가족애라는 이름으로 착취와 이용이 벌어지는 자본주의의 전초기지가 된 지 오래다.

자신들이 먹어치운 소년의 어머니에게 이모가 되어 함께 살자고 권하는 '죽음의 집'의 후안무치한 일화는 「삽 아니면 도끼」에 다시 반복된다. 영화감독을 사칭하면서 친구 여동생의 몸과 마음을 빼앗은 주인공 '맨발'이 뒤늦게 찾아온 아내와 아들을 따라 나서려고 하자, 순정을 빼앗긴 친구의 여동생은 마치 체홉의 어느 여주인공처럼, 감독과 그의 본 부인에게 이렇게 말한다. "감독님! 언니! 감독님은 언니를 버린 게 아니라 예술을 위해 언니

만나기를 참고 계셨던 것 같아요. 하시고 싶은 그걸 할 때까지 스스로를 누르고……. 전 감독님이 불쌍해요. 그 날이 올 때까지 여기서 우리 모두 조금씩 참고 살아요?" 그러자 맨발의 아내가 뭐라고 즉답했던가? 곧바로 "동생!" 하지 않았던가? 이러구러 세월은 흘러, 이 화목한 '성(聖) 가족'을 보라!

여동생: (아내의 방을 가리키며)
감독님 날이 찬데 들어가 주무시지 않고?
아내: 아니예요 동생.
저 여보 내일 큰일도 있고 한데 오늘은 동생 방에서 주무세요.
(…)
맨발: 오늘은 우리 함께 잡시다.

가족이면서 가족이 아닌 가족, 가족이 아니면서 가족인 박근형의 의사 가족적 세계가 가장 신랄하게 드러난 작품이 「대대손손」이다. 자유자재로 시·공간을 이동하면서 3대에 걸친 함경남도 청진 출신의 조씨 집안 내력을 이야기하고 있는 이 작품에서, '빛나는 족보'는 그야말로 '비굴과 불륜'의 기록이다. 아버지(삼대)와 고모(삼순)는 할아버지(사대)와 할머니(사처)의 자식이 아니라 식민지 조선에 거류했던 일본 사업가 이께다의 자식이고, 일본에 돈 벌러 갔다가 일본 창녀 마이꼬와 결혼했던 아버지(삼대)는 누가 뿌린 씨앗인지도 모르는 아들(이대)를 친 아들로 여긴다. 서로 닮지도 않고 피가 섞이지도 않은 가족들이 제사를 올리며 막을 내리는 이 반어적 세계의 기막힘이란!

「대대손손」을 역사의식 부재나 식민 경험이 낳은 비극으로 설명하고, 박근형의 작품 전체에 나타나는 부권의 상실을 역사의식 부재와 식민 경험의 결과인양 해석하고픈 유혹도 아주 없지는 않다. 「청춘예찬」에서 해일을 편애하던 세계사 선생이 사표를 내고 뉴질랜드로 떠난다면서 "나는 이 나라 포기다. 역사는 힘이 없어. 원래는 그게 아닌데"라고 말할 때, 의식되지 못한 역사가 꺼꾸러뜨린 것은 또 한 명의 '사회적 아버지'인 선생이었다.

의사 가족성과 함께 박근형 희곡을 특별나게 만드는 또 다른 특징은, 연극에 대한 자의식이다. 「청춘예찬」에서 아버지와 해일의 싸움을 말리려던 여자가 간질을 일으키며 쓰러진 사실은 앞서 얘기했다. 그런 직후, 학교에서 단체 관람으로 「벚꽃동산」을 보고 왔던 용필이 "관객이 원하는데 씨발 써비스 정신이 하나도 없어! 프로야구나 청춘의 덫이 백배 낫다 씹새끼들!"이라고 욕하는 대사가 뜬금없이 덧대어진다. 이 대사는 아버지와 아들이 개처럼 싸워대고 그것을 말리는 새 며느리가 바지에 똥을 싸며 발작하는, 향기롭지 못한 바로 그 장면 혹은 이 연극에 대한 시의적절한 관객평이다. 영화처럼 호쾌한 볼거리도, 신경숙 소설처럼 연약하고 지친 자들의 감성을 위무해 주지도 못하는 이따위 연극!

「대대손손」의 주인공인 일대와 그의 애인은 가난한 연극배우며, 이 작품의 서두는 두 사람의 연극으로 시작한다. 그것을 몰래 관람한 일대의 아버지 이대는 "무슨 연극이 그러냐, 도대체 무슨 얘긴지 하나도 모르겠다. 요즘 다들 죽네 사네 하는 마당에 참 한심하구나"라면서 "난 또 예술 한답시고 나가길래 무슨 쉬리 비슷한 영화나 만드는 줄 알았지"라고 지청구한다. 이 대목에 작가의 연극에 대한 자의식과 자괴감이 확연하다.

몇몇 대목을 모아 짐작컨대, 박근형은 오늘의 한국 연극이 볼거리로 무장한 영화와 달싹지근한 멜로드라마의 틈바구니에서 질식해 가는 중이라고 보는 듯하며, 본 희곡집에는 어떻게 영화적 볼거리에 응전하고 멜로드라마적 관습을 돌파할 것인지에 대한 작가의 고심이 담겨 있다. 때문에 저 위에 인용해 놓은 「삽 아니면 도끼」의 두 장면이 어떻게 연출될 것인지를 상상하면, 웃음이 안 터질 수 없다. 작가는 '이런 게 당신들이 보고 싶은 거지? 달싹지근한 거짓 화해로 봉합되는 이런 멜로드라마를!'하며, 한껏 조롱하지 않았는가? 진정한 연극은 항상 한 시대의 파국을 드러내며, 파국을 두려워

하는 대중적 장르의 관습을 전복한다. 『박근형 희곡집 1』이라는 제목에 연이은, 2권이 속히 출간되길 소원한다.

산 것도 죽은 것도 아닌 세계

『너무 놀라지 마라』

박근형, 애플리즘, 2009

도합 다섯 편의 작품이 실려 있는 『너무 놀라지 마라』는 기다렸던 박근형의 두 번째 희곡집이다. 이번 작품집에서 역시 첫 작품집에서 보여준 '의사 가족성'의 세계가 고스란히 재현되고 있는데, 첫 작품집에서는 가까스로 유지되는 것처럼 보였던 의사 가족성이 이번 작품집에서는 완전히 파탄 난다. 간신히 유지되어 왔던 의사 가족성이 파탄을 맞을 뿐 아니라, 파탄 이후가 희화화 되는 특징을, 작품집의 첫머리에 실린 「경숙이 경숙이아버지」를 중심으로 살펴보자.

「경숙이 경숙이아버지」는 일제 강점기와 한국전쟁을 거쳐 현재에 이르는 가족사를 그린다는 점에서 첫 번째 희곡집에 실려 있는 「대대손손」을 상기시킨다. 경숙이 산부인과 수술실에서 '괴물'을 낳는 프롤로그를 마치면, 시간은 곧바로 한국동란이 일어난 경숙의 어린 시절로 돌아간다. 경숙이 사는 마을까지 총소리, 대포소리가 들리자, 아버지는 한밤중에 아내와 딸(경숙이)를 깨워 짐을 싸라고 시킨다. 소풍을 가는 양 들떠서 짐을 싼 모녀가 남편을 따라 나서려고 하자, 경숙이 아버지는 이렇게 말한다.

> 아베: (…)
> 전시에 부녀가 함께 다니는 것은 동작이 굼떠서 안 된다
> 빨갱이들한테 "나잡아 봐라" 이러면서
> 목숨을 갖다 바치는 꼴이다.
> 내 간다!

(아베 급하게 나가려 한다. 어메와 경숙이는 아베를 붙잡는다)

어메: 경숙아버지!

아베: 앞으로 내 부르지 마라

전쟁 끝날 때까지는 각자 알아서 살아 남는기다

그기 피차 안전한 거다 알긋제?

경숙: 내는요, 아부지예 내는 아부지 없이 우예 살라고요?

아베: 깝깝한 넌! 니 시간 없는데 자꾸 와이라노?

니는 어메가 옆에 안 있나?

너희는 둘! 내는 쏠로! 진정 외로운 사람은 내다!

니도 자식 나면 내 맘 안다

간다

전쟁이 끝난 후, 경숙이 아버지는 거제도 포로수용소에서 만났다는 꺽꺽이 형님을 데리고 3년 만에 집으로 돌아온다. 그리고 무슨 밀약이 있었는지, 꺽꺽이 형님에게 집문서를 주고 사라진다.

아베: 짬나면 가끔 들릴끼다

형님 천천히 둘러보고, 잘 좀 돌봐주세요

앞으로 내 대신 이 형님이 집안일 도울끼다

(집문서 준다) 이람 계산 다 끝났지요? 내 간다

경숙: 아베요

어메: 경숙아부지!

아베: 형님 우리 식구들 잘좀 부탁합니더!

어메: 경숙아버지 어딜 갑니까? 외간남자만 두고 가면 우찌 하는교?

아베: 남자는 다 똑같은 기다

이렇게 해서 꺽꺽이는 경숙의 '아재'로 불리다가, 차츰 '아베'로 승격(?) 되는데, 그 사이에 어메가 꺽꺽이의 아이를 베었음은 물론이다. 이후, 집을 떠난 경숙이 아버지가 불시에 찾아와 야로를 부리고, 꺽꺽이는 만삭의 어메와 경숙을 데리고 이사를 간다. 경숙이 아버지의 야료는 거세된 남성의 뒤늦은 자존심 회복과 상관되는데, 그 실없는 행동으로 말미암아 그들이 살던 집은 공가空家가 된다.

작가는 꺽꺽이에게 아내와 집을 넘겨주고, 다시 돌아와 자신의 집을 공가로 만드는 그 중간에 경숙아버지의 유년 시절을 삽입해놓았다. 그는 어린 시절부터 육성회비를 마작질로 날렸던 문제아였고, 장구질밖에 좋아하는 게 없는 한량이었다. 그럼에도 그의 아버지는 "우리 집 전 재산은 바로 너다!"라고 싸고돌았으니, 아베를 키운 것은 전형적인 장손 의식이다.

꺽꺽이와 어메, 경숙을 옛집에서 내쫓고, 연이어 그 자신도 빈집을 떠났던 아베는 새아내를 얻어 이사한 꺽꺽이의 집을 찾아온다. 이제 이 두 부부는 한 지붕 아래 이상한 동거를 시작한다. '콩가루 서사'라고나 해야 할까? 이런 풍경은 박근형 작품의 장식이 된 지 오래다.

그런데 이야기는 여기서 끝나지 않는다. 아베의 노래 솜씨에 혹해서 따라온 술집 여자 자야(새엄마)가 집 근처의 중국집 요리사와 바람이 나서 달아나고, 풀이 죽어 한숨을 내쉬는 전 남편을 위해 예수쟁이가 된 어메가 나선다. 가족을 모두 이끌고 중국집으로 간 어메는 무슨 기적(?)을 보여줄 것인가?

> 어메: 니 이 칼이 뭔지 아나?
> 이게 우리 신랑 젤 좋아하는 고등어 배 딸 때 쓰는 칼이다.
> 니가 우리 신랑 배신하믄 여서 내 배도 따고,
> 이니 배도 따고 내는 여기서 확 죽어뿔끼다
> 경숙: 어메요!

아베: 니 와그라노?

어메: 내도 니 맹키로 노래 잘하고 싶었다

내도 니처럼 노래 잘하고 싶었다

내도 뾰족구두 신고, 입술 연지 바르고

우리 신랑 노래할 때 젓가락 장단 맞춤서 내도 사랑 받고 싶었다

내도 여자 아이가!

(칼로 자신의 배를 찌른다. 모두들 운다)

웃기는 것은 어메가 칼로 배를 찌르는 순간, 무대가 환하게 밝아오며, 한복 입은 예수가 웅장한 찬송가 소리와 함께 나타나는 것이다.

경숙: 놀라운 일이 벌어졌습니다

어머니께서 배를 가르는데 하늘이 갈라짐서 찬송가 소리가 들려 왔습니다

성령이 임하셨습니다

아니 이 불쌍한 백성들 앞에 예수님이 몸소 나타나셨습니다

그러나 칼부림의 현장은 놀라운 은혜의 현장으로 바뀌었습니다

(예수를 향해 손을 뻗고 기도하고 찬양한다)

예수: (어머니가 들고 있던 칼을 들고) 네 이웃을 네 몸과 같이 사랑하라!

(자야와 어메 은혜를 받고 부등켜 안으며 눈물로 서로를 위로한다)

어메: 아버지!

자야: 아버지!

성님요 내 잘못했십니더!

어메: 동생! 내가 속이 좁았네

(함께 주여!)

예수를 향해 손을 뻗으며, 어메·경숙·자야(새엄마)가 '의사 신성가족'이 되어 버리는 이 은혜의 현장에서 아베는 홀로 외톨박이가 되어 버린다. 아래는 위 장면에 붙은 지문이다.

> 은혜의 현장에서 홀로 외톨박이가 된 아버지
> 자야와 어메에게 아무리 소리치고 욕설을 퍼부어도
> 아무도 거들떠 보지 않는다
> 멀리 멀리 울려 퍼지는 찬송가 한 자락

일제 강점기에서 한국동란을 거치는 동안 '장자 의식'으로 무장한 한국의 남성가부장 권력은 아베의 '장구질'로 요약될 만큼 방만하고 무력했다. 말로만 남성을 앞세웠지, 남성들은 국권을 지키지도 못했고 여성을 건사하지도 못했다. 그처럼 무력하고 방만한 남성에 대한 한국 여성의 저항이, 저항의 수단이자 강한 '남편'으로 모신 것이 '예수'다.

「경숙이 경숙이아버지」가 박근형 작품에서 독특한 것은, 어메의 자해와 예수의 출현처럼 부조리한 극적 설정이다. 자해는 「너무 놀라지 마라」의 아버지의 자살과 「선착장에서」의 규회도 보여주었던 것으로, 이들은 자해를 통해 산산이 부서지려는 가족과 공동체를 그러모으려고 한다. 이런 안간힘은 「백무동에서」의 아들과 그 친구들이 죽음을 무릅쓰고 '상림'으로 들어가는 설정에서도 볼 수 있다. 만약 그들이 아버지들의 총격을 받는다면, 희생양 아닌 희생양으로 더럽혀진 상림(세계)을 정화하는 것이다. 하지만 이 안쓰러운 자해가 모두 성공하는 것은 아닌데, 「너무 놀라지 마라」에서 아버지의 자살이 흩어진 가족을 한 자리에 불러 모았던 것과 달리, 같은 작품의 끝대목에 나오는 며느리의 자해는 헛된 노고가 되었다.

이번 희곡집에 그들먹하게 나오는 부조리한 극적 설정은, 연극의 처음부터 끝까지 화장실에 목을 맨 아버지의 시체가 말을 하는 「너무 놀라지 마라」가 대표적이다. 여기에 신발장과 싱크대에 숨었다가 튀어나오는 노래방 손님과 예언자를 더해보라. 또 작가는 「백무동에서」란 작품에서 여성이 단 몇 시간만에 임신을 하고 만삭이 되거나, 남자도 임신을 할 수 있다는 설정을 아무렇지도 않게 밀고 나간다.

이번 작품집에 나오는 자해의 의미에 대해서는 앞서 잠시 언급했듯이, 의사 가족을 끌어매려는 안간힘으로 해석된다. 하지만 자해를 통해서만 건사되는 가족이나 공동체란, 더 손 써 볼 수 없을 만큼 악화된 상태라고 해야 한다. 예컨대 「너무 놀라지 마라」에서 가족들은 목매단 아버지의 시신 주위에 모이지만, 가족을 끌어 모은 아버지의 살신성인(?)은, 함께 모인 가족들이 한 지붕 아래 살 수 없는 상처를 끄집어내면서, 마늘쪽처럼 흩어지는 것으로 무산된다. 덧붙이자면 「너무 놀라지 마라」에서 아버지가 목을 맨 장소는 화장실로, 언제부터인가 아버지는 안방이나 마루(응접실)를 차지하지 못하고, 외진 자리로 밀려나 있었던 것이다.

그러나 정말 놀라운 것은, 그 아버지가 '산 것도 죽은 것'도 아니면서, 연극을 주제主祭한다는 것. 무의식이 인간의 내면이라면, 화장실은 무의식의 공간이다. 목을 맨 아버지가 무의식의 공간을 차지하고 연극의 흐름(시간)을 장악하고 있는 이 사태가 드러내고자 하는 것은 매우 분명하다. 우선 미라처럼, 폐비닐처럼, 좀비처럼 '목매단 아버지'가 시종일관 무대를 장악하고 있는, 도저히 있을 법하지 않은 부조리한 설정으로 봉합된 가족이란 이미 환상에 바탕한 것임을 작가는 희화화하고 있다. 동시에 저 설정은, 아버지 혹은 가부장으로 상징되는 전통적인 가족이 가사假死 상태로, 우리 사회의 무의식('빈 공간')을 점령하고 있다는 것도 암시해 준다.

『박근형 희곡집 1』을 읽고 쓴 독후감의 끝에 "2권이 속히 출간되길 소원한다"로 썼듯이, 『너무 놀라지 마라』 역시 그렇게 끝을 맺어야겠다. 어서 3권이 출간되기를!

독서일기를 마치며

오늘 수원에 있는 한 고등학교 국어 교사로부터 이런 메일을 받았다.

저는 H라고 합니다. 수원 C고등학교에서 국어를 가르치고 있습니다. 이렇게 메일을 드려 조금 놀라실 거라 생각합니다. 제가 메일을 드린 이유는 제 수업과 관련해서 여쭈어 볼 말씀이 있어서입니다. 최근 우리 학교 1학년 학생들은 선생님의 책 『생각』에 나오는 「참」을 읽고 수행평가를 치렀습니다. 선생님의 글에 대해 감상을 적는 것이었는데, 시험이 끝난 후 아이들이 '참'이 실재하는 동물인지 많이 물어봅니다. 저 역시 그 부분이 아주 궁금합니다. (제게는 하나의 비유로 읽힙니다.) 혹시 편안한 시간에 답변을 주실 수 있는지요? 그리고 만일 인간성에 대한 하나의 비유라고 하신다면 그 글을 쓰게 된 어떤 동기가 있었는지요?

모 문학잡지의 신인문학상을 거쳐 시인으로 활동하고 있기도 한 H선생이 수행평가에 사용했다는 「참讖」을, 먼저 전제한다.

시베리아에는 참이라는 동물이 산다. 어떤 치들 가운데는 참을 곰이라고 우기는 사람들도 있는데 그건 잘 몰라서 하는 소리다. 크기가 딱 그만한데다가 뒷발로 뚜벅뚜벅 걷는 그 놈을 온통 시야가 희미해지는 눈발 속에서 보면 영락없는 곰으로 착각되기도 하지만 곰은 아니다. 그런데 어떤 가지식자假知識子들은 또 참을 원숭이라고 잘못 알고 있다. 참이 원숭이 종류라고 주장하는 논자들은 원숭이류가 진화하고 분화하면서 열대성 기후를 좋아하는 놈들은 아프리카를 자생지로 삼았고, 추운 것을 좋아하는 놈들끼리 어울려 북방으로 갔는데 바로 그게 참이라고 한다. 얼핏 들으면 일리가 없는 말로 들리지는 않지만, 주박이 되는 이론과 학설로 제 눈과 귀를 틀어막고 스스로 장님이 되고 귀머거리가 되어버린 이들이 가여워지는 것도 사실이다. 아랫턱이 튀어나오지 않고 안으로 잘 들어가 있는 것 하며 얼굴에 털이 없는 것을 보면 참이 원숭이와 아무런 상관이 없는 인간의 일종이라는 것을 그들은 정녕 모른다는 말인가? 시베리아의 겨울은 기후의 변덕이 심해서 날씨가 마냥 좋을 줄 알고 겁 없이 긴 사냥길에 오르거나 그렇지 않더라도 어쩌다 길눈이 어두워 실종하는 사람들이 많다. 갑자기 사위가 어두막해지면서 눈보라가 불어치기 시작하면 제일 먼저 길이 지워지고, 흔적 없는 길 위에서 사냥꾼의 마음은 공황에 빠져버린다. 돌아가는 길을 찾기 위해 황급히 몰아쉬는 입김은 살얼음이 되어 빰에 달라붙고 칼끝 같은 바람은 사정 보지 않고 언 살갗을 찢어 놓는다. 하므로 그 와중에 살아남는 이가 좀처럼 없다. 온 목숨을 걸어 놓고 제 딴에는 한 방향을 향해 열심히 전진한다고 하지만 그 사람은 자기 꼬리를 물려고 맴도는 실없는 봄날의 고양이나 강아지처럼 한 군데를 몇 바퀴나 거듭 배회했을 뿐이다. 길 잃은 사람은 추위와 배고픔 그리고 승냥이 떼의 좋은 먹잇감이 된다. 그런데 가끔씩 그런 상황에서 목숨을 부지하는 사람이 있고, 마을로 생환하여 그 날을 생일삼아 잔치를 벌이는 사람이 있다. 배는 고프고 온몸이 한기로 뻣뻣하게 굳어 탈진되었을 때, 갑자기 인기척처럼 등 뒤가 뜨끈해지는데 그가 뒤돌아보기도 전에 누군가가 조난자의 어깨를 툭 친다는 것이다. 환영인가 싶어서 고개를 돌려보면 거기에 참이 있다. 지금 말하려고 아까는 그냥 지나갔는데, 참의 특징이라면 뭐니뭐니해도 뜨겁다는 것이다. 얼마나 뜨거운가 하면 이 짐승이 딛고 지나간 곳은 눈이나 얼음이 흥건히 녹아 있다. 참은 인간을 좋아해서 아주 멀리서도 인간의 냄새를 맡고 온다고 한다. 그러면 길 잃은 조난자는 가지고 있던 칼로 반가워서 빙글빙글 웃고 있는 참의 배를 갈라서 내장을 꺼낸 다음, 그 속에 들어가면 된다. 참에겐 피가 별로 없다는데 실핏줄과 살 속에 고농축된 피가 스며 있기 때문이다. 눈보라 치는 얼음장 위에 벌렁 누운 채 참은 실종자가 칼을 들고 그의 배를 가르고 내장을 꺼내는 동안에도 마취제 없이 개복 수술을 받는 것 마냥 눈만 꿈벅꿈벅하고 있단다. 자신의 몸이 들어갈 만큼 참의 내장을 들어내고 조난자가 그 속에 들어가 웅크리면 따뜻한 한증탕에 든 것처럼 후끈하다. 뿐 아니라 참의 뜨거운 뱃속은 동상으로 못이 박힌 어혈을 단번에 풀어준다. 추위와 동상을 해결했으면 이제 배고픔을 해결해야 하는데, 허기진 조난자는 방금 파낸 참의 뜨거운 내장을 오물오물 씹어 먹어도 좋고 자신이 들어앉아 있는 참의 뱃속에서 젓을 빠는 새끼처럼 야금야금 살을 파먹어도 좋다. 참의 육질은 어릴 때부터 우유만 먹여 키운다는 저 어느 색목인 나라의 송아지 고기보다 맛있고 저작을 하면 할수록 살코기로부터 갖가지 신비로운 성분이 발효한다고 한다. 참은 배에 긴 칼금을 맞은 채로도 일주일 정도는 정상대로 심장이 벌떡이고 눈도 꿈벅거리며, 죽고 나서도 한 달간이나 생전의 체온을 유지한다고 한다. 시베리아에서 길을 잃고 사경을 헤매다가 구조된 조난자들은 거개가 참의 희생으로 목숨을 부지했다는데, 참이 이렇듯 잘 알려지지 않고 이 변변치 않은 사람의 글에 의해서 널리 알려지는 까닭은, 인간에게 수치심이 있기 때문이다. 목숨을 부지한 조난자는 차마 반가운 동료를 죽이고 그 덕분에 살게 되었다는 것을 밝히기를 꺼린다. 칼로 배가 쭉 갈라진 동료가 오랫동안 죽지 않고 눈을 꿈벅이며 '살려줘, 살려줘. 나는 너의 친구잖니?'하고 호소했다는 것, 그런데도 자기 혼자 살기 위해 동료의 고통을 아랑곳하지 않고 그 피와 살을 먹고 마셨다는 것을 수치로 여겨 말할 수 없었기 때문이다.

아래는 H선생에게 보낸 답신이다.

참은 실제 동물이 아니라 상상의 동물이고, 인간의 이중성, 정확하게 말하면 본성을 생각하고 썼습니다. 좋은 예가 될지 모르겠지만, 오늘 중학교 학생이 공부를 채근하는 아버지가 미워서 집안에 불을 지른 사건을 봤습니다. 이 예에서 한없이 베풀고도 이유 없이 죽어야 하는 아버지가 참이겠지요. 우리는 그런 무수한 참을 죽이고 또 죽이며, 그 때문에 종교에서는 원죄라고 하고, 정신분석에서 트라우마라고 하는 후회의 감정을 인간은 평생 간직하고 살아가게 됩니다.

일단 설명은 저렇게 거창하지만(이처럼 시나 문학은 처음엔 아무 생각 없이 써놓고, 차후에 의미를 만들어 붙이는 참 자기만족적이고 편의적인 일인 것이기도 하다고 생각합니다), 처음에 쓸 때는 그냥, 나도 나만의 동물을 하나 만들어 봤으면 좋겠다는 생각으로 썼습니다. 중국의 고서인 『산해경』에 나오는 공상의 동물을 생각하면서…. 그래서 이런 생각도 해봅니다. 아이들에게 참처럼 자기만의 동물을 주제로 글쓰기를 해보면 어떨까?

카프카의 단편 가운데 「가장의 근심」이라는 글이 있습니다. 민음사에서 나온 『변신·시골의사』 가운데 포함되어 있는데, 이 작품이 「참」과 비슷합니다. 지젝이 온갖 책에 늘 되풀이 인용해서 변주하는 「가장의 근심」은 인간도 아니고 동물도 아니고 사물도 아닌 '오드라덱'이라는 존재에 대해 얘기합니다. 지젝은 저 오드라덱을 '살아 있지만 죽은 존재'로 설명합니다. 살아 있지만 죽은 존재란 예를 들어, 재개발로 인해 쫓겨난 빈민, 중고교의 자퇴생, 양심적 병역거부자 등 기존의 법과 사회와 관습의 보호를 받지 못하고 쫓겨난 존재를 뜻하는데, 지젝은 자기(유대) 사회의 법과 관습으로부터 추방되어 법에 맡겨진 예수가 전형적인 오드라덱이라고 말합니다.

「가장의 근심」을 읽어보시면 알겠지만, 기존의 사회와 법과 관습이 쫓아낸 이런 타자들은 배설물처럼 취급되며, 규정될 수 없습니다. 저의 참은 너무 '숭고'해서 우리들의 관습이나 상식으로 규정되지 않는 반면, 오드라덱은 너무 '하찮'기 때문에 한 사회의 관습이나 상식으로 규정되지 못합니다. 그래서 작중의 오드라덱은 참보다 더 파악하기 힘들고, 혼돈스럽게 묘사되어 있습니다.

하지만 참을 죽인 자들의 마음속에 참이 죄의식이나 트라우마로 들어앉게 되듯이, 사회와 법이 추방시킨 타자—앞에 말한 재개발로 인해 쫓겨난 빈민, 중고교의 자퇴생, 양심적 병역기피자 등—역시 사라지지 않을 뿐더러, 그들을 추방시킨 사회는 그 오물들이 '나보다 더 오래 생명력을 유지하지 않을까'라는 두려움을 사회의 내부에 낳고, 쌓습니다. 일례로 히틀러가 독일 사회의 오드라덱이나 같은 존재들이었던 유대인을 몰살시키려고 했던 이유도, 유대인이 당장 독일 사회를 위협해서가 아니라 오히려 당시의 유대인들은 독일과 잘 동화되어, 독일에 도움을 주었지요 내가 배설물로 간주한 저것들이 '나(위대한 독일인)보다 더 오래 번성하면 어쩌나'에 대한 두려움이었다고 합니다.

카프카의 「가장의 근심」은 제목이 모든 것을 말해 주고 있습니다. '가장'은 사회·법·관습·지배층을 의미하며, 가장의 '근심'이란 설명했던 대로 내가 배설물로 규정한 것들이 실제로 이명박 정권이나 '강부자'들이 볼 때, 용산 철거민들은 인간이 아니라 이 사회의 배설물에 다름 아니지요. 결코 박멸되지 않고 끈질기게 남으리라는, 끈질기게 남을 뿐 아니라, 내가 배설물로 취급한 그것들이 최종적으로 승리하리라는 두려움을 뜻합니다. 유대 사회의 배설물이나 같았던 예수가 종국엔 승리했듯이!

그런데 '살아 있지만 죽은 존재'인 한 사회의 배설물이 승리하기 위해서는 우리가 참에 대해서 느꼈던 것과 같은 죄의식이나 트라우마를 계속 간직하는 것만으로는 안 되고, 다시 말해 '나와 참, 혹은 나와 오드라덱은 다르다'는 우월의식이나 차별 속에서 연민을 느끼는 것만으로는 부족하고, 나 역시 비참하게 죽어간 참이 될 수 있고 오드라덱이라는 의식의 전환이 필요합니다. 저의 글 속에 나오는 참이 실은 인간과 별개의 동물이 아니라, 인간의 다른 이름이었던 것처럼 말입니다(제 글의 마지막에 나오는 반전은 「참」을 공상의 동물에 대한 이야기에서 인육을 먹고 살아난 숱한 조난자들의 일화로 바꾸어 놓습니다. 그러면서, 참이 공상의 동물이 아닌 인간이라고 말합니다).

참과 오드라덱은 숭고한 희생자와 하찮은 배설물이라는 점에서 다를 뿐, 인간 본성이나 사회에 대한 비유라는 데서 같습니다. 제가 카프카와 같은 작가가 못된다는 부연은 굳이 괄호 속에 넣을 필요도 없겠지요.

찾아보기

ㄱ

ㄴ

ㄷ

ㄹ

ㅁ

ㅂ

ㅅ

ㅇ

ㅈ

ㅊ

ㅋ

ㅌ

ㅍ

ㅎ